我為你灑下月光

——獻給被愛神附身的人

簡媜

獻給

被學神附身的人

目錄

〔卷一 聽到第一聲春雷〕

【卷三 邊界】

【卷四 斜陽】

【卷五 短暫雨】

【卷六 彷彿這一生只是倒影】

「卷七　我為你灑下月光」

【卷一】

聽到第一聲春雷

傳說花與葉永不相見的紅花石蒜，綻放時宛如一條猩紅小徑，引魂入冥界，故稱幽靈花。這批文字，或許就是飄浮的幽靈花籽。當年，書寫者與被寫的人均不知在尋常的兒女情長之中挾帶了種籽，留了一線花開的可能。

幽靈花

我在黑暗中不知坐了多久，直到窗簾下飄來一道霧色天光，才驚覺已是清晨。顯然，在無意中找到對肩膀較友善的姿勢，才能在輾轉整夜之後，擁被移坐書桌前，獲贈一小段還算有香味的小盹。

按亮桌燈，堆疊的信件、札記映入眼簾，像野地裡被遺忘的殘墓斷碑。嘆口氣，熄燈，重歸黑暗。但那道霧色天光又亮了幾分，被拭銀布擦過，且是被從殘墓裡爬出來的鬼主動拭亮的樣子，越發顯示不管我願不願意，這疊具有時間苔痕的字碑，與我同時在清晨醒了過來。

是該做決定的時候了。

一年多前，上一本書出版之後兩個月，一件突如其來的消息讓我陷入詭異的暮氣裡；彷彿世間旅程即將結束，負責任的旅客應該開始整理行囊、清除垃圾。這股忽隱忽現的情緒使我興起自我整頓的念頭——倘若來自遙遠國度的使者忽焉降臨，偕我之手踏上歸途，我希望家人不必摸索只需拆開一只信封即能掌握一切。然而，寫得出帳號、密碼之物都是簡單的，難的是好龐大一座人生劇場裡還留著的遺跡；故事已了，主角星散，但那燈光、道具、戲服、紀念品還堆在角落。一齣又一齣動人肺腑的戲，於浩瀚長河中雲消霧散，留著的物件，是有情的，也是無情的，是有意義的，也是無意義的，繫乎一念之間。

忽濃忽淡的暮靄情緒讓我時而像持帚的書僮因賞玩舊物而起了歡顏——此物可留，轉贈可愛之人另成一樁美事，時而是揮舞十字鎬的莽夫——此物徒增傷感，毀之可也！不知不覺竟也清掉泰半。

唯獨有一大包用細繩牢牢綑綁的文件，令我傷神。包覆的牛皮紙上寫了幾個大字：「不知如何處理，暫存」，當然是我的筆跡。不記得是哪一次搬家清理舊物時標示的，顯然當時的心態是留給來年的自己處理。問題是，如今的我還能將它繼續交棒給來年的自己嗎？我還有多少個理智健全、情感鮮嫩的來年？未來的我比現在的我更擅長處理嗎？

傷神之中也有容易取捨的：有一袋信件，乃行走江湖數十年積下的，不管是基於公誼或私情，皆已是如煙往事，不必留戀。還有一袋殘稿、信件、資料，屬於不及三十歲即病逝的詩人。關於這人的情節已化成文字藏著，想必那閃亮卻早夭的文采已隨著乘願再來的意念正在人世某個角落萌發。三十多年逝水滔滔，這人活著的時候無依無靠無家無眷無恩無怨，我留著的是他已遺忘的前世，殘稿也該讓它化塵了。

另一袋屬於不及四十歲即病逝的評論者。二十多年了，關於他的紀念集早已付梓，也仍有肝膽相照的朋友還數著指頭算他離開了多少年，繼續有人想他；那些信件、文稿影本，像浮萍飄蕩於荒涼的河渠，不必再留。

還有一袋信件、卡片、論文抽印本，來自一位醫者朋友，跨過知天命之年沒多久即猝逝，想必已在天堂另闢實驗室繼續其未竟志業，焉會掛念友人對他的思念或忘卻，也不必再留。

前述的都好處理，苦惱的是數本厚薄不一的札記、信件、文稿。

一年多來，這疊札記殘稿困擾著我，打開又收起，收起又攤開，只看幾行又闔上，心煩意亂不能靜讀。毀，或留？留，或拉雜棄之？文字是粗糠，也可能是未發芽的種子，提起放下之間豈是易事，我竟恨起自己當年多事，接收一簍燙山芋做什麼？

任何事物，最便捷的方式是物歸原主。這確實是我最初的想法，也費了一番心力打聽。但當我終於來到原主面前，卻被一股難以抵擋的苦澀淹沒，感慨萬千幾乎不能自抑，以致無功而返。

為什麼沒想到下山時將提袋從車窗拋向山坳呢？芒草與雨水擅長收拾殘局。現在想，也來不及了。然而，我當時若下得了手，必定不是有血有淚的人。既然下不了手，當作是命中注定吧。

接下來，就是這張桌子上的亂法，每天刺激我的眼睛，竟也刺激一年多了。

猶如不癒的肩痛提醒我暗傷是年歲的贈禮，只能笑納無法退還。跟著我數度播遷從年輕到霜髮的這些札記，或許也藏著我尚未領略的深意。

傳說花與葉永不相見的紅花石蒜，綻放時宛如一條猩紅小徑，引魂入冥界，故稱幽靈花。花具魔香，令遊魂悄然追憶前生，不禁霎時流連低迴。這批文字，或許就是飄浮的幽靈花籽，當年書寫者與被寫的人均不知在尋常的兒女情長之中挾帶了種籽，留了一線花開的可能。

幽靈花，又稱彼岸之花。流連追憶，終須歸籍彼岸。

字如種籽，讓它綻放？讓它枯乾？決定在我。然而，浪漫之情接近乾涸的我，需要一個徵兆，一絲心動，一種忽焉襲來的芬芳情懷，讓我恢復柔軟，不至於像個酷吏在下一次垃圾車來時把它們掃入垃圾袋。

天色已亮，喝完晨起第一杯咖啡。我隨意抽一本手縫札記，到對面小山丘欒樹下坐著。

晨風微微。封面點點斑痕的小札像落葉裝幀成冊，翻開首頁，寫著二十多年前的日期。我暗想，如果它的主人記的是柴米油鹽、瞋恨怨憎、資產損益，我就要狠心毀棄。

如果，如果是沾了華采的靈思？

鳥聲啁啾。翻開，文字撲面而來：

聽到第一聲春雷，雨瀝瀝而落。在神學院。

林蔭蒼翠，一叢杜鵑開得如泣如訴，其他早開的都凋謝了。因為清晨的緣故，宿霧未散，帶著雨中的清寂。有一叢不知名的灌木花，枝椏瘦長，結一毬毬白花，十分寫意。昨日來時發現的含笑樹，高枝的地方有幾朵花開了，攀不著，也不想再摘，花留在枝頭甚好，不應獨享。這寧謐庭院裡的花樹，已是一篇完整的福音。

我現在坐的位置，是教堂左側的樓梯。眼前這棵大樹，挺拔遒勁，薄綠的新葉及細碎小花，成就今晨的丰姿。剛剛雨急，打掉幾片老葉，在半空翻飛而下，非常優美。在樹的宇宙裡，離別也必須用優雅的姿勢。

這樣安靜的晨光之所以可能，乃因為眾樹、繁花及不被眷念的雜草都依循著同一套自然律則；一起聽聞春雷，一起沐浴雨水，一起承受陽光的佈施，也一起在嚴冬遭受寒流吹襲。它們各屬不同族群，卻安分地閱讀同一版本的典律；在春天那一章盡情繁茂，在冬盡時同聲嘆息。

靜極了，只有雨聲。我閉目感受這份寧靜。鳥是訪客，我也是訪客。

這美好如上帝之吻的早晨，如果你也在多好。

嘆口氣，群樹作證，我決定保留。

為了這句宛如呼喚的話，「如果你也在多好。」

溫泉小鎮

怎麼受傷的？連自己也搞不清。但如果歸咎於一件事由有助於減輕痛楚的話，我樂意說，有個莽撞的年輕人在與我錯身之際靠我太近，而我貪看美景未能察覺他將帶來傷害，就這麼結結實實地撞到肩膀。他回頭說：「對不起。」我答以：「沒關係。」其實，不確定他有沒有致歉，應該是「彷彿沒發生」般走遠了，「沒關係」是我心裡習慣性原諒他人的本能聲音。

「抱歉，讓妳受傷了。」

如果他溫文有禮地對我說這話，還鞠了躬，鏖戰六個多月、復元龜速的我能否立即痊癒、宛如百靈鳥飛返原野？如果不能，「道歉」就是身外之物了。世間事亦作如是觀。

「應該是個長得很體面的年輕人。」我想。其實也不確定，這純粹是擅長自我解危的人分泌想像力當作嗎啡以止痛的方法。人之常情皆如此，寧願被進京趕考、生死痴戀的柳夢梅撞傷，也不想被從野豬林跳出、掄著戒刀的魯智深撞倒；一夢一智，尋夢勝於愛智啊！

朋友在溫泉小鎮有間度假小屋，建議我去泡溫泉療傷。

一條雪隧，聯通兩個世界；一是今生永遠的心靈原鄉蘭陽平原，一是定居時間已超過童年家園的台北盆地。年少時一心嚮往稻田外的廣袤世界，而今到了霜髮年紀，卻帶傷返鄉。

踏上往礁溪的噶瑪蘭客運，車上只有九名乘客。彼此不識，似乎也不宜在四十五分鐘車程卻泰半在隧道行駛的路途中勉強相識。

這是我最歡喜的獨處時刻，沒人認識我，我不必理會誰，自世俗的膠著狀態抽離而去，進入飄蕩程序：微喜、微晃、微微甦醒。行駛中的車輛像射穿時空的箭，加深了飄蕩的幸福感。我不必做現實的「我」，可以是任何一個「我」。

每一回南下參與藝文活動，我總是不盡人情地婉拒主辦者留飯的邀請，即刻奔向高鐵站，恢復一個人的自由。沒有人在寬闊明亮的車站大廳等我，雖然這是適合幽會的熱門處所。在萍水相逢、轉身揮別的行旅氛圍裡，現代車站早已剔除舊時代離情依依的愁緒——杜甫詩「人生不相見，動如參與商」，今日一別不知何時再見，觸動了被茫茫人海淹沒、音訊全無的驚懼感，故其愁情百迴千折，不能止息。現代車站像擴大版超商，過度明亮不適合含著淚珠，沒有離情只有無微不至的親切服務。當音訊全無的驚怖變成音訊全來的飽足，那一根不停滑動手機的指頭像極了饜飫者含在嘴裡的牙籤。然而旁人難以辨認，他剛自豐盛的筵席歸來，還是吞食了廚餘。一個人的自由，從悠閒地買好台鐵便當及熱咖啡開始進入「小確幸」狀態。上車，放下前座椅背的餐板，把咖啡杯嵌入板上圓孔，摘下眼鏡，拿出環保筷，疊好餐紙，掀開盒蓋，溢出便當才有的油醬香。列車起動，窗外是淡墨天色，橙黃、銀白的燈盞亮了，馬路上車流的尾燈像滾動的珍珠。從我嚴重散光的眼睛望去，數不盡的黃白燈盞，像巨大、閃爍的鑽石鑲在遼闊無邊的黑夜，其華麗殊勝媲美七寶琉璃所砌的極樂世界。這是我才看得見的奇幻風景。列車急駛，鑲鑽原野輕盈地移動，前方是現實還是夢幻仙境竟一時莫辨，只覺得如此自由，如是平安。

有時車程較長，必須做點小事讓自己恢復現實感，看書、寫字都是常做的，但若遇到體力透支，字不思句不想，此時解悶之法莫過於滑手機——這是大部分具3C癮的人會做的。我不好此道，掏出包包裡的小剪刀、針線盒，繼續縫一個拼布小錢包。有一種時空錯亂的荒謬氛圍：科技感的現代列車，混搭了幽域般的晶鑽之夜，一個甫自數百聽眾演講場合抽身而出的女人，竟專注地做起針線；在布面繡著小花小草與「月光」二字（這是最早關於那疊手札、信件的意象聯想。我習慣為醞釀中的作品訂名、繡字，如同刺青。）此時若有讀友認出，前來招呼，我必然會尷尬地笑起來，但也有可能因太陶醉卻被打擾而微慍，竟如希臘哲人第歐根尼對亞歷山大大帝所言：「你擋住我的陽光了。」

啊，人生漫長，苦多歡少，不如效法狡兔，掘幾處藏身小窟，獨享歡愉。

春已深。噶瑪蘭客運沿復興南路左轉辛亥路即將上交流道。半空高枝上木棉花盛放，這花是血性烈士，在春季花譜中與流蘇形成強烈對比；後者虛無縹緲似一道輕霧飄落，前者墜落的氛勢，彷彿揮劍吶喊，有恩報恩有仇報仇。但此時，綻放的木棉看來像災變被埋的礦工幽靈們，集體點亮橙紅頭燈，拯救被霧霾霸占的天空。

世間，恆能引動我的，唯日月星辰之姿、山川湖海之美；四季有聲而嬗遞，多情且賡續，無不是智者說法。即使是細雨濕了草色，亂風縛了花枝，也能於庸碌日常之中安慰心眼。如今，連一方乾淨的天空都是稀罕的，更別說淙淙清溪了。我輩轉而寄情於揪團覓食者大有人在，談美食逛餐廳宛如早晚課。我不好此道，終究要落單。木棉花訊，雖是窗外匆匆一瞥，也算得了一絲安慰。

「啊，愛情就像木棉道，季節過去就謝了」，忽然記起這歌。青春已如煙。

此行輕省，不訪親友不踏幽徑，只帶換洗衣物及她的札記聊以解悶。客運鑽入全長近十三公里的雪山隧道之前，翻開題為《半畝》那本小札，她寫道：

都是雜亂的句子，像一件穿了幾世紀的衣服，一路滴滴嗒嗒掉鈕扣，終於，穿衣服的沒鈕扣，拾得扣子的沒衣服。

時間就這麼過了，掉在我身旁的扣子，撿起來丟入盒子。恐怕一輩子也用不上。但時間就這麼過了，至少有一日打開鈕扣盒，再知道一次，穿了幾世紀的朝服，也會滴滴嗒嗒掉扣子。

「半畝」沒啥意思，還不是雜草叢生的墓域，像我生命裡的每個角落，都用來埋葬。

接著，車入隧道，長得像醒不過來的夢魘。

梔子花

怎麼認識她的？跟一朵梔子花有關。

那時還是解嚴之前，踏出大學校園不久的我，滿懷雄心壯志，剛在戒備森嚴的文壇邊角插下歪歪斜斜的小旗幟，環顧四周皆是霸主，驚魂未定，又奉天承運地進入一家揭櫫兼容並蓄精神的雜誌當起從買便當、影印到採訪、發稿無所不包的小編輯。編輯音同「邊集」，摸得到邊的都集合到你身上，摸不到邊的正在路上。

那時的我未馴化亦不諳政治之道，腦子裡因湧動與生俱來的自由意識故時有驚險之事擦「編輯檯」邊而過。譬如，因尊重作者之創作意志與言論自由，竟未將文中描述購黨外雜誌評論時政一段、讀毛澤東一段刪去（至不濟，得加個匪字及括號，「毛匪澤東」），據云「上頭」很不高興，大頭目、二頭目、三頭目、四頭目追究這篇文章是哪個混帳發稿的？當然是一個不知「死活」的小編輯「小妹在下本人我」。我應該有跑到廁所滴幾顆淚珠，也必然以不雅的動詞詛咒那看不見的、把每個人調教成心中自有一座警備總部的黑暗力量。其實我沒那麼勇敢，只是鬱悶。那是個漂白水與殺蟲劑被過度使用到反撲力量即將潰堤而來的年代。有個隔壁單位見多識廣的老大哥點撥了幾句，他提到我們的「頭兒」向一位因政治事件繫獄甫假釋的作家邀稿以營造自由開放形象，卻在依約碰面的當下突然「因病不克前來」，留下無關緊要的同仁與有案底的作家喝咖啡、攝影留念。「妳要懂，突然生病這招很好用。」

為了活下去，他必須突然生病。這邏輯太高深了，我不想懂。

除此之外，那個年代沒什麼好抱怨。公司裡只要有一條罹患被迫害妄想症的鯰魚、一尾酷愛追逐血腥權力的鬥魚、一隻自我崇拜的鯨魚——當然是隨時可以朝你噴口水的老闆——即刻會讓大家陷入欲生欲死的集體歇斯底里狀態。真的沒什麼好抱怨的。

在那個台灣錢淹腳目且沒有網路、手機的手工時代，即使是小出版社也會藉著登廣告、辦座談演講發表會、上廣播電視拓展業務，風氣如此，是以五天一會三天一宴乃藝文界基本生活。

我記得在某個中型研討會後，「頭兒」刻意安排近郊山上一處風格餐坊以饗嘉賓。天色猶亮，眾人拾階而上，走在前頭的都是一方之霸及飄洋與會的嬌客，我不擅交際，習慣墊後，與眾人若即若離，最好掉入無人察覺的時空罅隙消失而去。

石階邊植有多棵我鍾愛的梔子花，令我驚喜，早發的幾株已佈置得宛如月光盛筵，空氣中浮著陣陣幽香，似久違的舊識，如遠方的招引，沁潤著我的肺腑。

我停步，湊近一朵盛放的重瓣梔子，深深嗅聞。我愛梔子花，只要遇見這花，一定這麼做，那淡雅悠遠的香味像一條白絲巾，不，是招魂幡，能讓我安靜，霎時掙開世間樊籠，悠游於茫茫渺渺之中，似已遺忘的前世，如將近的未來。只一霎，心生歡愉，彷彿能把美好事物永遠貯存。

我隨手折了一枝帶葉白花，邊走邊聞，正要提步趕上眾人，沒料到背後有個聲音：

「人香還是花香？」

正是她。我有點尷尬，攀折花木不是好青年該有的行為。我將花送她，她亦嗅聞，露出笑容。

「借花獻佛。」我說。既然做了小偷，給自己也折了一朵，夾在指間。

人香還是花香？問得有幾分禪意，風動還是幡動？我一尋思，不禁暗笑。

晚霞將褪去，早月像一枚淡淡的吻痕。山腰民家已點燈了，眼前這家農舍改修的餐坊亦亮起步道小燈，沿階草漫過邊堤，添了「翠薇拂行衣」的野趣。

我當然知道她，年輕學者，之前基於禮貌曾發過不痛不癢的邀稿函，此次為了研討會亦有連繫。但我不確定她是否知道我，畢竟我才剛出版第一本書，而且尚未以「我是作家」介紹自己，躲在編輯名片之後比較符合我的低調作風。

我報上名字。沒想到她竟主動談起我的作品，頗有幾句溢美之辭。但最讓我驚訝是，她提到我不久前發表的一篇稚嫩的小說，對故事中演繹「弱水三千，只飲一瓢」典故竟有學術評語之外的友好用辭，「喜歡到心坎裡去」，她的話。還問我是否有意朝小說發展，我答以還在摸索，她因此分析我的中文系血統對小說創作之優劣影響。日後我專神走上散文旅路，乾脆自砍小說枝椏，早年寫就的十幾篇小說就這麼埋了。於今想來，她是唯一與我談到小說的人。但當時與她並肩沿階而升的步伐中，我是不自在的，這是個怪病，當別人當面讚賞我的作品會讓我不自在到想消失，所以那當下我只想與她一起踩空石階墜落到夜的懷抱裡。

還好二頭目、三頭目迎了出來，架著這位年輕的學術精英往主桌那兒去；資深霸主與海外貴賓一向是競爭慘烈的兩大陣營極力拉攏的對象，生恐招待不周怕他們帶「稿」投靠敵營（其實他們深諳兩邊通吃之道），是以其身邊需巧妙安排擅長插抖打諢的弄臣與言之有物的陪客，以期賓主盡歡。她應該算是後者。

我逕自往「兒童桌」，與行政人員共坐，他們趕我：「還不快去前面伺候！」我答：「偏不要。」

前頭兩桌真箇是鬧烘烘酒池肉林、笑盈盈男歡女愛，相較之下兒童桌才像在吃飯，可專心幫身材姣好的鹽酥蝦脫下甲冑。酒過三巡，她藉著上化粧室竟彎到我這桌來，同事挪了位置，她一坐下，毫不掩飾對愛鬧酒男人喜吃女性豆腐的輕俏言語感到不悅。我正夾著煙，「妳抽煙啊？」她又一驚，今晚大概讓她嚇壞了。「都這樣，有色無膽，一喝酒現出原形。要是惹妳，頂回去別客氣。」我說。

照說，她比我年長，輪不到我來指導餐桌防身術，也許學界空氣比較新鮮，不像藝文江湖，琥珀魔液落喉，餐桌上湧動一股熟春悶夏氣溫，動物性賀爾蒙作亂，暗示性或性暗示語句猶如野猴子手上的小石頭小果子，朝同伴丟擲，於是一樹猴兒吱喳互擲，跳枝拊掌作樂。差別是，道行高的丟來花朵，麗辭香句挑之逗之，若有意似無情；品性差的丟的是石頭，生恐別人不知道他是個豬八戒。也許學界端正多了，她對觥籌交錯、瘋言亂語越來越像水滸傳野店的怪狀，頗不能適應。

此時主桌傳來笑聲，擅酬酢的頭兒正以高妙風雅的戲語「吹拂」（非「吹捧」）賓客。他是江湖上人人讚譽的飲讌大師、筵席教主，即使是青菜豆腐也能被他的燦舌說得像採自陶淵明的菜園，佐以恰到好處的引詩，滋味立時深遠。吹拂之道，需手法細膩且神色泰然，全憑品味二字，沒那個底蘊，一吹就只能吹鮑魚多昂貴魚翅多珍奇。深得吹拂之精髓者，既能吹得賓客心花朵朵開，又能展示自身品味不凡。

頭兒正吹到他獨創的「創作論」，大意是要寫出偉大作品必有三條件，「酒要烈，煙要臭，茶要苦」，有個霸主接：「人要潦倒」，舉桌皆樂。有理，人生得意，文章無味。

我們這桌「小朋友們」也跟著起哄，沿著話頭往下接；有人說那是指小說家，寫散文的，「心要碎，情要痴」我接了。寫詩的，「帳單要長」有個年輕詩人接話。「做學術的呢？」我撥了撥她的肘，她兩頰駝紅，開懷答曰：「敵人要多。」滿座大笑。

她貢獻了機鋒，眾人舉杯敬她，我也暢快地碰了她的杯子，藉著酒意隨口唸出她的詩句：「黃昏的咽喉，只不過是雨。乾了乾了！」

說不定，我與她熟稔起來不是因為那朵花，而是因為那杯酒。

日光又現

日光又現，窗外是熟悉的蘭陽平原。札記寫著：

不知往哪裡？灰暗的色調，老舊且沾著潮濕氣息，昨晚的夢，質感很奇特，好像從某一口遺失的衣箱底層翻出一匹上個朝代江寧織造出品的閃花綢。一群人，老女人，褐黃、鐵灰衣色，不怎麼交談，似乎彼此間存有敵意。我於其間行走，安靜且孤僻，好像去看展覽，某一座博物館，空氣沉滯，展一些古舊之物，像器物的墳塋。我上二樓，看見一件古櫥，木質，玻璃內數尊石雕，有一尊吸引我的眼光，非常樸拙，是仰望天空的幼童像，臉部圓融，表情抑鬱。櫥子的抽屜打開著，一汪水，數尾小魚悠游，綠影拂動水紋，那是草的姿態。

奇怪的夢接著變換場景，我走在一名女人背後，她揹著小孩，我看見石子路閃閃發光，撿起一看，是銀鑄般的圓幣，數枚，大小不一，但夢中的我認為是月亮的不同文字的縮寫。

也許受了夢境的指示，特別注意月亮。

今晚的月光叫七月半，又亮又圓，跟鬼一樣沒有瑕疵。歸車中，一脈流雲以潑墨筆法通過月，正巧嵌著，如一頭飛行中的白鷹。

黑夜中的白鷹，我想什麼話都嫌軟弱，生命也有森冷到連自己都可殺的地步。

司機廣播礁溪站快到了。「乾溪」，從小是這麼叫的，到乾溪洗溫泉。乾旱意象，怎料到在宜蘭開拓史上變成花枝招展的一頁，沾著酒味與粉香。「前往礁溪的旅客，別忘了隨身攜帶的行李。」隧道裡外，顛顛盪盪，到底這捆札記是我的行李，還是，我是它的行李？

「別忘了」，誰不該把誰忘了？

【徘徊】之一

雜草吞嚥了故事

熟悉的蘭陽平原。

說熟悉，不精確。近十五年間，冒出七千棟新蓋透天厝的超級大建地，我跟它不熟。

我的根基，我的仙境，是一九六一至八四那二十四年間的蘭陽平原。一九七六，提著行李離鄉那天，天空是轉過頭去不願向孩子揮別的憂傷的藍，以這一年為切點，之前十五年，我是在平原母靈懷裡學步學語、讀冊耕種，夜來聽蟲族絃樂滑入夢鄉的孩子。離鄉之後八年，逢年過節，必須擠在車廂人群中，隨每站必停的火車晃晃盪盪數站名，終於數過二結，在羅東站奮力將自己擠出車廂猶如自母體擠出一般。「回家」這行為像一道密碼，鑑識身世，有家可回與無家可回之別就在於經過鑑識之後判定此人是否為被遺棄的人。我的成長雖然艱辛，但家一直在，牢牢地種在蘭陽平原豐饒多情的土壤裡。

一九八四，舉家北遷，年節回家不必再當沙丁魚。然而老屋、田地依然在，至今空了三十多年，老屋荒得只剩屋頂四壁，只有稻埕前數棵香蕉樹壯碩得像快樂的佃農，舉著香蕉串繳田租，彷彿某種關係還在延續。家不在這裡，家仍在這裡。這家，是身世，是土地母靈，是一生故事的開始。

阿嬤生前常唸著要回舊厝。所以，告別式後，自台北一殯載著靈柩穿過雪山隧道歸葬家鄉墓域之前，我們特地安排她回老厝。

那日冷鋒過境加上滂沱大雨，像極了阿嬤一生的命運，但命運再怎麼悲傷也要回到源頭做最後道別。車行抵達村口，等在那兒的陣頭奏樂迎靈，家眷下車步行，雨落得茫茫渺渺，身上雖罩著薄雨衣，不敵淒風苦雨，喪服全濕。著麻衣麻鞋重孝的幾人尤其吃力，腳丫涉著冷雨，每一步都凍入心扉，像她一生。

鄉親事先在老厝路頭搭雨棚，靈車暫泊，車前置一桌，桌上設一椅，放阿嬤照片與神主牌，意同小坐休息。

「阿嬤，回家了。」我們對她說。

鄉親舊鄰扶杖來見她最後一面，大多是老人了，這麼淒冷的天出門不易，更見真情。

無從排解，那迷濛的情緒無依無靠，讓人淹溺。人世苦，最有情的可能是蒼天，是土地之神，知道她回來了，擁著她的靈對泣，這雨才下得嚎啕。

我站在空盪的老厝屋內，每一堵牆壁、門檻都熟悉，每一縷煙火、身影都寂滅了。亂藤咀嚼這廢墟，雜草吞噬了故事，一切彷彿不曾存在。我們帶著她回家，只是證明自己沒了家。

散佈著亂筍般農舍，遼闊油綠的稻田被切割得越來越零碎的宜蘭，已不再是我的仙鄉我的夢國。回到這裡，即使望向冬山河的眼神與幼時無異，我也知道自己是個異鄉人。

啊！我們的根柢啊！

「嬤，」那日，我在心裡對她說，「妳要保佑我更強更壯，將來有一天，來我的稿紙上，我們重新活一遍。」

也許，那才算回家。

雨與不雨之間

札記上寫：

這些雨跟那些雨，好像沒有差別。若有，大概是我的腳濕了便不容易乾。

我不斷臆想整整一座山坡佈著翠綠的草，櫻樹林蒸出粉紅色的煙霧。山坡的正中央一棟木屋，大門常開，或者根本沒有門，準備讓風捲進來所有的櫻瓣，紅的水患，黑的風。

我不知道我在這山坡做什麼？這場景卻不斷明晰，變成頭痛的一個章節。不懂也沒有關係，只要去記住就行了。留待長眠的時候，有一些舊書頁可以重讀。

這幾日除了雨，沒什麼好記。昨夜幾乎未闔眼；一方面惦記窗戶會不會破，又想：破了痛快，最好讓風把我捲到深山墓園，省得我走。

放下背包，開窗讓空氣流通。窗外，一棟棟新建大樓高聳，遮蔽天空，也無法遠眺海岸了。天色微陰，這山邊溫泉社區稍顯老舊，與那板著臉的天色頗能呼應，看來，在雨與不雨之間猶豫。

給在辦公室的丈夫打了電話，讓他完全掌握我的行蹤——這是老夫老妻相處之道。接著，檢查這間小屋設備；痲雀雖小，五臟俱全，廚房裡連小冰箱都有了。開放式空間，唯一有門的是浴室，按摩浴缸大到夠讓我擺桌椅在裡面寫稿。朋友是個好人，但她對浴室的「慾望」與我不同路數——那浴缸誇張到可供野鴛鴦翻雲覆雨。實說，叫我躺在裡面泡溫泉會有罪惡感，不是因為野鴛鴦，是太耗水。我不認為罪惡感有助於療癒這隻快廢掉的手臂。

下午三點半，午茶時刻，出外巡查比泡溫泉更讓人振奮。依朋友所示前往一家咖啡店的路上會經過小市場，買了水果，順便尋思晚餐內容。既然找不到能做出符合薄油、點鹽、清甜、淡苦原則的餐廳，對不喜外食的我而言，市場路線絕對比夜市美食地圖更能救命。雜貨店門口，一位阿婆坐在矮凳上摘揀龍葵葉，籃內只剩這個和紅鳳菜，我選了龍葵——更鄉土的名字叫「黑鬼仔菜」。我盤算晚餐用油、醬油、烏醋、香油、芹菜、辣椒乾拌麵線，再煮一碗黑鬼菜蛋花湯，乾煎一片無刺虱目魚肚。油脂豐厚的虱目魚肚配上微苦的黑鬼菜，像富裕人家懂得賑災濟苦，那富才不叫人厭膩。

說不定潛意識裡受了她的札記「風捲墓園」意象影響，才想吃阿嬤鍾愛的黑鬼菜。也許，跟她無關，我只是依隨記憶召喚，在異鄉化情緒裡央求黑鬼仔帶路引我返鄉。

無論如何，我需要一杯熱咖啡，安撫徬徨之心。順道回想我與她之間到底發生了什麼事，才讓我走到今天這一步。

黃昏的咽喉

她走學術路線，研究範圍從古典漸漸跨到當代，以評論為主，另用筆名寫詩，那次餐會我唸的那幾句是她改寫屈原《楚辭．九歌．山鬼》的詩句：

如今，披髮於岩上
看看能否曬乾一兩件記憶
山風追逐螻蟻
螻蟻眷戀你的殘軀

彷彿有人在空谷散步
你終於明白

餐會之後，我與她聯繫漸多。有時我去她任職的研究機構取稿，或是她來辦公室交稿理所當然去喝咖啡。她長我一截，又是同校文學院血統，不久即以學姐學妹相稱。漸漸地，校園憶往、談文論藝之外，也涉及私務了。

我們常去辦公室附近一家小巷咖啡店，我習慣喝曼特寧，她喝咖啡有時喝花茶。一點完，我必吞雲吐霧。她曾在辦公室聽到同事叫我「簡兄」，明明我是一頭長髮一身長裙的女性打扮，好奇這其中有什麼曲折？

我告訴她，活在男人之中只好像個男人，男性大沙文主義建構出的文壇對女性而言是個大沙漠。他們大概怕嬌弱的女性禁不起風浪，把我們趕到「閨閣集中營」，認定我們只能、只會寫庭園花草、廚房油煙、客廳擺設、親情倫常；他們寫的才是「大歷史」，動不動就是「自五四以來最驚心動魄的」、「挖掘深埋在歷史灰燼下的大時代悲歌」、「直指宇宙核心、生命真諦」……。男性寫的是「大歷史」，女性寫的叫「小家常」，文學史當然是男性掌權的歷史。「雌雄同體」是初出茅廬、什麼都不是的「女作家」最好的自我保護機制，而抽煙，情非得已，為了反制那些臭男生。

她睜大眼睛很感興趣。

「妳去過應該知道，我們辦公室通風不好，夏天開冷氣更密閉，那幾個男生無論坐著看稿、站著談話都在抽煙，我沒地方逃，被燻得快變成臘肉。氣不過，豁出去了，他們抽煙，我也來一根伸手牌，要燻大家一起燻！」

我的「玉石俱焚」論調引發她的談興，學界裡的女性處境隱藏在父家長式的師徒關係裡更有剪不斷理還亂的情狀。她也積了一缸苦水，趁機傾吐。是以，我們一聊，常聊得面紅耳赤；有因英雄所見略同而面泛紅光的，也有因成長背景迥異而起了無傷大雅的小爭執的。

那年代既年輕又放肆，一切事物彷彿剛出生，誰也不必「鳥」誰。

讓我想想，那時候的樣子。

八〇年代中期，金石堂書店甫在汀州路開張，引起矚目，誠品還沒誕生，大型連鎖書店網絡尚未主宰台北的書籍通路與銷售排行榜，出版界的黃金時光還在天空閃耀——某出版社推出套書大熱賣，全套三十多冊，一上市熱銷一萬套，員工戲稱印書如印鈔票；結算給某武俠作家的銷售報表必須用水果紙箱裝。大報仍握有決定一個作家、一本書崛起或殞落的生殺權威；而雜誌，雜誌長得像一口小皮箱，鑼鼓喧天慶祝創辦繼而行走天涯的有之，走不到大街即癱軟在地，連用來墊腳都沒人要的有之。八〇年代的社會頭痛欲裂——長期忍氣吞聲所蓄積的能量即將爆破，「解嚴」意謂著把思想的自由還給每一顆腦袋，若用「精神層面的核爆」來形容八〇年代中後期的台灣社會活力應不為過。

一九八七解嚴之前幾年，我今日回想，台北的藝文手采雨露均沾地分散在通衢大街與曲折小巷內。明星咖啡館是上一輩作家的戀戀驛站，到了我輩，因著城市新興行政區之發展，風格獨特的咖啡店與茶藝館四處分佈，常帶來驚喜。店中必然有一位談吐不凡的老闆除了賣咖啡還佈置收藏區以饗同好，喜歡跟熟客話家常、交換人生冒險經驗，不在乎你耗了大半天只點一杯咖啡、免費喝了二千cc白開水還非常方便地使用廁所，說著說著還送來自製小餅乾。當年還沒有禁煙觀念，在店內做採訪錄影的、談合作的、約書稿的、寫稿的、交換職場情報的、罵男朋友的，口沫橫飛、樂音悠揚伴著煙霧瀰漫。這些熟客幾乎把店內當作自己書房或是辦公室的延伸，老闆有時需充當接線生，請某人到櫃檯接電話談公務。這些地帶像不受社會輪胎碾壓、不擅長計算損益的肥沃三角洲，位於川流盡頭，前方是無際瀚海，背後乃廣袤陸地，沖積扇上野生芒叢處處飄揚，各色水鳥飛起、降落，自由覓食、嬉戲或認真地決鬥。

沒有網路與手機，只有信件（明信片、印刷品、平信、限時、掛號）、報紙、書籍與雜誌，手工式生活走到最後一抹霞影的年代，我們活在其中、趾高氣揚而且信心滿滿，未能預知二十世紀結束之前，科技文明將以鯨吞方式把我們這一代所依賴的生活模式與情感生態吃乾抹淨，以至於往後在任何季節、去任何一條曾經被我們踏疼的街巷、背熟的門牌，看到的，都像新的一樣。

蟬聲

用一般常用的族群標示法來說，她是在台灣出生的外省第二代。任中學教職的母親因癌變在她考完大學聯考那個悶熱的夏天進了加護病房，考完後估算成績，她在母親耳邊說：「媽，我有把握上第一志願。」一顆淚珠自母親枯槁的臉上滑落，第二天撒手而去。

我們觸及傷心事，就是從這裡開始的。有一次沿著東區楓樹林蔭紅磚道散步，我聽到轟轟然的蟬聲，問她會不會唱〈秋蟬〉，這是我們這一代經過校園民歌洗禮的大學女生的「青春國歌」，接著自顧自唱起：「聽我把春水叫寒，看我把綠葉催黃，誰道秋下一心愁，煙波林野意幽幽。」

她沒反應，才說起喪母往事。她怕聽蟬聲，母親離去那天，哭到耳鳴，醫院窗外樹上，瘋叫的蟬聲像鞭子般抽她的耳朵。

父母都是單獨從大陸來台的南方人，沒有親戚只有同鄉。有個大她幾歲的姐姐，個性與她不同，加上長年在外地求學、後來移居國外，少有機會相處。她說她家像一杯溫開水，玻璃杯裝的，放在桌上冷得很快，可是從杯口的一圈細水珠又知道曾是溫熱的。但涼了，握著、喝著，都是涼的。

父親是公家單位高階主管，母親死時他還不到五十歲，正是風華壯盛的年紀。

「然後呢？」我問。

她露出一個又調皮又苦笑的聳肩表情，沒往下講。

我也不追探，但已攤開的話題需要一個收尾，否則擱在那裡好像忘了關的爐火讓人緊張，我問：「後來，妳家戶口名簿是越來越少還是越來越多人？」

她哈哈大笑：「哪有人這樣問話？後來，我又多了兩個弟弟。」

「明白！」我說。

我也覺得這樣套人家話太「小人」了，遂中止話題，繼續唱我們都喜歡的金韻獎時期名曲〈再別康橋〉，「輕輕地我走了，正如我輕輕地來，我輕輕地招手，作別西天的雲彩。」永遠的徐志摩陪著我們把一條紅磚道唱得像在康河泛舟。但我心底暗暗推算，依經驗，戶口名簿內越擠的，人越孤單。

像失散多年的

溫柔鄉的第一夜非常不溫柔。清晨，在聲似喊著「不痛不痛」的鳥聲中醒來，肩關節僵得像被泥水工鞏固了。我被她的文字滲透，竟也做起怪夢。夢中有棵芬芳的桂花樹，枝椏間藏了一隻奇醜無比的鱷魚。夢要說什麼？美好裡藏著醜陋，或是暗示我想要處理這些札記必須先從屠殺一隻「鱷魚」開始。

札記上有一段文字引我追憶：

蔦蘿爬上黑鐵柵，開三朵五角尖的小紅花。送我種籽的人斷了音信。安靜的七月佈著暴風雨，因為蔦蘿開了紅花，我以為暴風雨也不過是替安靜說幾句話而已。

我記起那蔦蘿。

我認識她的時候，她住在新店山上一處以花園命名的別墅社區；遠離塵囂，房屋依山而建，處處綠蔭，蟲鳴鳥叫不絕於耳。

我第一次去她家實在要拜一場非常虛假的藝文「大拜拜」之賜，那天她也去了。先說這些看似熱鬧實則不乏胡鬧的藝文活動，有時還能目睹怪現狀。會場當然是衣香鬢影，貴賓雲集，江湖上各路人馬都齊了；然後，遞名片、介紹，吱吱喳喳：「這是台灣非常重要的小說家。」「這是台灣很有名的女作家。」「嗚，好熱，什麼鬼地方，欸，小姐，妳們沒開冷氣啊！」「怎麼有油漆味兒，妳聞到沒？我最討厭這種味道。」「裙襬太長了，剛去德國買的，還沒時間改呢。」「台灣最暢銷的減肥書是我寫的，我跟妳講，我三個月減十九公斤！」「真的啊？」「不騙妳，不過，要照我的方式減，胃一定要好，空腹嘛，胃不好不行。嘿嘿嘿，後來又增回來了。」吱吱喳喳。「好，嘿，大家往門口移，我們照幾張相。」「楊先生，你瘦了，不過還是美男子！」「楊先生楊先生，你們雜誌什麼時候做我的專輯呀？」吱吱喳喳。減肥、美貌、衣服配件、名氣、銷售量、八卦、鬥爭、情慾、命理，偶爾來點政治，像恰恰舞步摻一段阿哥哥。如果，吳爾芙在座，就算沒有精神疾病也會從窗戶跳出去。

果然，在另一個頒獎典禮場合，這種忘情地吱吱喳喳的樣子，惹惱了一位身上有歷史灰塵的太后等級的大人物；她以貴賓身分應邀致詞，演講內容太嚴肅、時間超過十五分鐘——對一向目中無人的作家而言，安靜聽講（或聽訓）的忍耐度是三分鐘；可想見，那波浪似的吱吱喳喳聲差不多可以掀屋頂了。太后忍無可忍，在台上發飆：「後面的，不要講話，請你們安靜好不好！」我是得獎人之一，坐相端正，穿大禮服還戴花呢！可是內心像五歲小孩翻觔斗般開心。果然，全場立刻鴉雀無聲，但這安靜只維持三十秒。

回到大拜拜，我是人在江湖不得不去，倒是她，想必是推不掉才來。那種場合一向是公關人才大展戲劇性身手的時候；依然是衣香鬢影，貴賓雲集，銀鈴般叫喚聲或是失散五十年相見才有的驚叫：「哎呀好久不見，我們擁抱一下吧！」抱了這個也要抱那個，抱了小的也要抱老的，抱了順眼的人自然也要抱不順眼的人。我豁出去了，喝了四杯雞尾酒，故作優雅地到處寒暄、恭喜出新書、您得獎是實至名歸啊、別在意那篇評論他根本沒讀懂您的作品，交換名片、交換情報、引見、讚美、一兩句輕鬆的幽默話、拉稿、被邀稿、問候師母、代為問候某某、代我們總編輯問候您，他特別交代要我向您致意（其實他沒交代，他最厭惡這種場合，背後還批評人家的作品，但做屬下的必須代他修補人際關係免得他太快把人得罪光了）。所以，不知不覺喝了四杯。我熟練這種優雅的酒會禮儀已到了撐不下去的地步，覺得非常累，更覺得自己很差勁。這時，她走過來，我仗著一點酒意沒大沒小地「虧」她：「妳不乖乖鎖在研究室寫沒人看得懂的論文，跑來這裡看猴戲啊？」她笑了，學我：「妳不乖乖鎖在家裡寫文章跑來做什麼？」我故作痴呆狀，說：「好好的，我為什麼要把自己『鎖』起來？」

兩人都笑開，下一步，自然是雙雙離開，去了她家。

她的房子頗大，三房格局。客廳雅致，牆上字畫是她母親的作品，一張明式花梨木貴妃椅及大茶几混搭緹花布沙發，簡約大方，除了到處是書與資料，收拾得還算乾淨，一踏進來立即感到清幽。一人份的清幽。

「吾廬小，在龍蛇影外，風雨聲中。」她引辛棄疾〈沁園春〉句自謙。龍蛇指松樹之姿，當時辛棄疾在江西上饒靈山松林間築屋，故有此作。

「拜託，這算小啊？」我說。

主臥室改成書房，四壁皆書，有一面大窗，正對著幾棵阿勃勒樹，像三、四個黃洋裝少女站在路邊吱吱喳喳，在未踏上命運旅路之前，當著晴空流雲的面，分享閨中祕密。

寬闊的前陽台望去，是未被遮蔽的天空及彷彿伸手可拔出筆筒樹的山巒。遠處有戶鄰居種了幾株櫻花，據說這兒是最佳賞花地點；隔鄰種的九重葛盪來枝條，獻出豔色花朵，像不時過來趴在窗台看她在不在的隔壁班同學。鳥聲啁啾，鮮有人影，是一處可以偏安的個人小朝廷。陽台上置休閒式桌椅，想必常在此遠眺。養了幾盆興旺的盆栽，一盆蔦蘿攀著柵欄正在長。料想她讀書之餘頗愛園藝，其中最大盆是薔薇，欣欣向榮，尚未開花，彷彿一台自動打字機，聆聽過量的暗夜獨白，不得不打出滿載的綠色語言。

有一間房，牆上掛著母親照片，房內堆滿從老家搬來的母親與姐姐的箱籠。問她為何不清理，她說不知從何理起？我是看不慣雜亂的人，無法理解「不知從何理起」是什麼意思。她隨手打開爆滿的衣櫥拉出一件紅色盤花絨布旗袍，說：「這怎麼理？我三歲時媽媽穿這件衣服抱我，照全家福。」又抽出一幅水彩畫，薔薇寫生，媽媽一面畫一面唱〈五月裡薔薇處處開〉，說著，眼眶泛紅。

那間房是她的家庭生活博物館，老家縮影，漂泊者的童話屋；她把酷愛攝影、作畫的媽媽留下的照片、畫作與現實物件做了連結，建構已消逝的往日時光，彷彿一切仍在。我立刻理解，她只要躲到這裡，等於像放學回家而下一秒鐘媽媽會圍著圍裙從廚房出來問她餓不餓一樣。

甜蜜的混亂是需要的，活在光影撩亂、分不清擁有還是失落的世界很辛苦，不必趕盡殺絕。

「妳姐回來住過嗎？」我問。

她搖頭。姐姐在美國拿了學位後，順理成章就業結婚生子，在異國扎根扎得不錯，台灣對她而言已濃縮成一年一次的支票與賀卡：清明節前夕，她會寄信來，一張支票一張卡片，給她的短信吩咐買鮮花水果祭拜母親，餘款一份給她一份包成紅包留待父親節、過年連同卡片帶給父親一家，做事非常有效率。信末必寫「簡單幾句，後信再談」，這幾句後來變成我與她通聯時的調笑用語。

「說不上來，好像很淡。」我想起她說的溫開水比喻。

「分隔兩地，也是沒辦法的事。我媽說過姐姐的命格會往外跑，生病時曾對她說：『我好想看到妳飛！』她一個人在國外奮鬥，全靠自己扛下來，我爸像『嫁』出去的不用說了，我什麼忙也幫不上，她也滿辛苦的。」

從此後，常在週末假日，她開車載我到她家吃飯，暢談學術與文學發展；我記得曾告訴她，上《中國文學史》一年，對我影響最深的是蕭子顯《南齊書．文學傳論》：「若無新變，不能代雄。」這八個字奠定了我的創作性格。除此之外，我們倆都喜歡電影，也都不喜歡跟一堆人擠在電影院看，因此看錄影帶是唯一選擇；我們看了大部分的卓別林、小津安二郎與柏格曼。不看片的時候，聽齊豫用霧中空谷的聲音唱〈你是我所有的回憶〉。

到她家吃飯，下廚的當然是我，她是個除了做研究、寫文章之外完全不諳家務的人——她母親是老師兼能幹的主婦，來不及將手藝傳給她。可惜那寬敞、設備齊全的廚房大概只用來燒開水煮泡麵——櫃子裡有一箱泡麵。我做菜不會煮一兩人的，至少是五人份起跳，總是擺滿一桌。有一回炒米粉，炒一大鍋，足夠她冰存吃幾天，她看我揮鏟，說我很像她的一個善廚的朋友。又問，文友們知不知道我能做菜？

我說：「千萬不可，我們這一行有些人嘴巴又毒又刁，他吃妳炒的菜時，會說：嗯，文章寫得好、菜不見得燒得好；他看妳的文章時，又會說：嗯，菜燒得好、文章不見得寫得好。」

她不表贊同，說起善廚的老師們不僅不減地位崇隆，反而更添美事。

我說：「學術與文壇是兩個江湖，你們那裡文明些，吵起架來，大概丟一兩根粉筆就算是嚴重衝突了，我們這邊不一樣，多的是帶箭的夜行人。你要是得罪人，背部中的箭，大概夠你編成籬笆了。」

她笑個不停，說我太誇大，像在描述黑幫械鬥。

「咳，誇大是作家的基本功，如果不能把一根羽毛說成一隻鵝，還寫什麼小說啊！我們成天舞文弄墨，朝自己與敵人身上潑灑墨汁，也算是另類『黑幫』，大家都習慣了啦。」我說。

除了炒米粉、紅燒肉，我還在她描述下做出這輩子第一道外省菜「蛋餃」——她說這是媽媽的拿手菜，外面餐廳沒得吃。飯後，她洗碗。趁她去接電話，我乾脆把爐台刷洗乾淨。她直說不好意思讓我做粗活，我說：「小事小事，誰叫我跟妳的瓦斯爐這麼投緣呢！妳洗碗怎麼跟繡花一樣呢，妳要是劉蘭芝，不必動用七出之條，光洗碗太慢就可以把妳休了！」

她知道我說的是〈孔雀東南飛〉典故，立刻唸出：「孔雀東南飛，五里一徘徊，十三能織素，十四學裁衣。」還說：「妳說對了，不過，她婆婆不是嫌她洗碗慢，是織布太慢。」

「蘭芝的那個婆婆，根本是個頭號虐待狂，心理變態，可以當選中國文學史上十大惡婆第一名，陸游的媽就是唐琬的婆婆排第二。劉蘭芝尋死前要是拿菜刀把她婆給『料理』了，說不定中國文學史會多出一章『恐怖文學』，嘻嘻！」我說。

我們談起這椿漢朝末年的家庭悲劇，好像談辦公室同事的，甚詭異。

「真不知道將來誰有福氣吃妳做的飯？」她語意曖昧。那時的我對婚姻是不屑的，覺得大好人生拿來當家庭主婦實在是糟蹋，回她說：「除非我上輩子踢破他們家飯鍋！」證之婚後每天提供「豪華版簡餐」的庖廚生涯，也許真有這條因果：我曾是土匪，連著兩輩子踢破人家的飯鍋加上毀了竈頭，此生需供應三餐以贖罪。

去了幾次，連隔壁鄰居也算面熟了，看來是頗愛多管閒事的歐巴桑，有一次問我：「妳是她妹妹喔？」

「嗯。」我敷衍。

「她有妹妹喔？」

「沒有。」我實說。

「那妳是她妹妹喔？」

「失散多年的妹妹。」我騙說。

這段無厘頭對話讓我們笑了很久。我說起有一次在餐廳聽到一段對話；服務生端兩盤餐，問隔壁桌：「小姐，妳是豬肉是不是？」「對。」真是讓人無從察覺的侮辱。她不改學究興趣來一段語義的歧徑分析，順便貢獻一則笑話。

我記得是這樣的。

有個政商亨通的奶奶級大人物，也是虔誠的基督徒，虔誠到連上帝也拿她沒轍。問題出在，中國文字的創始爺們蹲在地上擒著石頭尋思圖形且一面反手拍打叮咬臀部的蚊蟲時，上帝根本沒在現場逗留，也不可能教這群剛剛戒掉茹毛飲血壞習慣的中國人寫字，可是，奶奶斬釘截鐵說，上帝「託夢」告訴她，中國文字是上帝造的！

「你們瞧瞧，你們瞧瞧！」奶奶站在講台上，對著一群婦女會成員上課，他們表情凝肅，不是因為聽到上帝的聲音，相反地，是剛剛受到精神上的重創。

「這個『斧』啊……」奶奶伸出顫微微的手寫板書，力道可真足呢。「上面是『父』，下面是『斤』，它意思呢，天父告訴我們，祭壇上的膏油，一次用一斤就夠了，不要多過一斤，不要少過一斤……」

「『爺』這個字你懂吧，你——不——懂我告訴你（這句反裝話，意思是：我告訴你，你這兔崽子壓根兒沒懂過！）你們大聲說，『爺』這個字怎麼寫呀？欸，上面是『父』，下面呢『耶』，天父跟主耶穌基督，現在懂了吧！」奶奶以銳利的眼光掃視每一張「蠢臉」，朝黑板槽用力丟粉筆，重重地說：「你們會——感——謝——我！」

奶奶那時候的表情莊嚴肅穆、威風凜凜，好似上帝是她奶大的。上帝不記得的事兒，奶媽全記得。

奶奶往來皆是政商名流，常有機會至國外做親善訪問並宣揚中國文化。奶奶穿著高雅的中國旗袍，常常成為宴會中備受禮遇的人，老人家又很愛國，於是在不談政治卻又必須巧妙宣揚悠久文化傳統的歡談裡，奶奶再度以她文字學造詣吸引外國友人的注意，她以流暢的英文解釋中國文字與基督教的悠久關係。

「傘」，一個大的「人」，底下一個大的「十字架」，左邊兩個人，右邊兩個人；意思指：主耶穌為四種人背起十字架，白種人、黑種人、黃種人、紅種人。

碧眼黃髯的貴賓們欣喜若狂，掌聲雷動。幾天後，他們特地訂做一方鑄有「傘」字的銅牌贈給奶奶，上面有一行華麗的頌詞：「上帝透過妳，降臨中國。」像諾貝爾文學獎公布時，瑞典皇家學院的讚辭。

我記得我們笑出眼淚後不約而同問對方，文字學老師要是聽到〈中國文字裡的基督福音〉不知會做何反應？

「不是抱頭痛哭，就是抱頭痛笑。不過，說不定從符號學角度看，是個有趣的研究題目。」她說。

於今回想，那些家常小菜的滋味、鬼扯閒聊的笑聲、放肆的對話方式，應該是她的屋子最像個家的時候。

我，竟在不知情的情況下，給了她海市蜃樓般的家常生活。

冰河感覺

當我寫下第一個字，我聽到電壺煮水的聲音及外頭的狗吠。冬天寒冷的氣流對我的骨頭不友善。總是冷，被埋在冰河底下幾百年的感覺。我是一個沉默的幽靈，從冰封的河床裡發現一副女人的身體，敲擊的碎冰在陽光閃爍中彷彿匕首，我抖了抖這副撿來的軀體，她的身上完全看不出活過的痕跡了，沒有生命的喜悅，沒有死亡的恐懼，然而，我對她開始產生不可思議的親密感，不單因為她是我看到的第一個人，或許，永無邊際的冰雪在陽光中發亮也帶來啟發吧，我渴望成為她，去通過她已經通過的故事，去閱讀她已經閱讀的悲哀。我住進她的遺骸，有了可以支配的手腳，第一次發現自己可以使用喉嚨發出聲音是這麼美好的事，然後，才發現人在面對美好事物時的第一個反應是流淚。我決定到傳說中的人間去旅行，不會有人看穿我原本是一個幽靈，畢竟，我已經學會流淚了。

然而，當我坐在昏黃的燈光下開始記述旅行的經歷時，任何一個站在我背後的神或厲鬼都知道，此時此刻，我多麼嚮往甜密的死亡，回到我的原鄉，在熟悉的冰河床上躺下來，對著純潔的陽光說：啊，終於回來了，這一趟旅行真是疲倦！死亡，每一個人畏懼它，詛咒它，那是因為他們眷戀生命中多多少少獲得的快樂與幸福，他們想盡辦法要停留在歡愉的時光中永遠不走。如果，我的旅程中也有快樂與幸福，說不定對死亡的嚮往不會那麼強烈，然而我懷疑，因為，人不管如何努力去抗拒，他仍然是人；而原本不是人的，不管如何認真學習，他永遠無法變成人。我後悔當時沒有深思幽靈的世界與人的世界畢竟不同，我更後悔在進入人的世界後，又太早發現這項真理。那時候，他們稱呼我「孩子」，孩子就是童年的意思。

這些年來，我尚未完完整整地信任過任何一個人，他們擅長使用語言互相欺矇，像沒有受過教養的野蠻人闖入藝術家的殿堂高聲喧嘩，要求一塊麵包；他們狼吞虎嚥著道德、聲名、利祿，甚至愛情，他們毫不掩飾獸慾，而這些，在幽靈的世界裡是看不到的，我們會花一輩子去朗誦一首完美無瑕的情詩，不會同時與數個幽靈交歡。愛，如空氣般清潔的，在人的世界竟污濁不堪。

我不想逼問自己，為什麼躲藏在這本小冊子裡傾訴這一切？沉靜的冬夜雨聲初歇，玫瑰花茶在玻璃杯裡沉澱成數種深淺的枯褐色。這一手佈置的家處處有我的影子，偏愛的、收藏的，它們像忠實的僕人守候我，時光在我身上雕刻履痕，也在它們身上留下變化。然而，有時，我卻不能置信自己與這個家的關係是不是真實？我永遠無法拂去客舍借宿的漂泊感，不僅對這個家，對人、對事件，甚至對生命，我好像隨時準備離去，無須對任何人告別。

稱之為幽靈生涯也不為過了，如果要陳述理由，應該是根源於嚴重缺乏愛的緣故吧！

不要說出他的名字

大約是第三次到她家，我忍不住問：「學姐，問妳一個私密問題，如果不想答我就閉嘴。」

「妳說。」她張大眼睛含著笑，很感興趣我這張烏鴉嘴會問什麼私密問題。

「妳家明明沒男人，為什麼門口鞋櫃有兩雙男人鞋？」

她聽了大笑，反問我：「妳怎麼知道沒男人？」

我不太明白她怎麼這麼樂，但事實很明顯，我說：「第一，妳是一個很孤僻的人，不像能過正常生活的，除非他是聊齋裡的鬼。第二，盥洗室只有一把牙刷一條毛巾，除非他不必刷牙洗臉。第三，沒有刮鬍刀，除非他跟張大千一樣蓄鬍。第四，妳的床只有一個枕頭，床上半邊是書，除非他睡地板上。如果是這樣，那他真的是個鬼！」

她掩著笑，隨手扔來一個抱枕，給了評語：「學妹，妳很賊！」

她解釋那兩雙是父親的舊鞋，要她擺在門口「欺敵」，免得閒雜人等知道這戶只住單身女子起了歹念。

我那時還有吞雲吐霧的壞習慣，她雖叫我戒掉卻也包容地允許我在陽台一吐胸中塊壘，我提議把煙盒打火機留在鞋櫃上，那就更像裡面住了一對偶爾需要大聲嚷幾句的莽夫悍妻了。

「聊齋裡的鬼」，胡說八道的玩笑話中，這句話被她標記下來，寫在札記上。當然，這是我現在才知道的。

正因為這一番笑鬧，話題盪到男人身上。防衛性意味流露在不經意的小動作；抿嘴、斜睨的眼神、雙臂交叉，彷彿警力已部署於路口。我一向不做土匪，何必硬生生搶別人的私密感受？我記得我像蚱蜢一樣跳開，話是這麼開始的：「要當妳的護花使者，必須先『退敵』，情敵太多了，還好學術界書生手無縛雞之力，派一個保鑣去處理就夠了。還要是商場成功人士，因為妳住這麼大房子明明就是貪圖享受、愛慕虛榮之輩，他必須常出國或是坐牢也可以，因為妳很孤癖，不能忍受天天履行同居義務。這些加起來，唯一符合條件的是……」

我說了一個剛上社會版新聞的暴發戶名字。

她笑到直不起腰來，好像從來沒人讓她這麼開心。就在半真半假、似笑鬧又正經的氣氛中，她問了關於我的流言，文壇與學界一向不缺小道八卦，我誠實地做了澄清，我也提了關於她的傳聞，她默默地搖著頭，意思是另有其人。忽然，出現一段令人尷尬的空白，像結冰的路面，我們同時停住腳步。但路前方不遠處有一棵瑟縮的桃花，再往前走，我知道我能看出開了幾分。

輕輕嘆口氣，我說：「不要說出他的名字，如果有一天，我能從妳的眼神、言談、詩讀出他是誰，表示我懂得你們的愛情。」

也許，因為這番話，我成為她願意信任的人。

不斷地向你傾吐

不斷向你傾吐一名女子的某些感觸。我不知道「你」是誰？你的面貌與聲音，你是男或女？

所以，我開始想像你存在於哪一處時空？

你是我所有幻化的本源嗎？不管我以何種面目、身分在哪一個世代歷劫而來，你跟隨我通過百次千回生之輪轉，陪我品嘗世間滋味。你只是靜默地在我的上空觀看我的故事、察知我的心事、甚至紀錄我的意念。你知道我如何尋思在世間成為一個尊貴的人，想掙脫人的諸般苦厄，成為一個自由自在的靈魂。而這潔淨的靈魂，總是渴望與你相會。如潔淨的河流嚮往潔淨之海。

你知道我從孤獨中走出來，回頭看看往日那些生死交關的故事，那一張張在故事中掠過的臉，我的心中沒有怨恨、責怪或憤懣。啊，人世，我只有悲憫與寬恕。當我悲憫，那些美好故事因我的喜悅而得到喜悅的結論，自行靜靜地消散，永不再追隨我而輪迴。當我寬恕，那些壞故事亦因我的寬恕而得到平安的結論，我說無罪，他們便無罪，我說祝福，他們便在祝福的意念中平安地消散，永不再追隨我而輪迴。

你知道的，不管我做什麼、居於何處，以什麼樣的裝扮與言語跟人交往，我早已沒有念頭要從別人身上奪取什麼——不管是世間法裡的名分、地位或資助，或是情感上一個責任、一句諾言、一次相會、一份關心；也沒有念頭認為別人虧欠我什麼。「先釋放自己，才能釋放所有人」我永遠記得夢中的這句話。時間帶來故事與奇異人物，我便歡心地迎接故事；時間帶走故事，我亦歡心相送。故事的過程遠比結局重要，誰能判斷人生路上什麼是好故事、什麼叫壞故事？在過程中喜悅，就算結局相離死別，亦有繇密的懷念與祝福，這故事便是好；若過程充滿喋喋不休的爭執，就算廝守，也是噩夢纏身，這故事便不算好。「親解其縛，賜以酒食，厚禮相贈。」釋放所有人，在故事尚未開始之前。

你知道，我嚮往大自在。前半生持繩自縛，自縛縛人，才知渾濁的心乃因自陷於是非顛倒夢想，把虛幻的人生當作恆真來看。當繩索一條條解去，故事一樁樁消散，人物一個個寬宥，我才知道逍遙令人流出喜悅的淚。因喜而相會，因喜而佈施，因喜而割捨，因喜而於心中為之祈福。虛幻人生隨它虛幻吧，逍遙的人遠離是非顛倒夢想。

住世而不沾黏於世，承苦而不怨懟於苦，迎接喜悅而不執著於喜。我的人生還剩什麼，只剩一樁文學心願而已。

文學心願。文學令我痴狂，彷彿是永恆戀人。所以，我接著想像「你」是另一個我，在不同的世代中輪迴；你是唐朝時的我，宋朝的我，還是更早的，楚辭時代的我？你仍然悠游於那個時代，雖肉身已朽，靈魂依然留戀。我想你一定是個文人雅士，於絲竹管絃、詩詞歌賦中陶然忘我的人。你於寒夜大雪中，與知己煮酒高歌過。你於春園燦燦中，折一枝帶淚牡丹，差童僕遠贈伊人；你必定也曾夜半得夢驚起，披衣坐在灑遍月光的書齋，研墨，以蠅頭小楷寫下夢中得詩一首，佳節遙思某君。你在野渡的霧夜裡，靜靜聽過舟中傳來哀傷的短笛。你在高朋滿座的宴會後，說「歸去休放燭花紅，待踏馬蹄清夜月」。那麼，你必然曾經輕衣單騎，追尋晴花、雨樹，聆賞松濤與風中路人之歌。楊柳堤岸，像一團綠霧，你繫馬，獨自躺在綠茵上，感受日影拂臉、野雀啼春。你聽說十里芰荷，如九天玄宮的三千佳麗出水，便馬不停蹄下江南。你在山湖高崖中放縱，在詩歌中放縱，你攬臂欲擁一切世間之美入懷，你把詩情繫在綻放的梅樹上，要在絕美的風華中死去。

我想像你曾經這麼度過詩歌人生，所以肉身已朽，而魂靈恆常悠游。

因此，當我翻開古典詩詞，便不可遏抑地沉醉其中，如閱前生。我知道是你的靈魂透過我的肉身之眼，再一次回到漢唐盛世。如果不是你在我體內詠歎，我該如何解釋，從未去過煙雨江南的我何以能夠憑一首古詩而墜入江南風情不能自拔。那種奇異的連繫，使我幾乎相信我對文學的熱愛是你的延續；在漢朝時的你的延續，唐朝的你的延續。是故，我無法向任何人傾訴，孤獨的夜裡，吟誦唐詩而泫然垂淚。那種感動彷彿身與心回到當時當地當景當情，而那詩是出自我手。無法與他人分享，在時光輪轉的縫隙裡，現世的我與前生的你因一首詩、一闋詞而交會的神祕感動。

因此我相信，文學與藝術的大殿中，歷歷在目，都是人的前生。唐朝的街市、車馬已不可尋，而唐時的華美生命，依然滾滾捲江而來，喚起今日之我的隔世痴戀。多麼深的相思病啊！

在冬雨的早晨，我在案前坐了四個小時追憶。雨落在薔薇上、落在遠處含苞櫻樹上，也落在隔鄰捎來的紫紅色九重葛上。我追憶遠古時代的你，並且相信，你也曾在你的時代想像過我，在瀟瀟夜雨的芭蕉窗下，寫下最好的詩，對虛空說：留給百千年後的我讀。

那麼，我是否也可以臆想未來的我，今日所寫的麗句，當作與百千年後的我交會的信物。

雨流轉著。生命流轉著。我流轉著。

尋一處靜心的所在

傾吐的聲音在我的腦海深處迴盪。

風很大，早上開始颾，不知什麼意思，像狂怒的將軍，偏偏從雲層透出的陽光非常靜好，是特地趕來安撫的一道御旨，就看誰服了誰！

認床令我不能安眠，晨起，只覺得腦袋像只燉鍋，走起路來有黏稠液體晃動，一鍋沒燉熟的牛肉。若睡得飽足，一下床是輕靈的，像從高山冷杉林吹來一陣乾淨芬芳的風。

我決定出門，帶著所有札記，去尋一處靜心的所在。

坐上開往蘇澳的火車，無目的地，車票買到終點站，我可以在宜蘭、羅東、冬山、蘇澳幾個大站選擇停靠。最後，還是在最熟悉的羅東下車。

羅東，葛瑪蘭語「猴子」的意思。無目的時請跟隨猴子，牠會帶你去迷路，去一個令你茫然到忘記苦惱的地方。我的腦中竄出這一絲念頭，好似在批評自己的無稽。

去超商買了咖啡，朝羅東林場如今叫林業文化園區走。陽光被風吹散，陰著的天適合散步。

這個在課本出現過的太平山木材集散地，曾是檜木等珍貴木材的驛站。幼年多次隨阿嬤走過，嗅得到空氣中濃郁的樹香，那香必定悄悄地改變我的性情，自己卻全然不知。少女時期離鄉，每次回家在羅東站下車，行經林場，聞到那股忽隱忽現的香味，既歡喜又傷感，有了回家的感覺。我深深迷戀也情願迷失在那香氛裡，曾購得純粹的檜木精油，灑於寢具總能安魂。

說樹香不精確，應是森林體味，來自眾神聚議之殿，一道和諧律令。那香令我感到完美的和諧，萬事萬物皆有最佳歸屬，各安其分，暢然運行。

園區內一處空曠地，置放巨大的漂流原木，未走近即能聞到如清溪般奔流的樟、檜香味，不禁恭敬撫摸遍體鱗傷的樹身、俯身嗅聞香味，如遊子如戀侶如知音。遊人不多，宜乎慢步悠行。環湖的棧木小道頗具古意，安安靜靜讓林蔭、鐵軌、原木說它們的歷史故事。原先用來貯存木材的水池擴成遼闊的湖泊，生態豐饒，鷺鷥、雁鴨與水雞或高歌或低吟，各誦其族歌，迴飛、停棲在茂盛的水生植物上或老齡樹枝之間。

找到一個不受干擾的所在，二十年來第一次靜心讀完她的文字，他們的故事。如煙往事，被奇異的風吹回來，記憶裡錯綜複雜的事件與札記文字印證，漸次明朗。我竟曾經在他們苦楚的現場逗留過，只是當時不知。

風吹過樹林，葉聲窸窣。彷彿有人在風中低語，愛字太重了。

愛字太重，如砍伐運來的高山原檜，我怎有能力鑿出一池深泓、召喚水鳥，讓它浮起來讓它歡歌？

噩夢

自溫泉鄉回來，瑣碎的日常撒下密網，案頭活動都停了。札記仍不知如何整頓，手臂仍腫痛。繞了一圈，晚春鬧了精神分裂飆出三十四度氣溫，忽地又回到該有的哭哭啼啼的梅雨樣子，眼看瘋瘋癲癲的夏天快來了。繞了一圈，沒有進度。

不，有進度，噩夢揪著我的髮，凌虐我。

夢中要上一部巴士，司機未等我上車即關門開動，我手抓窗隙，身體吊在車外，隨車晃動。前面是整修中的路面，成堆的沙土四處分佈，執器械穿背心的工人走來走去，總算車內有人替我呼救，但在夢境結束前我仍吊在車外。

這個夢讓我很不高興。但比起第二天晚上做的壞透了的夢，又算溫和。

夢中，我與丈夫有個奇怪約定，他開車先去我們喜愛的景點等，那地方沒名字，只知是高山上能看到藍月亮的地方。我帶著幼小的兒子出發，迷路了，一位不常往來的總編輯出現，她是協助者，但她帶著我與兒子進入一座怪廟，忽然她極度慌張匆匆消失，原來與她正鬧著冷戰的丈夫出現，她不願被他發現所以閃了。我與兒子總算保住一張寫著密碼的紙片（在夢中似乎很重要），離開廟。不期然又遇到她，她開車要載我們一程，我在夢中惦記丈夫一定在山上等得心急，但天地已暗，無計可施，非常焦慮。忽然，她在路邊停車，讓四、五個她的家人上車，我擠在中間，兒子坐右邊靠門。她們欲往餐廳用餐邀我們同往，我推辭，欲下車，正在此時，車行大轉彎，竟直接衝向大海，我驚呼一聲：糟了。下墜中，我毫不慌亂、伸長兩手撥起左右兩邊門鎖，吩咐兒子要游出去。

在車子墜海之前，夢醒了。

或許，這是她寫的飽含情感重量的文字對我的懲罰，怪我為何隔了那麼久才讀它們。那麼，這就是被寫出的文字託付給另一個人卻遭到冷漠對待的復仇了。我讀了她的傾吐與夢境，那操夢黑手賜我兩枚惡果，一枚本金一枚利息。

為何隔了那麼久才讀？

讓我想一想該怎麼回答？

如果一個人連關於自己作品的研究論文都能在一種古怪的時空亂流、無法定位返航的狀態下擱了半年才撕開信封拿出來讀，而且越讀越想逃避，那麼，事不關己的札記擱了二十年未讀，也不算異常吧！

什麼是果？

會唱羅大佑〈戀曲一九八〇〉、〈戀曲一九九〇〉的人，應該也是在那些年從「愛情這東西我明白，但永遠是什麼」的懷疑論者，轉變成「人生難得再次尋覓相知的伴侶，生命終究難捨藍藍的白雲天」的婚姻順民。越叛逆的人越有可能在一夜之間成熟，而且熟得比誰都軟糯蜜甜。

一九八〇年代中期以後，她離開研究單位，跳到大學任教，算是半熟了。而我抗拒熟化，離開第一張編輯檯後，不自量力跳入自以為池塘裡游的是錦鯉其實是鱷魚的出版沼澤，同時參與一家傳播公司創立。她是唯一勸我不要走創業之路、應當去國外唸書開眼界的人。我沒聽，回她說，我要趁年輕時豪賭一次——或許「解嚴」的社會氛圍引動迷幻式的浪漫情懷，與我抱持同樣創業幻夢的年輕人如雨後春筍，以致在某次公開活動中，一位晶鑽級發行人在聽到別人稱我為「發行人」時，語帶嘲諷地說：「一塊招牌掉下來砸死十個人，有九個是發行人。」

她雖不免替我擔憂卻很溫馨地說：「如果我有個妹妹，我希望她像妳一樣，敢冒險。學術路走下去，真的是個高塔。」也許，我與她之所以投緣，正是性格迥異之吸引，具有互補作用吧。

一九八九那一年，充滿轉捩意味，股票衝破萬點，明星咖啡館熄燈，誠品書店出現。江山代有新主，只是逐鹿群雄並不知誰將殞滅誰將崛起。離開房租太高的原辦公室搬到頂樓加蓋小屋，夏天沒冷氣，我隨便躲入東區一家鼎沸的號子，坐在大屏幕牆之前喬裝成看盤民眾，全然不受忽綠忽紅的盤面影響，一面喝免費咖啡一面校書稿或寫專欄文章。置身於歡聲雷動的金錢遊戲潮浪中，會讓人迷眩地以為景氣前途一片大好，各行各業皆可飛黃騰達。是以，未滿三十歲的我未能意識到我投在出版創業上的積蓄與心血已走入死局，即將在跨入九〇年代不久後化成灰燼——果然如晶鑽發行人所言，被理想含量過高的那塊招牌快速砸死，連掙扎都省了。

那年，繼我輩成長過程中必唱的愛國歌曲〈梅花〉、〈龍的傳人〉漸漸淡化之後，忽地，出現一首慷慨激昂的歌〈愛在最高點，心中有國旗〉，一時之間，大街小巷都處在最高點，亢奮得不得了。與此打擂台的是〈夢醒時分〉，同樣地大街小巷都在夢醒。有一句歌詞：「你說你愛了不該愛的人」，陳淑樺，以高亢又清美的聲音唱出情愛世界的糾纏。她的嗓音有一股無辜者的獨白況味，嘹喨但不吶喊，婉轉卻不悲情，即使滄桑也是圓潤的，維持住一個女人應有的雍容。

下雨的週末晚上，我在她的車裡聽到這首歌，兩人都靜默，唯有雨刷呼呼擺動。車窗外好一個擁擠忙亂的世間，嚴重塞車，回家的、離家的都陷入交通黑暗期。

「妳愛過不該愛的人嗎？」突然，她問我。

我沒料到平日優雅端莊的她會拋來這麼燙的問題，「什麼是該、什麼是不該？如果桃花流水結不了果的，都叫不該。照這個分法，我從小學就愛不該愛的人。愛上不該的，才有下文，愛上該的，沒有下文。妳要有下文的還是沒下文的？」我閃閃躲躲，把問題拋回給她。

嚴肅的話題被這突梯的回答弄亂了，她的臉上掠過一抹苦笑，問我：「那妳說說，什麼叫果？」

「唉，什麼叫果……」我也語塞。

倒是她下了結論：「讓妳甜的，叫果，讓妳澀的，叫落花。」

連我這擅長逞口舌之快的人也不知如何接腔，咀嚼這話——人如橄欖，只有被嚼碎才釋放芬芳，話語亦如是。卻越嚼越覺得澀。這滋味很熟悉，童年時屋後有一棵羸瘦的番石榴，結了小芭樂，綠色乒乓球，那種澀令人永生難忘：孤獨，被時間遺棄，沒有前途。

「妳生日的時候，我要送妳一把鋤頭。」我說。

她不解地看我。

「落花那麼多，讓妳學黛玉葬花呀！」

「壞小孩！」

恢復沉默。隔了一杯水的時間，我問她：

「妳甘心澀嗎？」我反問。

她沒答。

車內冷氣封住被弄亂了的世界，酣暢的雨勢既不能鼓動前進的意志又不適於安穩地話說從頭。我們像兩隻受傷的雁，從自己的隊伍脫隊了，相遇於雨夜，各自斂羽，矜持地保持距離，可又知道身旁只有彼此。偶爾嘎叫幾聲，不是向同病相憐的人交代帶傷的經歷，是借話語提問那不在現場卻能牽引心緒的人。有那麼一瞬間，我感覺到，她最想要今晚陪在她身旁的人是他，其次是放縱與混亂，再其次是我。那個謎樣的人在他該在的地方，而她的學思生涯所鍛鍊出的理性、身體與心靈連結太密的特質，已刪除放縱與混亂的可能性，連去小酒館跟陌生人喝一杯酒交換一個擁抱都不可能發生，所以下午打電話給她的我，成為暗夜海面上的浮木。

在餐廳裡，我單刀直入問：「那個人，現在跟誰吃晚飯？」

「跟他的未婚妻吧！」

這是唯一一次她正面提到他。

但我們都不想繼續談下去。因為，除非你有能力倒提江水，否則又何必問水中的人怎麼落水的？

啊！疲憊的、靠不了岸的心

每個人身上揹著記憶體，看起來是往前走，其實不斷回到記憶體內的某個房間，烤火、晚餐、談話或逗弄竹籠內的畫眉。現實的空間疊映另一個空間，時間撥回記憶中的刻度，門外下著雨，記憶中的時空卻是春天的早晨。

啊！疲憊的、靠不了岸的心，妳要追尋哪一扇門？進入誰的記憶體？妳難道看不穿這弔詭的世間？還要在夜半拍門？喊一個名字：「開門！幫我開門！讓我進來……」妳拍的是現實的木門，而那人耽溺於記憶房間，那牆無形無狀，妳無從尋找門戶啊！他完全聽不到聲音，看不見敲門的人。

捨棄，收回拍門的手，回到自己的房間，窗明几淨，聽冬雨敲門。

讓所有的人回到他們的記憶體，烤火、晚餐、低聲談話、逗弄竹籠內的畫眉。

我恢復自己，完整的自己，在自己的房間踱來踱去，閱讀、寫稿，傾聽冬雨的奏嗚。

啊！時間是一把水製的刀，畫開我那積垢的心，記憶洗薄了，事件人物渙散，逐漸感到鬆綁，來來往往的人，與我無關；昇起的事件人物，宛如泡沫，隨它起落，逝去的事件情感，亦是浮波，隨它生滅。

啊！我是什麼？我是被誰遺落在湖面上的倒影，找不著正身！也許正身已投水溺斃，剩我這條孤影還貼在水面上，從天光雲影的移動中看到世間消息，從銜草麻雀與飲水雁鴨身上讀懂悲歡離合，我在的地方就是水鳥驛站，戀人掬水洗臉之湖。我這條孤影仍舊貼在水面上，跟隨水草舞蹈，任憑浮萍為我化粧。啊！我飲第一口春露、嚐柔軟的初雪，我幻想成為一個人，不必尋找正身，我即正身；而一次次，我終於回到水面上，把淚偷偷丟入水中。

錯位

我應該怎麼說她的故事？

攤在桌上的信件與札記都讀過了，每個字都是有意義的，卻也像擺了太久的一盒糖果，化了形牽著絲，難以分辨顆粒。我嘗試理出頭緒，以我與她交往期間所能記憶的事件來印證札記，卻不斷迷失在自己的記憶險灘與她的文字黑森林裡——我以為我記得的是這樣，看了札記卻發覺是那樣。再者，她不是一個乖順的紀錄者，常常抽離事件、隱匿人物，只保留感覺、情懷、想像與領悟，包覆著文學語彙，藏入內心深處，形成心靈的詠嘆與獨白。讀其札記，已無法倒推其現實經歷。猶如置身於無邊際的漣漪之中，依其波紋而旋繞、擴散，卻不能分辨身在何處湖泊。

我不知道該如何下筆，匆匆又擱過了潮濕的春天。手臂之痛毫無起色，既然熱敷、電療、雷射都不見效，換了方式去找一位資深且和善的國術館老師父，笑瞇瞇的他托著我的手臂，輕輕地大旋轉、推揑、反摺，說也奇怪，竟輕鬆不少。最後一次坐上椅子，勉力伸直手臂，老師父說：「妳的錯位都矯正了，可以畢業，以後靠自己多轉一轉。」

「錯位」，我想著這兩個有意思的字。也許，我面對那疊札記的心態也是一種「錯位」；我不應該執著於清查真相，而是應該閉上眼睛去感覺，感覺她的感覺。

記得當年我創業幾近破產之後，在出版界輾轉求活，曾向她約書稿，她不置可否說，再想想。幾年後，她臨出國前，交給我一袋札記及信件，只說了句：「當中也許有值得整理的，但我的心已不在這裡了，妳全權處理吧，能變成什麼就是什麼，不能處理的話，丟掉也行。只不過是拉里拉雜的字，只不過是一場夢而已。」

她說得輕描淡寫，換我不置可否，只翻了幾頁就手軟，無力在緊盯銷售業績、檢討報表的高壓生活中抽絲剝繭一個連當事人都不在意的已逝之夢，便將它束諸高閣。那段時間的我市儈氣很重，只不過是追逐數量與速度的出版機器下的一名打手，不耐煩去耙梳他人若隱若現的愛情。

二十多年後的今天，札記仍是札記，我已不是我。換言之，我應該矯正這些是「屬於她、被主人遺棄的」錯位心態，應該當成與自己相關的，去感覺，去追憶，用想像力去延展，用我的方式說出她的故事。

哪怕這個故事已跟原來的不同。

【徘徊】之二

愛情，是我在這世上唯一懂得的事情

兩情相悅的情愫如何萌生？

是容貌姣好、體態翩躚引人流連，或是言談有味、笑語盈耳如飲醇醪？是帶蜜的聲音熨貼了心、飄香的氣味勾住了魂？還是衣著寶飾、車駕宅邸所暗示的物質倉廩叫人放心？是才高學廣、思想深博能另闢桃花源，從此儷影雙雙走進落英繽紛的夢土？是性情與性格圓融可親，有他在，茅茨土屋也能變成夜鶯與雲雀樂於築巢的庭園？是品格澡雪，不染市儈庸俗，讓人「高山仰止，景行行止」？還是理想紋身、一腔熱血灑遍四方，叫人崇拜，甘願與他同生赴死？或者，不必多費唇舌，人生無非是海市蜃樓，管他是誰，色身纏交如此歡快，不必囉唆，一把乾柴烈火燒得魔鬼死去神仙活來。

到底，兩情相悅的情愫是怎麼萌生？

所以，愛從眼睛，觸及內心；
因為，眼睛是心的斥候。
於是眼睛四處偵察，
那能讓內心喜悅去擁有的事物。
而當它們一致和諧
且心意堅決時，
完美的愛便誕生了。（註）

眼睛，瞇著如虎，睜著似鷹，閉著像駿馬，眼睛替什麼樣的心站崗？是一顆「只取一瓢飲」不貪的心，還是三心兩意，既要容貌體態又渴求才華蓋世兼備物質豐饒？五色令人目盲，那站哨的眼睛可靠嗎？瞽者少了眼睛做斥候，是否就不動心？若瞽者亦能滋生情愫，靠的顯然不是眼睛。愛情使人盲目，盲目的亦非眼睛，是被關在情天幻海，那進不去出不來、求生不得求死不能的心！

追求你所愛而他不愛你，是否勝過接受他愛你而你不愛他之人？哪一種離幸福較近？追求你所愛，而他始終不能愛你，你的愛終究會變成他眼中棄之不足惜的敝屣。接受他人愛你而你始終無法愛他，你遲早會把他的愛給糟蹋了。

「情投意合才是愛神國度的法律與正義。」說這句話的是年輕俊逸的希臘悲劇詩人阿伽松，柏拉圖〈會飲篇〉中，他是這麼說的：「愛神所能承受的任何東西都不需要借助暴力，暴力根本無法觸及愛神，愛神也不需要用暴力去激發愛情。」

如果，兩情不能相悅，卻有一方苦苦地給，那給的一方要的可能不是愛，是善於自苦的囚徒，關在愛的牢籠裡才品嘗得到的、與眾不同的悲哀。愛的苦行者，悟的是夢幻泡影還是有情人終成眷屬？

若是夢幻泡影，夢醒時，驚覺年華荒廢、情傷心碎，該如何康復？如何才能鼓起勇氣，再次走向愛的旅途？若終成眷屬，是否從此如膠似漆，只有甜沒有苦？還是猶如強摘的果實，六分澀三分苦一分是咀嚼之後留在舌尖淡淡的甜？一生就換這一絲甜。

愛神是誰，在何處駐紮？祂是善聆聽的慈祥老神，還是溫柔的年輕暴君？祂是勤勞的編織工，叫該相逢的速速相逢，還是愛惡作劇的頑童；在戀侶背上，一個貼薄情符，一個施深情咒，祂收集情人的眼淚，解渴？

阿芙蘿黛蒂（Aphrodite），希臘神話愛神（相當於羅馬時期之維納斯），祂的身世傳說分歧，一說沾了逆倫之血；最古老的天神烏拉諾斯被兒子所弒，其生殖器被擲入大海，這不朽的頑劣之物竟能單獨幻化，自海底升起珍珠般沸騰的泡沫，從中誕生絕美女神阿芙蘿黛蒂。祂曾在「金蘋果事件」中，讓年輕的裁判帕里斯心懾於祂的美麗，於赫拉、雅典娜與祂之間，選擇祂是「最美的女神」應獲得金蘋果。而祂應允帕里斯將得到世間最美麗女子的愛情，這承諾應驗了，帕里斯與斯巴達王后海倫私奔，遂導致「特洛伊戰爭」。愛神的袍服裡藏著刀劍，賜福與降禍乃一刀兩面。

此言不假，若考核愛神的「羅曼史」，這位從男性情慾歡海誕生的神祇，其愛情故事充滿嫉妒、不馴、背叛、征服、擄獲之戲碼。傳說宙斯追求祂不得，一怒將祂嫁給醜陋且殘疾的火神。阿芙蘿黛蒂的字典裡沒有忠貞，相反地，有的是熾熱到足以焚毀任何一道道德阻攔的情慾，而祂也擅長激起他人激越的慾望。奧林匹斯山上，處處天雷勾動地火，祂周旋於多位男神之間悠游歡暢，導至四處追捕祂的火神丈夫，需打造一張金網才能網住正在床上尋歡的妻子與妻子的情人。即使如此，連戰神阿瑞斯（Ares）也無法抵擋愛神那神奇的魅力，情場如戰場，善戰的祂追求阿芙蘿黛蒂，生下多位子女，其中一子名愛洛斯（Eros），其羅馬名字即是叫人愛恨交加的小愛神邱比特（Cupid）。這小頑童身上流著母親的慾火與父親的戰火，合理推測必是喜怒無常，暴躁且過動。平日，背著一筒金箭與鉛箭四處野遊，只有黑幫老大與軍人世家才給孩子玩這麼危險的玩具，又不教祂射御之道，據說被祂的金箭射中，將得到愛情，被鉛箭射中則失去愛情。至於決定射哪一支箭，似乎全憑這小孩一時高興。

箭，確實較能美化愛情征戰留下的傷口——情傷若是大面積血肉模糊，未免嚇人。在印度，愛神是一位高大、活力充沛的年輕人，同樣地，手上握一張弓、一筒箭，箭的作用有二：一是「打開心房」，一是「促死之苦」——叫人愛得死去活來。不同文化，對愛神的想像卻如此相似。可見愛情雖是古老的情愫，愛神卻是年紀的敵人，祂是諸神中最年輕的，從不看老年人一眼。不管金箭、鉛箭，表示愛情固然甜美，瘀傷難免。即使被金箭射中，也會留下可能發炎的小傷口。

沾著逆倫之血而誕生的阿芙蘿黛蒂，暗示著愛情征途的第一場戰役跟父權有關；原本成長即內含逐漸從原生家庭脫殼而出，為了愛情，情急之下有可能拉扯過當，因而父女決裂、母子反目。其次，愛神與戰神結縭，亦非吉兆；有情人結成眷屬，聘金內夾一條引信、嫁粧裡埋一枚地雷。

相較之下，中國文化裡的月下老人顯得和藹可親，祂身上沒帶武器，能通過任何一道嚴格的安檢閘門。長得紅光滿面，一把白鬍飄飄然，左手拿《姻緣簿》，右手拄著拐杖。除了擔心祂有三高隱憂及健康之外，這樣的外貌與配備立即令人如見地位崇高的家族長老——父權中的父權，頓生敬畏與順服之心。

月老傳說出自唐朝，唐人小說記述一名少年（一說孩童）韋固，遇到一位老人倚著行囊而坐，湊著月光翻書，韋固問他那是什麼書？答曰：「天下之婚牘」，即《姻緣簿》。又問那行囊裡一捆捆的紅繩做啥用的？答以：「以繫夫妻之足，雖仇家異域，此繩一繫，終不可避。」自此，主管男婚女配的婚姻之神定案了，稱「月下老人」或「月老」，祂連名字都沒有，一只裝紅繩的行囊及一本《姻緣簿》成了最顯著的象徵。

祂的形象像極了奉公守法的公務員，常年出差在外，一簿一繩行走天涯，繫住佛前祈求要當一世夫妻的苦命鴛鴦，也綁住仇家——想必月老得動用一點法力讓他（或她）仆倒在地抽了腳筋，方能牢牢綁住逃過三世、今生必須結案以免造成婚姻呆帳毀了年終考績的「前世冤家」。這些婚姻通緝犯中，情節重大的有個特徵，想要享受婚姻裡每日一泊三食的福利，卻不願受束縛。簡言之，把婚姻當成免費收留街友的五星級旅館。如果當事兩人想法一致，旁人無須置喙，就怕一人動了凡念，月老不得不追捕。

多年前，曾聽聞兩個年輕人舉行盛大婚筵，後來離了婚，把雙方父母氣出心臟病叫救護車。乍聽，覺得父母們未免太僵化，離婚又不是天塌下來的事，再聽下去，連我都變臉，因為小倆口從結婚到離婚，只有七天。我們參加旅行團到歐洲旅遊，跟陌生人同食共宿的時間都比這長。合理推測，這種婚姻兒戲的案例，若不是月老老眼昏花綁錯人趕緊更正，就是祂拿錯繩子：出差在外便當吃太多了，祂又跟我一樣惜物，把圈便當盒的橡皮筋留起來，執行公務時一陣扭打，一手按住仆倒在地抽了筋的「逃婚歹徒」，一手摸繩子，就這麼拿橡皮筋圈逃犯的腳。祂成全了姻緣，大概也因執行不力積下不少業務過失——玉皇大帝只要隨便問戶政事務所的小姐就知道了。

我這樣批評對祂老人家刻薄了點兒，應該趕緊收回，畢竟祂當年對我有恩，以年度清倉的速度替我拉了繩子（要是台北市被蘇迪勒颱風吹倒的樹能這麼快扶正就好了），我才有機會在婚姻裡鍛鍊牛馬精神。也許，月老的業務內容只管姻緣一線牽，不包含婚姻圓滿與否，所以紅繩是否變成腳鐐，與祂無關。那麼，問題來了：未婚男女求姻緣，可以到台北「霞海城隍廟」，備金紙、鉛錢（台語「鉛」、「緣」同音，有鉛喻有緣）、紅線、喜糖，禮拜月下老人，求祂早日繫姻緣。家中有幼兒的，台南「開隆宮」供奉「七娘媽」，即包含織女在內的七仙女，可護佑孩童健康長大。唯獨求婚姻能永浴愛河、白首偕老，不知拜何方神聖？由此可見，眾神知曉世間亂源泰半出自於婚姻；清官難斷家務事，眾神也不想聽落落長的、斑斕鴛鴦變成禿頭番鴨的臥房恩仇錄、倚門屠豬記，所以沒一個神願意承接婚姻這顆「大巨蛋」——拆也不是，不拆也不是，拆會被罵，不拆也會挨罵。民間雖有「和合二仙」主婚姻美滿之說，但似乎不夠普遍。婚姻，有的夫妻從破曉相遇接著就是一輩子燦爛天光、春暖花開，有的相識於黃昏彩霞時分，接著要過一輩子暗無天日，直到其中一人死了，才算等到黎明。

相較於西方愛神阿芙蘿黛蒂崇尚個人主體自由，斬斷桎梏、衝破樊籬，展開對愛情、情慾的華麗冒險，中國文化裡的愛神「月下老人」則彰顯「家庭／家族」價值。前者只管愛情，後者綁住婚姻。愛情一向不必理會道德鎖鍊，所以祂可以因不喜歡火神丈夫而紅杏出牆。而婚姻需肩負家族傳承使命，是以必須綁手綁腳放棄個人自由，若有衝突，「此繩一繫，終不可避」，一切歸諸命中注定。有例可證，韋固聽月下老人繩繫夫妻之說，不以為然。老人指著遠處一戶人家，說：「看到沒有？那個賣菜婦有個三歲女兒，十四年後就是你老婆。」多年後，韋固重返舊地，見那女孩長得甚平庸，竟派人行刺。怎料到數年後大婚之日，見妻子額頭髮際有塊小疤，一比對，就是菜販女兒。果然印證「此繩一繫，終不可避」。這故事言下之意：既然「自古姻緣天定，不由人力謀求」，「三從四德」、「逆來順受」的制服交給女性去穿——即使妳知道丈夫曾派人要了結妳，心裡涼了半截，妳還是得不計前嫌，致力於賢妻良母之偉業。對男性而言，「天注定」的意思是，無論美醜貧富賢不肖都要概括承受，該娶進門的就娶了吧！不能名媒正娶的，姻緣簿內有桃花補充條款，自己量力而為。無論如何，男性的福利較優。

家，寶蓋頭下一隻豬。豬，指人丁興旺、財寶滿倉不是指配偶（很不幸，對某些人而言是）。成家，是另一種形式的畜牧業，夫妻得胼手胝足養肥那頭豬，是以，婚姻裡有大半時間需清理豬糞。

（然而，盱衡今之時勢，兩性平權教育扎根成功，個我主體自由蔚為風潮，七、八年級世代的婚姻觀看在三、四年級世代眼中，沒有一條不符合「七出之條」。有例為證，以前的媳婦一嫁進門，「三日入廚下，洗手作羹湯，未諳姑食性，先請小姑嘗。」現在版本，媳婦對婆婆說：「媽，我最近比較虛，妳幫我燉雞湯，油要記得撇掉。」即使如此，三、四年級世代的公公婆婆還是很感恩的，因為人家願意嫁進來已經很難得了。）

明白月老的業務內容主婚姻不採計愛情之後，拜月老者最好先選填志願；想清楚，求的是第一志願騰雲駕霧的愛情、第二志願有實無名的夫妻生活、第三志願有名無實的法律地位，或是名實相符的第四志願「白首偕老」？若想進第四志願資優班，求能令家族繁茂和樂、三代欣然發展的世間神仙眷屬，恐怕得先練一練臂膀負荷力；須知資優班學生每日伏案勤讀十六小時，而神仙大多是凡人累死才變成的。走捷徑也可以，要擔風險；「錢多事少離家近，睡覺睡到自然醒」的工作除了「搶劫」沒第二條路，符合「父母雙亡，汽車樓房」優渥條件的結婚對象，長得像金城武的可能性非常大，但他名列市政府重陽節禮金發放對象的可能性更「不是普通的大」。

然而，天注定是什麼意思？

傳說七星娘娘每年將未婚男女造冊，交由月老媒合，祂憑的是哪一部法哪一條規？最輕便的懶人包解釋法即是推給前世；設想，茫茫渺渺某朝某代，「日出東南隅，照我秦氏樓，秦氏有好女，自名為羅敷。」日光燦爛的春天，妳挽著籃子到郊野採桑，一陣馬嘶，遇到路過此地的使君，鍾意於妳巧笑倩兮美目盼兮，下馬問路，更為妳的談吐心醉，遂大膽致情。妳答以：「使君自有婦，羅敷自有夫。」遂惝怳作別而頻頻回眸，埋下兩情相悅的種籽。自此歷劫幾回，終於在今生讓月老發現花樣年華的妳有這麼一顆情種尚未萌發，翻查名冊，那位使君正好也在台灣，剛當完兵覓得一份好工作，月老取紅繩一繫，兩人沿河堤騎 YouBike，下車問路，路旁有一棵興奮的桑樹，見證了萍水相逢亦有天作之合。

又設想：你愛上你那青梅竹馬的表妹，婚後，兩人如膠似漆，詩詞唱和、琴棋作伴，羨煞天上神仙。但你那嚴厲的母親冷眼看著，咬著的牙森森然地長尖了，怕擔誤你的功名前程，以死逼你寫下休書，把她遣回娘家，此後各自婚嫁。你難忘舊情，從此悒鬱不歡。某日，在繁花盛放的園子裡巧遇，你與她相對無言。酒入愁腸，你寫下：「紅酥手，黃縢酒，滿城春色宮牆柳。東風惡，歡情薄，一懷愁緒，幾年離索……」這一段鴛鴦劫痛入內心深處改變了靈魂的顏色。你與她各自輪迴皆存恐婚之心，不婚不娶，孑然一身。來到今生，月老看到名冊上的你帶著與生俱來的滄桑，有一股叫人發顫的情怨，仔細盤查舊檔，翻出這一樁苦命鴛鴦冤案。再清查未婚人口，沒找到你表妹，央七星娘娘清查未成年名冊，終於找到。巧的是，當年你那個虎媽現在是她媽，後來潛心向佛，已變得既明理又慈愛且熱中當煤婆。小妹妹唸小學三年級，差你二十歲，此時正在補習班補作文，文筆依然不錯。原本月老受制於「註生娘娘」業務法規，不替年齡差距太大的人牽線，這回說什麼都要破例，提早把繩子繫在你倆腳上。但考量你得等她長大以免觸法，只好派你談幾次讓體力變得越來越差、文筆練得越來越利的爛桃花戀愛。命定的那一天終於來了，你站上講台開始授課，從後門溜進來一個遲到女生，待她坐定，一抬頭，四目相遇，你忽憶及「傷心橋下春波綠，曾是驚鴻照影來」詩句，竟有想哭的感覺……。

再設想：生逢亂世，連年兵燹，四處瀰漫著濃臭，因為「積屍草木腥，流血川原丹」。妳長於貧家，兄長皆在戰場，長嫂將妳嫁給鄰村一位敦厚老實的年輕農夫。豈料成婚之日接獲兵書，需次日啟程赴戰場。「嫁女與征夫，不如棄路傍。結髮為妻子，席不煖君牀。暮婚晨告別，無乃太匆忙。」此去經年，杳無音訊。妳耕種持家，侍奉公婆，養老送終，無怨無悔。從猶有笑容的荳蔻青春變成沉默的霜髮老婦，不解事的村童還以為妳生來瘖瘂。某日，盛夏雷雨之中，妳死於避雨的工寮。四野滂沱，只有一條狗替妳哀叫幾聲。不遠處田間小廟裡的土地公，眼睜睜看盡妳這一生是塵埃裡的塵埃，糞土中的糞土，特地跟月老關說：「老哥，這個好女人你得看我面子費點心，她耕種的那塊地收了她一輩子汗淚，都鹹出鹽了。」幾度流轉來到現在，月老終於替妳找到那位敦厚老實、尚未開始即告結束的丈夫再續前緣。他是個台商，兩岸奔波，事業有成。無論跑得再遠，絕不拈花惹草；多少美女，對他一見鍾情再見獻身三見當什麼都甘心，他不動就是不動，跟石頭一樣。一有假期，立即奔回家，最愛吃太太做的家常菜，飯後一起河堤散步，一夜說話到天亮，「今宵剩把銀釭照，猶恐相逢是夢中。」捨不得睡覺。周遭都不解，妳長得身材健全容貌清楚而已，怎拴得住一個高富帥的天涯海角人？此乃旁人有所不知，婚姻裡也有累世帶來的一諾千金、兩字道義啊！

什麼是天注定？被看好的姻緣果然成功，被一致看衰的婚姻竟然也功德圓滿，無可解，歸之於天注定——前世故事未完，此生需續。是以，紅繩子繫的是緣分，兩人能否合力用這條有緣之繩綁妥婚姻，不能單靠緣分，端看有無將緣分升級為本分，盡了本分才有福分。婚姻裡有愚公移山、精衛填海的劇情，需靠兩個苦力相互扶持。若有人不甘願，這婚姻就地掩埋，也就結案了。春天不會因世上多一對恩愛夫妻而多開一天花，冬天也不會因世上多一對拆散怨偶而少下半日雨。

然而，神都不犯錯嗎？有天賜良緣，難道沒有錯配冤案？被看衰的姻緣果然過得了端午過不了中元普渡，被一致看好的門當戶對、才子佳人，竟敗得雞在飛狗在跳，無可解，歸之於月老錯配——據衛福部統計，二〇一三年男、女寶寶「菜市場名」冠軍是三百六十七個宥翔、三百零四個語彤。試想到了適婚年齡，哪個宥翔配哪個語彤？叫飽受白內障之苦的月老怎能不出錯？所以善意提醒禮拜月老者，貢品中加一副放大鏡，請祂看清楚再綁；因為配錯了的繩子似手銬腳鐐，拆解不易，對某類人而言，那繩子等同幫他結紮；離過一次婚，再也不敢碰，看到「囍」字像看到鬼，吃喜餅就瀉肚。至於在婚姻道場幾進幾出連戶政小姐都忍不住以關愛眼神多看幾眼的，亦懸疑無可解，略加推測二、三：《鴛鴦譜》之外另有一本《鬥鵝冤》，乃小鬼們收攏漏網名單用來練習配對，所用之繩材質不佳，一扯即斷。或是，婚姻賽事亦有躍升大聯盟、下放小聯盟調節之法，予猛將機會，給傷兵休養。更或者，七星娘娘的工讀生抄寫不慎，造冊時墨汁過濃，兩頁黏成一張，以至於明明是檜柏之材成了無用檮櫟，進了竈口，燒得別人溫暖自己淒涼。

配錯的，能否撥亂反正？再也沒有比莎士比亞《仲夏夜之夢》、馮夢龍〈喬太守亂點鴛鴦譜〉更混亂的婚配，最後皆大歡喜。拆散一對怨偶成就兩對佳偶，果然是美事，帶給水深火熱之人希望。但希望常常是春日彩蝶，飛不過冰封現實。裂解的婚姻，不是修「拖」字就是修「捨」字；到底陷身泥塘與無情人作殊死戰較好，還是應當揮一揮衣袖不帶走一片雲彩（或一筆財產）換得餘生耳根清靜、五湖四海自在？無解。有人偏好日日糾纏，有人甘願一刀兩斷，從此遺忘。神犯的錯，需靠人自己修復。

既然會犯錯，這月老還要拜嗎？要拜。要拜。擔心少子化日益嚴重的內政部官員必定點頭如搗蒜。網路上有心人整理出全國十大月老廟以饗善男信女；除了月老本尊坐鎮，另敦請媽祖、西藏愛情如意佛、女媧娘娘助陣，卡司堅強，儼然是一門月老經濟學。其用意是，莫寄希望於一神，多拜多保佑。倘若有志之士巡迴禮拜一圈，姻緣依然如如不動，無計可施之際另闢突破性做法；現今世風，若有不服之事，動輒抗議黑箱、占領官署、高喊下台，不知若對月老採取此等激烈手段，能不能達成目的？「暴力根本無法觸及愛神」，阿伽松的話再次響起。想必古今中外皆然，愛神超越一切，不受威脅。人神之間，應該理性溝通，溝通無效，自行吞下

「認命」二字。

認了命，化小愛為大愛。畢竟，不欠一段情、不欠一份糧，成不了家庭。糧，不單指物質，更是承擔對方現實總體的一份決心。而所謂承擔，必然內含了犧牲。獨身與婚姻，如佛洛斯特詩所言：「兩條路在黃樹林裡岔開」，標示的是選擇，不是福澤。對第一次走進黃樹林的人而言，兩條都是新路，不管看起來覆滿落葉還是足跡清晰，皆無法保證路況平坦。一條平凡的婚姻路或獨身小徑，被才德兼備的性情中人走成風景，添了世間佳話，即是人生成就。愛情，若不是帶我們找到婚姻（或等同婚姻般忠誠的同性伴侶），就是找到金碧輝煌的自己。管它緣起緣滅誰主沉浮，管它桃花正果誰種誰收，婚與不婚，皆通往幸福。

「愛情，是我在這世上唯一懂得的事情。」兩千四百多年前蘇格拉底說，用來描述愛情國度裡痴迷顛狂的子民，也很貼切。他認為愛情是對善與美的欲望，「愛的行為就是孕育美，既在身體中，又在靈魂中。」愛，就是對不朽的企盼。

不過，雄辯滔滔論述愛情的大哲學家，其學問與擇偶能力似乎不成正比；其妻贊西佩女士已成為「悍婦」代名詞。蘇格拉底不知做了什麼事惹她不高興，咆哮一番之後，直接端起臉盆朝他潑水。這行為已構成家暴。

「打雷之後，通常會下雨。」蘇格拉底自我解嘲。換了衣服，又出去找人辯論哲學問題。辯完了仍然回家吃晚飯，絲毫不受「天氣」影響。

「唉……」我望著窗外樹影拂動，發呆三分鐘。

「愛情，是我在這世上唯一懂得的事情。」我怎麼看都覺得蘇格拉底這句話還沒講完，想了想，往下應該再添七個字：

只是常常看錯人。

註：參自喬瑟夫・坎伯《神話》，引古義勞特・德・勃涅（GUIRAUT DE BORNEILH）之詩。

【卷二】

夜色

茫茫人海藏著看不見的線索，
那命中注定要經歷情事的兩人，
無須繁複的鋪排、費盡唇舌的鼓吹，
於滿堂人群之中，一見鍾情。

彼時，杜鵑花佔據春天

她在生命最低潮的時節遇見他。

母親走後不久，夏天也進入尾聲。七〇年代中期，她踏進杜鵑花城，少了新鮮人的喜悅，多了一份超齡的沉重，好像拖著腳鐐走路。每天早上醒來，渴望離開沒了母親做早餐飄來荷包蛋焦香的家，到了黃昏，又渴望早點回家說不定母親正好推門出來證明一切都是惡作劇。

淡淡三月天，那命定的一天終於來了，她必須遇見他。

她走出文學院，正在回家與總圖書館之間猶豫不決。不管去哪裡，都得先填飽肚子，又猶豫起來；去舟山路僑光堂邊吃傻瓜麵配滷味好呢？還是校門口附近的小籠包順便去「博士書店」瞧瞧？那排兩層樓違章建築聽說快拆了。早年隨政府來台的幾個軍人退伍後向「瑠公圳委員會」承租，搭起陋屋做小本生意，日久，書店、小吃店、鐘錶店自成生態。她雖覺得一排亂糟糟的店不甚美觀，但食物倒是可口的。現實的便利性重要還是校園景觀的完整性重要？

正邁開步一面自問神遊之間，一台腳踏車匆匆掠過，忽聽得一聲尖叫，腳踏車竟然詭異地解體了；前輪滾出去，後座的紙箱掉了，沿路掉東西，一圈膠帶滾到她面前，真箇是天女散花。

是班上一位笑嘻嘻的女同學，南部來的，黝黑且能幹，若把文學院邊的閒雜空地交給她，必能種出稻米。今晚有社團活動，載著物品文具趕著去佈置。她幫忙撿拾，只見女同學拾起一包王子麵拍拍灰塵說：「好家在，晚餐還在。」她心頭抽了一下，頗為剛才設想小籠包、傻瓜麵配滷味如此豐盛的晚餐而自覺慚愧：人家用一包泡麵打發一餐卻這麼有活力，自己不必節衣縮食卻像個洩氣皮球。她一衡量，眼前這人是好人，那車是不知從哪裡接收的破車已不堪用，箱子太重太大，反正沒事，不如幫她抬去活動中心。既然到了，上樓去看看。時間還早，社辦沒人。

是標榜培養多方才能的綜合性社團，牆上貼著各種勵志標語真讓她驚嚇，她本就不是積極進取、開朗樂觀之人，這類標語像教官持擴音喇叭對她精神喊話，還沒坐定，她就想逃了。

沒機會逃。女同學積極推薦這社團如何有活力，常常舉辦研習及服務活動，學長姐如何親切，跟學弟妹像家人一樣。她是帶殼動物，不容易敞開心懷融入人群，但面對熱心同學的推介，也不好意思直接拒絕。「像家人一樣」這話敲開一絲縫隙，那時她對

「家人」這兩字很敏感，若有人願意像家人一樣對她，外殼或許就溶了。

忽然，走廊傳來一陣喧嘩，她不禁抬頭望向門口，迎面閃來一條高瘦身影，兩隻炯炯發亮的眼睛正好也看著她。

「學長！」女同學喊。

他還沒來得及答腔，背後倏地竄出另一個男的，一隻大手勒住他的脖子，這被勒的人冷不防遭此一頓，整個身體往前踉蹌幾步，撞歪桌子，差一點跌到她身上。她站起，往旁邊躲，驚叫一聲。

「什麼妖風把你吹來？」勒人的說。

來的這兩人是大三學長，今晚特來探望學弟妹。她見他撫著頸子，絲毫不生氣那同他胡鬧的人。原來兩人曾是社團幹部，一個持續關注社團發展、與學弟妹互動頻繁，另一個鮮少出現，今天忽然現身，那很久沒見到他的人一興奮，竟像狗一樣撲了上來。

「不像話，嚇壞學妹了，對不起對不起！」他扶正眼鏡說。

他給她的第一印象是樹，田野上黑亮的樹，風一吹，千葉鳴歌。

確實像家人一樣，兄弟見面先打一架。她在心裡自忖，頗覺好笑又有趣。但她驚叫的原因倒不為他二人的出場方式，而是那包掉落在地，結結實實被踩住發出脆碎聲的王子麵。

「唉，妳的王子，命運多舛！」她對女同學說，笑了出來。

「那個字唸『喘』啊！我今天終於知道。」

「要不然，怎麼唸？」她問。

「我們唸理工的比較沒學問，連『坎坷』都很少用，不會用到多……多什麼？」

「喘！」她說，原要收起的笑容又綻了。

一陣哄笑，那包窸窣作響的泡麵變成新奇的玩具。

是一棵有小男童藏在裡面的樹，她想。

當他得知這包麵是學妹的晚餐，又是一疊聲對不起，出手捶了那個勒喉學長：「你看你自己吃得這麼肥，害學妹餓肚子了！」說畢，兩人又推拉往走廊去了。

陸續有人進來，分頭整頓，立刻變成要開重要會議的處所。她原想走，奇怪的是，也不真的想走，像一隻鷗鳥停在岸邊，看船隻往左往右好不忙碌，一振翅，自己竟也棲在船頭上成為忙碌的一部分。女同學向社員介紹她，幾句話招呼下來，彼此不能說不認識，以後在校園碰到，不再是陌生人。

他們談論正事，她沾不上邊，遂移到門邊找個不顯眼的位置坐著，見置物櫃上有幾本書，她知道是他的，除了原文書還有一本《人生之體驗》。

從高中起，她對別人在看什麼書很好奇。他們這一代對知識有一股焦慮感，生怕自己漏掉重要書籍，錯過思想列車，變成只能在荒野上拔野菜果腹，成天嚇麻雀、打水漂兒，毫無淑世理想的懶人。猶記得上學期開學不久，班上一位男同學送她一本書，簡單的打字影印裝訂，書名《老子淺釋》，說是擺脫了大學聯考，暑假期間整理幾年來讀《老子》之心得，印了十幾本，給自己留個紀錄，不揣簡陋請同學指正。她見封面上果然印著他的名字，思忖「幾年來」是什麼意思？難不成有兩個「他」：一個燈下苦讀以躋進錄取率不到三成的大學窄門，再鑽入連三民主義都背得滾瓜爛熟不失分才鑽得進的杜鵑花城，另一個穿梭時空陪老子過函谷關，他倒騎青牛正是為了給這後生小子解疑釋義？再不久，她在圖書館聽到兩個男生互問最近讀什麼書？一個說兼了兩個家教，都荒廢了，另一個提到「存在主義」思潮，引沙特「存在先於本質」論點，旁及齊克果，侃侃而談，語調奮然，說讀了引發「靈魂的巨大悸動」，她聽得肅然起敬，更為自己的貧乏感到慚愧。對他們這一代而言，靈魂悸動非同小可，是構成私奔或搞革命的先決條件。

唐君毅《人生之體驗》，一翻開，蝴蝶頁上寫著名字、購自某書局、日期，筆力遒健地引了陸象山的一首詩自我惕厲。她自忖，這男生的字真漂亮，一定練過書法。

作者自言，此書原名古廟中一夜之所思。乃差旅中夜宿古廟，寢於一小神殿，當夜臥於神龕之側，「惟時松風無韻，靜夜寂寥，素月流輝，槐影滿窗。倚枕不寐，顧影蕭然。」她讀這幾行，彷彿亦置身古廟，心湖起了漣漪，不自覺往下讀：「平日對人生之所感觸者，忽一一頓現，交迭於心；無可告語，濡筆成文。」

「無可告語」四字，如柳條拂面，直指她內心的傷懷：人生於她雖未正式開展，然種種苦澀、哀思滋味，時而啃噬內心，亦常有無可告語之感。自從母親離去，原本還算和樂的四口之家竟四分而裂；姐姐於南部求學年節才返，父親不知是公務果真繁重還是刻意在外流連酬酢，習於夜歸。她常覺得自己走錯了童話故事——原本讀的是燈火通明、衣香鬢影的宮廷舞會情節，放下書去了廁所，回來一看，變成狼嗥聲四起，獨自在暗夜森林迷走的小童。那關鍵的一頁被撕走，回不去了。有時，她一個人在家，特別感到暗夜沉重，把所有的燈打開，但室內安靜得像海底沉船，永遠暗下去了。

……我之一生，亦絕對孤獨寂寞之一生也。吾念及此，乃恍然大悟世間一切之人，無一非絕對孤獨寂寞之一生，以皆唯一無二者也。人之身非我之身，人之心非我之心，差若毫釐，謬以千里。人皆有其特殊之身心，是人無不絕對孤獨寂寞也。

每個人頂立於天地間，皆是獨一無二的存在，既是獨一無二，則皆是絕對孤獨寂寞之一生。

她被這幾句話吸引，反覆咀嚼，豁然有所領略，原先心內的苦澀更苦了一層，但苦到臨界點倒也有轉淡的現象。埋在內心深處被遺棄的鬱鬱之感，雖未能刨土挖出，然稍有鬆動；既然，每個人都是絕對孤獨寂寞的存在，也就不存在誰把誰拋棄的問題。家庭四裂是表象，她以全然的自我感受詮釋這表象做成被棄的定論。然而，棄她的是誰？母親嗎？父親嗎？親姐姐嗎？殊不知，從他人感受出發，同樣也能得出被棄的結論，譬如，若姐姐有此感受，棄她的是誰？她能說棄她的是父親、母親、親妹妹嗎？同理，父親能歸之於被妻子及兩個女兒聯手遺棄嗎？若不能，這被棄的、孤單的感覺，雖然深刻得像一層皮上的皮、肉裡的肉、骨中的骨，卻是不正確的，應該奮力摒棄的。

她依附書中文意而行，霎時之間靈思紛陳，頗有借他人酒杯澆自己胸中塊壘之感，一時悲從中來——這悲，不是悲嘆自身遭遇，而是悲芸芸眾生無一不是絕對孤獨寂寞地面對生之驚濤死之駭浪。

正當眼光隨著書頁落在「數十百年後，若吾之文得傳於世，亦可有一人與吾有同一之感觸，與吾此時之心相契……」一段時，他卻進來了。

手上提袋裡有半條吐司兩包王子麵，他不動聲色地掛在女同學椅子上。她看在眼裡，心動了一下。轉身到她這邊來取書，她趕緊闔上還給他，低聲說：「對不起，偷看你的書，好多地方你畫了線還做眉批！」

「值得讀。」他露出誠摯的表情，帶著嚴肅。

「我會買來看。」她說，抄下書名及出版社。

那晚，她步出活動中心望見初春的月亮。路燈下，發覺姹紫嫣紅的杜鵑花已佔領春天。夜，好喧嘩。她回想書中〈說死亡〉那則，作者言：「這是你應有的悲痛」，那麼，置身生命中第一個花季，是否也有應得的旖旎？悲痛與旖旎能並存嗎？

第三天，女同學交給她一只牛皮紙袋，說是學長託她代轉的。竟是一本新的《人生之體驗》，紙條上寫著：「體驗您的人生」。您，他竟然用您。

「仰首攀南斗，翻身倚北辰。舉頭天外望，無我這般人。」

她把他寫在原書蝴蝶頁上的陸象山之詩也寫在這書上。

從這一刻開始，他們的人生有了第一道交集。

忽獨與余兮目成

他的名字有個「淵」字，「淵學長惠鑒」，她在信紙上寫下第九遍，前八張被她揉掉。

依禮，應該準備回禮，寫信致謝。

回送什麼好呢？送書，什麼書？也不知要送的書他有沒有，若有，豈不是多此一舉？不送書送什麼？食衣住行育樂，哪一類較好？刻意回送，會不會顯得俗套？「舉頭天外望，無我這般人」，嚮往這境界的人，怎會拘泥於世俗往來？但是乾巴巴只寫幾句不輕不重、似有還無的空洞謝辭，也顯得欠缺禮數，更不是自幼見識父母細膩地推敲禮尚往來之道的她能認同的。男生喜歡什麼？欠缺什麼？她一點概念也無。翻一翻《人生之體驗》看有沒有提示，只看到〈心靈之發展〉、〈愛情之意義與中年之空虛〉，沒見到〈送禮給學長之鑰〉。

「悲莫悲兮生別離，樂莫樂兮新相知。」她寫下這句，又覺得突兀了，這麼快當他是新相知，嚇壞人也！劃掉劃掉！既然這張紙廢了，放肆也無所謂。她寫上「第九次，作廢」，又寫：「憶及那晚，如墜楚辭世界，見〈九歌〉眾神之一『少司命』：燦燦秋日，廳堂前，盛放的蘭花與蘪蕪草飄來陣陣香氣。」她又劃掉，自批「文氣忸怩」，再補一句「忽有感，似家中前院景致」。接著，直引〈少司命〉原文：

秋蘭兮蘪蕪，
羅生兮堂下。
綠葉兮素華，
芳菲菲兮襲予。
夫人自有兮美子，
蓀何以兮愁苦！
秋蘭兮青青，
綠葉兮紫莖。
滿堂兮美人，
忽獨與余兮目成。
……

她不必翻書即能誦出。中學起，母親督促她背誦經典，〈少司命〉是其中之一。同樣是命運之神，〈少司命〉比「紛總總兮九州，何壽夭兮在予？」的〈大司命〉更貼近尋常兒女的悲歡人生。詩中巫對神的追求，極盡低迴婉轉、纏綿悱惻。她尤其喜愛「滿堂兮美人，忽獨與余兮目成」句，彷彿茫茫人海藏著看不見的線索，那命中注定要經歷情事的兩人，無須繁複的鋪排、費盡唇舌的鼓吹，於滿堂人群之中，一見鍾情。

她忽然起了雅趣，至前院折一枝蘭花長葉，在葉上寫著：「滿堂兮美人，忽獨與余兮目成。」

他是她的少司命嗎？

或許是被一股幽然湧生的初春情愫暈染了，她輕飄飄地一會兒迷醉於乘旋風載雲旗、高舉長劍手撫彗星乃風度翩翩之男神形象，一會兒浮現前晚他留下的親和印象與書香氣息，竟不自覺傻笑，有了微喜的感覺。這是自母親罹病至撒手人寰，數年來鬱鬱寡歡的她從未有過的情絲。絲一般淡淡的喜悅，淡到聽及父親轉動門鎖的聲音，煙散了。

應酬歸來的父親，照例幾句家常問答：晚餐有沒有吃，零用錢夠不夠，早點睡別熬夜。之後，自進房去洗浴就寢。

她把蘭花葉與作廢的信紙摺好，夾入日記本。

第十張信紙寫成了，端莊正派且夾帶幾句若有意似無心的暖語，乍看是看不出瑕疵與情愫的謝函。又從長輩給她的升學賀禮中挑了一支派克鋼筆回贈，既然以筆相贈總要寫幾句相應的祝詞；她尋思著，思緒又盪出去了，記得蘇東坡寫給弟弟子由的詞裡有好句子，把《東坡樂府箋》翻出來一頁頁找，果然是〈沁園春——赴密州早行馬上寄子由〉：「孤館鐙青，野店雞號，旅枕夢殘……」她要的就是其中兩句：「有筆頭千字，胸中萬卷。」多麼昂揚的才情、多麼懾人的青春啊！

既然都把書翻出來，她忍不住與他分享這闋詞，這一寫，原先端莊正派的短信變長了，雖然還是端莊正派，但信紙上塗了文學的蜜。最後，她寫：「薄禮不成敬意」，祝他「揮動如椽大筆，振藻千篇，締造佳績。」再謹慎地寫上自己的名字：「維之」，「之」字寫得彷彿要逃走一般。

夜一寸寸深了，她匆匆收拾情緒，在日記上交代幾行，讓這個悠悠蕩蕩的晚上過去。

她並不知道，正因為這闋詞，讓收信的人眼睛一亮，非認識她不可。

哀歌也該放晴了

尋常某日，她在活動中心校景畫展上看到一幅紫色的椰林大道；先是被色彩吸引，如此大膽地以紫色系描繪那天空，一般人大概會覺得此人若非憂鬱過深便是視覺出問題。但她一點也不覺得突兀，能讓她停步細看的，正是因為這紫色；她曾在大屯山黃昏看過同樣絢爛奇詭的天色，透明、浪漫且鬆著一抹輕愁，她記得當時目不轉睛地欣賞大自然的絕美手筆，無比讚嘆，直到夜的黑紗落下還不忍離去，成了一生難忘的記憶。此刻看到這畫，絕美之景再度浮現，設想這畫者一定與她仰望了同一個黃昏，同時被美烙印。當下起了好奇心，看名字，竟是他畫的，不禁驚訝地笑了起來。

再見面，是在校內文學獎頒獎典禮上。她得散文，他在詩組，都進前三名。說是頒獎典禮，比較像失物招領會，被叫到名字的，上前領取一張薄紙，不到半個鐘頭，發完也就了事。看不到得獎作品，說是下一期校刊會刊出，也不知誰是誰，來領獎的是本尊還是替身？了事就該走人，不走，顯得還在戀棧什麼的樣子。

她原想向他道賀，見他正與人歡談，遂作罷。

「維之。」他從背後喊她，牽著腳踏車追上來，問她去哪裡？她說到羅斯福路搭公車回家，他住宿舍，說：「陪妳走一走。」

雖然初夏已至，夜晚仍沁涼。尤其日間下過雨，每片葉吸飽水氣，夜，無比濕潤，走在熟悉的校園，像走進水墨畫大師甫收筆未乾的畫作裡。他在她右側，有時離得遠些，中間被騎車的人切過，有時靠得近，她馬上感覺夜的體溫升了一度。就這樣走在濕潤的夜晚裡，沒有話，不是找不到話題，是彼此共同覺得無聲勝有聲。

這樣靜默地走著多麼逍遙自在，她想。椰林大道如果能再延長些，該有多美好。延多長？延到青青河畔草，延到鷗鳥飛翔的天涯海角？她被自己的傻念頭逗弄了，不禁笑出聲。

「笑什麼？」他問，竟也嘻然而笑。

「沒什麼。那你笑什麼？」她說。

他搖搖頭，卻笑得更大聲。

一棵無風卻忽然起舞的樹。她在當晚的日記寫：「好奇怪，兩人莫名奇妙傻笑，像被人施了咒。」

他邀她在文學院門口小坐，鄭重感謝她所贈的幸運鋼筆，她祝他「振藻千篇」，這四個字太厲害了，得獎的詩作正是用這支筆謄寫的。他原想回信，但她在信末特別叮囑不要回信，又未留下住址，他也不宜冒犯，心想在校園碰到再親口道謝，每回經過文學院總會多看幾眼，就是沒碰到。

「碰到，你也認不出來。」

「不會，妳很好認。」

「是嗎？」

「妳的眼睛很亮，一眼就看到。」

「如果是背影，怎麼認？」

「能，亮到背後了。」

她如實記下兩人在傻笑之後說的傻話，傻得像摻了蜜。

他們談論自己的作品，言辭親切語氣欣然，彷彿舊識。

他從背包取出一紙手寫稿影印，請她指正。一首長詩，題為〈田園之歌〉。她湊著昏暗燈光迅速瞄到「白鷺鷥」、「布袋蓮」、「水牛」、「稻田」、「割草的小孩」關鍵辭，判定是遊子懷鄉憶往之作。

他滔滔不絕，說起大一英文課讀到英國詩人華茲華斯〈孤獨割麥女〉，非常喜愛；一個山地少女獨自在遼闊的麥田工作，彎腰揮動鐮刀，一邊幹活一邊唱幽怨的歌。這場景很熟悉，他也常一個人割田埂雜草，胡亂唱歌，不怕人笑。那些歌好像不是自己唱的，大概是土地公手下看他一個人工作太孤單，透過他的喉嚨唱歌陪他。差別只在，沒有詩人正好經過、聽到歌聲而生出詩句。「Stop here, or gently pass!」他說他喜歡這兩句，「停下來聽吧，要不，就輕輕地走過！」有一種萍水相逢卻願意「聆聽」的善意，若無法停留，也不驚動一草一木，不干擾歌者沉醉在歌聲中的情感狀態。一個人勞動是很孤單的，歌聲像創造出來的另一個人的聲音，唱的人會有一種被人陪伴的感覺。不驚動，也是一種呵護的表現。他寫的這首詩，正是受到華茲華斯的啟發。

她沒讀過華茲華斯，但覺得他賞析得很細膩，遂頻頻點頭。她看到詩中有一句：「只有河願意收集眼淚，化為蜆粒。」她指著問：「這是什麼？」

「『拉啊』，蜆就是『拉啊』，妳沒在河裡摸過嗎？」

她搖搖頭，這回換他張大眼睛看她。

「台北哪有河？」她辯稱。台北當然有河，只是她的成長足跡都是穿皮鞋的：榮星花園、波麗路西餐廳、國軍文藝中心、寶宮戲院、國際學舍、重慶南路……，而他大多需要赤腳。

「你割草的時候唱什麼歌？」

他停頓了一下。

「打倒俄寇反共產反共產，消滅朱毛殺漢奸殺漢奸……」

他大聲唱出，兩人同時暢笑，終於找到黨國教育、光復大陸國土、解救苦難同胞的共同記憶。他接著說，唱愛國歌曲是被逼的，不會唱會被罰甚至打耳光。最常唱〈野玫瑰〉，歌德詞、舒伯特曲，「男孩看見野玫瑰，荒地上的玫瑰……」最快樂則是唱布袋戲裡的歌，譬如：「威鎮在花果山的美猴王，鬧地府鬧天庭水晶宮，好膽量身體勇，個性又堅強……」

「水噴噴、水噴噴……」他在唱他的童年。一副好嗓子，能讓芳草長密、蓓蕾舒放的好聲音。眼前彷彿是鄉間稻田，野風吹動稻浪，草叢裡蟲聲唧唧，炊煙漸起。

她一句也聽不懂，台語離她比英文還遠，唯一能聽幾句的是〈望春風〉，新生訓練時合唱團教唱校歌，也教了被稱為地下校歌的〈望春風〉，她勉力對照才弄懂詞意，覺得才剛唱完「精神勃勃蓬蓬」、「目標高崇」的校歌，立刻轉為孤夜閨怨，實在太突兀了。不過，卻也因切中新鮮人對大學生涯的幻想，心思怦然而動，遂引起大家一陣喧鬧。現在，她只知道他在唱孫悟空，卻進不去那隻猴子的世界，遂沉默，將那紙摺來摺去。他察覺到自己太陶醉了，把一個女生晾在一旁實在太失禮，趕緊收口，問她平時唱歌否？

「我姐比較愛唱，西洋歌，木匠兄妹的〈Yesterday Once More〉。」她說。話才說出，記起已很久沒唱歌了，那熟悉的旋律在腦海響起，瞬間將她拉入那些無憂的日子，連氣味芳香都湧上，她原本還要說 Lobo——灰狼羅伯，跟著姐姐學唱，最喜歡那兩首：〈I'd Love You To Want Me〉及〈How Can I Tell Her〉，話到嘴邊立刻煞住，交淺豈可言深，何況這歌名太具暗示性了。

她轉而說起媽媽很愛唱歌，一面做菜一面唱白光的歌：「如果沒有你，日子怎麼過……」她學一代妖姬那低沉慵懶、彷彿身著薄紗攲臥在床的嗓音，維妙維肖，自己也覺得好笑，笑完咬一咬嘴唇暗自罵聲：「要命，這歌更暗示了！」立刻倉皇支開，改說媽媽愛黃梅調，當年《梁山伯與祝英台》電影看了好幾遍，她跟著會唱大半本，「遠山含笑，春水綠波映小橋……」悠揚婉轉，才子佳人的淒美故事，一開始總是春光明媚的。

她提及曾與媽媽對唱幾處經典段落，她唱凌波演的梁兄哥，媽唱樂蒂演的祝英台，母女倆乘著歌聲的翅膀，同飛共醉，忘卻身分，不知身在何處。那是最幸福的時光，一切如詩如畫如歌。後來，媽臥病在床，被磨得了無生趣，她邀她對唱《梁祝》，媽枯槁的臉上現出一絲笑意，開口勉力發出聲音，卻是沙啞伴著嗽聲，搖搖手唱不下去。她一人分飾兩角，〈樓台會〉，恢復女裝的祝英台對前來求親的梁山伯唱：「白玉環與蝴蝶墜，蝴蝶本應成相對，豈知你我自作主，無人當它是聘媒。」碎了心的山伯唱：「縱然是，無人當它是聘媒，我也要與妳，生死兩相隨。」

媽閉著的眼，流了淚。她唱到「生死兩相隨」，心如刀割，也唱不下去，抱著媽，放聲哭起來。

沉默。往事似蜘蛛，在她身上吐絲結網。

他說：「抱歉，妳得了獎應該開心的，卻讓妳感傷……」

夜像一群黑蝴蝶飛來，繞著他們，往事雖然如煙，但因為青春，因為說者與聽者如此專注且沉醉，那煙流了蜜。

「我該回家了。」她說。

「可不可以，給我妳的住址？」

她還未點頭，他已遞來紙筆。互留住址之後，他陪她去等公車。兩人依然沉默，卻在有意無意間眼光相觸又閃開，都不希望公車太快來。

臨睡前，她在札記上寫著：「那麼輕易對一個陌生人吐露深沉的痛苦，是這痛苦不夠深，還是他不是陌生人？」

幾日後，他寄來一封具有決定性的信，信末附了一首詩，其中幾句意有所指：

驛站中途　雨
落在馬頭琴上
翻過這座山
哀歌也該放晴了

更華美的自己

繼續寫這本《半畝》。不連續的時間，但連續活著。種植生活，收割糧草，豐富了記憶的倉廩。

有點委靡的早晨。坐在書桌前，啜飲第二杯烏龍茶，從門口吹進來的風也有點委靡，一路打呵欠。什麼也不想做，聽風掀動桌上的紙片，沙沙的聲音，遠一點是巷子裡兩個鄰居媽媽的談話聲，似乎跟失眠相關，喧囂且帶著塵世的活力，這麼大聲當然要嚇跑睡眠精靈。今早起來，意識的流動不夠輕暢，像泥沙淤積的河川，魚蝦因缺水而喘息，吹來的這陣風只能喚醒芒草無法清除瘀泥。

昨晚有夢。

夢見帶他走山路，濕滑的山間石階，好像下了非常久的雨，空氣中飽含水氣，直接拋幾條小魚到空中也能游起來的樣子。雨已經停了，但夢中覺得那雨還會再下。我帶著他不知要往哪去？我走前面，他尾隨在後。印象非常清晰，我下石階，兩旁是幽暗潮濕的山壁，我一手扶山壁以防滑倒，不知名的植物黑黝黝地遮著前路，每下一階就橫空冒出一棵葉肉豐腴的大葉植物，那樣茂盛像一戶團結的人家，大剌剌地霸住石階，讓我的腳幾乎無法著地。我回頭提醒他：「小心，別踩空了。」然後明白，我要帶他回家。

院子大門敞著，燈光明亮，似乎是年節時爸媽邀親友歡聚的場面。我終究沒帶他進門，回頭帶他離去，夢就醒了。

昨晚貪看月光，睡在二樓房間，月光照在床上，有一種奇幻之感。忽夢忽醒，間歇性的睡眠。那房間有著陳腐氣息，吸飽了整季梅雨，發出舊穀倉的味道，由於太缺乏活潑的生機，積累了一股沉悶，遂破壞我的睡眠。我對環境有一種敏銳的感受力，能直覺其明亮或荒蕪。那房間封了太久，像廢棄在海邊的船骸，時間在它上面養小鬼，或許已成為幽魂們的客棧，我昨晚心血來潮躺在那床上「曬」月光，說不定阻礙了好幾則聊齋故事。今早醒來，活該委委靡靡。

打了盹醒來，陽光很嬌媚。客廳窗邊懸吊的一盆黃金葛沿著牆上書法「碧雲天，黃葉地，秋色連波，波上寒煙翠……」垂下，在「天」字上頭打了勾，冒新芽，好像「天」是塊沃壤，只屬於這棵黃金葛。

院子邊那棵九重葛的枝條影子印在紗門上，虛的，可比實景優美，風拂動它，影子也在陽光中晃盪，好似空間之外另有無限空間，時間之中更有深邃的時間。

那麼，我們誤以為是的人情世故其實只是生命的皮毛，甚至連自己，亦應有一更華美的自己在不知名的世界存在著。今晨，我感到她已向我招引。

那裡棲著一個世界的回憶

她從信箱取出一封鼓脹的信，首先被貼滿郵票的信封吸住眼睛，收信人是她，從筆跡判斷，是他寄的。

他寫她的名字時，加重力道，使得那三個字像鐫刻。這是重重握手的意思，她想。

站在院子裡拆信，她被九張信紙寫得密密麻麻的樣子嚇住，卻噗哧一笑，彷彿寫信的人正躲在矮牆外被她知道了，她只要說：「別躲了！」他就會現身，一張臉從桂樹枝縫露出來。她被這念頭驚住，真的開門探看有沒有人躲在牆外，連巷子左右都瞄了幾眼。

日光閒靜，無風無浪。她全心全意進入信中，跟隨他的文字，去一個她從未接觸過的世界。

他來自東部產米之鄉，世代務農之家，排行長子。信中，他說自己從小在稻田、海邊打滾，「那裡棲著一個世界的回憶」。

初中，遇到一位賞愛他的導師，了解他的家庭狀況，推斷他若留在本鄉就讀，遲早會被龐雜的農事與家務拖累，因此鼓勵他離鄉，闖蕩前途。他在老師安排下，北上考取明星男校，老師將他託給在台大任教的好友，從此以農學院一間實驗室為家；一道竹簾隔著，擺張小床、書桌，就是符合學生身分的棲身角落。廢棄的椅子疊起來，成了放書本、衣物、臉盆的地方。簾子另一邊是實驗室，長年飄著藥劑味，學生隨時進出，幾乎全年不休。老師資助他學雜費，這也是父母願意放他走的原因，實驗室教授提供工讀機會，加上獎學金，夠讓一個安貧守樸、志學樂讀的少年溫飽。他的工作很簡單，清掃、倒垃圾、跑腿，最重要是必須「服從命令、不得拒絕」——當大哥哥們將他從書桌前挖起來，帶他吃像樣的飯、打球、看電影的時候。

他說從小知道自己比別人學得快，離鄉背井求學更抱著不服輸的心態，每日夜讀，必聽到收音機裡警察廣播電台播放〈Morning Has Broken〉才休息。「破曉，這歌給我一種動力，好像我真的能衝破黑暗。」

這裡像培育他知識實力的祕密基地，年紀較長的大學生及碩生待他如弟，暱稱他是「實驗室室長」，不時提供精神與物質食糧。他的蝸居小角落，越來越有家的樣子，偶爾也被不眠不休做實驗的學生「借躺一下龍床」。他本是個自律、勤奮且天資聰穎，放在這麼一個特殊地方，看到的都是大男生們磨刀練劍的樣子，聽的全是論辯知識、檢驗真理之事，潛移默化之下燃起鬥志與好勝心，竟也能與他們滔滔辯論某些問題。那位主持實驗的教授平時和善做起學問則嚴謹、嚴厲，對不用功的學生不留顏面地斥責：「你比那個高中生還差！」他口中的高中生，就是指「垂簾聽政」的他。這些學生曾鬧著玩，要他大學聯考時把這系填為第一志願，繼續當實驗室室長，「吹口琴給細菌聽」，他搖搖頭，笑而不答。

信中，他霸氣地寫道：「像我這樣出身的人，只有第一志願，沒有第二志願。」學校裡的課業早就難不倒他，課外閒暇喜歡寫詩，寫詩之餘不是泡圖書館就是站在書店速讀那些買不起的文學名著。但積累的知識未能帶來飽足感，反而因有能力洞悉生命孤寂本質而興起此身安寄的感慨。入夜的實驗室猶如被遺棄的廢墟，逢到颱風天，聽一夜風雨吼哮，樹影狂掃，更像鬼域。躺在床上難眠，被孤單啃噬到天亮。他說自己是「秋枯根拔，風捲而飛」的飛蓬，卑微到被人遺忘，更引白居易詩：「弔影分為千里雁，辭根散作九秋蓬。」自況。一度以「秋蓬」做為筆名，寫些不成熟的詩自娛。

蝸居在校園裡樹深草茂之處的他，因一位碩生引導，接觸了宗教。那時，每週日有個宗教性節目《星期劇院》，主題曲〈機遇〉詞意深遠旋律動人：「像天空繁星忽現忽隱，像水面浮萍漂流不定，人生的際遇稍縱即逝，切莫等待、切莫遲疑、切莫因循……」他總會不自覺地哼起這首歌，因此第一次進教會竟有被擁抱的感動。那些漫漫長日，無人聆聽的靜夜，他放聲朗讀〈詩篇〉：「我往那裡去躲避你的靈，我往那裡逃躲你的面，我若升到天上，你在那裡；我若在陰間下榻，你也在那裡。我若展開清晨的翅膀，飛到海極居住，就是在那裡，你的手必引導我，你的右手也必扶持我。」竟悲泣不能自已。像一個漂泊許久的孤兒，神的愛，緊緊地擁抱了他。

一株不起眼的蓬草如願考上心目中第一志願，正式搬進宿舍。依然勤學苦讀，接家教、兼工讀，不僅自立也能挹注父母。蝸居實驗室三年的經驗卻奇妙地轉化成對研究工作的嚮往，他說：「至今仍認為能睡在研究室，吃粗糙的食物，不受世事綑縛，全神貫注地工作，是一件非常幸福、非常浪漫的事。」

他竟把「幸福」與「浪漫」用在這種地方。信末，忽然筆尖一轉，自省大學生涯將進入尾聲，卻一事無所成：

書卷獎拿了，但書唸得不夠扎實；詩，寫了，但不成氣候；夢，做了，卻碎落滿地；煩惱，都是自尋的；愛情，追求過也失落過，幾乎痛不欲生，驀然回首，燈火闌珊處，只見人去樓空。不禁懷疑，自己是不配擁有幸福的吧！家，遠在天邊，回到家卻又渴望離家，返鄉也像異鄉人。前途，是一片光明還是黑暗？最後，連自己也不認識自己了。

日前，沒來由地心緒煩悶，特地回實驗室看看，沒想到大門深鎖，繞到屋側窗戶往內看，正是我當年住的地方，已變成堆放雜物的儲藏室。那張長短腳書桌還在牆邊，右邊抽屜內有一行字：「明早太陽升起的時候，我要越過那道圍牆。」

那是讀《卡拉馬助夫兄弟們》時寫下書中的句子。想必除了我，不會有人發現。
在他人眼中，這一切不曾存在。
我的心啊！你為何憂悶？除了我，沒有人知道，這裡也棲著一個世界的回憶。

我是不配擁有幸福的吧！

她站在吐露芬芳的院子把長信讀完，讀得忘我，回神來竟不知自己正要出門還是進門？

日光如此柔美，宛如萬千柳條拂繞其身。她讀得那麼痴迷，凝神屏息，致使時間慢了下來，能目視蓓蕾舒放、青苔移步的那種慢法，是以她能像隱形人藉著信紙指引，隱入他寫信的時空；站在他身旁，看他將該唸的書、該撰寫的報告推到一旁，振筆疾書，吐露心聲。她能嗅聞滲入字裡行間、不止一日的汗味，能洞悉沉浸於慘綠少年回憶的他，因情緒起伏而字跡凌亂，甚至劃掉，思索精確陳述的模樣，能捕捉他的思維線索，在語義邊界，觀測任何一隻不起眼的飛鳥盤旋空中所暗示的，那說不出口的痛苦原址。

是的，生之苦惱。文字所指涉的從來不止是單一時空與事件，藏在表層枝葉底下的根鬚，往往是更接近心靈的幽密小徑。她不只看到離鄉少年奮發飛揚的姿態，更看見風雨暗夜之中被遺忘的抑鬱愁容；不只看見勝乎同輩的學思里程，更聽見他從案前起身，自問：「我是不配擁有幸福的吧！」那細微的嘆息。

是了，吐露生之苦惱之後，那原本不帶感情的、只不過是路人甲乙丙的「我」、「是不是」、「幸福」、「配不配」，忽然聚攏起來，變成具有誘引成分的自憐疑問句。好比兩人同坐花園中，一人訴說「眾裡尋他千百度」的曲折情事，末了，折一枝花兒，贈與另一人，問：「我是不配擁有幸福的吧！」叫那人收不收花、該怎麼想？

當晚入睡前，她看信超過三遍，熟悉他的筆跡：一手酣暢的行書既大器且雅致，寫「我」字習慣放大，最後一撇直直劃下像行走天涯的人佩戴一把長劍。應該是個企圖心強、自律嚴謹的人。她想。

無論怎麼想，有一點很確定，她碰到一個「眾裡尋他千百度」也不易尋得的才子。她情不自禁走進伸手不見五指的黑暗世界卻不知畏懼，因為她知道，當「東風夜放花千樹，更吹落、星如雨」的時候，這人會在燈火闌珊處。

深淵的可能

彷彿有一條小徑從薔薇花叢邊岔出，引領她走入異美的時空。猶如陶淵明筆下的武陵漁人，忽逢桃花林，被落英繽紛帶入另一個世界。

那只不過是尋常一日，盛放的薔薇無風而飄落，粉色花瓣落在黑土上別具視覺美感，她不禁蹲下來，輕輕拾起花瓣。想起他唱過的那首追求與拒絕的歌〈野玫瑰〉，又思及李商隱詩：「日射紗窗風撼扉，香羅拭手春事違。迴廊四合掩寂寞，碧鸚鵡對紅薔薇。」這是母親曾唸給她的，這叢薔薇正對著客廳紗窗，可能是母親刻意安排的。

這偌大的庭院荒蕪了一陣。納蘭性德詞：「休說生生花裡住，惜花人去花無主。」群花似乎有知，感應到鍾愛她們的知己已離去，失歡而萎頓，甚至枯敗了。

大約就是取出那封鼓脹的信之後幾日，她原是好奇若有人從牆外窺看，能否看進院內，再隔著玻璃窗看進客廳，進而看到有時如鬼影在屋內晃盪的她？因而懷著密謀才有的心思在花叢之間勘察，沒察多久，陷在橫生的枝椏間如一朵流雲被逮捕了，才察覺這群花樹蓬首垢面的樣子堪憐。人如花，花似人，「落花猶似墮樓人」；她取來花剪、鐮子，認真當下就為她們修剪，一面勞作一面攀著剛才浮現腦海的一句詩，憶起杜牧緬懷西晉石崇之愛妾綠珠為石崇殉情而寫的〈金谷園〉：「繁華事散逐香塵，流水無情草自春。」卻怎麼也想不起第三句？她曾在院子裡朗誦過詩詞，也包括這首，此時持剪修理枯枝殘葉，手沒停，意念卻是流浪的，眼睛對著盛開薔薇，彷彿問：「下一句呢？妳們應該知道的……」單單為了這一句，意念起了暴動，非得現在知道不可，衝回屋內找《樊川文集》，找到了：「日暮東風怨啼鳥，落花猶似墮樓人。」哎呀真是的！早該想到第三句拉高視野、轉合天象才能給下一句「墮樓人」意象埋設伏筆；啼鳥之聲與落花之「墮」所暗示的砰聲同時響起，才具有戲劇效果，墮樓人才能呼應繁華事散之嘆。而詩中光說流水無情還不夠，還要提春暖花開與日暮東風，說的是日月運行、四季嬗遞，何曾為一人一事一樁情而稍稍停頓，是真無情。然而寫無情寫到這地步反而要峯迴路轉了；園子裡輕啼的鳥兒，啼聲中夾著幾絲怨，彷彿仍戀慕昔年繁華，日暮時分吹來一陣東風，吹落了花，花朵飛落的樣子就像當年殉情跳樓的綠珠。那啼鳥與落花，是無情中的有情了。實言之，觸景而生情的是相隔五百多年唐朝的杜牧，此園之花草啼鳥已非當年景致，甚至早已無園可尋，然詩人之心本無邊界，出入於碧落與黃泉之間，故能因花鳥之提示而探幽訪舊，將五百多年前綠珠墜樓之事與眼前風吹花落景象連結而重現「金谷園」這座豪奢庭院，因其詩，綠珠這位美人自香塵中重生，每一次花落，都為她再說一遍繁華化為荒蕪的故事。

有情的終究是人。

她滿意了。回神繼續勞作，卻疑惑花剪放哪裡去？又跑回屋內，在書桌上找到。幾趟來回，單純一件修剪花枝之事變得散漫起來，旁生許多枝節；不相干的幾方人馬都來了，一會兒是綠珠，一會兒是「多情卻似總無情」的杜牧。她明的在剪枝，暗的在賞詩，可是不管修剪或賞析，隱然出現一個預設的傾訴對象，日後要將這無頭蒼蠅似的混亂與關於詩中無情有情的發想，一句不剩全都告訴他——是的，不是別人，是他。順道問他：「你是否也曾這樣，像被風吹得歪歪斜斜地走路，有時好像腳跟還離了地？」

院子煥然一新，連牆邊的梧桐樹也顯得精神許多。末了，她將拾得的粉色薔薇夾入《樊川文集》，就夾在〈金谷園〉那頁。

必然有一股無形的力量接近了，改變這一切，使她看事物的眼睛變得淒美迷離，說不定也使事物——譬如庭花院樹——看她的方式變得興味盎然。

她有了今生第一雙戀人的眼睛，在這尋常的一日。

有些細微的改變是她自己不察，卻無意間被旁人發現的。有一日課後，她撐傘走在雨中；不算小的雨，打在傘面如擊鼓。當雨大到這種地步，傘沿垂落密密的雨水，像繞了一圈水簾子，讓人彷彿躲在隱密的洞穴般有一種獨享的愉悅。她哼著歌，轉動傘把，那水簾也像珠簾般左右甩動，更添了童趣。她這樣陶醉，甚至故意去踩水窪，幾乎要笑出聲來。直到有人喊她，回頭，正是那位掉落王子麵的女同學，跟在她後面有一段路了。

「什麼事那麼高興？」

「沒有，在想剛剛上的李商隱詩……」

說謊不打草稿，這位在詩歌藝術上創造出「沉博絕麗」奇景，一生沉鬱如斷梗飄蓬、詩境卻如萬丈深淵裡藏著祕密玫瑰花園的詩人，讀其詩怎可能笑逐顏開？勉強說，只有「身無彩鳳雙飛翼，心有靈犀一點通。」引人欣悅，但詩末歸結分離，自嘆此身「類轉蓬」亦是無歡可言的。

她自覺尷尬，速把話題轉開，回問她要去哪裡？

這位名字中有個「群」字的女同學，具有一股陽光般渲染力，稍圓的臉上佈著一點小梨渦，笑起來分外引人注目。她喜歡她那股明亮，彷彿什麼困境都能被曬開，什麼難題都會在天黑前解決。群也比她活躍許多，在社團裡積極任事，她跟著她幫了幾次忙，無非是寫寫文案之類。群讚賞她有一支快筆，上課筆記做得比老師的講義還詳細，成為同學們爭相影印的「海內外孤本」。她倒覺得她的活潑生動才值得讚賞，無形中讓她願意探出頭呼吸外面的「人氣」，不至於深陷在獨自一人的象牙塔裡。她是喜歡她也感謝她的。

群趕著去家教，期末考前最後一次。她快步離開前說：「考完試，我們一起吃飯，我有事情要告訴妳。」

「什麼事？」她追問。

雨，果真把她鎖在水簾子裡，她的聲音被雨的演奏壓了下來。

一身濕透回到家，正是巷子人家晚炊時分，隔壁不時傳來揮鏟聲音。她坐在書桌前寫信，茶不思飯不想，把這一寸寸暗下來的雨日完全拋到九霄雲外。

「這是期末考前最後一封信。」她寫道，好像說給攤在桌上未讀的書聽：別吵，等我寫完信，再來讀你們。

她描述了近日所想，從因薔薇而興起整頓庭院念頭，因花落而思及杜牧詩中有情無情之別，因課堂讀李商隱〈錦瑟〉詩而聯想其詩藝具「深淵玫瑰」意象。深淵，她的筆停頓了一會兒，在這之前，他名字中的這個字只讓她聯想到淵博，此時才想到也有深淵的可能。而薔薇與玫瑰類近，她由院落嬌小的薔薇擴展為更具神祕氣息的玫瑰是意念能量的展現。她忽然意識到，她讀〈錦瑟〉時是沾染了連自己都未察覺的情絲，才浮出「深淵玫瑰」的景象。

信末，筆隨意走，呼應他前一信「驛站中途，雨落在馬頭琴上」詩，寫了：

我一路收藏季節
舔食記憶
告訴我　你的名字會不會像六月薔薇
落成　一曲雨夜

如果所有時間永遠存在

現在時間及過去時間
兩者或許都在未來時間，
而未來時間包含於過去時間。
如果所有時間永遠存在
所有時間即無可贖回。

他的回信來得太快，出乎她的意料。第一行寫著：「這也是期末考前最後一封信（一笑）。」

接著引艾略特詩〈焚燬的諾頓〉首段，思辨時間與記憶的奧義。

他說原本無暇寫信，還有兩份報告待寫，期末是算總帳的時候，所有的功課債、人情債催逼而來。然讀她信中提及薔薇、玫瑰、杜牧、李商隱，饒富趣味，發覺她那日修剪花樹情節，頗像他童年時與鄰居玩捉迷藏所見。

他曾跑入鄰家穀倉躲藏，意外在放置農具角落發現一本——嚴格說應是一大塊書，紙張吸附濕氣灰塵草屑之後，紙頁沾黏、裝訂脫落，發脹成一塊黑糖糕樣，但從尚可辨讀的字跡看來，它的真面目應是一本劇力萬鈞的小說。他說自己掩鼻「掰開」書頁，勉強讀到一行：「『原來阿斗正睡著未醒。』雲喜曰：『幸得公子無恙！』」其餘紙頁又糊了，接著能辨讀的到了孔明借箭，中間發生什麼事無從知道。

他說他進入一個忙碌且破碎的戰爭世界，掩在雞屎味之下的那個時空光芒萬丈，吸引著他，從斷簡殘篇之中，他靠想像力串連刀光劍影的情節，設想英雄們逐鹿沙場，殺敵如刈草，永遠不死。他自小從布袋戲與廟口節慶時演出的歌仔戲已略知三國演義故事，但不知「雲」就是趙子龍，以致誤讀為「雲喜」，以為是阿斗的奶媽。那個午后，他趴在地上專神「考據」劇情，完全不理會稻埕上友伴呼叫「遊戲已結束不必再躲」的催促聲，直到一個不死心的男孩找到他，他還不死心地想繼續看懂那坨「三國演義黑糖糕」。被硬生生拉回，感到失落，甚至有點生氣。他說。筆端一轉——顯然沉浸在記憶之河，那水量頓時豐沛起來。他說有一次一個鄰居女童玩了捉迷藏，隔日神魂不安竟生病了，大人盤問，她說躲在隔壁床底下——那時四戶人家共擁大稻埕，白日大門敞開，鄰人皆可自由進出——看到有個沒見過的小孩也躲在那裡，她還對他說：「噓，不要出聲。」大人據此判斷是已逝嬰靈尚在厝內流連，遂延請道士誦經作法，自此無人敢再躲入床下，漸漸也不玩了。

「我們都曾迷途，誤入另一個時空，在某一次迷藏遊戲裡。也許，迷途過千千萬萬次的人才是真正的返鄉者。」他說。

接著，他轉筆盛讚她畢竟是個才女，即使迷途也迷得那麼詩情畫意，不像他們男生，不是武俠就是水滸、三國、隋唐演義，但為了證明他不全然是個粗人，附上一捲錄音帶，T.S.艾略特誦詩錄音。

他的字跡稍顯凌亂，顯然思緒起伏，寫得極快：

找到這捲帶子，艾略特朗誦自己的詩。妳提到深淵玫瑰，我立即聯想他有一句詩「然而玫瑰花園裡的片刻只能在時間裡」，趕忙找出來。這是同寢室一位詩社學長畢業時留給我的，他大概覺得我不俗氣還摸得到詩的邊。沒想到無配樂只有朗誦的聲音這麼乾淨，很多個早晨，詩人的聲音陪我晨讀，讓我不安的心情安定下來。讀妳的信，我第一個念頭就是這捲帶子應該屬於妳。隨信附上艾略特詩集，也是那位學長留給我的，我知道他為什麼不想把這兩樣東西帶回家（那是另一個傷心故事，有機會再告訴妳），總之，現在都交給妳了。

我很高興，想到他寫的「現在時間及過去時間，兩者或許都在未來時間」，有一種很奇特的感覺，不，感應。說不上來，好像一切跟我們無關，又好像有關。聰明如妳，一定知道我在說什麼。該停筆，再寫下去，我自己也不知道在說什麼了。

牛皮信封上沒有郵票郵戳，那麼是他親自跑一趟，投入她家信箱的。

天啊！他曾經這麼靠近她的居所，靠近她為他描述的庭花院樹。

在這封信之後數月，一則題為〈無目的秋天敘述〉的札記裡，她去頭掐尾地述及這一捲誦詩，筆調抑鬱。

他的聲音沉穩，帶著理性，像整塊烏雲覆蓋收割後的黃昏麥田。黃昏，漸次開展的黃昏，「Let us go then, you and I/When the evening is spread out against the sky……」他誦著自己二十二歲時的名作，〈阿爾弗瑞德·普魯弗洛克的情歌〉，聲調疏朗有力，不帶感情，聽不出起伏的一種起伏，沒有激情或浪漫，但有壓抑與紀律，有時語尾夾一絲顫音，像意志堅定的理智替發狂的情感踩煞車會發出的聲音。

深秋早晨，微雨，陰沉的天，我一人，聽他朗誦。他已辭世十多年，何時留下聲音？從音色略帶滄涼判斷應非年輕，或許是中年時錄的，則距今也有二十多年了。

他說得沒錯，沒想到無配樂只有朗誦的聲音這麼乾淨，近似空谷跫音。

他在哪裡錄的呢？是夏日午后還是寒冬清晨？他剛飲過熱茶還是一杯酒？多麼

微妙的連繫！射線似的時間流域有些小漩渦，依它自己的意見擴散、蔓延，侵入另一條陌生河域，成為新河域的小漩渦，被往前帶，再一次佔領時間刻度——在艾略特已經死了十多年後。

所以，必然與偶然應該怎麼說呢？艾略特寫詩時未能預料有一天自己會朗誦它們，錄製時不能預料誰將聆聽？更無從猜測他的聲音會隨何種旅路像鷗鳥飛越大洋來到潮濕的島嶼，繼續在他死後流傳。送我這帶子的人跟我是什麼連繫？送他帶子的人跟他又是哪一種連繫？又是誰伴隨什麼樣的故事讓一個傷心人揚棄這捲沾染了記憶的錄音帶，艾略特是無辜的，可是他又是故事的見證者以致必須被遣散。

在可依循的邏輯中我們辨識事件推衍的速度、形貌與質感，安全，而且熟稔其慣性。我們依恃這套邏輯在時間刻度中前進，抱怨有抱怨的背景，決裂有決裂的背景，感冒有感冒的背景。它不為個人設計，它為所有人。必然如此。

然而，偶然似乎是為了與必然保持對峙局面才任性地存在著，它反抗邏輯，無從假設，缺乏前提。它是不連續的虛線，一隻尖喙黑鷹，恣意侵犯時間，飛到別人家浪蕩蕩的春天院子，叼一瓣桃花，遺落在另一個人白雪皚皚的門階上。兩戶人家完全不相識，拾起桃瓣的人仰望滂沱的雪空，不知道怎麼回事，無從解讀桃瓣上的訊息，因為桃瓣也是無辜的。然後，我們歸之於天意，繼續回到自己的時間刻度，拉緊棉被，睡覺或做夢。

發生在我身上的偶然事件多到不計其數時，我開始欣賞那隻情緒性黑鷹的創意了。牠不知不覺在我身上產生慣性，我不知不覺被牠誘引而逸出原先那套邏輯，像旅人與孤鷹在黃昏相遇，一個走著，一個盤旋著，相互陪伴，在時間裡。

「然而，玫瑰花園裡的片刻只能在時間裡，
那雨滴敲打著涼亭的片刻。
落霧時分陰風吹拂教堂的片刻
令人難忘；包含著過去與未來。
唯有經過時間時間始被征服。」

站在大道中間

她站在校門口，望向椰林大道盡頭，晴空歷歷，海拔三百二十公尺的拇指山以悠閒的姿勢橫亙著。初夏的太陽還年輕，風像個少女，帶著山林的新綠氣息，吹出一陣富含草香的椰浪。

割草機剛巡過的草坪，還冒著清新的香氛，似輕煙如飄霧。她深呼吸，領受午后的舒暢，稍稍消除近日以來的陰霾。

大道上人車不多，期末考剛結束；住宿生大多回家了。偶爾來往的腳踏車，不似平日匆忙，反而有鷗鳥般的悠閒，還有一面騎一面唱歌的。

她等群，不知她會從哪一方向現身？望向椰林大道似乎是最自然的角度。

離約定時間尚有十分鐘。忽然，大道上空無一人。她突生奇想，站在大道中間，仰天展開雙臂，好似一個擁抱天地、大道的人。她感覺全身起了一股電流，彷彿某種力量也緊緊擁抱了她。

據專家推斷，當年日本當局乃基於對帝國南進拓疆的想像，故於一九二八年創立這所大學時，氣派地以一條由西向東、寬約七十公尺長約三百公尺的大道做為校園主軸線，更種植具有南洋風情的大王椰子於大道兩側，頌揚其帝國意志與南進殖民偉業。

果真如此嗎？

若真是如此，何不種植更具代表性的棕櫚、蒲葵或橡膠樹？又該如何解釋那座低矮得近乎笨拙的校門？它放在帝國南進殖民版圖上顯得太謙虛了，謙虛得可怕，因為這謙虛是假的，無法遮掩殖民者以槍桿行使奴役統治的本質。

若將空間視作地面文章，自然景物、屋宇道路猶似語彙，允許觀者自由解釋的話，應不難「讀」出多重涵義。尤有甚者，大自然是四季變化的，屋宇道路在時光中也是變化的，因此一篇看似不變的地面文章從不同方位、高度，在不同季節由不同的心靈「觀讀」，便能讀出千百種涵義。

她覺得這條大道彰顯的是追求真理與理想的精神，所以那座低矮樸拙的校門像木訥寡言的進口，完全放棄做為空間第一排序可以暢所欲言、宣示威風的權利，反而謙遜著，如同苦幹的人才有的「埋首」姿勢，依隨天地運行，不譁眾取寵。這樣的安排是為了讓人在踏進校門後，領受視覺震撼：一條大道，筆直地指向遙遠的地平線。而再也沒有比大王椰子樹更能捍衛這份視覺印象的了。更進一步看，在左右兩列大王椰子所展現的崇高意象裡，這大道取得寶劍靈魂，勇毅地揮向真理與夢想。

這就是大學最重要的部分，學習一種精神，而非僅僅只是技藝。

是以，每日清晨踏進校門，學子迎的是大道盡頭旭日東昇，課畢返家，面對校門的是落日晚霞，甚至是星月交輝，提醒著，這一日是否勤勉、充實？是否依然走在追求真理的大道上？是否不屈不移，以天下蒼生為念，「我們貢獻這個大學于宇宙的精神」，如傅斯年校長引用哲學家斯賓諾沙「宇宙精神」理念所言，貢獻自己於時代的煉爐裡。

任期僅一年十一個月的傅斯年校長是奠定這所大學學術精神及校訓的人。一九五〇年十二月，韓戰爆發後半年，他因腦溢血猝逝，校方選定在校門左側原「帝大」時期的熱帶植物園內，建希臘神廟式「斯年堂」，安厝傅校長靈骨，名為「傅園」。一九五一年十二月二十日，傅校長逝世周年忌，迎靈隊伍從其溫州街家中始，由其子姪與兩位學生輪流接捧靈骨，步行至園內安厝。

那日，今之新生南路的前身是一條行水大排，水岸邊雜樹草叢，民宅錯落，是大時代亂世驚魂未定的一隅，卻也是庶民尋常作息的一日；無人察覺這一列師生肅穆前進的隊伍前，靈罐裡儲藏著一股永不止息地追求真理的精神，這精神是走過風雨飄搖、經歷家國幾乎覆滅的一代留給後世的提醒，猶如十六根雄偉石柱護守傅校長之靈，提醒一代代莘莘學子，要以知識分子不屈不移不淫的天賦傲骨，守護追求真理、奉獻社會的精神。

傅園的出現是天意也是異數，從來沒有一所大學踩用那種低矮校門，而且又在一進門之處建造墓園。這些應該不是無意義的事。

沿傅園下行，同側，校方更於行政大樓前、椰林大道邊，豎立一座由國防部聯勤兵工署捐鑄的紀念鐘，名「傅鐘」。日月運行，老校長諄諄告誡之語，聲如洪鐘。於是，新增的建築語彙使這篇地面文章有了新讀法。傅園裡高聳的尖形無字碑呼應了椰林大道，一向天空伸展，一向地面延長，形成這所大學的精神座標，標舉著知識分子「為天地立心，為生民立命，為往聖繼絕學，為萬世開太平」的責任，鞠躬盡瘁，死而後已。

傅鐘所在位置，近似心臟，搏跳不息。校門、傅鐘、椰林大道，連成一個具有象徵性的圖像；宛如一個埋首伏案的讀書人，微微彎著脊梁骨，沉浸在浩瀚的知識宇宙裡。

大道上除了帝大時期以高明的空間想像種植兩列大王椰子，奠定天寬地濶的視覺張力外，更於大道兩側種植較低矮的花木，杜鵑。為何是杜鵑，而不是扶桑、菊或繡球？顯然除了花卉特性之外也考量空間美感。這一年一會，準時於春天赴約的花，為陽剛校園增添柔麗景致。一九五〇年代，傅校長逝後，校方曾大規模增種各色杜鵑，雪白、豔紅、粉紅，每年三月，盛放如青春的浪漫火焰，遍地燃燒。

這大王椰子與杜鵑花聯合統治的校園，遂完成純粹理性與不可救藥的浪漫風格。

她思緒一轉，想到晚春時，一早到校，見椰子樹下草坪上，不知是誰拾杜鵑落花排出一個愛心，水澤豔紅，佈著點點晨露，彷彿是一顆可以山盟海誓的心。當時不禁駐足欣賞，如今思及亦覺美好。不知排字的人是男是女，想的是誰？而那個被想的人是否見到？校園裡處處藏著誘發情思的事物，鼓動著青春初期獨有的特殊情懷；在杜鵑瀾漫的季節，或是醉月湖畔垂柳因風而揚波，或雨夜總圖書館映在窗玻璃上的燈影，或振興草坪上弦月如鉤夜涼如水……。一股芬芳氣息悠悠蕩蕩，忽隱忽現，使年輕的心怦然心動。

她因而尋思，若票選校園十處最動人景致，應該是有趣的事。不知道會不會有人提名「紫色的椰林大道」？她立即又想，什麼事都聯想到他，不是好現象。

正當她神遊之時，肩頭被拍了一下。是群。

受傷是很奢侈的感覺

等待時，她踅入傅園轉一圈又出來，去看傳說中好幾處兩兩合抱的大葉雀榕，好事者取了「情人樹」或「夫妻樹」的雅稱。她在地上撿了一顆橄欖，用指甲摳了摳，正在聞那股青澀，澀得像歷盡滄桑。

「妳手上拿什麼？」

她迫不及待告訴群關於大道的發想，越說越熱烈，彷彿一篇考據。群滿頭大汗，自活動中心趕來，完全進不了狀況，虛應故事點點頭，忍不住回她：「妳好嚴肅喔，好像在做學問。」

她回過神，露了歉意的笑，才發覺杵在校門口真奇怪。兩人乾脆進傅園，噴水池水聲嘩嘩，池中沉著楓樹毬果。靠馬路那側樹蔭下，有幾個人正在練唱，中英文歌都有，有一首很耳熟：「數著片片的白雲我離開了你，卻把寸寸的芳心我留給了你……」

大概是社團期末活動要唱的，男女聲二部合唱，分外情真意摯，把牆外的車聲都唱遠了。另一側，高大的第倫桃樹提供涼蔭，是說話的好地方。

「這給妳。」她自背包取出「萊陽桃酥」，家中常有人送禮，偏偏人丁淒涼，不知如何處理。原先都轉送鄰居，但父親認為這會造成對方禮尚往來的困擾且增添不必要的三姑六婆式猜測，只好擱置。她隨手帶一包，請群不嫌棄幫忙消化。

群露出梨渦淺笑，說太好了，過午未食，剛從福利社買了一顆茶葉蛋，配這桃酥，正好打發。

她看群吃得那麼香，忽然覺得有些餓，竟伸手向她要了半塊吃起來。奇怪，這桃酥放在家裡跟石頭一樣，到這兒，才真是入口即化的桃酥。

她們聊到期末考，這也是她近日心情不佳的原因，沒考好，讓她很懊惱，自覺用功不夠，渾渾噩噩蹉跎度日，愧對母親在天之靈。

群說：「要死了，妳考不好的話，我們一堆人死定了。」

維之揮了手：「噯，別提了別提了！」折一葉黃椰子，歪身坐在池邊，天光雲影都在水面，不知何時掉落的第倫桃果也在裡面，以葉拂動池水，見光影變幻。

「妳要告訴我什麼事？」

「我要轉系。」群說。

「啊，為什麼？」她睜住，鬆了手，那長葉浮在水面，群撿了，牽衣角將它擦乾。一葉仍在，像一把柔軟的翠劍。抽刀斷水水更流。

「我不適合待在文學院，為了前途，我要轉到法商學院。」一群說，充滿力氣。

來自南部鄉下的她是父母力拚生兒工程裡第三個也是最後一個女兒，失望的父親並未依照俗例取名「招弟」，而是在比失望更強烈的情緒下，期盼她能為他終止「一群」女兒的厄運帶來「一群」兒子。幸好如此，才不必頂戴「招弟」帽子——她說談不上不喜歡這名字，當然也談不上喜歡，這兩個字聽起來就是沒機會讀書的樣子，尤其在諸多日本風如美子、英子的同學中，這名字太像必須常常請假在家背弟弟的人。

果然，在她之後，多了三個弟弟。自此完全確立她在手足排序中處於最不受重視的位置，好似她這小孩存在的意義就是引出弟弟——如同引蛇出洞，既已順利添弟，算是責任已了，即使半途中她夭折，父母嘆氣幾聲也算盡人事了。

然而，上天的棋局難測。在物質匱乏，便當盒被豆腐乳、蘿蔔乾、豆豉炒豬油渣長期佔領的成長時期，她竟長得還算健壯；真是一樁懸案，身上那些肌肉到底怎麼來的？好似騎車經過鎮上小吃攤，一排滷味黑白切，她光用聞的，就能吸入豐富的蛋白質，嚥一下口水，獲得營養。她也很少生病——不，應該說生病也不太講，講了會挨罵。她自行翻抽屜，拿出藥務人員寄放在家裡的「大藥包」，找「消炎解熱」、「止咳化痰」之類藥效符合病情的藥品服用，或是被弟弟傳染感冒，偷吃幾包他的藥，竟然就沒事。除此外，她也是手足中最會讀書的，「豬不肥，肥到狗」，她母親嘆。前頭兩個姐姐的課本等於提前替她增加實力，她二姐做不來的功課，她竟能無師自通替她解答。尤其寒暑假，農務家事繁忙，她幾乎包辦二姐泰半的作業；桌上攤著自己的與二姐的，跳著寫，真像正在辦公的職員。直到被一個細心的老師抓到筆跡不符害她二姐挨板子，她的家庭代工才中止。

一個天生地養的人好比河裡的布袋蓮，隨波逐流，說不定被一截枯枝、一顆大石擋了，困在一角，後來的漂流物也在這裡停下來，漸漸有了沉積的態勢，那最前頭的布袋蓮流不出去，就此花開花落。然而，也有可能被一個莊稼人發現淤積現象，清了枯枝、移了石頭，嘩然一聲，淤積之物被水流沖掉，布袋蓮又獨自流向遠方。

她唸的國中那一年出了幾個隨父母北遷覓職欲北上報考高中的同學，受到鼓舞，她也躍躍欲試。她阿舅在三重扎根多年，有親戚可以靠，她樂觀地覺得自己前途光明。

兩個姐姐國中畢業後先後進了成衣廠工作，三個弟弟也算大了。這一回，父母沒擋她，料想她應該考不上，條件是要她也考師專備著，彼時鄉下對會唸書女孩子的最佳想像是當會計或是小學老師。

沒料到考上前三志願，學校還為她貼紅榜放鞭炮，老師亦登門道賀送她兩本字典，這下子父母要擋也擋不住，只得放她走。交代她沒事不必常回來，火車票要錢。

布袋蓮快樂地航向遠方。

住進舅家。三房公寓，她與表弟妹同房，他倆睡上下床鋪，她在衣櫥窗邊地上鋪草蓆安身，習慣了也是能睡的，比在家跟兩個姐姐同睡還寬，只是要提防蟑螂、老鼠巡邏。另一間小房間，一半堆雜物另一半擺兩張小書桌就滿了，她連走進去都嫌擠，別說坐下來把書打開。她只能坐矮凳在客廳茶几前寫功課，但阿舅幹了一天粗活要看電視，喜歡把腳擱茶几上，她就移到飯桌——那張歸阿妗管轄的圓形飯桌半壁堆滿豆腐乳、醬瓜等家鄉帶來的漬物，桌面黏膩，兩肘擱在上面，有蒼蠅停在黏蠅板之感，若非不得已，她避免在此當大蒼蠅。

阿妗擅長拓展不擅整理，她是這個家的女主人、管理者，但她服膺老子「無為而治」理家大法，讓一切物件自由攤放；小公寓住一家四口本就擠，來了她這個移動大物更顯得窘迫。她很快從指桑罵槐的言語中讀懂自己是個入侵者。只是忘了關燈，阿妗以罕見的口吻斥責表弟：「知道吃，也要知道做啊！」即使是笨拙的槐樹，聽多了也知道在罵誰，而那兩棵輪流當「罵引子」的桑樹也很快歸出結論：槐樹來了之後害他們常挨罵，這槐樹乃絆腳石、害人精，瞪她。瞪之猶不足，劇情加重，這兩姐弟原就吵吵鬧鬧，互不相讓，某回吵得兇了，她介入調停，是做弟弟的錯，她說了他幾句，這傢伙像一團火端起桌上沒吃完的半碗豆花潑她一身，奉送一句：「妳回去啦！」

她忍不住奪門而出，一面走一面掉淚，所幸夜色夠深、路燈夠少、行人夠稀，允許她可以暢快哭一大段路。她依稀記得自己過了橋，一副要走回鄉下的模樣。不知走了多久，忽然後頭的車燈將她的影子打在牆上，她繼續走，影子也繼續走，越來越大……她才看到茫茫人海中，原來自己是這麼孤立；猛地一回神，街景陌生，迷路了，要回還是不回？此時已開學兩個多月，理智歸位；學校是好學校，功課正讀得津津有味，只能往前走，無路可退。她抬頭看夜空星月交輝，彷彿微笑。問出阿舅家方向，往回走。她心想：我這次進門，局面歸我。

她太了解「多餘」是什麼意思，一旦在家裡屬多餘，到哪裡都是多餘。這是命，她懂，不但不想輕易接受，還想改變。

生存，必須講技巧，不是講感受。是以，多餘之人自有他人學不來的「多餘本事」；就像沒一處地方讓她安穩唸書寫功課，從茶几移至飯桌，飯桌移至房間坐草蓆上，腿上橫放枕頭擺書，也能唸出不錯的成績一樣。不多久，她創造出被需要的價值，不再是多餘之人而是帶來改善的必要動力；表弟妹的功課有她盯著——她刻意先教導表妹使她成績蒸蒸日上拿了獎狀，換那落後的人好言好面求她，她順勢開出條件：「把你喝過的杯子收到廚房，換下的衣服拿到洗衣槽。」此外，她兼洗衣、清掃、整理家務有時也能燒飯，即使不必燒飯，她在圖書館自修到關館，回家已過了九點，飯桌上兩三個盤內湯湯水水剩菜殘羹——她刻意避開餐桌上的尷尬，讓阿妗可以自在地分配菜餚給子女，這本是天經地義之事，如同在家時，她有所察覺時也會走開，讓母親可以偏愛弟弟，成全其心思，保全自己的尊嚴。除了飯是溫的，其他都是冷的，這是她的晚餐加上明午便當，若晚餐吃多明午就少，吃得少明午就多，所幸還有醬瓜、菜脯可以輔佐，這些可口的農村漬物被她嚼出清脆之聲，宛如少女嘴裡的土風舞，曾招來家境較好的鄰座同學以一塊豆干或一塊紅燒肉來換。貿易的真諦就是互換有無，找到了「需求」就找到機會，而需求是可以被創造出來的。吃完晚餐，她自會收拾、清洗一槽小山似的鍋碗瓢盆，擦拭爐台，順便把那條吃得比她好的抹布搓洗乾淨。她擅長「善後」，收拾殘局，做得又快又好。只要有人善後一次，那主中饋的主婦就離不開這人。她從農村帶來的本事是同時可以做兩三件事；一面洗碗一面默想當日課業、背英文單字，還能唱一段《雲州大儒俠》裡的〈苦海女神龍〉出場歌，一點也不覺得浪費時間。

為什麼她該洗？這問題從未進到她腦海；她當然該做，寄人籬下，在人家家裡白吃白住的多餘之人不做的話好意思嗎？她不只做還做得有模有樣，到後來，連阿妗都得問她：「阿群，扳手放在哪裡？廁所的燈泡妳換了沒有？」

最難熬的事發生在高三上學期。那時正是埋頭拚聯考、擠大學窄門的重要階段，班上同學泰半進補習班加強戰力，她沒錢補習只能靠自己唸，向同學借補習班的講義祕笈及模擬考卷，同學不借，她與對方商量，願意幫她解題並且切磋作文，如此交換，戰力與信心增進不少。她領悟到，天底下沒有解決不了的問題，只有不想解決問題的人。

然而，大人的事，不是一個小小的高中女生能解決的。阿舅替人作保欠下債務跑路，債主三天兩頭上門逼阿妗，她不知是權宜之計還是怨憤到失去理智，竟然也離家出走了，讓她與表弟妹處於驚恐之中，還得面對流氓上門討債。她說，還好那兩個流氓不算太壞，房間、冰箱都翻看了，整個下午坐在客廳抽煙，看他們三個孩子各做各的功課，確實大人都跑路去了，留下一句「我們會再來」就走。她說，那時偷偷在身上藏剪刀，很怕他們把她拖到房間欺負了怎麼辦？如果發生那種事，要去死還是繼續拚大學？他們走後，她反而高興得跳起來，上天助她逃過這一劫，她更要積極奮進，只准成功不准失敗，此後什麼困難都難不倒她了。

幸虧後來阿舅的債務解決了，搬家，恢復平靜。她經此一事，體會寄人籬下受制於人，跟別人的命運綁在一起，永遠不得自由，一定要獨立自主才行。為了這目標，她必須衝到前面學校，才有機會脫離這裡。

考上大學能住宿舍，阿妗反而捨不得她搬。同住三年畢竟有了感情，但在感情之餘還有更務實的一面，群這樣「起早睡晚、吃少做多」的人實在太好用了。這是一笑起來露出小梨渦的她心內知曉的，但她從來不露半點神色，相反地，由於適度地謙遜懂得感謝，反而讓人覺得做了她的靠山、幫了她大忙，殊不知她才是站在哪裡、那裡就變成靠山的強人。

躺在宿舍自己床上第一晚，她想起陳芬蘭唱的那首歌〈孤女的願望〉：「請借問播田的田莊阿伯啊，人在講繁華都市台北對叨去？阮就是無依偎，可憐的孤女……」拿著衣服遮臉，快樂地哭了起來。

「為什麼妳做得到？」維之陷入群的處境，生起同理之心，問她，「妳不覺得受傷嗎？」

是啊！為什麼做得到！群憨然而笑，從來沒想過這問題，被她一問，收了笑認真思考。

「為了活下去啊！不這麼做，沒有機會看到自己的未來。『受傷』是很奢侈的感覺，像小嬰兒，妳要是一直抱著他，什麼事也不用做。而且，抱久了，必須養它，做它媽媽。」

說完，臉上浮現一片羞意。在兩性風氣猶然保守的年代，動不動提婚配生育，顯得輕佻不得體。她正色說：「如果當下無法處理受傷的感覺，把它摺起來，等到將來有能力處理，再拿出去。說不定那時候也不必處理，都化灰了啊！」

兩人相視而笑。麻雀啁啾，午后光影在水面悠游，枯葉或沉或浮。維之幻想起來，群用「摺」字，她隨即想像「受傷的感覺」像一件被潑污的衣裳，該脫下奮力刷洗還是先「摺」起來塞到衣櫥抽屜？花大力氣刷洗要是刷不淨豈不更懊惱？不如摺起來藏著，等有一天取出，說不定不必洗，那衣嫌小了，棄之可也。即使不棄，也有能力在上頭補丁繡花，或是把兩件有污漬的衣拆了，做成一件新衣。她這麼想，彷彿見半空中浮著一件件她的衣服，從小到大，上衣裙子都有，五彩繽紛。這童稚式的意象讓自己覺得新奇有趣，心情為之輕鬆不少。

「妳又在發獃。」群拍她肩膀，「我看妳上課常神遊到蓬萊仙島，有一次我坐妳後面，拉妳的長髮幫妳剪分岔，妳都沒發覺。」

「我當然知道妳在做什麼，裝作不知道罷了。」

群坦承轉到法商學院乃基於就業考量，她希望畢業後能儘快經濟獨立，有一天能擁有自己的小窩。

「有一個小窩，人生才有根據地。」

「也不能太小吧，太小住不下！」維之抿嘴而笑。

這下群聽懂了，擒那一長葉水淋淋地灑她，「要死了要死了，妳又到蓬萊仙島了！」

但維之心裡是欣羨的，群用「根據地」三個字用得霸氣，一干好漢到了梁山泊，能呼風喚雨、開創霸業的樣子。她天生是個有力氣的人，那窩必然不會在崖邊沙洲，而是在安如磐石的地方，知道什麼時候會颳風下雨，天黑了什麼人會回家。

「家」，多麼神祕的字啊！彷彿是帶著根鬚的一株植物，渴望土壤。

「唯一擔心是功課，別的還行，就是『微積分』怕怕的，不過也不必太擔心，我們社有個學姐是法商學院二年級，她說她兼了五個家教，微積分也沒被當，聽起來應該不難。」一群笑得輕鬆，好像什麼事一笑就解決一半。

換維之瞪大眼睛：「那些被當的，是因為交五個女朋友或男朋友分身乏術嗎？」兼五個家教還能「書照唸、歌照唱、舞照跳、肉照烤」，這學姐是外星人嗎？不過也不算稀奇，上了大學就是「大人」，校園裡多的是積極追求經濟獨立還能挹注家庭的學生，尤其是來自中南部的，幾乎人人兼家教找工讀，下了課騎腳踏車或趕公車到學生家上課，儼然一副提〇〇七手提箱跑遍天下創業的中小企業原型。即使不缺學費，賺點零用錢不必向父母伸手，也是成長與成熟的表徵，關乎榮譽。像維之這樣不必為學費、零用錢發愁能專心唸書的恐是少數，跟他們相比，她自覺慚愧。雖然母親生前曾叮嚀她們姐妹大學是儲存知識實力、尋找人生方向的黃金階段，除非迫於無奈，不宜浪擲光陰在工讀上，但是能踏出父母供應的溫室接觸現實人生，知道一些民間疾苦畢竟是好事。她心想住家那條長巷不乏中小學生，也許可以積極探聽，就近兼個家教。

「哪，送妳。」

群一雙巧手東轉西摺，把那一莖長劍似的黃椰子葉編成一隻綠蚱蜢，栩栩如生，攤掌托著，錯覺它是活的，下一秒會跳回草叢，鑽入牠自己的小窩。

兩人不知不覺吃完一包桃酥，頓覺口乾舌燥，不約而同想去「臺一」吃紅豆牛奶冰。之前練唱的人不知何時走了，音符還飄蕩在枝葉間、水波裡。她一面走一面湧出莫名的惆悵，為那無意間被她聽到的情真意摯的歌聲，〈文生〉、〈離家五百哩〉、〈老鷹之歌〉以及〈牽掛〉。她終於想起「數著片片白雲」正是戴寬邊帽洪小喬的歌〈牽掛〉，在青年學生團康活動中常聽到，唱完這首歌也該曲終人散。有一部分悵然因群而起，她是她近身的朋友，雖談不上是同食共座的手帕交，但彼此歡心相熟，可以往前再進一步的，往後轉了系便不在校總部，見面實難。為何身邊的人都離開她？她無心聽群興高采烈規劃著假先回家一趟再參加救國團溯溪營隊，排滿行程。奇怪，她怎麼那麼活躍而自己這麼陰鬱？像雨落不下來鐵灰色的天，接著就到了黑夜，starry, starry night，星光燦爛的夜。直到紅豆牛奶冰端上桌，她仍然拂不去悶悶的情緒，更放任岔出一條有根鬚的思緒想到唐・麥克林向梵谷致敬所唱〈文生〉歌詞：「血紅玫瑰上的銀刺，壓碎且折斷，靜臥在初雪上。」跟眼前這碗冰似有無稽的關連與暗示。血紅玫瑰，那具有向光性的根鬚思維又朝向不該想的禁地土壤伸了過去……。

「妳到底在吃冰還是數紅豆？數紅豆就是相思病喔，妳在想什麼啊？」

所有的根鬚乖乖收攏，聚焦在一根湯匙與一盤紅豆牛奶冰的挖礦行動上，她反應靈敏，趁機調侃：

「我在想紅豆怎這麼多，是不是妳衣服上的紅點掉下來啦？」

群低頭一看，果然自己穿了白底紅點綁蝴蝶結上衣，立時笑得像小孩，一疊聲說：「哎呀，要死了要死了，真的像紅豆！」

夜色

黃昏像一隻羽色絢麗的大鵬在天空展翅，如此美景，然而她卻懷著索然情緒在街巷漫走。胸口有一塊鉛，沉甸甸地，彷彿有人暗中添斤兩，越來越重。

她目送群離去，她連背影都是歡快的，令她好生羨慕。接著呢，回家去還是繼續漫無目的地閒晃？沿羅斯福路左轉和平西路再接南海路，穿過植物園回家，也許路上會碰到吸引她留步的事——譬如，彎到牯嶺街逛舊書攤，或是踅到南門市場覓食，或是沿汀州路走一段尋找老鐵道記憶。她並不真的想回家。在南部唸書的姐姐一向先留在學校，幾乎等假期過了一半才見人影，早上出門前，她對父親說今天會晚歸，父親也說晚上有應酬。「妳自己小心點兒。」父親習慣這麼結尾，像批公文最後寫個大大的「閱」字，乾淨俐落，頂多再添一點關懷說：「妳自己凡事小心點兒。」

她則回說：「知道了。」也像一個小小的「閱」字。

所以，彩霞幻舞的此刻，家是暗的。

她不禁羨慕家在外縣市的同學，他們心裡有一條繩，每到假期，繩那頭有人拉，這邊便急忙收拾行李返鄉去。她，回家像回去空城，屋內是暗的，沒有人氣，拖鞋只有兩雙，躺在地上像動物標本。

就這麼不知不覺走到南門市場邊，挑擔的賣豆花老爺招呼她吃一碗，她站著端碗，一口一口嚐，喜歡聽他以低沉渾厚的聲音喊：「倒——輝——」也饒富興味地看附近主婦拿著大碗或小鍋來買。他掀蓋熟練地片起豆花，舀上花生仁，澆糖水，主婦說：「花生多一點！」這是每個吃豆花的人的心聲，如果老爺爺多給幾粒，那真會像失散多年的祖孫在街頭相逢一般感激。

「賞學（上學）啊？」鄉音很重的老爺爺問她。

「嗯。」

「賞達學（大學）啊？」

「嗯。」

「賞學好，要勇功咚需（用功讀書）。」

「好，謝謝爺爺。」

吃完要付錢，老爺爺竟不收錢，剩不多要收攤了，請妳吃。難道幾句萍水相逢的對話果真讓人有了家的想像嗎？

老爺爺挑起擔子往更深的巷子走，「倒——輝——」聽著聽著，真的起了一點溫溫的親情。

她家巷子常有小販來叫賣，本省阿伯賣「燒肉粽」，晚間出沒，服務那些想吃消夜的人；山東大爺不定時造訪，賣饅頭、「歹逼悠」（大餅），手臂上刺著「光復大陸，收復國土」；還有一個賣麵茶的，手腳俐落，那麵茶一滴都不灑的。但她最喜歡公車站牌邊那一攤烤玉米；選一根，交給小販，他剝淨膜衣，插上竹籤，放在烤架上，刷上醬汁。幾根玉米躺著，他一一刷醬，醬汁滴在炭上，起了小火爆，竄出火舌，香氣立刻撲鼻而來，翻面刷醬再烤，直到熟透。圍在攤邊的「顧客」顧著烤架上自己的玉米，總得等十幾二十分鐘，無事可做，心思全在那根玉米上，遂越發計較，計算刷了幾次醬，評比哪一根烤得比較好，忍不住指點小販多照顧自己的那一根玉米。其實最嚴苛的評審是小販自己，即使有人猴急地問：「我的好了吧！」他一律不搭腔，烤到他滿意了才交給顧客。那一根烤得黑糊糊、酥香的玉米是對嘴唇的火刑與拷問，咬第一口，叫一聲好燙，接著麻辣到嘴唇都腫了起來，但喜歡烤玉米的人就是愛這款刺激。她常在放學時買一根烤玉米，找個樹蔭僻靜處，慢慢啃完再進門。媽媽聞到煙味，知道她又吃烤玉米了，笑她：「我們家妹妹長得這麼清秀，偏愛燒焦味，我看以後會看上火頭伕！」會看上一個讓她燒焦的人，也許這是媽媽的話中話。

蔣中正總統逝世那年，舉國哀悼，戴黑紗，電視畫面變成黑白，街上凡有燙頭髮、穿花色喇叭褲的時髦人士，據說會遭警察關切，一般人也視之為欠缺愛國心、遊手好閒之人。風氣凝肅至此，連帶地，通衢大道旁冒著小煙、飄著焦香的烤玉米攤或烤香腸攤，實在愉悅得不成體統，與守靈的哀戚氣氛對沖；而邊走邊嚼、不時發出燙舌吟聲的饞狀也不像頓失民族救星的國民應有的樣子，料想一定是被巡邏的警察取締了，從此失了蹤影。她那時正陷於大學聯考壓力下，分外想念烤玉米。後來風聲漸鬆，聽說小販移到幾條街外靠河邊處佔了地盤繼續升起他的炊煙。但終究太遠了，她遂作罷。這以後，每看到菜攤上擺著玉米，總飄出一絲心思，好像那是純真的童女，總有一天要剝去膜衣，經歷炭烤人生。

她搭一段公車到中華商場。車上，後母臉的車掌與一位看來是鄉下進城、帶了大包小包的阿婆起了小爭執。阿婆對人說，要來幫女兒做月子。她記起曾在電視上看到廣告，提醒鄉下來的民眾不可以提著活雞上公車——那必是有女兒或媳婦生產，特地來台北幫她做月子才如此的。她想起母親曾說過，生姐姐時有人送她一隻活雞，嚇壞了，沒人敢殺，養在後院咯咯亂叫比嬰兒還吵，後來請賣雞肉的幫忙處理。母親在台灣沒有娘家，沒人幫她好好做月子，她自己說，身體傷了。

無目的，只是閒逛。八棟三層樓連通建築，一邊是鐵道，另一邊是車水馬龍的中華路，蓋得像反共復國的軍事基地，不像庶民尋樂的商場。各式小店鋪排序而立，通道不寬，有時從天橋湧來人潮，看似要灌入小店鋪流連，怎知一瞬間人潮分散，各從不同的樓梯間流去，忽地不見了；有時又從各個店鋪流出幾個心滿意足的提袋人，匯到天橋邊形成小漩渦，過了天橋又各自離散。

她從小陪媽媽到這兒找熟識的裁縫師做旗袍，或是進鞋店、古董店閒逛。她喜歡看人，嘴裡含著糖球，靜靜地坐在椅子上看人來人往，不吵鬧，這樣的孩子最得採購中的主婦歡心。她漸漸明白，自己對這地方那既親切又感傷的情緒是怎來的？這裡太像台北火車站了，上上下下迷宮似的樓梯好像通往月台，階梯立面貼著「生生皮鞋」、「請大家告訴大家」，不斷重複著，彷彿指引，這就是歡欣之地。然而潮來潮往，終究浮現一個「散」字，只剩依時刻運行的火車轟隆而過。月台，是一面照影的鏡子，不是讓腳生根的地方。

西門町新開張的百貨公司、電影院，成為年輕人麕集之地，蔚成新時潮，更顯出這裡的老舊與不合時宜；多麼像一列列等著開去反攻復國的列車，等久了，兵變胖，戎裝穿不下都脫去，換庶民家居服過日子，可是那日子按表操課怎麼也融不進周圍嘻嘻哈哈的大潮流，越發顯得那鴿籠似的小門小戶都在長霉斑。

一樓的餐廳倒是可口的。她信步走到「點心世界」，從小一家常來這裡吃鮮肉餛飩、酸辣湯，轉眼也兩年沒來了。雖說此時不怎麼餓，看看用餐人潮、跑堂吆喝，說不定也能像賣火柴女孩劃亮一朵火苗，看到歡樂。正當她透過貼著「冷氣開放」字樣的玻璃望向餐館內時，她從走動的身影間隙看到角落那一桌坐著兩個談笑、狀似親近的人。

父親與一名年輕婦人。

她遭到點穴似地杵在原地無法移步，女性的直覺讓她在瞬間以她母親的眼看出他倆的親密關連；在旁人眼中僅是尋常同桌用餐的兩個人而已，在擁有神祕直觀能力者眼中，讀到了不必舉證的訊息：他們是一體了。

回到家，開燈，看到她的拖鞋交疊著擱在門邊，立刻明白有個還算細膩的女人穿過它，臨走時還彎腰收拾。她忍住情緒，幽魂似地到每個房間查看，就在二樓那房，她停住腳步；母親病重時與看護同睡主臥室，父親移到二樓免受干擾，母親走後，父親移回主臥，便空著。這房既是客房也是書房，原是母親讀書練字作畫之處，牆上還掛著她習水墨所畫的秋山飛瀑圖，文房四寶也還在桌上，上一回有人踏進來應該是她上來看月光那晚，然而現在，她聞到房內還殘留「明星花露水」的氣味，明白了她這年齡的女孩子不該太早明白的事。

這房，一婉約女子寄情書畫的墨香寶地，頓時像雜樹亂藤盤據的沙洲，成為魚蟹覓食、野鴨交歡的處所。

她蹲在陰暗角落，抱膝而坐。夜色正好襲來，形成牢籠。

【徘徊】之三

三個夢、兩趟旅途與一次奇遇

在一個令我厭煩的老人出現在秋天夢裡之前，三個女人與玫瑰花叢出現在晚春夢裡。

很短的夢，像匆忙出現的告密者。夢見三個「金門」人，都是女人，年齡各異。為何是金門？沒有交代。我依序參觀她們的家；老式宅院，寬敞、乾淨，無鄰舍。三人都養動物，但不是貓狗兔之類可以抱在懷裡的寵物，是老虎、豹子、大象、貓熊。她們並非動物保育員，卻在自己屋內豢養猛獸。其中一位，前庭種著高大盛放的玫瑰花叢。因而，夢是芬芳的。

三個女人都悍，獨居，身邊沒男人，沒小孩，沒老人，沒傭人，單獨跟一群照說會決鬥卻和平共處的兇悍動物同住。

醒來，記得老虎、豹子模樣，記得強悍的「離島」女人，記得玫瑰花開得天不怕地不怕。

洗臉的時候，看到夢弄亂我的一頭灰白、嚇人的短髮，忽有所悟，我夢到自己了。

在這夢之前，我寫到「玫瑰花園裡的片刻只能在時間裡」一段，第八小節，所以合理推測，夢中前院澎湃的玫瑰應該是「維之」家前院盛放薔薇的殘影，滲透到夢境了。在這之後，我折磨式地寫了幾節初稿，塗塗改改，泰半毀去，百無聊賴，便擱下筆，任由疲憊襲來，放縱自己淪陷於起伏不定的日常之中。

彷彿這一生只是倒影。我在困境，從未有過的，不是關進有形牢籠，是陷入深夜霧境。

悶濕梅雨之後，樹梢新生綠葉已穩然舒展，夏天加快腳步，氣溫持續飆升，本不利於伏案，此時身體也進入與這頭霜髮相襯的衰退階段，無來由的焚燒之感流竄全身，更不想提筆。三百字稿紙攤在桌上，最上的那張爬了三行半就停了，日復日，我任它攤著不往下餵，不是無糧草，是乏味至極。有時回頭重讀寫過的，刪刪改改，看了更不順眼，無可商量的稿紙潔癖發作了；好像細沙白石的禪式庭院主人一早起來看見家禽家畜四處走動，載歌載舞，說什麼也得整頓。我不像詩人周夢蝶先生慣於把錯字圈起來還溫柔地替它畫個簾子，似一張草蓆掩了陣亡的單兵，我的思緒常常過動，句中又生句，必須拉一條線到框邊弄個大括弧補充，往往補充之中又需再補充，大括含中括，中括含小括，像套疊的俄羅斯娃娃。此局面出現，我就過不了門檻，非得重新謄寫不可；往往謄寫那張又生出妙句不得不再拉線，謄著謄著，心中犯懶生怨，把舊紙上還算乾淨的段落剪下來照著稿紙格線貼上去，這時像拼布像裁縫，像幼稚園孩童被迫練習手眼協調。端看我那一日心情如何，若還算和氣，讓它存著，若百般乏味，揉掉兩三張稿紙也是小事——於是，被揉掉的那些文字存在腦海裡沉沉浮浮，明明知道「在路上撿了一顆橄欖，用指甲摳了摳，正在聞那股青澀，」下一句接的是「澀得像歷盡滄桑」，就是不想給它那幾個字，讓筆跡留在「那股青澀，」的那個「，」上，錯覺這蝌蚪狀小黑點（或如生物課本描述，某種等待教練鳴槍以衝刺的小蟲）通了電閃閃爍爍對我挑釁，我越發要懲罰它不餵它讓它乾等。有時火焚之感稍緩，我反省一個寫作三十多年的熟齡作家竟然跟一個逗點嘔氣若張揚出去真的可以直接拖去掩埋，也就乖順地開啟腦海閘門釋放那些字句；可是時光亦是一種強力酵母菌，隔了一小段自我折騰時間重讀那幾頁又覺得欠缺才氣至此這人怎還有臉寫下去？再度叫停。停頓期間我一點也不覺得愧疚，不像以前執行寫作計劃時，越是被需索無度的現實勒求越是奮勇向前，每日必於鍋鏟間、調停間、辦理間榨出五兩空閒半斤體力，一坐椅即燃放鞭炮似地劈咱前進，或手寫或用筆電打字，進度猛然。此回從開筆即陷於體力損益精算局面，那台逾十齡、承接自他人的筆電曾隨我進圖書館上速食店尋覓插座妥貼圈好電線讓它啟動，曾陪我蜷放在客廳較涼快一角以抵擋酷夏室溫攝氏三十四度因反核理念仍不開冷氣的人趕工，如今它也狗一般地老了。螢幕像得了頸椎疾患無法自由擺動，我得找個東西當小枕頭撐在後面。在文青出沒或職場新銳霸占的咖啡館清一色是蘋果蘋果還是蘋果的手機與筆電陣式中，我與我的手機、筆電是這麼地上不了這時代、這潮流的檯面。然而，我對這股以季為單位的科技產品消費週期抱持高度敵意，深刻感受其對地球生態之迫害。再者，基於農村時代戀舊惜物之基本素養，我確實把它當狗捨不得送去安樂死。但也不能忽略它越來越無法承擔高速奔跑、超強記憶的事實。尤其那故障的螢幕脖子，我每打一段字就得起身幫它調整角度，讓我錯覺自己是長照中心照服員，需定時替癱瘓老奶奶翻身以防長褥瘡。這不合時潮、快被時代拋棄的感覺糟透了。另一個轉變是，連看紅綠燈都嫌刺眼的眼力已不堪負荷螢幕光害，這編輯檯上帶來的職業病，往好處說，讓我下決心擋掉紙本及電子垃圾資訊、無意義撒粉似的文字、浮光掠影交際語言，成為一個「無賴（line）不要臉（facebook）」的數位山頂洞人——後來有「賴」了，但常常是「已讀不回」那種「耍賴」之人。往壞處說，二十多年來原已是文壇隱形人，在鋪天蓋地集體呻吟的數位洪流裡又自願成為「網盲」，像我這類人，終將一步步被掃進歷史煙塵，彷彿不曾存在。

既如此，我在忙什麼？我與我的文字到底是向未來輸誠、向過往致敬還是跟當下對抗？

別的不提，就說最淺層的對抗罷，我精算眼力後決定回歸手寫，跑遍文具店尋不著像樣的稿紙，連問：「為什麼你們不賣稿紙？」這種蠢問題都不必說出口，就像晚霞不必抗議：「為什麼夜這麼急？」情勢如此，不得不翻箱倒篋，拉出存放原稿的大皮箱，總算覓得二十多年前任職某出版社正逢新印三百字稿紙而我趁職務之便摸得數「刀」貯存在家如今救了命。稿紙的單位是「刀」，一刀約一百張，作家不會說：「你給我二十張稿紙。」最起碼數量是：「先給我十刀，不夠再說吧！」但這些都是發生過兩次世界大戰的上個世紀的事。連最淺層的對抗都找不到武器遑論其他？「再回首，往事已走遠。」往事豈只如煙，更似霧霾。如今我這世代的人猶似走在被霧霾封鎖的平野，仍然能依蟲鳴鳥叫指認池塘邊、老樹下、土地公廟旁、古墓裡有些什麼，或是走在被地震震毀街道，放眼望去皆瓦礫堆，我們依然能依腦中地圖導航而指認方位，說得出原來那社會的長相。我們是霧霾裡的笛聲，瓦礫旁的搜救犬，我們就是記憶。但記憶含量越重越飄浮的道理我這世代的人最近幾年才體會。體會「認同」、「認可」、「承認」像X光、超音波、電腦斷層掃描替每個人每件事物做檢查，純正標記勝過純潔，沒有理性論辯的空間，只有黨同伐異的選擇。意識型態是一條浸過興奮劑的繩子，往脖子一套，人變成犬，一犬吠，眾犬必吠。那排山倒海所謂圍堵、灌爆、霸凌、動員竟如此輕易可以行事，形成唯一主流。主流即權威，即是無須經過任何選舉拔擢檢驗考核機制即時登基的土皇帝，直接粉碎我這類人歷前半生而養成的核心價值；那些喊出口依然會發抖的「公平」、「正義」與「真理」，那些無限景仰的溫文儒雅修養、知識分子風骨、衣食足而禮義興之理想社會。當「理」與「禮」被扔至瓦礫堆，我這類人只有兩個選擇：自動閹割成為土皇帝之奴，或妥善綁綑記憶繼續飄浮。而我這個資深邊緣者、半人半幽靈，無疑地不擅長折腰盲從。我這類，不，我這輩，終究要走到三頭六臂的年輕世代對面，勢必被冠上阻礙翻轉、拖累社會的寇讎之帽。然而回首前塵往事，上一代交給我們什麼樣的社會，我們交給新世代什麼樣的社會，竟不知錯在哪裡？戰後嬰兒潮世代的我們是待分解的記憶、新品種浮萍。飄浮在陰晴不定的天空，流浪於污穢的川流。吶喊過度終將失聲，遂沉默著，活在以「反」為最高指導原則的聲浪中，忝不知羞愧地度日，變成沒有意見或不敢說出意見或不必說出改變不了事實的意見的人。當此際，一個爬格子三十多年之久的人竟也軟弱了，疲憊了，萍蹤何處？歷大半生而養成的這個我還需要伏案一筆一劃寫著，或不厭其煩扶著老狗筆電一字一句敲著嗎？我在乎誰？誰在乎我？再一問，我又是誰？

頓時心中起了波濤，天啊！這時光真是劫匪，應該被暗殺——可是也應該發給他一枚勳章，他讓每個人都朝同一個方向走。自高中二年級提筆發表第一篇文章至今已三十八載，出版第一本書《水問》算來整整三十年。「三十而不惑」，而我竟在自已的筆耕旅途三十周年里程處搖搖晃晃地猶疑著、迷惑著、要死不活地賭氣著，絲毫不振作、不愧疚。那養著虎豹熊象的女人意象湧上心頭，夢要告訴我什麼？是應效法單打獨鬥女人馴服猛獸般現實，尋求和平共處，猶能種植富麗玫瑰；還是來自「創作我」的呼喚，莫醉心於小確幸，理應圖謀「大型動物」。然而，若青春豐沛時走了三十年筆墨旅途只養出雞鴨牛羊，值此體衰心寒之際，前路漫漫，孤獨一人，還能是個勇健獵人嗎？

那張蒙了灰塵的稿紙上，最後的筆跡留在「那股青澀，」我也不坐下，拿起筆寫下：「澀得像歷盡滄桑。」純粹只是告訴不知隱在何處嘆息的「創作我」，會的，會和解的，再給我一點時間，不要問我去哪裡，靜心等著。「這個人也許永遠不回來了，也許『明天』回來了！」沈從文《邊城》結語。

溽暑，往香港公務之行，班機上重讀首章及次章部分初稿。窗外高空雲海多麼像愛神統治的國度，在夢幻中、泡影裡。此時讀稿的我，數月來寫稿的我，昔年參與事件的我在瞬間穿插出現、跌宕消隱，何等陌生又熟悉的氣息，如同泡沫般湧生的多個我時而和合時而裂解，人生一場，似真似幻，竟不能辨身在何處、靈在何方？只放任意識迷失於紛紛然如春花之墜、秋葉飄零的記憶羽毛——彷彿一隻天鵝垂死後獻出所有。那無法捕捉在手卻清晰的記憶片羽釋放了點點滴滴的人生滋味，迥異於經歷之時所體會，如今匯整而嚐，嚐出數月以來棄而不能捨、留卻無法藏的那一綹感覺就叫「惆悵」；好似，青春是人生中唯一的實體，其餘皆是映現的光影。那青春的光影悠悠蕩蕩，搖向已遠去的往日，又籠罩了此時。光影中季節冷暖、世事悲喜、情墨濃淡都分不清道不盡了。這或許是年歲向晚的人才有的情懷吧，青春之眼看到的恩怨情仇那麼清楚，沒有模糊地帶，到了霜降年紀，才領略「山盟海誓」深情咒，翻面看，就是一道「滄海桑田」薄命符。遇合者已星散，其情其事，冰藏在札記文字地窟裡，如今我讓它解凍，重建現場，捏塑其音容，鋪設情節，然而我與我的筆墨終究要被掃入滾滾煙塵裡不復存在，則我此番頂著體衰心寒替已逝情懷作巢穴卻又明知其必毀，何苦來哉？雖則如此，公務之外，旅店數日，亦勉力寫了幾頁草稿，但完全是寡情冷漠的應付手法。我的情不在了。我的情不在了。返台後，酷暑又逢強颱，暴怒氣候下身體不適，更減字趣，寫到「她蹲在陰暗角落，抱膝而坐。夜色正好襲來，形成牢籠」便擱下筆。

轉眼間，秋日走近，對面小丘欒樹綻放金光，與陽台上那株玉蘭小樹遙遙呼應。金黃玉蘭花雖小卻具奇香，此樹日日賞我兩三朵，花姿如小旦拈指，一日之間色澤由金轉褐，香氣也由清新轉為濃郁，置於案頭，錯覺有眾手眾指，恨不能捏痛我臉頰、替我執筆貌，彷彿我徹頭徹尾是個紅塵俗夫、薄倖之人。

中秋前夕，破例遠遊，乃筆耕三十周年悄悄自我紀念。霧霈之日獨自出遠門，快馬加鞭繞武漢、成都、北京、上海一圈，身邊帶的依然是札記與初稿。每到一城一店，將筆與稿紙鋪設於桌，做出勤耕貌，便出門赴約參訪，入夜方回，梳洗就寢，摸也不摸那稿紙。這行徑像弄潮兒，不知惹惱了誰，竟罰我不能安眠；武漢半夜，被莽夫潑婦咆哮聲吵醒，想這貴賓尊寵樓層怎有這等喧鬧？尋聲辨之，應是鄰房電視聲，洽房務人員處理，敲門甚久才敲醒貴客，老爺子答曰：「不知如何關掉電視？」冤枉啊！他睡得死熟卻毀了這長江畔的一夜。既不寐，掀簾遠眺，夜如墨，點點燈火，「無邊落木蕭蕭下，不盡長江滾滾來。」那是江流所在，是張若虛〈春江花月夜〉咏嘆過的江，「人生代代無窮已，江月年年只相似；不知江月待何人，但見長江送流水。」思及此，不禁被詩情感染，愁緒滿懷。逝水滔滔，人如蜉蝣，情似草芥，得或失、情醉或心碎、記取或遺忘，自無窮光陰視之，不值一哂，然人之寄世，豈能甘心如蜉蝣朝生暮死，故情醉常存、心碎不忘，唯記憶能證明個我真實存在。只是這片亂麻也似的恩怨情仇，若兀自由它纏縛、增生，豈不是綁架了自己？如何梳理調停，憑的是智慧，是臨江聽逝水如斯不舍晝夜之時自心底湧生的那一念：自得中揀出失，情醉裡抓出心碎，該記取的都化成灰；或是，自失意中提煉所得，碎裡篩出醉，遺忘裡抽出值得記取的，只帶走美善與純真；還是，罷了罷了，都放手，不得不失、不醉不碎、無記無忘，還諸天地，當作今生裡的前世。

難就難在於起心動念，這一念把自己帶往何方？蜉蝣雖短暫，朝生之時與暮死之前應有不同啊！

次晨，雨色中漫遊黃鶴樓，遊人如織、語聲喧嚷，唯我恍然。想一首七律竟貫串了我大半生豈是崔顥當年料想得到的？少時初讀不識愁緒，但眩於其詩句優美、意境深遠。稍長讀文學史，方能掌握其「唐人律詩第一」之文學史意義。但這些都還是詩選書上的，直到中年乍聞傷逝憾事，浮上心頭的竟是「昔人已乘黃鶴去，此地空餘黃鶴樓……」詩句，一千兩百多年前，八行詩句，拋來一條救命繩。「白雲千載空悠悠之空乃轉眼成空之空非夜靜春山空之空」，猶記當時於青天霹靂之後迴盪於腦海的竟是這些自我囈語。如今，黃鶴樓竟在眼前，是耶非耶？竟有置身時空湍流不知今夕何夕之感。

再一趟西飛，夜宿成都。旅店以隱為名，藏身靜巷，廊道壁上掛王羲之〈快雪時晴帖〉複本，陳設仿舊，木質地板、古董傢具，引人興思古幽情。入房，依舊將筆與稿紙鋪於原木長桌，一字未動，果然依舊午夜被擾；隔房似有數人忽進忽出，踩在欠缺維護的木質廊道上如踩碎巨人脊椎骨，劈哩作響，一座空山的枯葉大約也順道踩遍了。無眠之夜，只能漫想；想木芙蓉開遍的「蓉城」成都曾收留過李白、杜甫、李商隱腳印，想怎能忘懷若他活在今世我必然攜宜蘭土產扣門拜訪還要涎著臉共進晚餐的蘇東坡——既之一想，大凡才華蓋世男子惑於美色勝過才女，他若在今世說不定染了習氣身邊棲滿鶯鶯燕燕，是個胭脂魔頭。這種念頭可鄙，趕緊打消，怕這一念驚動什麼輪迴律法，罰我往後怎麼輪轉都遇不到他。但，若同時遇到李白、杜甫、李商隱、蘇東坡，這四種男子才情類型就是四道情關；李白飄逸仙采不似人間，杜甫沉鬱磅礴乃古今絕唱，李商隱奇麗鴻博、深情至春蠶絲盡蠟炬淚乾，東坡分明是遊歷人間的神，水火並濟、鎔鑄兼美。若同時遇到這四人，叫我該如何效時下小兒女追星尖叫、痴迷繫情？躺在床上輾轉，彷彿與四才子難分難捨，一面自我訕笑一面遊其詩境，最後意識流連於「飄飄何所似，天地一沙鷗」，彷彿見一隻沙鷗在霧鎖江岸獨自飛行，天地淒清。遂隨這沙鷗迷迷糊糊滑入眠池，稍得安歇。

次晨，沿浣花溪而行，遊杜甫草堂，這心思便全在杜甫身上。年輕時偏愛李白「黃河之水天上來，奔流到海不復返」能倒提世間之仙力，中歲後入世越深、觀政局蜩螗，越能讀懂杜甫，讀至刻骨銘心。若天不生杜甫，我輩沉浮於世事亂流之中，俯仰於尖嘴唾沫之下，不向杜甫借幾句詩斥之：「鴟鳥鳴黃桑，野鼠拱亂穴。」焉能舒胸中鬱悶？想他一生草草五十九年，浮家泛宅、亂世飄蕩；「衣不掩體，常寄食於人」近乎遊丐，「幼子餓已卒……所愧為人父，無食致夭折」如同難民。顛沛在途，見過的寒月照白骨多過春花，聽聞的黎民哀哭勝過管絃，讀其〈秋興八首〉不悲、讀〈北征〉不淚、讀「三吏、三別」不慟，讀〈茅屋為秋風所破歌〉不嘆，非人也！一個被亂世踐踏的癯瘦男子，竟有含攝天地的氣魄，留下一千四百多首詩庇蔭了一個民族，至今一千兩百多年，且必然朝向永恆。是何等雄渾的靈魂，能從艱難苦恨中寫出：「星垂平野闊，月湧大江流。」這等氣象恢宏的詩句；怎樣悲憫的心靈，能在屋漏偏逢連夜雨時遙想：「安得廣廈千萬間，大庇天下寒士俱歡顏，風雨不動安如山。嗚呼！何時眼前突兀見此屋？吾廬獨破受凍死亦足！」杜甫啊杜甫，您怎能做到不尖酸、不貪婪、不怫鬱、不恚恨、不癲狂？以孱弱之身歷數十寒暑，打造一座高聳入雲、巍峨輝煌的詩歌聖殿，留給後世。詩人周夢蝶〈積雨的日子〉有詩一句：「我帶著我的生生世世來為你遮雨」，料想杜甫是帶著全部生世所修煉的力量來做一名詩人。然而，杜甫所體現的，僅只是詩藝嗎？王國維言：「三代以下之詩人，無過於屈子、淵明、子美、子瞻者。此四子者，苟無文學之天才，其人格亦自足千古。故無高尚偉大之人格而有高尚偉大之文學者，殆未之有也。」盛哉斯言。今之世道，高尚這兩個字，用得上的人少了。

如今，我來到一千兩百五十六年前他曾寄寓的草堂舊址，朝聖之心、情怯之感竟同時溢出；草堂庭前石碑鐫刻元稹讚辭：「至于子美，蓋所謂上薄風騷，下該沈宋，言奪蘇李，氣吞曹劉，掩顏謝之孤高，雜徐庾之流麗，盡得古今之體勢，而兼人人之所獨專矣……則詩人以來，未有如子美者。（註）」讀之而魂動眼熱。今之世道輕薄、人情澆漓，本不利於文學，更何況是滔滔唏噓聲中的中國古典？值此際，習古典文學所為何來？執筆創作欲往何方？為的莫不是有能力承接傳統，使得傳統因我輩之力續增一分半寸，庶幾無愧於千百年來嘔心瀝血之文學祖師們。則我輩寄世，除依循現實律則，或得志或失意，更應追隨那一脈薪傳的文學心靈，漫漫長夜，與之秉燭偕遊，白田上種植黑秧苗，不忘初心。

作家之心，僅能葬在白紙黑字裡。

然自掂三十年來筆耕所收字糧，大約僅能飼吾村冬山河畔一季麻雀而已！年輕時妄想手拈日月、氣吞山河，此刻踩在杜甫當年寫下「不廢江河萬古流」詩句之舊址，焉能無愧？

中秋已近，草堂微雨，「潤物細無聲」寫的雖是草堂春夜喜雨，此時漫步於修竹幽深、金桂飄香的秋雨中，亦能感受潤澤之喜。杜甫喜以秋為引，俯拾皆是：「邊秋一雁聲」、「江湖秋水多」、「秋至拭清砧」、「秋草徧山長」、「秋天不肯明」、「秋窗猶曙色」、「秋深復遠行」、「蕭蕭荊楚秋」、「秋盡東行且未迴」……。單句不足觀，更以〈秋雨歎三首〉、〈秋興八首〉暢情吟咏、盡興嘔歌。我亦愛秋，能於秋雨中沿草堂小徑自在徘徊，分外忘我。桂花香氛是能召喚老靈魂、芳潤漂泊之心的，古木參天、小徑迂迴，彷彿轉彎處，「花徑不曾緣客掃，蓬門今始為君開」，能見到過著隱居生活的杜甫迎接了一位遠道而來的友人，此時又推開柴門出來，隔著籬笆，喊鄰翁過來一起喝杯濁酒。光影，古典文學的光影竟如「潤物細無聲」的雨絲滋潤著我，物我兩忘，不辨身在何處？徜徉其中，即使是磚牆上一片翠苔，也像昔年秋風吹破茅屋時被捲來的一頁詩稿滲入了磚石，可喜可親。將行，離情依依，文學先祖的詩句湧上心頭，飄飄何所似，天地一沙鷗啊！

揮別成都，北飛。想起陶淵明〈飲酒詩〉第四有句：「栖栖失群鳥，日暮猶獨飛。徘徊無定止，夜夜聲轉悲。」約略是此刻心情。剛下過雨的北京稍減霧霾之恨，雖僅夜宿一夜，料想也是難眠的。果然不出所料，非我不願睡，是無法解釋的機巧不給睡；半夜，床頭壁上一燈忽明忽滅，起身按掉電源，依然閃爍，如有魅影來訪。電召房務員，來一位睡眼惺忪男子，一把轉掉那燈球說天亮再修。難不成是因為未將稿子從行李箱拿出來攤放桌上，那「莫名的讀者」以為毀了，以閃爍燈光顯示其慌亂？既不寐，開燈讀幾日以來所獲贈書，讀簡體字雖無礙，但少了傳統文字形體豐腴、姿態婀娜之美，難以目遇而勾魂；繁體，好比是一睜眼，見遍野虬幹梅花綻放，簡體，則多是虬幹，老枝挺立新條亂竄，我得一一替它喚出花色，才成風景（有時更慘，整排字像剛出土的骸骨）。既無力竟篇，轉而讀李商隱詩；每出遠門，慣常攜古典詩集聊慰旅途縫隙，此行隨手帶了李商隱。異鄉秋夜，神思昏沉，如草叢流螢，忽暗忽明。隨意翻至藏情至深的〈無題〉詩，「昨夜星辰昨夜風，畫堂西畔桂堂東。身無彩鳳雙飛翼，心有靈犀一點通……」這歷代詩人中最叫人心醉的奇情男子，若天不生李商隱，後世讀詩者對愛情的情感類型與深度，恐要毀去大半——人固然能從親身經歷中煉得情感類型與深度，但有時，此類情感是先從文學中獲得啟動的，先驗於現實，待在現實中經歷情節時，密藏於心的感懷與當下經驗所得的感受兩相激盪，遂得感悟。昨夜星辰昨夜風，只一句，便喚起往事，閉眼間，光影拂來；青春的光影、文學的光影、哀樂人生的光影，真耶幻耶？是真有一個我經歷那濃情那鬱悶，抑或是他者的情愫感染了我？

夜深，神思遊蕩，彷彿有一個我、兩個我交疊出現，彼此互不干涉，極不相同。回想幾日奔波所遇所聞，在初相逢的人群中、喜遇的眸光裡，確實存在著一個我以文字造了潺潺溪流與他們共泳。然而，亮麗年華已逝，此時的我已走到知天命的人生刻度，那甫從溪中水淋淋爬上岸的朋友，有的只記得我年輕的樣子於是我必須速速返回三十多年前的青春情懷才能與之對話，有的剛挑起柴米油鹽重擔，我得拖出自己的簍子再次檢視陰暗過往方能解惑，有的霜髮病軀更勝我，無邊黑夜恐怕真的是唯一歸宿，而我僅能答以預設的勇敢，說自己的文學行旅一向長途跋涉、獨自一人，未曾結夥沒有同伴，已習於在靜寂中踽踽獨行，料想應能淡然走入黑夜的黑處。實言之，未走到那一步，誰能保證結局？我焉能鐵口直斷若我不幸擁有長壽基因，被擱置在破產社會某一處荒郊安養院床上看自己的軀殼寸寸潰爛時還能「縱浪大化，不喜不懼」？然而我也不願留著一桌殘稿早早猝逝，懷著憾恨化為煙雲。是以，當我面對這些甫自文字河域起身、一生僅此一會的朋友，我是五味雜陳甚至心虛的！他們從我的書寫裡看到自己人生的倒影，而我站在他面前現身說「法」，其實說的都是「無法」使他們的人生路面變得平坦的泛泛空言，則此生此會又有何益？

創作之路，如一個長途跋涉的朝聖者，走在兩旁落葉紛飛的山徑上，遠處村莊的狗吠與山巔寺鐘同時響起，入世與出世俱在。文學裡，沒有所謂燦爛人生，有的是荒蕪庭園、失路的孤鳥及敗葉季節。每寫完一本書，都會被莫名的疲憊與虛無攫住，想找一塊佈滿莽草的廢地躺下來，讓蟲族在無用的肉體上種植紅紅的吻。彷彿是書寫者的週期性暈眩，一種內在的移山倒海，游離了現實，遺失座標，沒有酣暢的活的感覺，也沒有終止的死的意念。當此時，但覺人生漫長得令人不耐，每次發作時，必須說服自己熬下去，用月光倒影的意象、用才思必須流淌到最後一滴的詛咒性責任、用有人不忍我擅自離席的情繩……說服自己：再走下去！再走下去吧！

種種理由，無非虛幻，卻靠著自身營造迷人虛幻的能力，懸崖勒馬，度過生命的暈眩期。

然而我焉能否認，散文，是一個聲音呼喚另一個聲音。作者與讀者在文字曠野裡目遇而成情，更是散文獨具的殊勝之處。那些擷取自人生現場的時空人事景物，豈有什麼特殊？作者以文字提煉出真情與至理，方形成吸引與呼喚：吸引情感質地相同的人進入這一場心靈深戲，呼喚人格特質類近者一起展開心智的華麗冒險。那文字砌成的世界繁複多變；有時遠望是一群黑蝶靜靜棲在幽谷石礫上，走近，蝶飛，現出一個受傷小童——

黑蝶靜靜棲著日午，是字面意思，是表層指引，那彷彿低泣的小童身影，卻只有同類同質者瞥見了。有時，文字是柔韌的繩，作者造繩可能為了綑綁踐踏後院的野山豬，讀者取來拋向河裡，說不定救了意外落河的人一命。有時，純粹只為了獨遊，造一座古松林風，兀自低語，風塵僕僕地趕路的讀者放下行李，也進來徜徉，享受片刻清閒。只有在散文的轄區，筆勾往事，文露真情，作者與讀者攜帶各自的行囊、各自的喜樂與哀歌共遊；行吟澤畔懷著自己的孤獨，躺臥於星空下哭著自己的悲。那作者預先想像著知音，故修煉操守、萃取智慧、流淌情義，加以淬礪筆力，以不負知音一讀。而讀者沿著字裡行間如走入遍野的黑芒花叢，迷眩於傾訴與聆聽之雙重震盪：彷彿作者只對我一人傾訴，我是神祕的聆聽者；又彷彿我的心事被作者洞悉，只他一人願意聆聽，遂於捧讀之間，獨白、呼應，流連、嘆息，心心相印如見故友。闔上書頁，亦願意修煉操守、萃取智慧，不辜負作者與我紙上相識一場。

唯散文如此。

作家的身影，理應藏在讀者閱讀的眸光裡。現身一會，見的是誰？是作者，是紅塵過客？這是我難以跨越的心障，怕這一會，彼此都破滅了。然而我為能否定多年來那些文學國度散文水湄才見得到的奇遇；一位蒼白少年翻開書要我在某篇文章標題簽名，他說看了這篇才沒動手傷害父親；一位家庭失能的弱勢學生，生平第一本從頭到尾讀完的書是我的；一位惜乎未能受到好教育的女性長者，為了讀保存農村生活的《月娘照眠床》竟不辭辛勞翻查字典；一位熟齡憔悴女子說：「妳寫的，我正在經歷。」我望她一眼，說：「保重，一切盡在不言中。」她霎時紅了眼眶——為何我懂她說的、她懂我說的？難道文字是另一種血緣？一位坐在第一排靠門邊、「擱淺」在特製輪椅上的病友，其身上裝備的醫療器材猶如甫自加護病房直接來到會場，看來已是不能言語且需承受抽痰之苦的。那是一場叫我心亂的演講，我既擔憂他不適又希望會後能與他一晤，站在台上的我，不斷有個聲音叨唸：「妳說的都是空言，他才是老師！」一結束，照顧者與他消失身影。「後來呢？我是不是他最後見到的作家？」懸念至今。一位能引人緬懷舊日村莊時光的客家阿婆，眼眸裡淨是慈愛，她離世前看的最後一本書是我的。一位喪父僅月餘的高中女生，要我題字安慰那悲痛欲絕的母親，我寫下：「妳有一個好女兒，絕望的女人之所以留下來，因為愛。」作者與讀者各補各的人生破網，卻在某個神祕時刻，卸下網罟，遊憩於天地有情、萬物純念的散文水湄，撿拾河流中真善美聖之寶礦，彼此相視一笑、揮手一別。為了這神祕的、萍水相逢的片刻，為了這交會時互放光亮（徐志摩語）的一刻，我宜乎繼續前行，到蘭澤多芳草的人生重要路口，「涉江采芙蓉」，送給有緣人。

思及此，自行李箱取出文稿，神思極度泥濘，像猛獸打鬥過的黑夜山坡。讀著手稿，時間迴轉、人生倒帶，唉！光影，青春的光影、文學的光影、哀樂人生的光影，雜沓紛至再度襲來，即使不輕易示弱的我也難免悵然。「直道相思了無益，未妨惆悵是清狂。」李商隱詩湧現，泥濘的暗夜山坡，仍有一兩隻流螢的微光閃爍——有時，拯救我們的竟是細微的小事。未妨惆悵啊未妨惆悵！於是那悠悠蕩蕩的光影竟有了不羈的姿態。是啊，世間事有益無益、是珍寶還是敝屣，豈是一時一刻、一人一言說了算？雖是尋常經歷，當事者經驗時已得了一份苦樂，情逝人散，旨酒既湑，我憑藉留下的初胚文字，啜飲著，也得了一份情到深處情轉薄的感懷。人生情事，豈有什麼功成名就，到頭來，說不定只是成全了三分清狂、兩分清醒、一分清芬而已。

旅途收了鞭，秋漸深，跌入現實泥流之中又乏力舉步了，只斤斤計較於修辭，在紙上調遣文字兵卒，決定戰袍款式花色而已，主角仍蹲在情節裡的陰暗角落（我也狀似蹲在現實的陰暗角落）。

當此際，竟做了奇夢。

我，獨遊一處古蹟，原木雕花建築，頗具歷史風華。不見訪客，只有我，拾木階而上，有一房原是閨閣，現改為學堂孩童溫書處，數張桌上擺著書籍物品，唯不見人影，頗空盪。我見地板場陷，只在門口張望便不進去。沿廊道，室內花木扶疏，影影綽綽，別有一股風雅與幽深之感。我欲下樓，忽見階梯上流水淙淙，旁邊一條水溝，浮著點點桂花，樹影也印在水面。我沿階小心翼翼涉水而下，忽現兩男子等著我；一位贈我一枝帶葉桂花，另一位贈我一朵複瓣白茶花。他們問我某則典故，我似懂非懂，嗅聞桂花，吃了一口茶花，清脆。他們又提青埂峯下如何如何，費一番唇舌解釋，夢中的我頓時明白其意指「自渡渡人」。夢醒，「殘宵猶得夢依稀」，記得那古典大宅終將被花樹蠶食而朽壞，記得溫文儒雅的贈花男子憂心忡忡的樣子，也記得自己的冥頑與痴傻——故意裝不懂還是真不懂，一時難辨了。

我甚少夢見男人，在這之後，一位令人厭煩的老者竟然出現在深秋夢裡。

我不認識他，在現實世界。他垂垂老矣，離終點不遠的樣子。我與他及另一位婦人同住，這婦人似乎是管家，守護著我。我與老者的關係不明，不像家人，我們三人同在一個屋簷卻壓抑著一股暗潮。是個噩夢。夢中，我自桌前站起來，眼睛還看著剛寫好的稿子，有幾處不確定的辭句需查辭書。我進老者房間取辭書，老者不在房裡（這房酷似我在現實中的房間）。取了辭書回到桌前，那疊稿子不見了，不僅如此，所有放文件、札記、稿子的抽屜都被翻亂了，具私密性的文字也被讀過，第一個念頭是他幹的！這讓我非常憤怒，我的寫作習慣絕對孤僻，在作品完成之前不談論、不給任何人看，這老者的行為等於宣戰。我問婦人：「他在哪裡？」她悄聲說，他藏匿在兩牆相夾的暗角裡，還在那兒藏了槍枝子彈。我立刻明白，如果我的作品讓他不滿意，他要把我滅了。婦人說，她已祕密向外求助，有人暗中監控，若有危險會火速救援。

夢醒。因是噩夢，醒來背部略感痠痛。夢中，沒找到老者，沒奪回稿子，悵然若失。這股惘然之感，從夢中滲透到現實，這樣的年紀還做警匪槍戰片的夢，爭的不是奇貨是一疊稿子及「寫作生命」存活與否，想來不能說沒有深意。

那令人厭煩的老者是誰？現實世界裡，我的寫作具有絕對的自由與自主權，從不受任何評論者、編者、讀者、潮流干擾，想寫什麼就寫什麼，沒有任何商議妥協的空間，我認為這就是「天賦創權」。我習於這種自由，是以當夢中有人以武器威脅我，怎不憤怒？

然而，如果那老者不是別人，是我自己，連管家也是自我分身之一，這三位一體的關係，不正是數月以來心境的忠實呈現！我既不能割捨，又自囿於擔憂這一場書寫走不下去，替自己挖了墳塚。到底什麼原因讓我的心像被霧霾遮蔽的天空？從來無所畏懼的我被隱形絲線勒住了腳，停滯、張惶，以至於那莫名的存有、不可思議的巧合或者其實就是從少女時期即親吻我額頭的繆斯女神，必須用干擾、夢境留下訊息給我，要我走下去。

我到底怕什麼？

怕在沙塵化的出版生態裡，這一場如真似幻的情愛書寫將成為過時空言與酸腐笑談嗎？

怕自己無力描述那年代兩情相悅的蜜香與苦澀嗎？

抑或是，怕活過了年輕時所預言的這年歲，竟回頭造了一條紙上情路，彷彿再次踏入情天幻海，沉湎過深，生出留戀，自陷於藕斷絲連的思維之中，終究要再嚐一口破滅嗎？

也許後者就是煩悶所在，彷彿潛意識激流裡有一方靜止多年的水塘，塘底人影跟自己商量著：慢些，不要那麼快寫完，留著，多留一會兒，陪我，別那麼快寫完，一寫完，什麼都沒有，就得分手……。

「留得枯荷聽雨聲」，這該是今生最後一次在稿紙上觸摸愛情吧，我怎麼也貪戀起來了；貪戀著水中影，影中的花開花落啊！

無意間，改變我們的，常是細微小事。

渾噩之後，我在空中有了一次奇遇。這時，秋已到尾聲。

氣象預報自那週起溫度驟降且有雨，但那日清早天色明朗，對面山丘梧桐樹還披著半身陽光，看來若有雨也是午后的事。

不知何故，我心血來潮，打電話給母親與蘭姑，邀她們坐貓纜到貓空山上吃野菜走步道，遊賞山景；說好十一點在貓纜起站見，行車約需半小時，到山上正好用餐。

這條小遊路線已成為我鍾愛的漫遊路徑，貓纜雖比不上異國纜車景致之雄偉驚險，卻別具一份家常的舒適感。自車廂鳥瞰山景，四季各有風采；春天賞油桐，初夏是盛放的相思花，秋芒冬櫻，即使是尋常雨景，從空中騁目欣賞綠濤湧動的台灣山巒，亦有一種偕天地同遊的逍遙。更何況，此一行腳無須裝備、規劃，上了山，彷彿到自家茶園農舍巡視，來去自在。無論偕友同遊或獨自上山，我已數不清坐過幾次貓纜了。

蘭姑遲到了，我與母站在門口吹涼風，陽光忽隱忽現。原本欲搭乘的人不多，忽地湧來一群散客；有香港口音的大叔大嬸，也有講台語的中年花髮兒子扶著蹣跚老母、年輕媽媽攜蹦跳小兒、外傭推著在輪椅上垂睡的老爺、享受退休生活的初老婦族——她們自有一套結伴島內輕旅行或在地一日遊的絕技，不改經濟實惠、健行強身的持家本領，其勢力強大到已成自轉星球，獨立於銀河系之中。獨不見孩群與學生，大概此時正在上課之故。

戴寬邊帽的蘭姑來了，我們隨人群上四樓搭乘。我走前面，吩咐她們：「『導遊』行頭前。」「導遊」二字與台語「豆油」同音，乃醬油之意。旅行團輕巧用語「問導遊」音同台語「搵豆油」，沾醬油。蘭姑接答：「豆豉走中間。」我再接：「菜脯行最後。」她答曰：「菜脯沒來啦，菜脯在羅東。」她指的是料理三家兒孫、放不下走不開的菊姑——她僅剩的姐姐。

貓纜小旅行本是我提議的，趁冬寒未至，帶一母二姑小遊我私心喜愛的貓空路線；但菊姑說她需帶兩孫走不開，下月初才有空。我對一母一姑說我們先行出遊不變，拍照刺激她。出遊前，我母閃到腰只得作罷延後，便說定待下月菊姑北上，再同遊。

此時離同遊之約只有幾天。照說，我不該臨時動念邀一母一姑上山，但心血來潮即是意念亂流，來無影去無蹤。即使她倆沒空，我也想獨自上山散步。因為陽光嗎？不，後來知道跟冬日陽光無關。

依隨人群魚貫上樓，自成排隊順序，這當中，我驅使她們如廁，脫隊一次。重排之後，我忽想替母的悠遊卡加值，又脫隊一次。待排定，離進站已不遠。我只關注三人同一掛，前面後頭是誰，倒沒注意。

非旺季假日，站方通常允許同一掛的人單獨占據一車廂。但此次導引人員做了奇怪的安排，指揮前面一男一女中年人與我們三人同進一廂，五人，夠了，這就該關門，但不知基於何款「心血來潮」，她竟然臨時塞來排在我們後面的一男一女年輕人，沒得商量也不應商量，關門，車廂向前移動，出站上山，山之綠意撲面而來。

七個人，我沒坐過這麼擠的貓纜。最後進來的這兩人原坐對面椅，與中年男女共坐，擠了。我請姑、母稍移，那年輕小姐移來坐我左邊。於是，對排兩男一女，我這排四女，分屬三款關係：我與母姑三人一款，對面中年男女一款，被塞進來、面對面坐在門邊的年輕男女又是一款。

車廂嫌擠，我的眼光不得不遊走在四人身上。中年男子身量雖壯碩，頭臉乾淨、神態自若，不像粗人。坐他旁邊的瘦女子也是熟齡，看來兩人應是樸實夫妻。細聲交談的年輕男女當然是戀人，戀愛中的人是另一種生物，貌似人類，但全身柔軟放光，如置身海洋，每一動作都揚起水波。三十歲左右，大陸口音，長得清爽，拿著自拍器在狹仄車廂合影，我雖側身看山巒秋景，俯瞰深山處那一泓綠潭，卻能感受遠道而來、與我們萍聚僅有三十分鐘的戀侶那持續揚波的愛意。

過了指南宮站，忽然，我的耳朵接收到斷續語句，男的說：「……將來，有我一份就有你一份，我絕對不會忘記妳……」回眸，見到這年輕人傾身握著女友的手，拿出紅色戒指盒，清清楚楚地說：「請妳嫁給我！」

女友雙手掩面，淚流不止。

在海拔近三百公尺半空中，在貓纜車廂，在萍水相逢的我們眼前。

「求婚啊！」我驚訝地說。

中年大哥漾著笑，阿莎力地，對女生說：「快答應他呀！」像是爸爸口吻。

「答應吧！」跟她肩碰肩的我，也敲邊鼓。

女友點點頭，那喜悅淚水停不下來。男生打開盒子取出白金戒指，扶著女友的手指，遲疑應該套在哪一隻手指？

「是這兒嗎？」他對著無名指。

「沒錯，是這指。」我給了肯定。何以是無名指？據云當兩手手指相合交握而屈，代表自己的中指及象徵父母（拇指）、手足（食指）、子女（小指）的指頭都能分開，唯有象徵夫妻的無名指不能分開。是以，婚姻，是一世盟約。

我們五人為他們鼓掌，笑容盪在臉上。

「你可以親吻新娘了。」掌聲再次響起。

「哎喲，要照相啊！」中年大哥說，見出細膩了。取來相機拍下珍貴時刻，再次鼓掌，恭喜小倆口。蘭姑直呼我們好幸運、眾人接腔台灣好幸運，見證他們的喜事。男生靦覥地說：「本來打算到山上再求的。」

「那就是天地為證！」中年大哥說。

「要幸福喔！」我對女生說，時下年輕人用語，媒婆口頭禪。

「一定會的！」中年女士像個阿姨，無半點生疏，對她說：「像我們，結婚二十八年了，今天還蹺班遊貓空。」幸福是輕而易舉的，秋陽燦亮，想要與他蹺班同遊的人，也是一起回家的那個人。能執手走進婚姻者，比在愛情國度相遇的有緣人，多了一份宿願。這道理，對遠從西安來的小倆口，應有所啟發。

是偶然還是必然？我們七人同車廂，原是短暫相遇的陌生人，卻在瞬間共同結出一顆清奇喜悅的記憶珍珠。這對可喜的俊男靚女把人生中的珍貴時刻與千里外的我們分享，而我們五人，長他們一輩、兩輩的皆有，都是勤勉的人生修行者，有資格在婚姻國度裡指點迷津的長輩，來自這樣的人的祝福，重量與意義自是不同。

步出車廂，互道再見，恢復陌生人。奇怪的是，剛才瞬間迸發的熟稔與歡喜宛如親人，難道，那是多少世以前的殘影，如今在群山秋景空中一會，是往昔美善的回音。此一會，又接續了深埋心底的那份美善，繼續各自流轉。

「天地為證」，這四字在我腦中鐘鼓齊鳴。人生苦多樂少，長途跋涉之後，能一路陪著的，也只剩天與地啊！

樟樹步道秋芒搖曳，埤塘水面映著流雲。不禁推想：如果我不心血來潮上山，如果一向早到的蘭姑不遲到，如果不連續兩次脫隊重排，如果服務人員不在最後一刻將他們推進來，如果那年輕男子依原定計劃到山上才拿出戒指，如果以上皆是，我不可能見證愛情釀成婚姻，見證天地有情、萬物純厚。

一股莫名湧生的溫暖滋潤著我。遠望雲空，前塵往事在心中翻騰，心中暗問：「是祢嗎？一切的一切，是祢的安排嗎？」

樟樹步道途中，竹蔭邊木椅前，那一方小池塘開著一朵、只有一朵豔色睡蓮，像肯定句。

「秋陰不散霜飛晚，留得枯荷聽雨聲」，荷塘雖然將殘，一朵情懷未滅。

也罷！

想我今生在稿田行走倏忽三十載，活過了年輕時推想的歲數；遇見悲傷，撿拾喜悅，得也得、失也失了，該記得的忘不了，該遺忘的都已想不起來，無須再有罣礙。且不妨把種種功夫、規矩、盤算都打掉，筆隨意走，像一個背包客走法，可以為一睹山巔日出而趕路，也可以為等待花開而在樹下停宿。若前方仍有與我尚存墨緣的人等著，則當作留一碗祕釀，來日於水湄相逢，可供曲水流觴，澆胸中塊壘；若這情懷這文字已不符時潮，留一方真情化石長滿青苔也無妨，說不定生命輪迴，下一世我仍是一個熱愛文字的純真靈魂，於館藏一隅翻閱，會憶起幽幽往事，會再次感悟，在今生的開始裡藏著前世的結束。

寒流來襲之前，我回到桌前，拿起筆，讓「她」從陰暗角落站起來。

註：沈宋：沈佺期、宋之問。蘇李：蘇武、李陵。曹劉：曹植、劉楨。顏謝：顏延之、謝靈運。徐庾：徐陵、庾信。

路上沒有腳印

她從陰暗角落站起來。

黑暗是一種空間，沒有牆壁卻又無法舉步。

黑暗中，人會問：我是誰？自何處來？要往哪裡去？

黑暗也是柔軟的波浪，將人捲入漩渦。眩暈之中，時而清楚此身何在，時而猶疑身在何方？

夜不夠厚，是破的。巷弄裡歸返的腳踏車響起煞車聲，屋後老鄰在院裡燒煤球備膳吹來一陣煙，野過頭的孩童在一記巴掌後爆出哭聲……。她從破了洞的黑幕窺得別人那千真萬確的人生，總歸是一個字：家。她也想回家，回一個有敲鍋聲、吆喝聲的家；繼而一想，現在人在家裡啊！回哪一個家？生身父母親手建立的這個家，原是這麼脆弱。應該說，她那多才多藝母親從未想過，自己親手砌築的家在她死後出現裂縫，比紙糊的強不了多少。

她把頭歪在膝上，靜靜地流淚。

也許，屋牆裂痕早就存在，母親心裡有數，只是不道破，掛上畫裝飾著，又是一道新牆。主臥室梳粧檯邊原有一幅仿作，宋姜夔〈過垂虹〉一詩：「自作新詞韻最嬌，小紅低唱我吹簫。曲終過盡松陵路，回首煙波十四橋。」乃是記他偕歌妓小紅乘舟返家經過垂虹橋之事；清任頤想像這才子美人唱和情趣，畫了小舟中姜夔吹簫、小紅低唱圖：一水如帶，小舟悠游，沿岸古松送風，奇石芳草，舟中知音騁情唱和，風聲水聲樂聲歌聲共成天籟，引人神往。母親想必神遊其中，遂畫了仿作，懸在臥房，不無琴瑟和鳴、夫妻乃人間知己之意。後來有位同事來家見到，說這畫不吉：簫聲嗚咽，小紅拿扇豈不是要「散」了，又是「曲終」又是「回首煙波」，那顆石頭畫這麼大，就是「觸礁」，還掛在主臥室，當然要出問題。

那畫收了，大約也丟了。如今想來，「當然」是什麼意思？指的不就是已經發生的事嗎？

但母親從未在她們姐妹面前露出蛛絲馬跡，父親也是；該出遊時出遊，該上小館時上小館，該照全家福時到相館拍照。然後，該生病的人生病了……。

只有一次，母親似笑非笑，說：「我和妳爸爸是『人作之合』，能有幾個『天作之合』啊！」

兩個天南地北的人，如果不是時局被劃出刀口，只剩渡海一條路，又怎會共築屋簷？但即使同一屋簷，猛禽仍是猛禽，孤鳥還是孤鳥。

母親生她，好像生個小知己來陪伴，在兩個女兒間顯出偏愛。然而，孤島上的孤鳥，並不因為兩隻三隻就成了群，骨子裡還是孤的。母親寄情於書畫，豐潤了性靈，但無助於鞏固婚姻基石。她以為把女兒調教成相信恩愛與幸福的人就能免除孤單，卻未曾料想，早熟的孤鳥只可能成為牠自己而非他人所期許的比翼鳥。

只是，「在天願做比翼鳥，在地願為連理枝。」的誓言為何總會撥動心弦？世上難道不可能有兩隻天作之合的孤鳥，隔著茫茫人海相互追尋？世上難道不存在一種至高無上的幸福叫「夫妻」？

她下樓，看著牆上母親的照片，那眼睛也看著她，彷彿有靈。

如果人走後還能有一小碎片靈魂留在家裡，這靈還會痛嗎？幼時跌跤，母親曾教她把痛交給花叢或樹，她看著薔薇花瓣，心想：「痛不見了。」好像能減輕。若母親的靈還在，會怎麼看今天的事？她會說：「什麼都是過眼雲煙，一輩子也不過像一粒天外微塵。活著，才有故事，死了，只能是附在別人衣服上的灰塵，一拍就掉了。」她會這麼感嘆，還是，那一小片幽靈只足夠關注最關愛的人？若是，在父親與她們姐妹之間，母靈最關愛的人絕對不是父親。

那麼，她何必哭腫了眼，何必在乎母親已不在乎的人做了什麼？

她被自己的念頭嚇了一跳，這是她從未有過的想法，把父親從四人一體的家庭概念裡分割出去，彷彿死的不是母親，是他；活著的是已遠去的人，形體消殞卻仍活在屋簷下、居室裡、花叢間。

她去院子摘了幾朵初綻薔薇供在茶几上的小花瓶，陪母親的照片坐一會兒。母親愛李商隱詩，曾據詩猜測義山是詩人中稀有的喜愛薔薇花的男人，寫春日情思〈日射〉有句「碧鸚鵡對紅薔薇」，悼亡妻〈房中曲〉首句便是「薔薇泣幽素」，母親沒福氣遇見為她「愁到天地翻，相看不相識」的鴛鴦知己，人死情逝，這是紅塵律則，焉能奢望還存有結髮夫妻的情懷，母親若有靈必須接受，她也必須接受。既如此，她不要用悲傷與憤懣的情緒編成坐椅讓母親那一小片靈魂如坐針氈，她要用花，用詩的想望，陪母親流連在芬芳裡。

但是回房之後，她對札記本傾吐的文字卻有憤懣之氣：

暴雨之後，貪婪的鬼，霸佔每一扇起霧的窗。我認識他們嗎？不。我在他們之中嗎？不。

今天的城市充滿波特萊爾式的慾望。煽情且廉價，大量製造渴望消費的嘴臉，他們用沾滿肉屑的獠牙接吻，或傾吐胃部的廢氣。波特萊爾至少有一種高傲的邪惡，在肉體廢墟上種植姬百合。而他們更接近蛆。

我總是很努力想成為他們的一分子，領取集團識別證，然後大搖大擺地走在街頭，假裝很幸福。我總在最後一刻唾棄，從人群中擠出來，用力保護嵌在枯柴似身體上的一點潔癖，找一個黑暗角落擦拭微光。像小時候迷信一句咒語，以為躲入黑暗的衣櫥內勤唸咒語，將看見手指頭出現火焰……。

在午夜開門的聲音響起之前，一切已恢復正常。

路上沒有腳印，而她已走過。

殘夢

殘夢總在每天早晨下床疊被時浮出腦海，伴隨一些跟現實生活有關的訊息，譬如今日該讀的書、該整裡的家務、該寫幾封信、該到雜貨店買民生必需品、該把室內植物搬到院子吸收雨水……。疊被時，這些事先設定的訊息會紛然湧出，然後昨晚殘留的夢境像害羞的小童躲在每一樁訊息背後鬼鬼祟祟地現影：發生於灰暗高空的死亡斷片，一輛雪白的小汽車，粉碎的場景帶著深藕色的淒涼……。腦子像一部龐大機器轟然開動，在它尚未能精確地辨認現實與夢境的混沌時刻，殘夢如一朵朵脫離時空的曇花。

完全清醒，是殺風景的。

所以，活著的樂趣在搜索內在的神祕歷險經過。

有一段殘夢是關於逃亡。無星月的黑夜，一棟高聳建築，每個窗戶伸出大叢芒草，龐大的廢墟，失去記憶與歷史，更適合野鬼棲息或厭世者借宿。我躲在頂樓空曠處，狂野的芒草叢在我四周舞動，我似乎在等待遠方出現燈光，因為一起流亡的同伴暗約突圍之後他會以燈光告知。

沒有等到燈光。同伴離我而去，夢中知道自己置身危險之中。

我似乎分心去感受黑夜無邊的溫柔，以及廢墟輕輕晃動所帶來的奇異感。也許，晃動是夢中的想像，置身被遺忘的高頂，反而安頓下來，沒有迷惘、慌張。醒後回想，那感覺之所以迷人，因為貼近了生命的氣質。人，頂著姓名與形貌在被囚禁的時空一片片垂老，然而不能禁止靈魂回到它隸屬的地方偷偷棲息一晚。不管我駕輕就熟地用什麼樣的技巧讓自己活下去，而且容光煥發地活在每一個標記清楚的日子裡，有一種感覺一直不滅，彷彿這一生只是倒影。

我無處可逃。

文字相思病

札記上有一段描寫：

戀著自己的札記本，想不斷與之纏綿的文字相思病。是的，文字相思病。在形上世界赤足漫遊，遺忘形下世界像菜市場般的喧嘩。時間有一點甜味，每一分每一小時，我像牛一樣被蔓延的野草吸引，時間像野草，牛銜它、扯它，嚼。不知不覺向青草蔓延的方向提步，又銜它、扯它，嚼。踩入灰色泥窪，有時是粉紅色陷阱，不可自拔。

牛流淚的時候，也是任勞任怨的。牛流淚的時候也有一點高興，牠發現自己的淚珠比誰都大顆。

「想不斷與之纏綿的文字相思病」，如果把文字替換成一個名字、一本書、一段憧憬的情感也是通的。她的札記隱藏性太高，除了述及家事因有稱謂易於辨識之外，關於周遭人物情節一律以英文代號標示；問題是，有的依英文姓氏首個字母，有的依名字字母。這些跑來跑去的二十六個字母，會讓讀的人心浮氣躁，終於放棄追探隱情。或許，這也是她的性格特質，習於洋蔥式包覆——不是一層層剝開，是一層層包起來。她的札記當然不是寫給他人看的，即使是寫給自己——日後的自己，也這麼全副武裝。

譬如，關於個人的豔情、一次噩夢、一段文字，她記著：

那個噩夢是在一種詭異氛圍中冒芽、形成的。前陣子，我在札記中記下一段關於某人的文字：「他是預言者手植的一株多肉植物，吮吸熱帶女人的淚液而壯碩。黃昏時，一隻瘦狠的烏鴉飛來，啄破肉身，才發現除了割舌的緋聞，他已一無所有。預言者為他立了碑：『凡是豔色的故事，我必交付黑色掩埋！』」這段文字像活菌，繁殖自己的後代，自作主張地對我進行體罰。

她描述夢境，細膩精緻，再無一字提及他是誰、熱帶女人又是誰，寫完夢境之後，繼而自行評析：

我除了感覺噩夢留下的痠痛之外無法解析它要向我傾訴什麼？如果說，它僅僅只是借用了那段關於「多肉植物被烏鴉啄破」的文字而自行「快樂地」去創造一個完整的「噩夢」作品，再樂陶陶地交作文給我看的話，我是可以給它一個解釋：文字本身匯集了所有使用過它的人的智慧能量。這些總體能量以神祕的方式繼續儲存在每個字裡，等待一個纖細度極高的人（使用者）拿出他自己的能量去與之匯合，引爆更強的發動。我回想，當初隨手在札記上寫下那段文字時，原本從具體人物「他」發想，寫下「預言者」以後，便被驅動繼續寫下「多肉植物」……。接著腦海裡有許多畫面、景象噴泉而出，此時，我的撰寫已與具體人物「他」無關，是被文字本身驅動了，去尋覓與它相配的另一個文字知音，我進入／參與了它們的磁場，後來因必須「回到現實」而中斷（好像「關機」！）然而，那座佈滿能量的場域不願關閉，它們航入我的腦海，渴求繼續暴動。

如果是如此，我應該慶幸自己擁有開啟它們的能力，反過來欣賞那篇「噩夢」作品，像山峯欣賞在它身上踏歌的古老靈魂們！

如果不是如此，那麼就矮化到心理分析診療室裡，像一個害病的、神經質的女人，開始一層層剝洋蔥（像所有俗體凡胎的人做的那樣），傾吐諸如此類的細節。

我不會這麼做（包括在自己的診療室裡也不會），我寧願等待到火葬場時對興奮的木柴們說，叫它們吐出更多火舌，也不願在活著的時候提一個字。

我往前翻閱，果然看到一行紀錄：

他是個害了病的人，茫然追逐空氣中的胭脂味，他缺乏一種質感，於滂沱大雨中猶能吟嘯徐行的氣度。他習慣在緋色濃霧中行走，永遠到不了高山上的皚皚雪峯。他是預言者手植的一株多肉植物……。

也許他是一個耳聞中的人，也許曾在錯肩而過時與她有過短暫相望。不論如何，「他」在她的文字紀錄裡不是被保留而是取消，只留下一道幻影。沒有時空、人物、情節，只有感覺。即使日後她自己重看或是他人閱讀，能恢復新鮮感的，仍是那株被冷藏在文字裡稍縱即逝且變化莫測的感覺，而不是杯碗瓢盆能盛裝的具體事件。人，各有活法，她找到自己的藏身之道，找到能判定存在或不存在的濾網。

如果不是從她口中聽聞事件、情節，即使是對文字具有高度解析力的我，也很難不在迷宮似的文字歧徑中迷路。我了解她，故能湧生一種直觀能力去感應她設下的謎語；文字是清澈的湖面，能讓臨水自照的納西瑟斯化成水仙花，文字也是魔鏡，眉間眼底的一抹愁顏一旦落筆，表面上看似徜徉於山水清音之中解了猜疑、釋了愁懷，實是置身於瀑布之下，抽刀斷水水更流。

「想不斷與之纏綿的文字相思病」，我感覺，那「文字」指的是他們之間魚雁往返。至於多肉植物，我怎麼翻都沒翻到嫌疑人等，後來猜測，可能暗指她父親。顯然，她冷眼旁觀情愛世界裡繁忙的旅客，有了自己的評論。

日子要往下過

去年畢業後留在南部唸研究所如今轉而擬出國深造的姐姐搬回台北，為赴美做準備。家裡那股沉悶的氣氛被打破了，多了些不相干的東西卻適時製造了可喜的噪音：譬如，一隻雄鸚哥發出聒噪的叫聲惹人發噱；沒放穩的箱子掉了地，裡面的小瓷偶滾出來斷了手腳；沒關緊的後門被風吹得砰一聲；急性子的姐姐跑進跑出咱達咱達的拖鞋聲……。她暗暗聽著，久違的家居感覺竟回來了。她姐永遠不知道自己是個很能製造存在感的人，當然也從未察覺，這個妹妹站在她的對立面，像一抹安靜的幽影，在旭日東昇時隨風消隱。

母親忌日那天，風雨飄搖的家又觸了礁。

那日，父女三人上墳祭拜，又到佛寺誦母親生前喜愛的《金剛經》，用過素齋方才返家。難得父親與兩個女兒坐在客廳藤椅上話家常；話題從國際情勢詭譎多變對我不利，國人當思莊敬自強、處變不驚，家鄉婚喪舊俗，年輕人須立大志做大事，叮嚀姐姐出國在外須多方擴展學習，朋友介紹新店有個房子可考慮投資，咱們這房子年久失修也盤算是不是整理一下……漫無邊際開展，正是溫溫潤潤彷彿媽媽去廚房切水果馬上會出來加入談話那般熟悉的親情流露的時候，父親竟刻意停頓，接著嘆一口氣，沉著聲音說：「今天很圓滿啊！」

如果沒有往下的話，可不是一個圓滿的晚上，她幾乎可以不計較之前的事，當作什麼都不知道。然而，父親往下說了：「媽媽到極樂世界了，我們也應當收拾心情，整頓整頓，日子要往下過，總要像個家啊！」

她立刻聽懂了，不做聲。姐姐聽不懂，繼而明白，臉立刻垮下來。

父親尷尬地說起服務的單位裡最近人事傾軋，幾派人馬鬥得厲害，身為主管的他心力交瘁，每每感到身體吃緊，著實需要有個後盾照顧身心，分憂解勞，妳們都大了，轉眼也要……。話還沒說完，姐姐站起來：「你一定要在今天說嗎？有那麼急嗎？」說完，頭髮一甩回房去了。

父親轉而也起了情緒：「妳這是什麼態度，嗄？」

她低著頭，不敢看姐姐也不敢看父親，只聽到父親濃濁的呼吸聲中似乎夾帶嘆氣、哽咽，點了一根煙，不知是說給她聽還是說給牆上的照片聽，聲音柔軟多情：「我對妳們媽媽算得上仁盡義至，她臨走前要我再去找個伴把日子往下過，她這麼好的人這麼早走，何嘗是我願意的……」

父親也回房去。只剩她，不知該怎麼感受這突發的狀況，丟給她這麼遼闊的夜叫她怎麼捲收？兩隻手無意識地抓著被蚊子咬的小腿，都抓出血了。抬頭看著媽媽的照片，依然是那抹不問世事的淺笑，淚又流下。

「把日子往下過」是媽媽說的？她更驚訝了。媽媽為什麼這麼說？「臨走」前不是應該叮囑忠貞度嗎？難道媽媽也有她不了解的一面？

次日，父親找了機會對她說，確實有這麼一個人，年紀差他一截，不嫌棄他，是另個單位的公務員，看起來溫婉柔順，能一起過日子的。

父親對她說這些，大約是要她去疏通姐姐的意思。她從父親的話語縫隙推測，他們可能在母親罹病後期就認識了，在那段艱難時期，父親暗地裡有人排憂解悶，彼此應該都有默契會走到這一步。

這讓她的內心非常痛苦，覺得媽媽這麼優雅嫻淑的女子，人生走到最後竟如此狼狽，人家等著她嚥氣。

她在心裡大喊：「你不要再說了！你不要再說了！」但終究未發出一語。

父親上班去，她面無表情地對姐姐說：「他們應該會結婚。」

姐姐對這事反應強烈，不能諒解父親為何那麼急著成家，又不是家中有幼兒急著找賢內助，為何不願與女兒過幾年相依為命的日子？好像母親前腳一走，他就盤算拉個人進來補位。「幼兒」這兩個字點到重點，她告訴姐姐，父親心中應該還有想望，想生兒子傳宗接代。

「那我們算什麼？」這一想，姐姐更氣，大叫：「女兒就不是他的種嗎？」隨手摔了一本書，反問她：「妳怎麼都不生氣？木頭人啊？」

她正要回嘴，忽見姐姐趴在桌上抽泣，惹得她也垂淚。

姐姐與父親冷戰，家裡又恢復鉛塊般安靜——底盤壓死了蟻窩蟲穴的那種死寂。她夾在中間分外難為，寫了一封不清不楚、不輕不重的信給遠方的人略抒隱情：

善長閱讀訊息的人，可能比較辛苦。敏感、警覺、神經質、多思、易驚懼……說不定這些都是遠古蠻荒時代，人類的生存面臨危機時，被開發出來的特異功能。我的意思是，無論從哪個角度看，人類的體型與求生能力都無法跟曠野、森林、草原上稱霸的動物比擬。因此，人必須加速開發特殊能力，跟犬學習嗅覺、跟豹學習速度，以求生存。然而，人類已不需要在野外拼搏，這些能力帶進室內，無助於獲取幸福，反而徒增堆積如山的訊息與記憶。

人可以改造自己嗎？只要在記憶的幾個關鍵區加裝螺絲釘，鎖住，血腥草叢可以變成西天晚霞，某樁隱隱作痛的事件接在某個從報紙社會版讀到的慘劇主角身上，不再是自己的了。不必記住那個人是誰，反正是陌生人。

然而，在意念傳輸的世界，會不會因為有人擅自在自己的記憶加裝螺絲釘，把不想保留的記憶傳輸出去，卻導致另一個不幸被鎖定的人，必須承接那份記憶——亦即是，他必須在現實上經驗那份記憶的實況，體驗原本不該屬於他的痛苦？

沒有回信。人間無味。

忽然，姐姐要她收拾行李一起南下，與幾位好友結伴環島，一副要帶她離家出走的態勢。

她留紙條給父親，姐姐一把撕掉：「幹麼留，讓他找呀，這樣他才記得還有兩個女兒！」

在火車站，她給父親掛了電話。雖然內心尚未決定是否原諒他，但她也不想懲罰他。

「日子要往下過」，她不時想起這句話，心裡覺得好難。

行旅殘句

一些片段燦影如微風拂面，我不想言語，但願從此啞了倒好，只想記下來。

她在札記上寫著〈行旅殘句〉。

1

在陌生鄉鎮，或是行進的列車中，窗外流動著人生的倒影，我安靜地看著，忘卻自己，那些美好的幻象便慷慨地向我奔馳。有時是在自己熟悉的街巷上，剎那間神魂出遊，看到現實世間上疊印著另一方世界，我亦暫忘自己，與之偕遊。

整個人生對我而言，是一巨大的幻象，我遊翫其中，像一個意外闖入的旅人。

2

假裝獨自面對阿里山的日出，喧囂的遊客，當作早晨的落葉。

孤獨地面對日出，那萬丈光芒皆為我一人而伸展。印度奧義書有言，當你凝視日落或山崖之美而發出「啊」的讚嘆時，你便融會在神性之中。想必，凝視日出亦是如此。空氣濕冷，濃霧盤據遠處大山，海拔三千公尺，記憶與血液凝結的高度。知道身在此處，但不關心自己是誰！（在一切的峯頂，眾聲沉默。）

販賣櫻花茶、高山甘藍菜、吉野櫻蜜果……。來自都市的觀光客，貪婪的購買慾已經發作了。我厭倦她們，又找不出理由脫離她們。在表面的親膩關係下，我渴望一個人遠遠地走開。我不想交談，議價櫻花茶，我不想看到人，只想一個人安安靜靜往高山清晨任何一條陌生的山路無目的走去，讓崇山峻嶺的倫理關係重新回到心中，像小學時候，一個人走入山林內，從白晝走到黑夜，不必告訴任何人，我是誰。

3

不像夏天的傍晚，怎麼連季節都失去骨氣，溫溫吞吞。

被遺忘的深山野路，夜完整地黑著，純粹且沒有雜質。芒草與野風狂舞。遠近無人，只有我，安靜走路，像一個未涉世的童子。

走到一個無人所在，我聽到自己對群山大喊了一聲。

4

他們去訪友，我獨自躑躅於小鎮街頭。遇雨，三兩滴打濕旅人的衣裳。忽遇一群披麻者肅然列隊，為死者送行。我快速走開，近乎落慌而逃。語言不通，欲問路覓食不可得，如在異國。

5

我的生命會停頓在哪一個黃昏，還是凌晨？在草茵上，抑是花色陳舊的床榻？我最後聽到的聲音是人的哭喊，還是暴風雨拍打玻璃窗？無人查覺，沒有葬禮與訃聞，沒有墓園與石碑，我將不必忍受圓鍬的噪音，以及冗長的送別。那麼，火焰是應該感謝的，讓人平靜地消失，既不絢爛亦不平淡，照著孤寂的原義，有著美好的死亡。

我活著時，不信任人，不信任人所承諾的信約，不信任榮耀，亦不信任歡騰與幸福，只歡喜躲入無人的房間，寫字寫字以及寫字，只信任寫字帶給我歡愉，像永恆眷顧我的美神，降臨面前，撫慰靈魂，我們交談，如戀愛中的情侶，沒有厭倦、不存在背棄。我不曾在人的身上找到愛，比這更恆常，不曾發現哪一種信任比這更堅固。若能如此，此生被遺忘在月夜裡，又何妨？

6

陽光很短暫，輕度颱風的雨幕很長。像灰毛線堆裡的一截紅毛線，我的意思是陽光。

騎車至鎮上，田園風景像一幅水彩畫；大塊陰天，不擇手段的畫法，烏雲使力遮住掙扎的陽光，遂形成飽含水氣的角力狀態，像天神決鬥。這種力量有點眼熟，可惜自己對畫不夠熟，克林姆、米羅、馬諦斯、畢卡索、梵谷，我喜愛的多是——怎麼說呢，像荒涼墓園底下的燦爛的那種。

直覺。感覺。美覺。覺是醒悟的意思，一種存在的力量直接流通於雙方，達成美的融合。

7

早夜，雲朵圍著一輪圓月流動，如一朵倒開的白牡丹。花凋後，一綹烏雲移來，嵌住圓月，看來像一隻海盜眼睛。

8

在天上看顧我們的都是天使嗎？會不會也有惡意的眼，巴不得我們這一生困在陷阱裡化成枯骨？

古松下，木椅被光陰洗舊了，我憩坐其上，不願想過去不敢想未來，像一張搭在椅上的褪色繡毯。

9

來自馬來半島的同學對我說：妳看起來像一朵 magnolia。花藝社的朋友說，那是木蘭，又叫辛夷，一樹繁花，花落之後才生葉，喻高尚的靈魂。「辛夷車兮結桂旗」，少司命的座車，言之有理。

在山徑行走，忽然看到一棵綻著乳白色花朵的大樹，昂揚高壯，遺世而獨立。我仰望它，站在樹下，有點想淚。無法解釋淚意，來自於自然的撫慰總是這麼突然又猛烈。木蘭，含蘊著詩與愛、愛與追尋，在烏雲盤據的天空下，以純粹的乳白展現意志，等待一個知音。

10

如果可以，孤獨的旅行比較適合我。雖然今天已經降低到最少人數——只有我與她，仍然覺得嘈雜。她，把整座人世的灰塵帶進來了，以她的主觀認定走很長的路找一家餐廳對我較好，想很多話題跟我討論才不會無聊，每天趕路「捕獵」很多景致才算不虛此行。這不是她的錯，她是善意的，即將遠行的人，把「每一天」當作空皮箱，塞得滿滿的。

她只認識我屬於現實的那一面，完全不認識我喜愛僻靜的另一面，我渴望在旅行中跟自己相處，六親不認，像一個僧。

就算有一個親密的伴侶隨行，我也希望彼此若即若離，去恢復自己。畢竟，旅行不是觀光，觀光是尋找人群，旅行正好相反，它尋找自己。

11

渡橋邊，那一棵老樟樹張著細密的葉，像綠瀑布，我想像在狂風的日子，他獨自舞蹈的樣子，那必是他最美的時刻。

美亦如此，不為了功利，只成就自己的藝術目的。

12

古寺，松林之間。

香客拈香朝拜，抽籤，照相，有人高聲談話。小販兜售祭品。

一隻鳥飛過。

我站在廊下，覺得牠是今日唯一得道的。

13

遊客擠在大殿內，仰觀釋迦本尊如來佛跏趺坐像，解說員正在說明歷史源流及美學造詣，由於口才不佳，說得糊裡糊塗。我沒多大興趣，開始看來自各地遊客的臉部表情；想笑，一個個如被從床上鏟起來的孩子，臉龐惺忪，有點痛苦的樣子。繼而覺得自己這樣暗地取笑別人甚不妥，但又想起張岱那篇〈西湖七月半〉，首段就寫：「西湖七月半，一無可看，只可看看七月半之人。」把七月半賞月之人分成五類，一一調侃，還說杭人遊湖，早上十點出門傍晚六點返家，「避月如仇」，還賞什麼月呢？暗想，張岱若在此，一定也跟我一樣偷偷地看遊客表情吧！只不知，若我與他四目交接，他怎看我、我怎看他？

擠出殿外，觀青松映入湖中的倒影，遠處綻放火燄之花的鳳凰樹，像滔滔紅塵向如來佛招手。現在，這位置變成，我背對如來觀湖賞松，如來觀我背影。

忽然想起《六祖壇經》所云：「應無所住而生其心。」大哉此心，無所執著，無所沾黏，無所圍困。

我想，湖中也應有一群蜉蝣學生圍繞一師，蜉蝣師指著湖岸上的世界，正叨叨釋義：「應無所住而生其心」吧！

14

連日追車趕路，竟得怪夢，記之如下：

筆直的路，黃褐色路面，沒有樹。一輛車急駛而過，我追趕，盡最大力氣奔跑，喘息著，恐慌著，但沒有喊叫，終於趕上車，以危險的姿勢跳上。車上的人愉快地談話，沒人發現我。頃刻，這車變成一列火車，擁擠，坐滿乘客，所以有灰暗色調之感。我與兩個女人面對面而坐，她們喋喋不休談話，我沉默。接著，她們說出祕辛，令我驚訝——類似被矇騙許久終於知道真相的感覺，使我極度憤怒，但夢中未說明何事。這憤怒的感受十分強烈，我起了決裂的念頭，遂站起，獨自下車。她們沒發覺我的行為。我下車時，帶著一種棄絕一切不再回頭的意志。

下車的地方是座依山而築的小城，不知地名，看見石階、房舍，沒看見人。我走路，一眼看見有一棟旅館，立刻知道可以去投宿。行走中，迎面走來兩名婦人，我雖知道旅館位置卻想打聽有沒有更好的選擇？她們很和善，說出一個女人的名字，還說她們剛來時也是住她那兒。我放棄旅館，去找那名女人，因為她們提到她是個書法家。

我坐在桌前，等待她出現。桌上放了文房四寶，我拿起筆在紙上寫：「我不會寫字」，有練習的意思。由於坐著，我看到自己身上佩戴一塊結著長穗的白玉環，似沁過的羊脂白玉，有著流動的霧色。我像調皮的小學生，一面玩賞古玉一面端詳毛筆，心情頗佳。

她出現了，身量高大壯碩，極嚴肅。我立刻知道她是非常了不起的書法家，此時的我不是來投宿倒像來拜師學藝。她看一眼我的字，沒說什麼，但我明白字寫得太醜了，心裡很自卑。

接著，她說：「寫字之前，先在紙上呈現所有字形，再下筆。」我立刻知道這是訣竅，亦即是，非一字一字寫，而是先在紙上設想其全篇形勢，再筆隨意走。正當我要練習時，她取來一件形似短披肩的「肩枷」，套在我肩上，很重，手幾乎舉不起來，連肩膀、背脊都因承受重量而隱隱作痛。她要我繼續練字，她說：「妳會忘掉肩膀上的東西。」夢結束。

15

夢境似乎再現，今日車上坐法頗類似昨日夢中所見。她們玩倦了橋牌後愉快地談話，我坐在隔座，閉眼假寐。話題轉到感情，麻雀式聒噪，我從對話中判斷姐姐應該有男朋友。有人提到愛情與麵包應如何抉擇，各抒己見，一人說個性相合志趣相投最重要，一人說門當戶對，又有說優先考量信仰相同，有一人說經濟穩固最重要，「貧賤夫妻百事哀啊！」這話引我一驚，如此直白，立時有嫌惡之感，但想起昨日夢中已翻臉下車，此時不必再有此舉動。有人問姐關於我，姐毫不掩飾說：「難啊，我看我們家要出尼姑啦！」

旁人說：「妳這個姐姐嘴巴怎這麼毒啊！」

姐答：「想追她，一定得高才行。」

「身高一八五？」

「長那麼高浪費，又不是要換電燈泡。才華要高，她眼睛長在頭頂上呢，別以為有幾個臭錢她就跟你走，我們家好歹也是個書香家庭。」

「那妳呢？妳眼睛也長在頭頂上嗎？」

「沒，我長這兒，肚臍眼，有個溫飽就行了，有才華的太冒險了。」

「冒險不好嗎？」

「屁啦，要冒險我去當水手，幹麼結婚？」

「娶妳的那個人冒險。」有人挖苦她。

「他不是冒險，」姐答得乾脆，「是找死啦！」

姐把她們都逗笑了。

16

她真的有個男友。火車上，她給我看照片，對我說，擬在中途下車造訪他家，次日再雙雙趕來海邊會合。

「妳別講，我還不想讓爸知道。」她說。

「為什麼不能跟女兒過幾年相依為命的日子？」

她曾這麼說，現在想起來甚覺諷刺。為什麼要說連自己都做不到的話？

我幾乎想回家。但又不想獨自面對……。面對什麼？我自問。

面對他與「那個人」難得可以共享的「假期」（我猜測），面對他因我們不在家而放鬆的輕快神情（我猜測）。

我感到氣憤，一想到自己被視作多餘、累贅，真想決絕而去；又覺得軟弱，好像快被風吹走，我需要一個巨大的心靈擁抱我！

為了不讓旅伴感到對我照顧不周，我鼓起精神學會她們教我的從救國團活動學來的團康歌，其中有一句：「風的一生就是注定流浪。」

17

夢到高大的蓮霧樹，纍纍的果實長得很特別，竟像葡萄串，果實又肥又紅，好像一戶完整的人家。

可是，我相中的果實都插了一條細電線，接到短籬上，會觸電的。

•

或者，就這麼坐在樹下喝茶，看一陣野風吹過，
吹落一兩粒瘦小的柿子，滾到我的腳下，
或者，我就撿起最小的那粒，拿給你覷，說：
「瞧，我落了這麼久，你也不撿我起來。」

•

那人在雨中撐傘，與我一樣，站在街道兩岸。那個人此時捻燈欲眠，與我一

樣，想像一處屋簷。

18

寫了長信，末尾提到家中氣氛，寄出。聽到郵筒內「咚」一聲。有點後悔，但來不及了。途中瞥見一棵無主的柿子樹，掛著小紅柿，得句：「百千個柿子如鮮紅嘴唇，述說百千個萎落的故事。」

19

今晨醒時，見到渾圓的日。

其實是被日驚醒，真喜歡這種感覺，彷彿有個愛你的人，一早等在窗外，不敢冒然叫醒你，只好紅著臉等著。能這樣開始一天，真好。

我告訴她們，有點中暑，我想在這附近清涼處走走就好，不隨她們去訪勝。帶著《離騷》——不知怎地，出門前竟想帶一本難懂的語言難唸的書，鎮壓這次旅行（下意識覺得不應該太快樂，戒備森嚴的古語言讓我有躲入岩洞、不畏逆賊偷襲的安全感）。

走一段路，穿過雜木林往河邊，避開戲水人群，有一處清幽所在，水聲淙淙，宛如空谷溪流。我相信人的內心也有如此的一塊淨土，那麼純淨、寧謐，不染。揀一塊河邊大石坐下，正好可以把腳泡在冰涼的水裡，立刻消了暑氣，宜乎誦讀〈湘君〉、〈湘夫人〉。

「君不行兮夷猶，蹇誰留兮中洲？」湘君啊您為何猶豫不決，為了誰在洲中徘徊？

我聽見自己的聲音毫不膽怯地依附在諸神的戀情上，抑揚頓挫，遂感覺到一種時空交錯的迷茫，因吟誦古情歌而覺得自己的情感也古老起來。

「帝子降兮北渚，目眇眇兮愁予。嫋嫋兮秋風，洞庭波兮木葉下。」湘夫人已降臨北邊水畔，我極目遠眺卻不見，心生憂愁。秋風微微吹來，吹皺了洞庭湖波，也吹落了樹葉。

湘君與湘夫人，終究沒來。就像所有的痴心情迷，所有的等待，最後都是在水一方。

20

在海邊。分配的結果，我佔有一間單人房。他們（包含姐姐的他，一個強壯爽朗、沒有陰影的人）露出不好意思的表情，好像把我丟棄一旁的樣子，其實是多慮了，姐姐適時說：「我這個妹妹有時候陰陽怪氣的，隨她隨她！」

他們到海邊去了。我在廊下遠望夜晚的夏日大海，海浪聲在風中低吼，又似召喚。沙灘上嬉鬧的人群，奔跑著，好一個快樂的世界。回到桌前，打開札記本，這是我的夢土、我的海洋。

忽然想起徐志摩的〈北戴河海濱的幻想〉，首句就是：「他們都到海邊去了」（難怪剛剛寫下時覺得句子熟悉），「在此暫時可以忘卻無數的落蕊與殘紅；亦可以忘卻花蔭中掉下的枯葉，私語地預告三秋的情意；亦可以忘卻苦惱的殭癟的人間……」連用二十三個忘卻，充滿幻想、囈語與夢話，好像亂針刺繡，把好好一個天地扎得千瘡百孔，兼具頹廢之美與無法排遣的虛無情緒。

哪有人這樣寫文章的！想必精神上正在受鞭子，此時卻深獲我心。

昨晚的夢境很怪誕。

有個女人忽然出現，削短頭髮，不高，臉是圓的。旅遊性質的，有別人隨行。忽然，那個女人出現，與我在一起，戶外的住宅區像原始森林，我們到處逛，附近景致像長江三峽（我不知道長江三峽是何面貌，但夢中覺得是），兩岸綠茸茸的崇山峻嶺，滾滾江濤奔流而下，水色黃濁，水流洶湧，頗令人畏懼。

接著，在一座石橋，我們倚欄而站，突然看到很多鳥，兇猛之鳥，石橋兩邊都是原始森林，樹木高大，有蠻荒時代野性未馴的傲姿。那些鳥有大有小，或低掠而飛，或棲在樹上，或在地上踱蹀，一律是黑油油的羽毛，寶藍色尖喙帶勾。那種藍非常奧祕，絕對不是人可以調配出來，我記得非常清楚卻無法找到相對應的色澤去形容，它的亮度與質感接近完美，既壓得住黑油油的羽毛顏色又不至於太亮而使藍色變得缺乏質感，藍色要是太輕薄，簡直像火葬場停屍間的瓷磚。要是太重，又缺乏帝王相。鳥的眼睛是鮮黃色的丹鳳眼，沒有眼珠。好美的鳥，棲在砰砰然鼓動的高大野性森林。大概是黃昏已盡夜幕初垂的時刻，那女人說，這些鳥對人有害，言下之意會有生命危險。

我背倚石欄杆，懷抱一個孩子，不知是誰的，孩子嘻然在我懷裡取鬧，把我往欄杆外推，我幾乎墜橋，橋外不遠處一棵高樹上棲了一隻龐然黑鳥，見狀撲來，企圖叼我的衣領，我差點被叼走。驚魂甫定，我把孩子趕下來，以嚴厲的口吻訓斥他，我真的生氣，不准再胡鬧！很像一個資深媽媽。

那女人說，這種鳥非常兇猛，我問她如何防治鳥害？她說，先躲起來，保持安靜，伺鳥飛過、走過，猛然用手電筒照牠（像開槍一樣正中鳥身），牠被強光一照，立刻墜地而亡。手電筒出現了，我們屏息藏伏，迅速射光，果然照死很多隻。這時，死鳥變化了，結成圓球白羽毛，有纖維感；夢中的解釋是，死後從腹部往外翻，露出黑羽下的白羽，鳥身結成圓球，尖喙與黃眼皆不見了。地上好幾球鳥屍。接著，類似竹篾編的圓筒形簍子出現了，她與我一起把鳥屍撿入簍子，我提一簍，內有三球，她挑兩簍，裡面亦有幾球。我們走著，那簍子不重，走到沼澤邊，把鳥球丟掉，我質疑丟在這裡妥當嗎？她說天明後，有專門的清潔人員會來載走。

夢結束。非常完整的情節。這種經歷在現實中碰不到；我的夢總帶我去探險，好像夜空中有一個主掌我的夢的夢神，帶祂鍾愛的孩子去旅行。

但是，祂沒告訴我，鳥，是什麼意思？難道必須去問佛洛伊德嗎？

我的心啊！

旅行歸來已數日，沒有信，每到郵差送信的中午時分就提高警覺，只有等到群分享溯溪驚險的信，沒有他的。

怪異的鳥夢是預言。今早，姐姐帶回來的雄鸚哥飛走了，牠啄我的手，一痛之下鬆手，牠逃入樹下，又飛到鄰家花台，終於消失。以前，家裡養一對愛情鳥，某夜夢到小鳥飛走，天亮後果然發現院子裡鳥籠內只剩一隻。無法解釋夢與現實間的呼應，我們清楚明白所掌握的世界好像只是眾多世界中的一種，能估算的時空也只是眾多時空之一而已。而世界之外另有世界，時空之外另有時空。人的感知、演繹無法脫離時空法則而來去自由，如果不透過他者傳遞，我們無法得知同一天內地球的另一端發生了什麼？如果不透過時間法則，亦無法預知下一刻會發生什麼？

這非常有趣，人囿於能感知、推衍的世界所提供的材料去拼貼自己的生命圖譜、追尋真實、獲得意義，這些，是否只是片面的呢？換言之，連我們拼貼出來的生命圖譜都可能失真；因為，我們缺乏全知的智慧去解讀手上的每一塊拼圖，只好連續性誤讀，在偈囿之內微縮到更狹隘的框架。如此說來，何來所謂「真相」呢？

但我沒夢到那人，他在哪裡？是否也飛走了？

我的心啊！你在企盼什麼？為何不安像山裡的野鹿？

定局

她赫然發現母親的照片被取下了，想必是她們不在家那期間的事。之前，很不習慣客廳牆上掛著母親的遺照，現在，也很不習慣沒掛。總歸掛的時間不算長，取下時，牆上沒留下痕跡。

那麼大的框，收到哪裡去？

她不動聲色，找到一張小時候去相館拍的全家福裝了框，掛在原來那鉤子上。掛不到一個鐘頭，取下了。想起母親曾說：「做人不要小鼻子小眼睛，只會使小奸小壞。」跟自己爸爸嘔氣，想來也不是什麼英雄好漢。

信來了。

薄薄的一張紙，寄自她曾從火車車窗遠眺的濱海平原。他行文匆促，說暑期頗有些難解的瑣事兼需打工，遲覆了。從信中略感她為家事煩惱，「哀哀父母，生我劬勞」，要她敏察父親之心，勿縱容自己的感受，勿有惡言，「言語要滴落如露，如細雨降在嫩草上，如甘霖降在菜蔬中。」家和為貴，若鬱抑難排，不妨試著禱告，「我所投靠的他，是我的盾牌，是拯救我的角，是我的高臺，是我的避難所。」信末附一張宣紙黏貼在硬紙上，朱紅印，「頑石亦點頭」，是他閒時拿橡皮擦刻的，與她共勉。

她只差沒將信揉成乒乓球丟到垃圾桶。

「什麼叫勿縱容自己的感受！什麼叫頑石亦點頭？什麼叫共勉？我錯看了，這個人怎麼一點都不能體會我的心？」

這陣子姐妹難得感情融洽，聯手給父親喝「冷開水」。但她又尋思姐姐出國在即，若嘔著一股氣飄洋而去也不妥，聲色之間便有軟化的意思。父親察覺到了，託人採買各種出國必需品，最重要的當然是一個「大同電鍋」與禦雪衣物。那個「人」是誰都不說破，反正大家心裡有數。父親不知是哪根筋又絆到了，操之過急，說趁姐姐出國前，安排一起吃個飯，大家見見面聊聊天。姐姐消了一半的氣又脹起來了，賞父親兩個字：「沒空。」

「去吃個飯又不會怎樣，妳都要出國了，別讓爸為難。」她勸姐姐。

「要吃妳去吃，這個飯我吃了會吐出來！」姐姐說完，忽然張開手臂擁抱她，「妹，我不在，妳一個人撐得住嗎？」

這一問，姐妹倆都紅了眼眶，才要滴淚，姐姐卻抹了抹眼睛，一疊聲說：「算了算了，別哭哭啼啼要死不活的，有個屁用？」說不哭就不哭，剛剛那個紅眼眶的人好像不是她。打開皮箱，開始整理行李，將幼時媽媽縫給她的卡通人物粉紅色頑皮豹塞入皮箱，又轉身去客廳電視上拿「大同寶寶」也放進去，那是買電視附送的存錢筒，身上有「52」字樣，據說是第二代。

「『大同大同國貨好，大同產品最可靠。』想家，看它就好了。看照片會傷心、生氣，這夾著橄欖球、笑嘻嘻的小人偶多可愛啊！而且還摔不壞，可以當出氣筒。」她說還記得一起看那個大光頭尤伯連納演的《國王與我》嗎？有一幕要接吻了，媽不知要先搗誰的眼睛，竟讓她看到就要嘴對嘴了卻突然換了畫面，長大才知道那叫「妨礙風化」被剪了，那些剪片的人幹的是什麼活啊！一天到晚盯這種畫面，人還能正常嗎？說完竟咯咯地笑起來。

她回房取來一只袋子，送給姐。一件媽媽的上好棉襖，重要場合穿的。她請中華商場的阿姨稍作修改整燙，合姐的身。她還在內裡口袋處，用繡線把一家四口的名字繡上去，等同是穿在身上的戶口名簿。

姐穿在身上照鏡，抱住她，這回真的滴下一顆寶貴淚珠了。但看到那繡字，不改笑鬧個性，摸摸衣角：「妳有沒有縫金塊在裡面啊？媽說他們那時逃難，會把金子縫在衣層。」

「別鬧了。妳會跟他……在一起嗎？」她問。

「應該會，不過路還長呢，誰知道？說不定他變心，說不定我先變心。」姐說，「妳呢，有好的人要把握。」

「是妳的就會來，不是妳的不會來。」她答。

「妳怎麼講話跟媽一個樣，禪來禪去的，真受不了。」姐說。

「如果走到分手了，妳會不會難過？」她問。

「難過有用嗎？」姐答，「合則聚，不合則離，對大家都好。做好的事為什麼要難過？我最受不了哭哭啼啼，哭瞎眼睛，他會因為妳的瞎眼睛太可愛了又回頭嗎？」

她笑了，什麼事到姐嘴裡都變成笑話。

「妳以後會回來嗎？」她問。

姐沒回答。她是個不說謊的人，沉默代表不回來。

「妳可以來找我，我寄錢給妳買機票。」

「好啊。」她說。

她明白姐姐這一走就是飛了，不管就學就業成家，不會再與這個家有牽連——姐比她看得更早更透徹，這個「家」必散。她這個「好」字也是隨口答的，明日隔山岳，世事兩茫茫。姐這一走，差不多就是另一種「消逝」。

次日，姐帶她去銀行開保險箱，把媽媽交給她的首飾珠寶轉給她放，她才明白母親臨走前的心機，不把這些交給父親反而暗地裡交給女兒。她問這樣瞞著爸爸好嗎？姐敲一下她肩頭說：「我拜託妳眼睛睜亮一點行嗎？別一天到晚活在夢裡。這是媽的東西，不給女兒難道給……算了不講，免得我沒口德。」

臨走前一晚，姐姐一笑泯恩仇，好聲好氣跟父親說話：「你放心，我一到美國，先痛痛快快玩一趟，寄相片兒給你，讓你知道你的錢撒到哪裡去，恨得牙癢癢。」

父親忍不住，被她逗得哈哈大笑：「妳這丫頭不像話嘛！」

「還有，注意身體，你以為還年輕啊，要運動，少吃東坡肉，那是害你的，煙少抽一點，非必要別應酬喝酒，人家幾歲你幾歲！」

姐姐的口吻好像做媽的叮囑即將遠行的兒子，爸爸吃她這一套，一掃近日陰霾，笑容沒停過。

這些都是虛話，最後，抖出唯一一句實的，她說：「妹沒什麼心機，成天詩啊詞的，爸，你要管好她的錢。」

錢是銅臭，可是姐講得好像那是命根。才明白她曾說：「爸爸是個精明人，可是越精明的人糊塗起來越是個爛泥巴！」她在保護我。媽說過，兩個女兒一個有才幹一個有才華，其實她也是冰晶透亮的人，只是用灰把自己抹一遍，讓別人猜不透她的心思。

札記上寫著：

從固體的現實生活抽離出來，旅行回來的我換一種呼吸的方式。我決定不再與他連繫。

彷彿沼澤間，魚與魚的追求，也染了污泥。他在我的世界裡，一寸寸萎頓，終究要成為陌路。當作是一陣意外的雨，空氣中飄散短暫的清新，但是雨停後，沼澤並未變成清河。

懦弱，害病似地飄浮著。時間，顏面灼傷的獸，蜷縮角落，每天我在碟子裡丟幾片青春，餵它。斷信，詩也一刀剪了。

啊！過盡千帆皆不是，過盡千帆皆不是。

這世界令我厭倦，謊言與謊言交結，詩變成肉慾的床單，愛情在骯髒的角落爬滿蟑螂，那麼，所謂的忠誠與貞潔，好比恐龍化石，人們進博物館參觀遺骨，相信牠們的確存在過且是地球上最大的動物，但非常放心，牠們再也不會擺動龐大的身軀，驚嚇我們了。

所有的追尋變成笑談，難道在塵世間沒有神的皇殿，掌管愛的神已滅絕，說，從此你們任意放縱、尋歡不必懼怕譴責，你們的世界我不會再住。

姐姐出國後，局面隨之清朗。

成定局了。「那人」口口聲聲說與「她」同類，聽來真是玷污，還要合理化自己的行為，強調自己亦是能忠誠的人。他陷入自己的邏輯中相互矛盾而不自知，一個用情不專的人就失去實踐忠誠的機會，因為，不會有一個人相信或看重他的忠誠。這種兩條船的感情，永遠只是贗品。

颱風前狂亂的雨

寄自太平洋彼岸的黑櫻桃茶的味道很詭異，像冰凍了幾世紀某座平原底下一群含冤而逝的割麥女的嘴唇。僵紫了，彷彿大恐懼襲來時，無所適從而變成呢喃的唇形。因此，那味道也有好幾種層次，初始非常濃，苦不堪言又有一點薄薄的櫻桃香，沖過幾次熱開水，櫻桃味就真實了，彷彿割麥女仍在烈日當空下收割起伏的麥浪，她們歡愉的語聲也是金黃色的，加強了無垠的麥浪的翻騰。那時，天空尚未結冰。

無人的夜，颳著颱風前狂亂的雨，我繼續閱讀《追憶似水年華》，普魯斯特正在嘟嘟囔囔敘述：「夏天的晴朗在地上扎了根，化成茂密的枝葉……」我有時中止與普魯斯特的關係，因為看得非常細，以至於他的意象深刻且快速地被我的腦子吮吸，這使我感到自己的腦子變成一個無底黑洞，貪婪地吮吸普魯斯特的血液，如果不暫時中止，我會變成野獸，今晚就不必睡了。所以，現在我拿出札記本漫無目的地寫著，讓黑櫻桃茶的味道出來透透氣，耳朵聽著滂沱的颱風雨正在造勢，為明天的暴力做出征前的準備；我能分辨雨打在地磚上與樹葉上的聲音，我能分辨雨聲中的訊息，包括將下多久、多大，也包括它們會帶給我多深的喜悅。從書桌抬頭，室內因只點一盞昏黃的枱燈，吸收不到充足的光線而墨黑著，然而巷弄的路燈及對門人家客廳的日光燈很巧妙地投影到玻璃窗上來，漫散地、隨我的眼睛角度不同而變幻著，於是形成不可測的幽冥世界，後院裡高聳的竹子有二樓高了，所以竹葉的影子也就順便被投影到玻璃上，颱風搖撼竹葉，影子像柔軟的小鬼搖來搖去，有時如故宮典藏的某一幅唐人墨竹卷軸，有時沒什麼章法，只是無限幽冥的一部分，或活著的我的一部分。

這樣的夜晚是完美的，空盪的屋子內只有我，我好像孤獨地駕駛一艘黑帆船，任意航行於黑浪滔天的大洋，不尋找什麼，也不被什麼尋找；不記憶什麼，也不被什麼記憶著。我只是閱讀一個叫普魯斯特的人，逆溯時間去閱讀已逝去的他的已逝去的時間，然後忽然回到我自己的時間喝一口黑櫻桃茶，想像茶的歷史，彷彿看到冰原底下一群割麥女凍紫了的嘴唇，這時我又岔入一個無從標示的時間；然後又回到案頭寫札記，不知不覺寫了三頁九百多字，如果一面寫一面數，永遠數不出正確的數字，如同我們永遠無法在貪戀的幸福中停滯，一切忽然成形又忽然消逝，我們費了力氣學習到的平衡的姿勢，很快被下一波成形的故事衝倒了，等到從地上爬起來想找原先那把支撐你平衡的椅子，發現椅子小得像玩具，而且比廉價的幼兒玩具好不了太多。

風雨忽然停息。這是一種偽裝。

我應該怎樣結束今晚的札記呢？風雨停息，我清楚地聽到有兩個人站在小巷弄閒聊。好像即將把我的黑帆船捲入大海底的風暴來臨之前，兩條天真無邪的小魚兒忽然游到船邊，說起關於晴朗的故事一樣。

我只是一個卑微的旅客

姐姐遠去不久，父親訂了婚期。只剩她，心情在兩個極端間拉扯，每每要越過那條理智的線做出不當之舉，終究有個力量拉住她。

她記起他的話，「敏察父親之心」，可是又有點生氣，自己為什麼要記住他的話。

她察覺父親是刻意延後婚期的，為了不想讓姐妹倆失去母親不滿周年就得面對「阿姨」，父親夾在三個女人之間也難為吧！

她叫她「阿姨」，父親雖然希望她改叫親切一點的，譬如「娘」，她不做聲，父親也不好再提。她與她相敬如賓，還好屋子還算寬敞，總有辦法一個在客廳一個在院子，一個去廚房一個上二樓。她待在學校圖書館的時間多了，三餐在外自理，家越來越像沐浴、就寢的地方。踏著星月回家時，常常已聞房裡傳出鼾聲。

有時，他們雙雙出外應酬，她回家到了門口，見屋子是黑的，高興得幾乎跳起來，好像可以自在地躲入深山巖穴，嗅苔蘚香味，聽遠處山徑傳來迷路的羊的叫聲。不管是哪一種樣態，走到這一步，表示家像一塊糖霜，慢慢融化，成全了素不相識的螞蟻。

這期間的文字，透露著抑鬱。她寫著：

穿過俗媚的城市，我將走入狹長的黑暗隧道，諦聽自己的跫音，一步步敲擊記憶，隧道頂壁兩列小燈，如乍醒的鬼眼，照著滿地的記憶碎片，有溫馨似三月薔薇的，有血腥如煉獄一隅，有叛逃的，有痛哭失聲的……。時間曾經在我身上結巢，裝扮自己，守候幸福的驛馬車造訪；終於，玫瑰也有枯乾的時候，遠處的踏歌已不能引誘我囚禁的心；春夜是貓們的，我紡織月光，安靜地縫製壽衣。終於知道，沒有人在暖風吹拂的南方造一座有花園的家等待我，明月夜的山岡，也沒有人為我吟詠悼亡詩。我會從墓草中抬頭仰望星空，辨識星子的方向，自言自語說：春夜是貓們的，夏夜聽蛙，秋夜早就給了寒蟬，至於冬季雪夜，我懷想著豹呢！我每天無事可做，撕幾片肉體飼養螻蟻，關於塵世的記憶都灑落在隧道裡了，只婉惜一生短短時光，沒看到最美的風景，沒遇到最美的人，白白痛了幾回，活生生剝幾層皮而已呢！唯一可堪安慰的，靈魂仍然潔淨，仍是守護的神眼中不變節的女兒。

奇特的是，她不知基於何種心血來潮，竟寫下禱詞：

啊，我們選擇什麼就會變成什麼，同理，我們是什麼就會選擇什麼。做一個降臨世間旅行的遊客，我從來不是他們同族的血親，我只是一個卑微的旅客，通過了他人不可想像的災厄，可是，親愛的神，我沒有背棄祢，不曾遺忘對祢的承諾。雖然，祢的鞭如烈火，拷打我的背，祢的杖如利劍，剜挖我柔軟的心，祢賜下的酒是毒蛇的液，封住我的喉，使我不能對他人傾吐，祢揹來的糧食是海底的珊瑚礁，鎮壓我的身體，祢給予的道路，佈滿荊棘，要我流血替祢灌溉荊棘叢中的百合花，祢吩咐的愛情，皆是玩遊戲的精靈；祢要我定居的文學事業，只有孤獨與我作伴。然而，神，我既然承諾了，就不會背棄，我既已選擇高貴的靈魂，就不會遺忘。神，我與祢有一個約定，請祢賜我祢的智慧，讓我通過祢親手佈置的考驗，當我依約通過最後一關來到祢的座前，請祢走下長長的階梯迎接我，緊緊抱住我，對我說：「妳不愧是我最鍾愛的女兒。」

不久，父親在新店山上一處林蔭幽深的別墅區買了一房，說是當年跟她媽媽存了儲備金，兩個女兒各有一筆嫁粧，姐姐拿著出國去了，給她的就換成房子，保值兼投資。她沒去看過也不關心，這些財務的事她一向沒興趣。

院子裡那棵數十齡老桂樹與一叢澎湃的薔薇、梔子被阿姨叫人鋸掉那天，她知道自己離家的時間到了。

她一進門，看見院子怎有綠蓬蓬的雲？再一定睛，地上躺著被截斷的樹幹，工人正在清理枝葉。

「為什麼砍掉！」她發瘋似地，尖叫，衝著父親質問。

理由是風水師看過，樹蔭太密遮了光，屋子陰暗潮濕不乾爽，主家運衰敗，對男主人不利，還會招蚊蟲鬼祟。

「那麼愛乾爽，不會搬到沙漠去！」她忿忿地說，「又關薔薇、梔子什麼事？為什麼都拔掉？」

理由是色豔味濃，招桃花、易有二妻。

她不像姐姐伶牙俐齒能答惡毒的話，只會被捂了口鼻般什麼氣都出不來。

她這才發現，這外表看起來柔順的女人是罕見的、極度討厭花草樹木的那種人。有的女人婚前是一枚翡翠椒子，綠得水汪汪的，十分友好，婚後卻馬上熟紅，辣得人的喉頭像刀割。

她知道父親根本做不了主。

母親愛花樹，種花賞花，喜歡插一瓶花作畫，一手打理前院後院風景，她看到花樹被砍，心很痛，覺悟到母親正式被逐出家門。

「我是不是也應該敏察她的內心，感謝她沒在春花爛漫的時候動手。」她在札記上寫著，彷彿質問那個要她敏察他人之心的人。

她一夜不眠，看清楚父親的難處。不久，尋了課業繁重且打算兼家教的理由，跟父親說想先搬到學校附近租一間套房，等待山上那房子裝修好再搬去安頓。父親說：「這樣也好，妳常常晚歸，我也不放心。出門在外，凡事自己小心啊！」

「我常常晚歸你不放心，我一個人住外面你就放心？」她寫著。

她無須抽絲剝繭，就知道父親的難處——一個即將成為新生兒父親的男人，如何叫已成年女兒搬出去的那種難處。她內心再怎麼憤懣、傷感，畢竟還是願意體諒父親的，讓他趕在孩子出生前規劃房間。她知道這麼做，父親心裡的壓力立刻卸下，而她自己必須獨吞痛苦。既然要吞，就吞個徹徹底底、乾乾淨淨吧，她一併帶走媽媽和姐姐的東西，暫租的那間小套房，被箱子堆得像暗無天日的倉庫。

父親果然立刻大裝潢，老房子變得光亮華麗，亮得容不下往事的痕跡。

家拆了，好痛的感覺。下了課，有時會忘記，跳上公車要回家，半路上醒過來趕緊下車，站在路邊掉淚，不知何去何從，我已經沒有那裡的鑰匙了。「念天地之悠悠，獨愴然而涕下」，但至少，有一個人是快樂的。舉目無親的感覺好難受，我必須學習取消自己的感受，好難！悶悶的感覺壓在胸口，我是被流放的人。好像我們的房子賣給他們，換了主人。不，男主人沒換，是買房送男主人的感覺！他們才是一個完整的家。

我呢？我完整的、風和日麗的家在哪裡？

黑色最安靜

札記上，有一段塗塗抹抹的文字：

如果能夠選擇，我想在深山某一處懸崖旁，造個隱密的石穴，日子深邃而且黑暗。黑色最安靜，它吃掉所有聲音，不打嗝。白晝爬出洞穴，面對遼濶的、不允許被阻擋的天地而讀書寫作——無目的，無讀者訴求，因寫而存在，因存在而寫。不企求任何人讀我的作品，寫作的純粹幸福在於根本取消了讀者。我完全霸佔自己。

活在人群之中，不可避免被迫學習做一個「人」，這時常引起我的不痛快。人的世界，比一群野狗爭奪一根肉骨頭好不了多少，那些直接或間接波及到我的人物、事件，有時微小到令我憤怒，然而，做一個人必須盡些「禮數」，在適當的時機說出他們想聽的話語，一遍又一遍，用語言去「安撫」他們，直到他們發出快樂的歡呼聲，直到他們相信。當我熟稔地做這些，卻在心裡響起另外的聲音，像賊一樣，恨不得亮出懷中的匕首，朝他們的心窩剜去。

然而，幾日後，札記出現了非常詭異的描寫：

複述那個夢境，需要一個闃黑的空間。所以，現在我關在堆著紙箱的小房間內，面對玻璃窗外的汀州路追述昨夜的噩夢。

長條木桌上攤著與媽媽相關的文件、素描及她的照片（包括躺在棺木內被病魔啃得不成人形的遺容）——我彷彿正在編輯媽媽的紀念集。

夢中，我非常憤怒地拔一棵樹，黑沙漠中的一棵樹，開滿一層層紫色與白色的碎花，沒有葉片，瑣細的花交織成紫霧與白霧，流動的，狂放的，我搖撼樹，兩手抱著樹身使力地拔，顯然根部咬土甚深，我的膀子幾乎要扯落了，也未能拔出它。紫花、白花紛紛在我的盛怒搖撼中飛落，在我身上飛砂走石——我的眼睛看不清樹，夢中忽然明白那不是樹，是仿樹的鋼條結構，花的質感不再軟細，是塑膠片，彷彿一陣狂砂襲來，遮蔽了一切。我繼續拔，「不是我死就是你亡」的作戰意志，終於，那棵不鏽鋼樹抖落所有塑膠花片，變成醜陋的禿枝幹，我拔出了，地面出現下陷的大洞，黑漆漆的。

我狂怒，發瘋似的折彎鐵枝條，一段段往黑洞內丟，繼之掩平，終於，廣袤的漠野了無樹跡，彷彿有史以來從未有過一棵樹。地上一攤紫、白相間的塑膠花片，我冷冷站立其上，不動，像一個完全沒有血液的冰人。

然而，下一個畫面，我趴倒在地。忽然，從地底伸出兩條可怖的軟藤，貫穿我的腳板，繼之像縫衣服般從膝蓋刺下，回到地底，再鑽出，從我的腹部穿過自背脊刺下，又從地底伸出，直直貫穿我的雙眼，然後在離頭數寸處刺入地底，完整地把我縫在地面上了。我的身體動彈不得，只有兩隻手逃過一劫，使命地用手扯斷軟藤，卻不可得。我咬牙切齒喃喃自言，一面掙扎：「你休想，我寧願自己碎屍萬段，也不讓你綁死在這！」

醒來，發現自己躺在床上，腦中一片空白。夢境比現實更驚險，而現實只是一個避難所而已。床上棉被、枕頭橫陳，好像打過仗，我躺臥的方位與姿態也好像從遙遠的太空隕落，正巧摔到陌生的床上。

【徘徊】之四

荒蕪

所有的失落，都是從腳底斷了根鬚開始的。

去夏，暑氣方盛，心血來潮回一趟鄉下，無事閒走，自然而然往舊厝方向走去。

鄉間已非碎石小路，皆是鋪了柏油、車輛能行駛的平坦路面了。路旁的灌溉溝渠已改成水泥砌築，無須煩惱會毀於颱風或是水草猖狂阻塞水流，因而也無容身之處，可讓野薑花、蕨類等喜水植物扎根了。當年雜草拂水、野薑沿岸，連帶地粉蝶追隨的景致，已不復存在。稻田仍在，上一輩做田人凋零殆盡，接手的不見得是自家子弟，有的交給族親一併耕耘，有的轉租他人，也有的任其荒蕪。

盛夏至，稻穗初滿未滿，正從綠粒轉黃，七分熟，被穩定的熱氣烘烤，再過近月，應當可以收割。

能收割的田園，總有一股難以形容的爽燥之氣，輕盈地、微芬地飄蕩著；大約是葉片已把精華水分給了果實，所以水澤稍減的千葉在空氣中搖出細碎聲音，而成熟的果實飄出芳香，遂形成獨特的氣息，人置身其中，受其感染，忍不住湧生愉悅之感。

我站在田邊，一陣微熱的野風吹來，遼闊的稻穗如波似浪，朝我湧動，發出窸窣合鳴，這聲音既遙遠又熟悉，是鄉愁的一部分，吸引我駐足聆聽。此時小路上無人無車，只有一條狗兒快步經過，倒成全了我這個看來像遊客的人，在沒有刺耳聲音干擾下，那一波波大窸窣的稻穗之歌，只為我一人吟唱，聽得我傷感起來。

多久沒聽到這歌？一數，四十年了！時間應該像鋼筋鐵條才是，怎麼這樣不禁數，比落英還不如，花瓣猶能在小徑上躺過幾陣雨水才化泥，四十年光陰於今想來怎麼是白茫茫印象？好似，上個記憶是四十年前拎著行李離鄉的少女，下個場景就是此時站在夏日天空下聆聽稻浪。

奇特的是，並無切膚痛感，只有淡淡幽懷。近年來，我常有這種體會，過往之人事物，忘去泰半。照說應是深刻的經驗，也覺得恍如隔世，彷彿曾替他人揹過行李跋涉一段路如今已歸還結案。往事如煙，此話不假，說的不僅是物換星移、人事已非，也包括歷事者自己的記憶如煙似霧，兩相淡忘了。

然而，我站在稻浪前，卻毫無隔閡，接續了童稚時期記憶，未經過時間這勤奮老嫗撒鹽醃製，依然鮮翠。能這樣記住一個人一件事一處景一段情，是幸福的，表示內心深處仍有珍視的東西。

如今還藏在心裡算得上珍視的，人漸少、事凋萎、情轉淡，唯有眼眸見過的景致活活潑潑長存。

聯通全村的鄉間之路早在三十多年前重新規劃，大約是我離家不久後即全盤更改。存放在我腦海裡的是舊地圖，新的路徑我卻怎麼也記不住，即使三十多年來已不知走過幾趟，依然會迷失，走錯一兩個彎道，繞了路才走回老厝。這對方向感不錯的我來說是個謎，幾乎要對自己生氣了。我尋思原因，應該是「氛圍」消失了，才讓我無法按照腦中地圖辨認方向。

「氛圍」是什麼？是特定空間裡的景物在季節變化中各以其色彩、氣味、聲音相互牽引而成的奇特流動，這股感官體驗若與人生的某些項目結合，滲入記憶，大約一生就定局了。

幼時，伸入老厝竹叢的那條小碎石路，約有十多公尺長，路頭處有幾叢野生小灌木，自由生滅，曾有一年，不知從何而來出現一叢薔薇，花開得燦亮。豐綠平原上站著如此動人的粉紅嬌客，怎能忘懷？也許受了影響，後來的我喜愛嬌小的薔薇勝過玫瑰。這花有個性，不給插瓶，謝得快，花瓣紛然而落依舊鮮麗，像說不出口的語句。在枝頭上也是稍縱即逝，如它所代表的花語：愛的誓言。

小路兩旁是自家稻田，路上兩邊長草，傍晚時分即有螢火蟲出沒。有一晚，廟前酬神演歌仔戲，我們各自攜小板凳去看，我睏了，先回家。當時無路燈，僅能依天上月光及竹叢人家透出的燈色辨識方向，我彎進自家路頭，看見十多公尺長的小路兩邊草上，飛著點點螢火，如繁星閃爍，一路迤邐。我被懾住了，放下板凳，坐在路中央，痴迷地看著。那應該是我今生對「夢幻」涵義的啟蒙。

高中離家，每當思念來襲，以文字療傷。生平第一篇發表的文章寫蘭陽的雨，其他寫在日記、稿紙上未曾發表的不知凡幾。猶記得也曾仔細描寫月夜螢火美景，供自己緬懷重遊。做為一個作家，大自然給了我第一度啟蒙，在痛徹心扉的情感啟蒙之前、學會驅策文字的文學啟蒙之前，我已儲存寫作動能，不斷地在異鄉孤燈下，寫著對四季稻原的思念，纏綿悱惻，像在對看不見的神靈傾訴。這遊子低訴的語調、詠嘆的情愫太強烈了，無意間，也使我自然而然朝散文路徑走去。

那些文字都化灰了。大學聯考放榜後，我整理衣物擬搬離賃居苦讀的山邊小屋。也許是被想要揮別過去的心緒所鼓動，也許考量物品太多無處存放，也許不想讓吐露衷曲的文字被人翻看，我找來一只廢鐵桶，將幾本日記、文稿連同已發表的文章，全部燒掉。

送給自己十七歲「金榜題名」的禮物，竟然是一把火。

如今，從聯通全村的道路轉彎進自家小路，路頭處早已是水泥產物，而伸入竹叢老厝的小路也縮短了，路面泥濘不堪。竹叢內原有三屋，我家居中，三戶人家都已他遷多年；屋厝皆傾頹，或長瘋了雜草，或磚牆半倒，只剩門牌還是清楚的。

菊姑常常來巡，她在曬穀場前闢了菜圃，還種幾株香蕉，多少挽救了老厝的田園本性。想來，這也維持不了多久，產權共有的左右鄰舍都交給下一代做主，覓地、養地的仲介與建商殷勤出價，這塊地遲早會出脫。

祖產一向是男丁的事，我無權作主，只能守護自己的記憶，在百年老竹叢、半爿古厝未被鏟成平地之前，在新式樓房未竄出之前，回來看一眼。

我來探望古竹老厝，也讓古竹老厝看看我——它們聯手栽培的小女孩成了作家，如今雖然心境漸老，卻依然記得純真年代。

還記得，炊煙遊入高聳的老竹叢，風來，吱吱啞啞，綠色的鼾聲，吵醒一大叢朱槿花。

還記得，摘一朵喜紅的朱槿花，簪在用破魚網圍著的籬笆上，預卜：如果明天早上花還在，那就是好天氣，後天可以遠足；如果掉了，就是下雨，遠足「又要」取消。

花不見了，花自己去遠足。

站在曬穀場，這般廢墟，入了夜該是孤魂野鬼嬉鬧的好處所。我在這兒，是活潑的鬼還是荒蕪之人？

不管是鬼是人，腳底已沒了根鬚，回到出生之地，也只能看一眼而已。

到如今，看一眼是一眼。

【卷三】

邊界

在夢土上，一葉扁舟等我。

我決定為你記載日子，記下蜂擁而出卻不宜寫出的情懷。只覺得一定認識過你，要不然怎麼會特別愛讀你的信。

無目的敘述之一

1

西曬小房間，那扇門有著病態的呻吟聲音，你必須很用力拉幾次，在它的呻吟接近尖叫時，才能打開它。

我應該先替你描述褪色的窗帘還是窗外那堆廢棄物——三夾板、空垃圾桶、購物籃在西斜陽光中的詭奇色澤？說不定，這些都引不起你的興趣，對長期被禁錮在落破戶般的城市一隅的你而言，甚至連聖壇上的灰塵也引不起你擦拭的興趣了。

閉上眼，零亂的片段印象、聲音、氣味以及感覺。當然，不怎麼重要；向來不擅於將煙火市街上忽生忽滅的人物事件重要化，使之成為生命內裡的新興記憶。

我的不為人知的世界，像一座無數房間拼裝而成的迷宮，設定了每一個房間的風情、氣味、裝飾以及語言，不同的人推開不同房間的前門，對話，流覽，然後自由地推開後門出去。我彷彿從半空俯瞰一切活動，保持沉默。

2

巷口那台抓娃娃自動遊樂機的配樂干擾我很久了。很難聽，吵鬧到無法抵抗，可我必須天天聽，當有人投下硬幣，抓娃娃時。不知有什麼方法能讓它故障？

午餐時間，與爸在抓娃娃機隔壁的川菜館吃飯，領取生活費、信及姐姐寄來的禮物，最重要是，領取「多一個弟弟」這個天大的「喜訊」。不重要的「瑣事」，可是對方希望你重視，遂用很可笑的言說方法把一件簡單的事變成複雜，而且還帶了命中注定式的結論：「長得跟妳爺爺一個模子！」我必須禮貌地接受，並且用重量級的加強語言表示認同。然後，擠出看起來很自然的笑容，恭喜他「喜獲麟兒」。飯後，吃龍潭豆花，又提了一遍「這小傢伙不好帶，把他……」警覺不該提「媽媽」兩字，硬是煞車，來不及了，那句話不接「媽媽」接什麼？立刻幫他解圍：「他媽媽，不，阿姨一定很辛苦吧。」像心肺復甦術，粗手粗腳的他快把我按死了，我還得睜大眼睛感謝他這麼用力。

姐託人帶回一包嬰兒服，他高興極了，誇她懂事成熟。何必又拉一個人來做人工呼吸呢？相較之下，我怎麼變得這麼不懂事？「有空回家看看。」意思是回去看看她與小弟弟。

然後，約了清明掃墓的時間，直接說：「妳阿姨坐月子不方便去。」談不下去了，「山上那房子快修好了，東西先搬上去也可以，妳自己凡事小心點兒，眼下專心學業較重要，別分心，眼光放遠一點。有空回家看看。」又說了一遍。好。分心。回家。

回家，分心。

3

不鏽鋼電湯匙正在練氣功，呼嚕呼嚕煮水，午后街聲溫溫吞吞偶爾冒一兩聲噪音。一人份的小套房，有一天當我離開這裡而且年紀大到能夠反芻記憶時，我會以非常好的心情懷念「小套房時光」——要是東西沒這麼多，它的格局頗像梵谷的房間；記憶的光點將從那條擺滿房客臭鞋的走廊開始閃爍，經過四間房間，走到底就是我所在的這扇很難開但房東認為我不夠用力的木門。進了門，走四步就可以直接摔到單人床上，床邊就是書桌兼餐桌，再來堆垛了十多個箱子，如果地震來了我有可能會被壓扁。電鍋碗盤、六落書、衣物、筆記文稿，各式各樣可能有用也可能無用的雜物。我需要至少一個祕書、一個助理，所以在我桌上的三個杯子，一個喝咖啡、一個茶、一個負責白開水，好像分屬三個人所有，而我同時扮演他們。桌上攤著兩三種同步進行的筆記、文稿、論文、札記，不能不提維他命C、葡萄乾、蜜餞、番石榴、橘子、蘋果……它們有時發出喵喵的聲音請求我吃掉它們，而我吃它們不是因為餓，正確地說，桌子放不下了。唯一可喜的是有一扇生鏽的鐵窗，可以掛一盆黃金葛，但必須保持警覺，附近餐廳的油煙每天來試探我的鼻子是否健康。

希望有一天，能擁有一張三人份的長桌，我可以把部分廚房、化粧檯、書房、文件櫃、通訊台、音響、文具部的功能一一上桌，這樣比較符合一個腦內常有野鹿牴鬥的女子的需求。最好，椅子就是床笫，墨黑，用來替身體染色。

4

雨有氣無力地下著，假日，屋子裡空空蕩蕩，把門打開，我坐著。隔壁房間的珍妮佛站在走廊電話機旁講電話，對她的男朋友抱怨雨天的台北交通。這個加拿大女孩喜歡聽芭芭拉史翠珊唱的〈Memory〉，重複再重複，讓人錯覺唱到第一百遍時，時光會被頑強的意志打敗而讓往日重現。一小時前她出門，十分鐘前回來，喊不到計程車。「上帝不要我去見你！」她非常不開心地對男友說。接著，從灰色風衣口袋取出一罐可樂，她的晚餐。為什麼有人愛喝可樂？每次喝可樂，胃就脹，好像有個頑童在我體內吹泡泡，心情不好時，又變成有個哀怨的婦道人家拿我的胃當洗衣盆，一直在打洗衣粉泡泡，洗一家八十口人的衣服似地。我不在意她喝可口可樂，我在意她搬來第一天就拿走我的自由女神馬克杯。她不知道那是我的，我也沒要回，枉費姐姐大費周章寄來的苦心。我只是推敲她的下意識運動過程，理解她從廚房裡眾多杯子中取走那個，乃是間接的想家情結作祟。我不忍心拿走她的感覺，哪怕那只是一絲比髮絲粗不了多少的安慰而已。

她要再去試運氣。

「再見。」

「再見，希望妳遇到十輛空計程車同時對妳微笑。」

「I hope so.」她說。

5

梅雨已經來了。經過花店，臨時起意買一枝百合送她，等待一起晚餐，彼此餵食一些安慰的語句，像小學生互餵浸過糖汁的蜜李。

兩人沿湖畔散步，忽有雨，到小套房來，剝橘子，滿室柑橘香氣。

她問我壓在書桌墊下的那句話什麼意思？「藝術是悲哀與苦惱的兒女，悲哀才是冥想的溫床。」

畢卡索說的，不是我。馬拉加是西班牙南部的一個港口城市。世代雜居著西班牙人、腓尼基人、迦太基人、羅馬人及阿拉伯人。地中海的季節風吹來各國商船，停泊在馬拉加。濕潤的風誘發想像，各民族文化的新鮮氣息像果園裡的成熟果子。畢卡索誕生於此。我說最近在看畫冊，這裡像囚室，需要跟畫家親近一點，刺激想像力，才不會被醜陋弄瞎眼睛。

她說出心事，神秘的笑一直蓄在那兩顆小梨窩裡。她燙了頭髮，變成熟，更像暖烘烘的太陽。有著麗日體質的人，必定有人在燈火輝煌的廣場等她。

我的體質不是孤獨，是孤絕。孤獨放久了，還有點溫度，孤絕就只是冷。

送她去坐車。在流浪者麕集的街道，雨暫時收工，我牽著破傘走路，想要散長長的步，拿不定主意往哪裡走？躲開一張認識的臉孔，因為不想說話，不想報告現況或打算去哪裡之類的話語。我喜歡躲在不易被發覺的角落看陌生人的臉。

這種濕答答的天氣是叫人回家的天氣；不想回去囚室聞油煙與濕紙箱味道，有痱子粉與奶娃味的地方是別人的家，所以跳上公車去看電影。

深夜，整個城市被雨搶劫，走一段很長的路，叫不到車。所以，最好的方式就是保持低頭行走，隨意轉入小巷或從死巷退出來，繼續傾斜打傘，找另外一條看起來有出口的巷子。

沉默著，像寧死不從的俘虜，在雨夜晃盪。我喜歡這樣的行走方式，覺得一口氣夠長的話，可以走到海底。

好像這個人活著，跟誰都無關。

那麼，我是不可能到燈火輝煌的廣場等候誰了。荒草沒膝的小徑比較適合我，白露為霜，且收集霜露，並為一隻迴飛的孤雁而淌淚。

愛慕

那枝百合花送給了群。

父親帶來群的信，她回信後不久，群來信約見面。「有很重要的事，要請妳當參謀。」信上說。

她們飯後，到她的小套房剝橘子、聊天。群到了法商學院依舊活躍，校總部這邊的社團活動也常來。寒暑假工讀存夠了學費，家教只需兼一個就夠了。

「只需？妳聽聽妳說什麼，只需？」維之叫起來，她兼一個已覺得耗時太多吃不消了。

「哎呀，妳的腦袋跟我們不一樣，妳還要去蓬萊仙島逛，寫文章，哪裡有空啊！」

她們的興趣、課業、生活圈已不同，除了系上同學消息、社團學長姐交往動態，似乎沒交集了。

群忽然問她，有男朋友嗎？她搖頭，覺得問得太突兀了，但很快明白她的用意是要她反問：「妳呢，有男朋友嗎？」

這應該是她今天來找她的目的之一。

群說，轉系到那邊，因為課業需要求助，有機會跟「這位仁兄」互動頻繁。但對他是哪個系的，什麼名字卻不肯說，怕消息走漏了會被笑，總之，「一個很特別、很特別的人啦！」

群的臉紅了起來。她也覺得不好意思，好像撞見人家的祕密，本能要說對不起一樣。

「這個很特別、很特別、很特別的人，知道妳的心意嗎？」

群隨手抄起床上的枕頭朝她丟過來，兩人掩口嘻笑，這個話題太讓人不自在可又讓人想要繼續，像偷喝酒，第一口刺喉，接著有餘韻，想再嚐一口，不知不覺往下喝。

「好了不笑妳，『這位仁兄』有表示嗎？」

「就是很困惑呀，好像有意思，又好像沒什麼！」

維之是習慣用文字溝通的人，建議她寫信，群說她也想這麼做，今天來就是想問她該怎麼寫比較好？她說：「總不能寫，嘿，芝麻你好，我是綠豆，我們一起做芝麻綠豆包吧！」

維之聽罷，低頭秀髮散下，臉紅到脖子，笑到直不起腰。群繼而一想，才察覺自已這番話太色情了，急得直跳腳，簡直要從窗戶跳下去以證明清白。

「我相信妳，思無邪。孔子講的，『詩三百，一言以蔽之，曰：思無邪。』」

「還是妳好心，學問也飽飽的。」

群說為了謝謝他的協助，織了一條毛線圍巾要送他，想要連信一起寄。她們琢磨著要引詩暗示，引哪一首好？維之抿著嘴笑，說：「自然是『欲寄征衣君不還，不寄征衣君又寒，寄與不寄間，妾身千萬難。』」

「不好啦不好啦！」

「要不然就『慈母手中線，遊子身上衣』……」

「妳正經點好不好！差點忘了，我也給妳織一條，顏色跟給他的那條不一樣，我用那條剩下的線勾花邊，會不會太花？妳常穿黑衣服，配紅底圍巾還不錯。」

「滿暖的。」維之立刻圈在脖子上，嘆口氣說：「我若是『那位仁兄』，收到圍巾，一定會想到編織的人那顆心，『春蠶到死絲方盡，蠟炬成灰淚始乾』啊！」

如此盛情，這詩要好好想一想。

不能太直白，不能太綺豔，不能太哀怨，不能太卑微，不能太晦澀，不能太詭異，這可難了。既然之前提到「思無邪」，她自然拿起《詩經》翻了翻，首篇〈關雎〉：「窈窕淑女，君子好逑。」適合男生寫給女生。若僅是酬謝，〈木瓜〉篇：「投我以木瓜，報之以瓊琚。匪報也，永以為好也。」倒是可以，可是她的情意又不止是答謝而已，還雜糅了不是太濃也不算太淡、既不是無心可也還不到深情的綺想，這倒是難呢！

維之靈機一動，想到〈蒹葭〉，這是她非常喜愛的一首詩。景象蒼茫遼闊，情意柔美悠揚，同時展現追求與追尋雙重意涵；語意低迴遼繞，情思溫柔不悔，有追夢的堅定意念也有接受幻滅的敦厚品質。低頭吟讀，那份柔情千迴百轉讓人神魂傾倒，她把詩義說一遍，群也覺得契合心意，拿筆抄下全詩，對她說：「其實很羨慕妳，能全心全意讀古典，像我就不行啦，讀那麼多愁來愁去的詩詞，累死了！」

「妳學的是經世濟民，社會需要，出路很清楚，我們學中國古典文學的，真不知道路在哪裡呢？」

無目的敘述之二

清明墓園之後，濕冷的天。感冒，發燒，昏睡。被隔壁的男歡女愛聲吵醒，接著抓娃娃機響了。應該要出外覓食，卻無半點氣力，昨日未吃完的麵包爬了螞蟻，吞嚥時，喉嚨處似有人持小刀埋伏。昏昏沉沉，像風浪中一葉扁舟。繼續去睡，看看醒來時，人在何處。也許醒不過來，這樣也好，我的生命結束，不會有人因我而憔悴。那些縈繞的暗潮，皆可止息。

半夜起來。「寒更雨歇，滴空階，葬花天氣。」如納蘭性德詞境。街道上，兩隻野狗互吠，不知何故？好像為了爭奪子夜的發言權，吠聲一來一往，受過高等教育，有學院派頭，很會在場面上自我控制一般。坐起，無法讀書，想及李賀詩句，「秋墳鬼唱鮑家詩，恨血千年土中碧。」幾近咬牙切齒。冰冷的夜，頭很重，彷彿不是我的，是歷史上哪個銅像被斷頭了栽在我身上，我的頭被割去餵老鷹。燒好像退了。想念家的味道，有熱包子與香菇雞湯的家的味道，有桂花香從後院飄來，有輕快的音樂流瀉，有寫字人研墨的味道。

必須中止這些不切實際的自虐念頭。

「冥府玫瑰」，不知何故寫這四字，開始盲目地往下敘述，藉此清除家的味道的殘想，清除呻吟聲，清除機器噪音，任憑感覺帶著我去野獸出沒的文字原始雨林求生存，最好死了便罷：

「野蠻年代，刀子嗜血。五節芒裝飾枯骨，蝴蝶棲於廢池塘，又停在大都會深夜，娼妓的窗戶。每一朵玫瑰吮吸屍液而怒放，人們讚美它的芳香，以肉身歡度情人節。

再也沒有故事可以奉告，從天堂墜入墳墓，從墳墓破土而出。我樂於告訴你鬼魅的妖樂，廢棄的腿骨乃上好鼓槌，我們載歌載舞，燐火閃爍，譏笑世人愚昧的故事。我躍上墓碑尖頂，如機伶的黑尨，執骨戳瞎十五的月亮，誰也不准窺伺，豔鬼正在節慶。都給我起床，我乃神與魔私生之女，你們這些哀啼的髑髏，歸我發號施令。在我的國度，門牌髹成黑血色，每日黃昏以腐肉餵養禿鷹。誰也不准竊竊耳語，臆想塵世的愛情，膽敢在我面前囁嚅『愛』字，我不惜賜以火刑。要記住骷髏的宿命，不笑不哭不爭不鬧，任我蹂躪。

啊！遼闊的墓域皆已安靜，我黑袍出巡，以毒蛇的眼睛。我的國度不歸神管、不歸魔管，也休想接受俗人的諭令。我嘲笑道德，鄙視愛情。日復日，於夜風尖笑的山頂，放牧禿鷹、觀賞蛇舞，並在寅時，吞嚥一枚新鮮的紅日。啊！完美的鬼獄，我是冥府不凋的玫瑰，酷愛閱讀死亡，看生靈在我座下化為灰燼。

那一夜，悲慘宿命的開始。有人私闖墓域，提一盞風燈，掘開描花新棺，擁抱冰冷的妻子，那婦人面容安詳美麗，尚未遭螻蟻嚙食。這男子低唱輓歌，對亡妻傾訴無盡愛意。我頭痛欲裂，怒斥：住口！命禿鷹啄瞎他的眼睛，毒蟒鎖喉。忽然，不可抵擋的強光如銀針刺中我的雙眼，鷹與蟒化為焦煙，我哀叫撲倒，汩汩的眼淚奪眶而出，待我睜眼，那柴米夫妻消失踪影，卻有一口虛煙自地心冒出，瞬間掩蔽我的雙目：我頓時感到一股昏天黑地的蝗風掠過，啃蝕我的肉身，靈魂高升攀爬，越過山峯、原野、稻原、溪流、河谷，越過季節，從早春午后，一直到仲冬子夜，我被那輓歌詛咒，需用這副殘軀覓得一個愛我的人，才得以復活。」

在水一方

梅雨之後，華麗的故事竟記不全了。怎麼也想不清妳的臉，彷彿隱在潮濕的亂草間，對我低語；所有的堤岸都是浮的，薔薇已成蛇穴。

月夜時分，遲歸人總是聽到水窪底的呼喚，借我一瓢時間。

她趴在圖書館桌上睡著了，壓在手肘下的筆記本寫著一段不清不楚的文字，露出「潮濕的亂草間，遲歸人，借我一瓢時間」，倒有幾分詩味。「一瓢」劃了線，改成「幾兩」，想必正在推敲。窗外暗了，雨季剛收，晚讀的人紛紛離座，大約是雨下太久悶壞了，見外頭雨停，出去透透氣。

他站在她背後，轉著身低著頭，想在不驚動她的狀態下看那段文字，不可得。想拍拍她肩膀，又縮了手，乾脆回自己位置收拾書冊，躡手躡腳移到她旁邊坐下。她還沒打算醒的樣子，看看錶，還有十五分鐘關門，到時候工友搖銅鈴的聲音應該會吵醒她。

桌上，有一張「頑石亦點頭」書籤，他看到了，驚喜她願意保留。屈萬里《詩經釋義》這本書倒趴著，他輕輕地正過來，是〈蒹葭〉，「蒹葭蒼蒼，白露為霜。所謂伊人，在水一方。溯洄從之，道阻且長；溯游從之，宛在水中央……」想必她正在讀，原詩句旁寫了密密麻麻的註釋，也寫了心得：「這首詩太豐富了，可以是有所愛慕而不得近的情歌，可以是懷才不遇故而有所企盼之作，亦可視作個我生命終極追尋之獨白。作品與讀者的閱讀倫理可以在時間與社會的演變中不斷衍生新關係、得出新意。」

他覺得有趣，讀了起來。蒹葭就是蘆荻，茂盛的蘆荻開得遍野蒼茫，晶瑩的露水已凝結成霜……。也許是翻動書頁的聲音讓她警覺，她醒了，看了他一眼，沒有表情，分不清是夢是現實，身在何處，待一恢復覺知，嚇得幾乎要跳起來。

他低頭一直說：「對不起對不起。」好像做了天大錯事，等著她來砍頭。但笑容一直掛著，好像等她來砍頭是一件愉快的事。

老工友適時搖動銅鈴，匡噹匡噹，一面走一面搖，關館的時間到了，坐窗邊的人幫忙關玻璃窗，他也起身去關，一扇一扇往下關，一副不打算回來的樣子。她已收好東西，他的背包放桌上，沒見到人影，該等他還是不等他？一時間覺得自己變傻了。

他折回來了。第一句話竟是：「一瓢比幾兩好。」

她聽不懂，心想這糟了，自己病一場後現在真的變傻了。

他說，見她筆記本上寫「借我一瓢時間」，又改成「幾兩」，覺得用「一瓢」較好。

「為什麼？」

他笑著搖頭，說不出道理，自嘲現在腦子裡全是實驗與論文，對文字的感覺變遲鈍，能把話說清楚就不錯了。

她心裡暗想，我傻你遲鈍，正好！她是個外表看起來鎮定，其實內心敏銳緊張的人，跟心裡在意的人在一起，會擔心出錯。

「你選的有道理，水窪形狀像水瓢，自然是用一瓢較好。」她說。

「不不，還是用『兩』好，一寸光陰一寸金，既然時間像金子，當然要用兩了。」他說。

「都不好，用一尾，一尾時間，滑溜溜的像魚，抓不住。」她半真半假說。

「噫，有道理。」

「一頭好了，一頭笨手笨腳的時間。」她鬧著玩。

「有道理。」

她笑說：「你只會講有道理？」

「對，有道理！」他也笑開了。

她說起唐朝苦吟詩人賈島為「僧推月下門」或「僧敲月下門」詩句猶豫不決，乃「推敲」典故之由來。「我們不是推敲，是推諉。」

兩人不知不覺走到校門口，他猛然想起，腳踏車還在圖書館門口，他要她等他，快跑去牽車。

連綿雨後，杜鵑花差不多謝了，「可憐日暮嫣香落，嫁與春風不用媒。」李賀詩。她等著，有種異樣的感覺浮上心頭，這富含水分的夜頗有《聊齋》氛圍，腦中浮出〈聶小倩〉，這是她喜愛的一篇，人鬼之戀竟能修成正果，豈不喜哉！蒲松齡筆下的花妖狐鬼，各具手姿，不僅不恐怖，有些反而有絕色之豔。又因是鬼，掙脫了俗世禮教枷鎖，更添幾分風流；聶小倩初見甯采臣即曰：「月夜不寐，願修燕好。」怎麼趕都不走，應了麗鬼獨具的纏功，到了半人半鬼階段，學了人的規矩即「黃昏告退，就燭誦經」，甚無趣。蒲老爺子筆力高超，往往幾句勾勒，即造出人界與鬼域同時存在的迷離之境，譬如：「寺中殿塔壯麗，然蓬蒿沒人。」荒廢的佛門清淨地竟然也是豔鬼做案現場。她胡思亂想，社會上要是能接受女性一半端麗屬人、一半妖冶屬鬼，大概就是完美處境了。這一想，更覺得這綿雨初歇的夜晚像從《聊齋》最後一頁撕下來的宣紙，蒲松齡磨好墨，提筆在硯台上撇來撇去，正尋思該寫成什麼故事……。

他來了，要她坐上來，也沒說要去哪裡，奇怪是，她也沒問。

他問她：「『伊人』是什麼意思？」

沒頭沒腦地，完了完了，自己是不是變成鬼了，聽不懂人話？

原來說的是〈蒹葭〉，他說：「我最近跟這首詩很有緣。」

「伊人就是，心裡……思慕的那個人。」她說。

他真不知道「伊人」的意思還是假裝的？本想問他，你心裡有這個人嗎？太放肆了，當然不宜。

沒有下文，安靜。

騎車的人專心騎車，此時全天下最重要的事是騎車，坐車的也專心坐車，此時全天下最重要的事是坐車。繞了校園一圈，醉月湖的柳樹密了；古樹鳴蟬，柳深可藏雀。她心裡很緊張，生怕這輛發出怪聲音的中古腳踏車卡通似地兩輪滾開，害她跌個大八叉那真要當場羞死！車子顛簸一下，她穿長裙，怕裙子絞進輪子又怕摔下來，沒處抓，情急之下抓他的衣角，他察覺了，反手過來拉起她的手往上移到腰際，這樣穩些。為了安撫突跳的心，移念去想柳樹；想到高中音樂課教的〈問鶯燕〉：「楊柳深深綠，桃花點點紅，兩隻黃鶯啼碧浪，一雙燕子逐東風。」想到李商隱詠〈柳〉：「曾逐東風拂舞筵，樂遊春苑斷腸天。如何肯到清秋日，已帶斜陽又帶蟬。」自然也想到唯美得迴腸盪氣的柳永〈雨霖鈴〉：「……今宵酒醒何處，楊柳岸、曉風殘月。……」一想不可收拾，當然更要想到史詩般悲壯的〈采薇〉：「昔我往矣，楊柳依依，今我來思，雨雪霏霏。」當年我離家的時候，正是楊柳青青、柳條依依的春天，今日我從戰場歸來，卻是大雪紛飛一路白茫茫，家園安在否？《詩經》課還沒教到〈小雅〉，她已經提前背到那裡了。想到遠征返鄉的戍卒哀歌，自然一步就跨到思念征人的那首歌〈回憶〉：「春朝一去花亂飛，又是佳節人不歸……幾度花飛楊柳青，征人何時歸？」

「妳好安靜，在想什麼？」

「柳，醉月湖的柳樹長了。」

他竟唱起他們這一代學生都會唱的「門前一道清流，兩岸夾著垂柳。風景年年依舊，為什麼流水一去不回頭？」

以前在學校被音樂老師逼著唱，並不覺得動人，此時漸近春夜，在風中行進，聽他似哼似唱，才感到辭意曲折，藏著無盡的感慨。竟也輕聲和了起來，最後一句本是央求流水莫把光陰帶走，忽地，聽到他低聲唱了：「流——水——啊，請莫把維之帶走。」

聽錯了嗎？他唱的是光陰還是維之？是不是自己連耳朵也病聾了，還是被哪一個調皮的鬼作弄？

她的心墜入軟綿綿的雲裡霧裡，眼前燈光都像霧籠繁花，斷了時間、失了邊界。燈光！掠眼而過的車燈刺激她的眼，這是哪裡呀？她叫出聲：「我們要去哪裡？」

他笑著說：「快到了才問，學妹，妳這樣太危險，被載去賣都不知道，要加以保護才行。我走捷徑，妳家快到了。」

「停、停！」

他緊急煞車，再過一個街口就到她家，她被莫名的感懷鎖住喉嚨，一開口，說不出話光掉淚，他完全進不了狀況，覺得眼前這個「伊人」像那本《詩經》，實在不好懂。

「等我一下，沒事的，等一會兒就好。」她努力壓制波浪似的感受，像瘦弱的守衛執棍擊退搶匪；如果不抵抗，被搶匪卸去武裝，她恐怕會提著赤裸的心撲向對方的懷抱，痛痛快快哭一場，然而那不是她的作風。

「我，不住這裡了。」

輕描淡寫地，說了個模模糊糊的理由，她不想提家中的變化。

他恍然問：「原來如此，我以為妳不回信，大概是我什麼地方得罪妳？」

「信？我沒收到信呀，我以為你大概……大概很忙。」

她無須求證也能推斷這當中的曲折，那日父親交代她「別分心，眼光放遠一點」，顯然意有所指，那信大概被人拆了、看光了。

這讓她瞬間躥升一把火。若是她姐遇到這事，一定立刻打電話質問，掠下狠話：「妳幹麼拆我的信？就算人家寄毒藥給我，妳也不能拆！」但她說不出口，她是不會去別人家縱火只會燒自己屋子的那種人。

「信上寫什麼？」她問。

「就是……」他不好意思地笑著，原來想講的是：「一個不自量力的人對心裡思慕的才女說的荒唐話。」但千言萬語，最後只濃縮成四個字：「不知所云。」

天氣像一只軟紅柿子

安靜些，我的心，妳像野貓一樣吵鬧！

她寫著。

鐘面，嗒嗒嗒，秒針移動，很吃力，如果仔細聽，在非常安靜的子夜聽，幾乎會同情被電池驅動的秒針像薛西弗斯的石頭般可憫。可是，當我轉移注意，讀幾頁書或出去倒水，再抬頭看鐘面，又會憤怒那秒針顯然比芭蕾舞者的腳丫還輕靈。

野貓叫得更淒厲，缺乏季節概念，或牠們已進步到不必看季節臉色。

天氣像一只軟紅柿子，應該有人勾引她墮落才好。

尋找荒山裡的隱密石穴

她的生活進入等待的情態，如牢室裡渴望陽光的囚徒。一封短信，足以讓她咀嚼甚久，可比一條人參。

她原本就具有極容易被文字誘發的敏感體質，如今在課堂上修了重頭課《詩經》、《楚辭》，本應忙不過來，卻反常地，在學養醇厚、丰采無限能揮手讓教室開出十里芰荷的老師講授下，因古老歌謠、哀豔悱惻神話的雙重誘引而使得情思增生、感悟澎湃；從自我的小溪流匯成大自然奔瀑，這活躍的情懷使她鬆開原本積蓄在內心的鬱悶，那些惹她自傷的身世遭遇像走私的船貨，連夜被載走了。她的心空間寬闊，四季分明，陽光與雨水都進來了，蟲鳴鳥叫也熱鬧起來。

信，寫一封去，等著一封回來，回來的這封，又勾起新話題新感觸，自然要趕緊回過去。她特意去書店選了信紙、信封，專用在他身上，連郵票的貼法都講究。從回信看出他也是慎重的，他喜歡把信紙對摺又摺去三分之一，有時信內夾了給她的書籤，還曾有過一片葉網，說是特地去尋來的。她依序把他的信收好，用緞帶綁了蝴蝶結，放在枕頭下。

她筆快辭豐，寫去的多，他忙於實習與論文，回的較少。信的內容雖說可以山川湖泊無所不包，但筆墨思維本具有爬梳理路、滌濾思潮的作用，紙短情長，自然不會漫無邊際犁田，寫成滿紙胡言亂語。他與她都擅長形上思維、喜思索生命意義、愛談論學問思想，信的內容幾乎不涉家中私務或朋友往來，寫的是成長心路、閱讀心得、自省感悟、信仰見證；他在字裡行間時常流淌一股陰鬱情緒、無聲的吶喊，對種種人際關係感到疑惑，對婚姻與家庭制度懷抱失望，卻未曾點明是什麼事件造成。進而，也逐漸深化對信仰的追求，分享心靈歸宿。她的信也不涉私務——父親與阿姨一家的婚姻生活並不平靜——常剪一段古典世界裡的詩詞歌賦，鋪排感懷，詠嘆無常，印證佛理。如此魚雁往返，彼此對這人喜歡什麼吃穿一無所悉，去哪裡逛書店、看電影、剪髮、跑步毫不在意，彷彿兩人只要餐風飲露就可以繼續在信紙上暢談甚至纏綿下去。

信，有時厚厚一疊，有時薄薄一張。有一封極短，一張大信紙只寫了兩行：

妳是誰？

妳到底是誰？

她原本寫：「我是你的……」但一琢磨，覺得這男生可能有壞心思，引誘她落入圈套，遂把已封緘的信封小心拆開，將信紙揉掉，重寫，也回兩句：

我是夜，

我是被太陽遺忘的夜。

她被排山倒海的情懷淹沒了，離人群、世事漸遠，沉醉於古典風華與兒女情長日深。她身邊除了群與兩三位較常在課室中招呼的同學，再無摯友，即使對群，她也不能吐露半分，一則兩人相隔甚遠不利於交談，再者她知道群一向比她辛苦，不宜拿這些虛無縹渺的私情去干擾她，當然最重要的還是性格，她擅長用文字把現實緊緊包覆，久之，拙於言談了。

她上筆墨文具店買宣紙及色紙，裁成一疊，拿圖書館借來的線裝書研究針法，縫成幾本頗雅致的小札，看起來像情愛江湖裡的祕笈。

她在第一本封面另貼一紙，「密室」，扉頁寫著：

在夢土上，一葉扁舟等我。我決定為你記載日子，記下蜂擁而出卻不宜寄出的情懷。認識你，到底因何緣法，無從追索。只覺得一定認識過你，要不然怎麼會特別愛讀你的信？那是前世嗎？我恍惚起來。我才夢見你寫信來，你似乎感應到，果然捎來一信。感情世界的門鑰藏在哪裡我不知道，我只想在心裡另闢密室，裝滿你的身影。每當思念鞭笞我的時候，躲入這密室，不害羞地對你說：我要反覆讀你的信，讀到嘴角含笑，我想挽你的手去賞春日的杜鵑。

啊，我如此紛亂，迷惑，分不清為的是你，還是欣賞你的我自己，或是，只有你我相遇才能點燃的紙上煙火、文字幻術。我不知道會記下什麼，記多久，但有一點可以確定，如果有一天，你看到這些手縫小札，那表示，你我離盟誓的大門應該不遠了。

第一頁寫著：

濕冷只是外在天氣，內心的暖流浮起薄煙，使冷變成足以產生熱的柴薪。與人相處，佈施最美——使短暫的遇合在彼此心田裡萌生美麗的蘭草，就算相處的緣分用盡了，那蘭草仍得到記憶的澆灌，不斷成長，散發幽香。忽然聽到那人的名字，或處在與當時相似的情境，或見到過去曾經共有的某物，這些線索將網起兩人已成就的那處田園，再次看到蘭草在風中款搖，嗅得香氣……。種植的蘭草越多、茂盛，現實的粗糙便因情流的沁潤而柔和起來。

美，不是憑空降臨的，必須雙方願意對流、呼應。如果一方誠懇不足或懷著惡意的陰謀進行掠奪，美無法因共鳴而成就。這份成就大多不以現實的具體實物呈現，越高層次的美越晉級於形而上，它浸潤了精神，與靈魂偕遊，它只有心領神會。它在尋常無事的日子裡砰然響起水聲，使人神祕地微笑著、歡愉著。它也能在現實的風暴中化成傘，陪伴自己在舉目無親的風雨夜慢慢地走著。哭泣只是哭泣，卻不因泣血而使眼神變成怨恨。

美是有備而來，為了抵擋可預期的人世災難。美之所以可能，因為愛。愛之所以如願，因為來自於對生命的禮讚。禮讚之所以可能，因為我們清清楚楚、明明白白地發現自己「活著」。

活著，故興起對生命的歌咏，因歌咏之必要，故尋找愛的曲調，因曲子如此優美，故尋找美的歌詞。

山川日月星空，不過是為我們伴奏的樂器。

自此以後，每日忙完課業，總是情不自禁打開祕笈，書寫心懷：

慵懶的陽光，帶著煽情的溫度，我不知道為什麼今天的天氣讓我產生這種聯想。好像有一股繁殖的氣味洋溢在每一條街衢與陋巷，以及行人的呼息之間。我想我不可避免地也感染到這股氣息，中午與室友共餐時一直不耐，希望趕快結束。玻璃窗外，某一棟灰泥高樓的一面窗戶，搭了小小的鮮綠色雨簷，塑膠製品不可能具有流動的顏色質感，但是從我的角度往上望去，午間強烈的陽光使那扇雨簷的綠色變得透亮，而且詭異，彷彿窺伺著什麼，懷著誘惑般的。這是我長期的宿病吧，被莫名的意象或景致吸引，使得跟人相處鈍化為機械式的，面對面交談，也是心猿意馬。人，的確是無趣的動物，有時，我不太願意相信我居然是個「人」。

·

就用季節來句讀我全部的心情。梅雨季遠了，晴天反而蕭索，躲在雨裡還容易藏身，晴空讓我無處逃遁。

向來不愛閨怨體，沒想到日日濡墨染夜，倒與繡鴛鴦戲水的古代女子無異。情字，會是世世代代女子戡不破的鎖嗎？

有時耽溺在思念你的文字太久了，濕淋淋地，不寫的時候，宛如離了水的魚，有曝屍之虞。猛地一驚，忍不住仰天問著：「是誰讓我如此？真的有人讓我如此嗎？還是我害病了？」

是什麼原因讓解繩的人又尋了新繩往心裡綁？

所以，在答案未明之前，我為你記下關於繩索的故事。

·

完成一篇論文之後竟有被掏空的感覺。我需要溫柔的話語，或無目的文字讓自己稍稍恢復正常的呼吸。

夜未深沉，你在做什麼？

如果能夠跟你說話，多好。讀書寫字累了的時候，不想跟外界連繫的時候，敲門，你在隔壁，陪我說說話，或做一些微小的家事。

我在生活上是內向保守的，不喜群居，就連吃飯購物看電影聽音樂會，也慣於一人獨行。逛書店尤其如此，買了書，坐下來喝茶，安安靜靜地看書，看夠了就走，都不必說話。

有一次，在書店旁咖啡店看書，有個男生過來搭訕，無非是我讓他眼睛一亮，很想認識之類，坐下來似乎不想走，長得倒也面目乾淨，我說：「如果你不介意的話，我只想安靜看書，你請回吧。」我繼續看剛買的美學論集。他回座去。過了許久，讀累了，抬頭，發現他還坐在不遠處看我。我也沒表情，收拾東西，走了。原本很愜意的獨處時光，被這陌生人干擾了。非常不喜歡這種街頭言歡的把戲，我猜測他不知被什麼事困住了。

我呢？困住我的又是什麼？

隔著幾日，札記上出現一段詭異的綺想：

我們尋找荒山裡的隱密石穴，佈置棲息之地。你由內而外，我由外而內，敲擊石壁，打一扇鋸齒狀的窗，收留陽光與藍背鵲，或厭世的星子。我會縫製獸皮，以春天的第一胎蔓藤。你挖掘一條水道，讓憤怒的瀑布有發洩的地方。我會升火，用原野上撿來的異族獵人的骷髏頭舀水，炒一盤姬百合，或野菊花。我們盤坐獸皮榻靜靜晚餐，黃昏，一朵妖媚的雲霞趴在窗口喊餓，丟給她幾支百合雄蕊，叫她走開。我們如此安靜，蜿蜒石道流淌高山雪水，豐腴且吟哦某種咒文。當月光降臨鋸齒窗，我們敧臥，看水道翻身化為銀蟒，那蠱惑的蛇液，漫過你我身軀。星夜，歸營的獵人鞭打馬背，俘虜外邦女人，火把上裝飾異族人的新鮮首級，糾髮與火焰狂舞，原野瀰漫嗆人的腥味紅煙。而我們如此安靜，沒有人發覺荒山石穴裡，你與我已靜靜用過晚餐。

啊，野蠻年代，微風撩撥空谷百合乃唯一笙歌。我們夜伏，在石穴內提煉愛情，耳語喽喋耳語，交纏如兩尾精緻的銀蛇。我要吻遍你赤裸的身體，如雨點澆淋驚慌的流星。我們本是聖獸，誤入人軀，讓我們以獸的姿態保管愛情，直到被震毀的洞穴將你我掩埋。

剖

群來信，提及功課方面已補平坑洞，有些課還滿有趣的，教授也帥，每週都很期待上課，坐在「門牙位置」。雖然還不算唸到口沫橫飛地步，差不多可說是津津有味了。上天保佑，很多事情比預期的還順利，對未來充滿希望，真的覺得現在是「人生中最好的階段。」

「不過，」她又說，「我常常說這句話，所以，有說等於沒說！」

她笑出來，「門牙位置」的比喻太鮮活了，指離講台最近的第一排的中間位置，這是大部分學生最不願意坐的地方。若不是授課老師具有無法抵擋的魅力，誰也不會主動積極去搶門牙重地，大家比較愛靠近後門的咽喉之地，或是靠牆邊最不起眼的智齒座位，安穩地當卡在牙縫的「肉屑」。她想到有一門課，十多人選修，大家坐得像一盤散沙，且是往教室後半段散去，前半段空得實在有點淒清。教授是溫文儒雅的學者，大約也看不下去了，輕嘆一聲，誦辛棄疾〈賀新郎〉名句：「我見青山多嫵媚，料青山見我應如是。」她聽懂了，心中不免暗笑又覺得對老師失禮，捧書起身往前坐，同學們亦恍然大悟，紛紛坐攏。自此以後，大家都靠得緊緊地，像同舟共濟。

群來信主要是告訴她社團有個大活動，幾位學長姐今年畢業，有的繼續攻讀研究所，有的打算出國、就業或當兵，活動部擬在暑期辦「探親旅遊」，自北而南，拜訪幾位「老骨頭」家，致贈畢業賀禮，順道請學長姐給大家說一說如何規劃人生，問她要不要參加。

她心頭一緊，其中一站是到他家。

去還是不去？她忐忑不安，原本自我克制不可過度耽溺於祕笈的心又動盪起來。她猜疑，為何他沒在信裡告訴她？他不願她去嗎？他不想在眾人之中見到她，以免尷尬嗎？尷尬什麼呢？往下，她想的都是枯枝敗葉念頭，推測他與她魚雁往來，終究只是一場文字遊戲而已。她只能在信紙上呼吸，不能見到陽光。他心中，不曾看重她。

這激起她的怒意。這樣的反應也是有跡可尋的。近來從信中，她漸漸發現他是個內在無比剛毅近乎傲骨嶙峋的人，固然在她面前幾乎一半時間是溫煦地笑著、酣暢地談著，但在文字世界卻如實地顯現內心深處的複雜與衝突；他天生具有的質疑能力固然使他在鑑賞方面能劃開一縫另有新解，見人所未見，但也同時表現在對某些事件的看法與批評上顯得獨斷。信中曾有一句不清不楚的：「我們像兩個世界的人。」這話讓她牢牢記住，微惱，不明其意。

她在自己的札記上寫著：「我正想向他靠近，他竟說我們像兩個世界的人，顯得我是多麼不自重不自愛的人！」

她被猜疑之心鼓動，原先寫祕笈小冊的冶豔之情瞬間消退，重讀其信，竟起了理性分析的興趣。像考古學者，對著出土文物丈量、判讀。她寫的第一句話：「他是個天才。」但往下的文字，倒像田野調查報告：

他的內心被虛無罩住，奮力地想抓住什麼以獲得肯定，但又睥睨這些東西。

不快樂，苦惱之事甚多。即使在信仰裡亦尚未享到喜樂。

強烈地懷疑生命意義。他說，曾走過醫院的一條甬道，一邊是太平間，另一邊是新生兒溫室，忽然受到「生命茫然」的壓迫，不明白到底叫一個個嬰兒到這世間做什麼？他們一個個又會死了，難道生命只是一次閒逛？他說的時候，言辭剴切，語氣激昂，似乎恨不得質問那創造者。

他的心靈漂泊遊蕩，常流露一無所有之嘆，親情、友情、愛情，人在其中，又似乎不在其內。

他可能常站在窗邊，問：「我是誰？」

他的家人了解他嗎？可能不。

他不信任婚姻制度，信上曾說不認為自己有能力經營世俗所定義的幸福家庭，不相信婚姻裡有幸福可言，但似乎又渴望一處風平浪靜、可以安頓身心的地方。

他說過自己像繭中的蠶，可能活不久。

他說過他沒有第二志願，只有第一志願。他懷藏抱負，追求功名，不甘心一生庸庸碌碌、沒沒無名，絕對不允許失敗，卻又習慣自我打擊，視所獲得的佳績如庸俗之物，嚮往超越世俗繩索的境界。

他是一個深沉不易被了解的人，一個看起來親和開朗其實極度悲觀虛無的人，一個不吝於用肯定句安慰他人卻不斷地自我否定的人，一個兼具火焰與冰河屬性的人。

他時而激越，滔滔不絕陳抒己見，時而沉柔不發一語；有時冷肅不知神魂遊於何處，有時熱燙彷彿能與人同甘共苦。半是狂狷半是沖淡，可以剽悍亦能卑馴，既具城府又有赤真，他是一個內心複雜、陷入自我衝突且孤傲地要用自己的方式解決生命難題的人。

她洋洋灑灑寫了一大篇，好像心理醫師寫診斷報告，最後停下筆，啞然失笑起來：

把「他」換成「我」，不就是說自己嗎？不過，最後一句應指我自己而已，他已有信仰，一切託付給主，不必孤傲地用自己的方式解決生命難題。原來我們之所以能筆墨互流，乃是站在生命對生命的惺惺相惜上，他的獨白、表露，也是我的獨白、表露，聽他的心聲，彷彿是自己暗夜對山谷喊叫，如今透過他的咽喉傳了回來。

她回信給群，決定參加這趟旅行。

我會在人群中等你

畢業典禮之後，打包行李托運回家之前，他突然現身；下週要回鄉了，以後見面寫信都不容易，趁空來跟她辭行。該說的客套話說完了，他邀她去看電影。

兩人隨興到西門町，一來時間不對二來片子不佳，沒看成。她提議去故宮，她說自己每遇到情緒低落或是有難題想不通時，要不是看電影就是到故宮走走。

「妳現在遇到什麼難題？」他問。

她起了調皮念頭，謊稱班上有個南下到同學家的活動，不知該不該去？

他直接反應：「該去。」

「可是，有個男同學比較特殊，我們應該還算熟，但是他沒邀我，也許不希望我去他家。」

「有可能。說不定他不敢邀妳，怕被妳拒絕。妳給人的感覺高高在上，讓人不敢親近。」

這話刺到她了，臉一拉，緘默不語。他沒察覺，滔滔說著自己接下來的計劃，兵役、出國深造，似有不少該安排卻沒著落的事讓他煩惱。到了故宮大門，兩人都提不起興致看國寶，乾脆去庭園小坐。她還沒氣消，沒頭沒腦低聲回他：「我覺得你也高高在上。」

他察覺了，一直說對不起。便說起以前追求女生失戀之事，大約就是過於沉浸在自己的世界裡忽略了對方的感受，弄得一敗塗地，「痛不欲生」。他不知是為了闡述自己有多麼不擅長察言觀色還是那股痛依然隱隱作祟，一不留神，竟說起往日戀情。

她聽著，不動聲色地掩飾心中汩汩流出的一股酸澀。她語氣自然，甚至鼓勵他多說一些，再說多一點，然後呢，結果呢，他不知不覺描述過程，透露了過多的細節。要命是，透露了感受。

「她在哪裡？」

「在日本留學。」

「你還會想她嗎？」她問，鼻腔內已起了涕水。

「有時會。」

「如果，在路上碰到她，你會對她說什麼？」

「不可能了。」

「如果碰到了，你可以對她說：妳讓我心痛。」

他看了她一眼，不明白這話什麼意思，也就忽略了說這話的人到底是借他人酒杯澆自己胸中塊壘還是純粹依隨言說進程而興起的問答。

「太痛苦了。」

「所以，她就是你在水一方的『伊人』。」

他沒有否認。她心裡分成兩派，一派咬定他還念念不忘舊情，「心字已成灰」，就要把這個人推開，另一派暗暗叫急：你為什麼不否認。

就在即將墜入萬劫不復的當口，一句男性袍澤式的話替他穩住局面，他自顧自笑著說：

「太奇怪了，怎麼會無拘無束對妳說這些，好像不管對妳說什麼妳都能懂，妳可以當我的心理醫師。」

她的醋意原本可裝半罈，及時倒掉一些。

天涯何處無芳草，唯知音難尋。這話能沁入她的心，原先那枯藤老樹昏鴉般的蕭索心情，生出幾片嫩葉。他談及即將面臨的兵役，提到學長們服役的外島經驗十分嚇人，憂心忡忡，想到前途茫茫，又更加憂愁起來。

「庸人自擾而已，不用想太多，現在無所得，以後也無所謂失吧！」

「是啊，不用想太多，時間過得很快，數饅頭一下子就退伍了。」她不著邊際地說。

「希望有一天我退伍回來，不管在車站還是碼頭，」他的情緒往下沉落，聲音低得好像自言自語：「那個人就在人群中。」

她沒答腔。心思漫遊：「驀然回首，那人卻在燈火闌珊處。」卻又在沒來由湧出的醋意裡，推測他想在人群中看到的人是誰？

她想：如果此時，正好有一陣風吹來，正好吹落樹葉，樹葉正好打中你的頭，你開口邀我去你家，也許我會命令腦子停止設想、放下要命的尊嚴、鼓起勇氣說：「等著，你會在人群中看到我。」

他沒開口。

她也沒開口。

終究，欠一陣無所事事的風。

邊界

那日歸來，她寫著：

母親心煩的時候抄經，我抄詩。昨日歸來心情墜落谷底，甚倦，卻不能眠，不想抄明白曉暢的，要抄詰屈的，就抄〈湘夫人〉。抄到「築室兮水中，葺之兮荷蓋。蓀壁兮紫壇，播芳椒兮成堂……」不禁有嘆，如此竭盡心力於水中砌築香殿，以待愛慕者降臨。那是神的世界。在人的世界，有人願意為我築一間茅屋，等待我歸來嗎？「搴汀洲兮杜若，將以遺兮遠者。」為我摘一朵芬芳的杜若，芬芳我所有的日子？

我不知道為什麼仰望污穢的台北夜空，發現特別晶亮的星子時，想流淚。我不知道為什麼重讀《浮士德》與《荒原》時，想流淚。我也不知道為什麼，臨睡前朗讀李白、杜甫、東坡，會想流淚。更不知道死了兩千多年的屈原，為什麼不斷讓我哀傷。我只知道，尋覓的那首好詩與鍾愛的人，都已不再。

這則短文欲言又止，翻過一頁，她用半虛構文字編了情節，彷彿必須如此才能放心傾吐真實的感受，才能找到傷口止血。

應該怎樣安慰嘆息的人？當他飽含情意凝視遠方，娓娓傾訴對舊愛的懷念時。他希望聽到天使語聲，那麼，我必須扮演善良的天使：「寫信給她，告訴她不曾遺忘舊情。人生苦短，你應該把積藏的愛再一次交到她手上。」

「她會接受嗎？」

「會，因為愛還在。」天使繼續揣摩心理醫生會怎麼說。

天使安慰在愛的苦海裡航行的人，忘卻自己本是善嫉女人。彷彿聆聽黑牢裡囚犯的宿願，甘心以自己對他的愛換一盞油燈，讓他沿著光影，與舊愛重歡。

天使恢復成女人，初夏晚風吹拂繁華城市，這女人單獨走著不需人送，像敬業天使撫慰千瘡百孔的心靈之後，獨自檢視破損的心。

「啊！」女人坐在槭樹濃蔭下，忽然自問：

「我到底是誰？夜空如此靜美，想必舊日情人們皆已和好同眠。失歡的，也在夢中與舊人相見。我得歇歇疲倦的腳趾，讓發愁的額頭冷卻。啊！可憫的世間，我再也沒有剩餘的愛可以餽贈了，甚至，連哀歌也唱得不好。如果，能夠盜取幸福，我會慷慨地與你們分食，只是人間的土壤過於貧瘠，我的種子不是被鳥啄去，就是被暴風雨偷吃。每一方寬厚的胸膛，我以為是適合栽種幸福種子的沃土，掘開後，看到數尾情蠶吐絲，以幽怨的女眸。一次又一次，誤入記憶庭園，聆聽他人的悲愴情史。我竟也熟悉天使的語言，假造聖旨：那美好的一日，布穀鳥結巢的季節，你的愛人升起船帆，帶著湛藍天空歸來。

我沒有剩餘的愛可以贈送了，天使也會在子夜槭蔭下恢復女人，拘謹地坐在白椅上，懦弱，如害病的水妖、山鬼，但這懦弱不許被看見。就在這靜默的片刻，時間，那頭顏面灼傷的獸，跳上膝頭，舔著我的臉：『哪，只剩妳跟我相廝守了！』夜空如此娟靜，銀河流淌優美的笛聲，當作遙遠的星空之外更遙遠的某顆星，有個知音為我吹奏。啃，今晚想要慈悲，口袋裡還有幾片甘甜的青春，不如全部餵你這頭殘獸，別噎著，這可是最後了。」

「當情人在妳面前懷念舊情人，妳的心痛不痛？」

「唔！是個好問題，可我答不出來……」

「他沒問妳嗎？」

「他比我更痛呢！一個燒傷的人會替別人撲火嗎？」

「妳痛嗎？」

「不，我不為不愛我的人痛，我只會祝福。祝福就是打算遺忘的意思。」

「妳痛嗎？」

「是的，我痛。」

次日，她花了一小時才打通群宿舍的電話，推說姐姐暑期將歸，不隨社團去「探親」了。群大呼小叫，不准她不去；她說，不僅需要維之幫忙選購禮物，還要勞駕她寫卡片呢，而且，車票都訂好了。

她一向不喜歡造成他人困擾，最後還是答應去。剛剛排隊打電話的時間都白花了。

也好，去看看應該進一步還是退一步。

隔不久，收到他寄來的包裹，十幾本書、一疊影印稿另附上信箋。他說那日自己失魂落魄一團亂，恍恍然不知說了什麼，看她似乎不開心，如果有不恰當之處，請她包涵。

要離開了，回頭看自己寫過的東西，很驚訝，不相信曾寫過這些。室友曾引述一段話，我說：說得不壞！誰的？他說：你寫的啊！我大為吃驚，怎麼都不記得了？如果我現在死了，靈魂在空中飄，看一群人圍著哀哭，一定覺得怪異，忘了那些人曾是親密的親友，那身軀是自己的。這一陣時日常有失路之感，明知該打包回家，又不知真正的家園在哪裡？

倒懷念七年前初來台北時，在困厄環境中反而不斷自我激勵而氣概雄壯，初生之犢不畏虎，那股氣勢令自己很懷念。幾個月前班上負責編畢業紀念冊的同學要我寫一段話，我寫了。畢業典禮那天，校長致詞，竟然引了那段文字，同學們喧聲四起。今天翻到那一頁，嚇得咋舌，如果不是清清楚楚擺到眼前，我一定不相信寫過這麼豪氣干雲、不知天高地厚的空話！

四年光陰等閒過，忽然已到離校時刻，自覺一事無成，心情沉重，怕自己成不了一等一的事業，做不了一等一的人，從此為五斗米折腰終老，變得庸庸碌碌，只識得人生有無法踰越的空虛。

不帶走的書第一個想到送妳，書頁上隨手寫的眉批請包涵，若有荒唐話，一笑置之即可。幾首詩稿，請妳做紀念，也是一笑置之即可。

看完信，她的心情稍稍往上揚。

那些書大多是志文出版社新潮文庫翻譯的世界名著，有幾本她也有。譬如波特萊爾《惡之華》，他在扉頁上引述詩句：「我的青春只不過是場陰鬱的風暴。」她迫不及待翻閱。他跟她一樣，讀書喜劃線寫眉批，密密麻麻，彷彿與作者對答。有一本《生之掙扎》吸引她的目光，美國精神分析大師梅寧哲醫生著，探討自殺。他在蝴蝶頁寫著：「關心病人的生理，同時也應了解病人的心理。」又寫：「環境雖似驚濤駭浪，心情卻如霽月風光。」顯然他認真閱讀，書頁上處處寫著評語、疑問。讓她陷入沉思的不是這書的內容，而是以如此細膩方式讀這書的人的心理狀態。這是一本特別的書，他在想什麼？這是第一次，她對他起了奇異的憐惜之心。理由很簡單，她在他身上看見自己。

她決定去看看什麼樣的土壤養出這個人。無論是進一步還是退一步，現在都在邊界上。

我總是嚮往邊界。生與死之間，族群與個我之間，核心與畸零之間，權威與奴役之間，陸塊與離島之間，驕陽與酷寒之間。我總是往邊界遊走，像穿戴華裳的鬼。

【卷四】

斜陽

在這般強烈的太陽下看到你，非常不真實。
你的笑容明亮、聲音高昂，信中那個陷在
青春陰鬱風暴、探問茫茫前途的人好像不是你。
在你的土地、家園上，你看起來無比燦爛，
你真是原野上一棵黑亮且高貴的樹。

野菜

出發那日是豔陽天，一行十人自台北火車站坐普通車往南，沿途拜訪學長姐家。

火車裡，那位負責規劃的幹部頗具領導長才，除了任務分組，還提議要為這趟探訪選一首歌；此行接受學長姐家裡款待，離去前大家為他們唱首歌致謝。這歌，不能太藝術、太流氣、太激昂、太悲傷……還要大家都會唱。眾人七嘴八舌提議：藍藍的天白白的雲、連綿的青山百里長、好花不常開好景不常在、太陽下山明朝依舊爬上來、朋友你可知道遙遠地方有人想念你、這綠島像一隻船在月夜裡搖啊搖、時光一去不回頭往事只能回味、你儂我儂忒煞情多、怎能忘記舊日朋友心中能不懷想、送你一份愛的禮物我祝你幸福、長亭外古道邊芳草碧連天……連楊弦的〈迴旋曲〉都出現了。最後，〈送別〉與〈祝你幸福〉這兩首歌不分軒輊。眾人把這兩首都練了，看著辦。

這趟旅行頗有意義，不止是致贈禮物、吃吃喝喝而已；在學長姐帶路之下，能深入鄉間，去到外地人不知道的景點，體驗各地風土人情，聽聞其成長趣聞，晚上借宿他家或是村裡寺廟，真正貼近他們的生活，吃在地的食物——當時大家都是過日子的人，外頭也沒什麼餐廳（即使有，也是婚喪喜慶之用，不會用來招待十個年輕人），所以，大家也像農忙時節到處打工的工人一樣，只求填飽即可。

有一站到客家莊某學姐家，她家靠山，種植果樹，她父母給他們扎扎實實地上了一課，真能印證「誰知盤中飧，粒粒皆辛苦」之理。傍晚時分，因屋小廚窄，大夥兒攜簡單鍋具到小學操場野炊，就地取材，有人負責找燃料挑水，有人至近處田裡設土窯烤地瓜，有人摘菜——學姐說，放眼望去的菜園，除了綁紅布條表示噴過農藥的別摘，其他的都行。由於沒約好，大夥兒越摘越順手，那餐吃的菜大概勝過一週的份量。

> 今日可謂舌尖冒險，吃到此生難忘的滋味；天底下竟有比苦瓜還苦的菜，名曰：龍葵，土稱黑鬼菜。兩者相較，苦瓜之苦委婉陰柔，龍葵葉則剛烈、具暗殺意圖，且據云其漿果若未熟則有毒，能奪人命。葉雖可食，然而才嚐一口，苦入心扉，不好當場吐掉壞了主人心意，硬是嚥下，埋頭吃半生不熟的地瓜，其苦仍不去，如鬼魅纏身。讀《詩經》以為天地養人，放眼皆是野菜，於今才知箇中大有學問。若一朝需野放求生，我應是最早被毒死的那個。

鄉間是新鮮的，她從未想過同在島上卻有這麼不同的生活型態；「采采芣苢，薄言采之；采采芣苢，薄言有之。」《詩經．芣苢》裡描寫婦女在野外採車前子，牽衣裙盛得滿懷的詩讀來生動有趣，沒想到能親自印證，樂得她像蜂蝶亂飛，熟的、未熟的都摘，被熟悉莊稼的同學取笑：「四體不勤，五穀不分。」她羞赧地再添一句：「六畜不辨。」確實如此，她家雖有前後院也種植花卉，但與真正在泥土上打滾的鄉下孩子相較，少了土地根性，以至於連菜葉上的一條肥菜蟲就讓她尖叫，更別說眾人在河邊洗滌時，發現一尾水蛇悠游而過，她嚇得魂飛魄散，跑得遠遠地，讓他們取笑好久。

也有學長住市區，家中做生意，正好有貨運車來，他們客串臨時工幫忙搬貨，學習買賣營生之理，聽聞商場生態，吃住條件比鄉間好些，算是連日來最豐盛的一餐。

最後一站是他家。

浮萍

昨日行經一池塘，水面上，白首偕老的意象，誘拐著遠道而來的浮萍，忽有蛙跳，盪出漩渦，裝飾夕陽的倒影。七夕已過，傳說中的鬼節將至。一路上，雷雨相隨，似乎要將人擊昏，甚好，掩藏我心內的紛亂。我想我偏愛雷雨的原因，可能是自己的狂暴因子得以附著在自然的狂暴上發抒，使長期分裂的兩種面目迅速統御，恢復本來。雷雨，死亡儀式前的急鼓，像一種節慶，飄浮著鳶尾花香的節慶，讓亡靈擁有神祕的喜悅。

你會驚訝嗎？你會期待我在人群中出現，還是僅止於尋常招呼？我設想你會如何設想我，彷彿拿繩子把自己一圈圈繞起來，繞成一個可笑的繭。所謂作繭自縛，即是如此。你能告訴我嗎？為何我的心越來越像驚弓之鳥。

他們在火車站下車，轉客運到靠海小村，還得步行一段路才到。群帶領，她似乎把路徑都摸熟了。

是個樸素的村莊，遠處可見山巒起伏，離海邊也不遠，四野望去皆是稻田菜園，小河沿路蜿蜒，還看到牛隻泡在河中消暑。日頭赤焰，田裡大多已收割畢，曬著已紮好的稻草，仍有戴笠的農人忙著收割後的雜務，見他們一行人浩浩蕩蕩，好奇地從遠處往這兒看。他們經過一處竹圍，一條狗跑出來賣力吠叫，比警報聲還響，惹得大老遠另一處竹叢邊閃出一條人影，朝這兒揮手，正是他。

在這般強烈的太陽下看到你，非常不真實，你的笑容明亮、聲音高昂，信中那個陷在青春陰鬱風暴、探問茫茫前途的人好像不是你。在你的土地、家園上，你看來無比燦爛。你真是原野上一棵黑亮且高貴的樹。

看到我，你給了我一個驚訝的表情，伸出手指，指了我兩下，沒有話。若是孩提時候，這個動作的意思應該是：等著，我會找妳算帳。

竹圍裡只住他家一戶，相連的兩間屋，原一間是堂伯家的，舉家遷走之後變成他家使用。他的房間在此，後面還有兩間房堆放農具雜物。這裡的廚房不使用，用餐仍回主屋。

「妳來了，曬黑了。」他說，神情既愉悅又夾著些微靦覥，語氣正常。

「希望沒有打擾到你。」她說，語氣也正常。想起初見面時他給她的第一個聯想是樹，田野上黑亮的樹，風一吹，千葉鳴歌。現在明白，會有這印象是因為他身上帶著土地生養出的那股正直與敦厚。

正巧旁邊一個男生聽到「打擾」二字，轉頭答腔：「等晚上睡覺的時候，就知道誰被打擾了。」語意曖昧，充滿暗示，她窘得不得了，怎知這擅調笑的人接著伸出毛毛腿，秀出被蚊子咬的紅豆包，說：「希望你家的蚊子不要來打擾我！」

前一站男生們借宿佛寺，「原以為佛門淨地，蚊子聽經聞法也是吃素的，哪知佛門不殺生，蚊子又多又猛，才搞清楚，原來我們是去普渡蚊子的。我半夜受不了才拍一下，有人就唸『阿彌陀佛』，我當下真覺得眾生不平等。」眾人大笑。

「我家不只有蚊子，還有跳蚤。」他說，把大家逗得雞飛狗跳。有人提議大家樂捐一點「買肉錢」，聘那擅調笑、而且難得在物資匱乏時代竟能擁有白胖體態的人，晚上脫光衣服誘蚊，「為大家捐軀」；那人反駁說他沒學問，血不夠甜，而且經過佛寺蚊攻現在身體很虛，應當請最有學問的也就是主人「以身相許」才對。他傻笑之後，換了認真的表情，說明蚊子的叮咬習性跟學問無關，由於這話接得太冷僻太跳躍了，眾人不知如何接腔反而爆出笑聲。

「既然蚊子喜歡汗酸，書唸得多的人比較有可能變成酸儒，還是你適合。」她也覺得這人怎麼突然犯傻了。

「妳在幫誰啊？」他又聰明起來了，用食指點了她一下，恐怕又多記一筆帳了。

這幾日，精神極亢奮，但身體頗受罪。她應該就是別人譏諷的那種「溫室孩子」，所有的本事都在腦袋裡，離了學問、書本，外面的世界是一片蠻荒，任何一種突發狀況都可能弄掉一條小命。前幾站採訪下來，她特別發覺無論是做田、種山或是經商，家中的女人個個都是能獨當一面的悍將。即使同行中的女生，也比她能幹不知幾倍。在操場野炊那次，她自告奮勇負責切菜，一拿起那把大菜刀，還沒切，學姐立刻說：「我來我來，我家的刀我比較熟悉，妳會切到。」女生會不會操持廚務，一看她拿刀便知，就像男生會不會武功，丟一支長戟過去便知。

連日酷暑，車行勞累加上睡眠不佳，她已有中暑現象，蚊子加上攻擊力最強的「小黑蚊」（台灣鋏蠓）早就把她的雙腿咬成紅豆冰棒，抓出傷口了，她不敢吭聲，怕被笑是台北來的飼料雞。這一趟，別的不說，她發覺自己真是個手無縛雞之力、欠缺生活能力的人，自信心大受打擊。

曬穀場上堆著曬好的穀子，農事稍歇。屋前不遠處即是菜園，棚下結著當季的絲瓜、苦瓜、葫蘆瓜、番茄；還有一棵蓮霧樹，數十齡老樹，果實較小，像掛著纍纍的紅鈴鐺，據說稍澀不甜。她嚇了一跳，這棵樹她夢過。果樹旁有塊小空地，隨意讓花草生滅，九層塔、雞冠花、茉草、扶桑，特別的是有一株蔦蘿攀附於枯枝上，載欣載奔，開數朵星點小紅花，甚是喜氣。

他朝她走來，臉上滿是笑意。

「原來，妳覺得我是酸儒。」

她不好意思起來，說：「開玩笑的！你要是酸儒，我就是冬烘了。」

「我也是開玩笑的。」他問：「這叫什麼花？」

「蔦蘿。」

「原來如此，我們鄉下小孩都叫新娘花。」

「這裡再種些菊花，你就可以學陶淵明採菊東籬下、悠然見南山了。」她說。

「等妳來種。」

忽然他叫她別動，彎腰在她裙襬邊捏了捏，給她看，是咸豐草的線形瘦果，帶鉤的小黑針，難怪剛剛覺得腿部很癢。

「鄉下很多暗器。」他說。

她還來不及答腔，他父親喊他。

男生們幫忙把稻穀裝袋，或是去清理堆放農具的那兩間房，以便晚上借宿。人多好辦事，男生大手大腳，不怕曬不怕流汗，莫不盡力展現耐磨耐操的一面。不一會兒，粗重的活被清掉一大半，連田裡的乾稻草、菜圃棚架雜草都被整治妥當。他父親甚是歡喜。

一身髒，男生要他帶路，附近有河，他們想去戲水消暑，順便摸蜆，也許可供晚餐煮湯。女生們怕曬怕蛇，也不宜去礙著他們袒裎相見，都不去。

竹葉

竹圍老厝，歲月悠長，單純的務農之家，他的父母都是敦厚古意之人，在他之後還有兩個妹妹一個弟弟正值中學年紀。看得出他的父親非常以他為榮，趁他不在旁邊，細數他從小在課業上的優異紀錄，並說他自覺還不夠好，所以很不喜歡別人說他好。他父親說，小學三年級，級任老師對他說：這個孩子要好好栽培。

她四處走，沒想到赤腳踩在割過稻的泥土上竟是這麼舒服。不過，必須躲避雞屎，乃美中不足。

不久，有個年紀與他相仿、面容相似的女子從屋旁田埂走來，短髮赤腳，被大太陽曬得一臉黑汗，身上衣服長短扣，衣襟沾泥，泥手上拿著一塊糕餅正在吃。

群看見了，跑過去叫她「阿姐」，牽她去屋後水井洗淨，接著，聽到他的母親高聲斥責她，但維之聽不懂她說什麼。

群說，那是他的雙胞胎姐姐，難產傷了腦部，心智仍是個孩子，白天到處遊蕩，遊累了還知道回家。

她聽了，像掉入冰河，心頭緊緊一揪，腦中轟轟然無法思考，發出一聲「哦」，聲音是顫抖的。

這是什麼樣的心理擔子？什麼樣的肩上石頭？

「長子的肩膀」，她暗想，想起他信上的話：「像我這種出身，沒有第二志願，只有第一志願。」

這人是怎麼活過來的？他靠什麼挺住艱困？她見到廳堂上仍供奉神明與祖先牌位，忽生一疑，他的家人恐怕還不知道他已有信仰……。這人往下該怎麼承擔？

他未曾提過半句家務煩惱，如果不是今日到此，恐怕無從得知。繼之一想，自己也不太提，他對她的家庭情況也是不知的。文字裡眉眼相認，執子之手與子同遊，穿梭於心靈小徑，泛舟於文學溪流，跋涉於宗教山林，有時筆端流露一股化不開的鬱悶，然而彷彿約定，不涉入現實情節，把惱人的根鬚都剪掉一般。她以前覺得這是極親密的，但現在看到他的現實一角，竟覺得彼此何等遙遠。

傍晚，遠天彩霞金亮，戲水的人歸返，得蜆不少，夠煮一大鍋湯。男生們無拘無束，戲水、摸蜆兼洗澡、洗衣。有一人連日來都穿同一件衣服，其說法是淋過雨就算洗過衣了，泡過河水也算洗過衣了，濕衣服穿在身上自然風乾，多省事，男子漢大丈夫要思考重要大事，不必把力氣花在小節上。初始大家嫌他太懶太髒，怎料漸漸受他影響，覺得一兼二顧有道理，所以戲水回來的人都穿著濕衣服，戲稱是活動式曬衣架。

正式獻上賀禮之後，他與其他人在客廳聚談，話題是她不感興趣的兵役與政治。她看人多屋擠，往後面的廚房走去，他的母親正在準備晚膳，群在幫她。

她禮貌地招呼一聲，但也僅止於這一聲；一則語言不通，再者廚房不是她熟悉的地方，根本看不出哪裡能讓她插手？只能杵在一旁，像個呆子一樣。

「我要炒米粉。」群對她說，脖子上搭一條毛巾拭汗，一張臉在勞動中變得嫣紅，廚房的大竈燒柴，更熱出一臉汗珠，襯得兩個小梨渦分外好看。

她從沒看過炒米粉，而且是用竈，此次下鄉也是第一次看到這麼龐大的烹調設備。群很熟練，放豬油、爆香蒜頭蝦米香菇、下配料，一陣香噴噴的煙立刻竄出來，在客廳談話的男生想必戲水耗盡體力，一臉餓狠的樣子，跑過來問：「什麼東西那麼香？」見是炒米粉竟歡呼起來，又跑來兩個受不住誘惑的人問：「什麼東西那麼香？快受不了。」群拿鏟子趕他們：「出去出去！」惹得他母親笑出皺紋來。

群的手臂並不粗，竟能揮動大鏟，翻攪兩大包米粉，讓她開眼界。他母親在旁提點，醬油還要嗎？水夠不夠？要不要加味素？蓋上鍋蓋悶一下。兩人配合得天衣無縫，試味道，夠不夠鹹？說著她們的母語，語調自然親切，不像初相識，倒像親戚或鄰人。

群挾了一筷子米粉讓她嚐，「味道如何？」

「好吃！」她說，這是真心話，雖然她心裡一下子不能處理那「味道」，但嘴巴的感受比較簡單，只有好吃或不好吃兩個選項而已。

見他母親要去洗香菜，她接過來說：「我來洗。」

水井在後院，一條水柱從上層水井往下層水池流瀉，水聲似哼唱古歌謠。她蹲在池邊，水面上浮著剛飄落的竹葉，像無憂的扁舟，忽想及東坡詞句：「欲去又還不去。明日落花飛絮。飛絮送行舟。水東流。」不覺戲玩了一會兒，又見竹叢倒影，雲天在竹葉縫隙忽隱忽現，也見到自己的臉映在波紋上，好像跟竹叢、雲天相貼合，再一起映在水面上。她看得出神，如此陌生，如此格格不入，竟不知真實的自己在哪裡？水邊的這個還是水底的那個？她忽然想，臨水照鏡的納西瑟斯見到自己的倒影竟不忍離去，憔悴而亡，是自戀還是自厭？

一面洗香菜，一面湧出詭異的自我推翻情緒，覺得自己可能連這幾株香菜都洗不好，是個徹底無能的人。群與他母親的互動像母女，她看在眼裡，想起母親生前在廚房喊她試吃的情景，然而她此時的情緒又不僅只是借景懷想亡母，更有無法辨認的滋味藏在裡面；是微酸稍苦，不，酸味部分越來越清晰，這滋味以前從未出現，最近卻不尋常地湧出多次。

「唯恐雙溪舴艋舟，載不動許多愁。」那片竹葉，終究沉了。

忽然有人走近，抬頭，是他的憨姐。她說了聲：「妳好。」她沒理會，逕自往水井邊一條小田埂走去。群正好出來清洗鍋具，喊了憨姐的名字，不知跟她說什麼，她轉頭也不知答什麼，一來一往，維之夾在中間，摸不著邊際。

「我跟她說，天快黑要吃飯了，不要出去。她說她的斗笠放在那邊鄰居家，去拿回來。」群說。接著壓低聲音：「真傷腦筋呢，她比我們大，伯母說看到村裡一起長大的女生結婚，她也吵著要結婚。很擔心出事，不放心她到處逛，可是又沒辦法把她拴在家裡。」

這是私密的家務事，她竟知道了。

「出事？她只是說說而已，不是真的要結婚，沒關係吧。」維之說。

「什麼！妳未免太單純了，」群說，「怕被人欺侮呀，懷孕了怎辦？」

「啊！」維之瞪大眼睛，她沒想到天底下有這麼可怕的事。她在學問上的鑑賞能力似乎無法幫她推測現實危險。懷孕？這簡直天要塌下來了。

「學長說，寧願他憨，男生沒這種煩惱。他對姐姐有愧疚感，好像她代他受難一樣，他要照顧她一輩子。」

這麼私密的感受，她竟知道了。

伯母喊：「阿群，阿群，還有幾道菜要怎麼炒？」群進去了，她接手洗鍋具，越洗手越軟。

前廳聚談已結束，男生們正在稻埕佈置餐桌，今晚是此行最後一頓晚飯，要在夏風中星光下用餐，才能畢生難忘。另一個女生過來幫忙清洗，一面洗一面轉述前廳的談話重點。她一句也沒聽進去，此時腦中是泥濘地，像有一隻烏龜被粗魯的路人踢翻，仰躺著，怎麼翻身都翻不過來，偏偏不知情的蟲隻唱得好熱鬧，從春天唱到秋天還要繼續唱冬天，弄得她的心好亂。

杜鵑

晚風習習，吹來清涼。眾人狼吞虎嚥，有人嚷：「湯鍋裡那幾顆大蜆是我摸得的，不許動。」一人回說：「是你的蜆主動開口叫我吃它。」笑鬧不止。群卻不動筷，只說去去就回。不久，拉著憨姐進屋。

這些，他看在眼裡。

這些，她也看在眼裡。

男生們讚揚群的廚藝了得，將來娶到她的人有福氣。白胖男生說，他來幫群辦一場招親比武，有志之士請來報名，群便抓起蜆殼朝他扔過去了。有男生問其他人，將來若老婆不做飯怎辦？有人說：「只好離婚。」另一個說：「請人來煮或是去外面吃。」還有一個說：「我來煮。」女生們皆以筷敲碗，讚許地發出「喔」聲。

有人問學長：「那你呢？」

他不正面回答，說了日本戰國時代三雄織田信長、豐田秀吉、德川家康與一隻鳥的故事；若杜鵑不啼怎麼辦？織田信長的做法是殺了牠，豐臣秀吉是逗牠啼，德川家康則是等待牠啼。

聽起來，「等待」是關鍵字，她想。

有人順勢做結論：「學長沒這個煩惱啦，他太太一定很會煮。」男生們一起發出「喔」聲，非常曖昧。

飯後，她與另一個女生負責洗碗，水井邊堆得像小山丘一樣。那白胖男生語帶懷疑，說這兩位小姐金枝玉葉，待她們洗畢大概天已翻「魚肚白」，需不需要「本壯士」助一臂之力？

這女生說：「奇怪，你這個『壯土』怎麼什麼事都跟吃的扯上關係？」

「我這身材上寬下窄明明是『士』不是『土』，我是食物的受害者，很多年了。」

她暗忖，能這樣自娛娛人並不容易，想必已走過一段不為人知的心路歷程。

「以後我家，自己的碗自己洗。」這女生說。

此時，她不討厭洗碗，避到後院，圖一會兒清靜。這女生由家務分配的刻板觀念說起男女不公平現象，義憤填膺。維之笑說：「如果家裡連洗碗這種小事都要吵，大概走不下去了。」

「問題是，」這女生說，「只有結婚本身是最大的事，結了婚過生活，能有幾件大事？擺在家裡的都是小事。」

言之有理，她倒是沒想到這一層，覺得這女生的見解一針見血。

「家務雖是日常小事，願意做表示甘願付出，如果沒有深厚的感情做基礎，凡事都會計較起來。可見感情決定一切。」維之說。

「光靠感情也不行，愛的意願與愛的能力是兩碼事，」這女生停頓一下，斟酌著要怎麼說，見前後無人，說：「譬如說學長家裡，我之前不曉得他……」

話未說完，學長走來，拿一盤蚊香，為這鄉間之蚊未受過教育不懂得善待嬌客而致歉，維之與女生面對面蹲在水池邊，他把蚊香擺在靠維之這邊，隨後發覺這樣不妥，挪到兩人中間。見杵在這裡插不上手，捧著已洗好的碗筷進屋去了。

「啟人疑竇。」這女生說。

「當疑則疑，不當疑則不疑。」維之說。

「我沒說什麼。」

「我也沒說什麼。」維之說。

她猜得到她剛剛想說的話是什麼，心中微微不悅。但又不得不承認，她的看法不見得沒道理；「愛的能力」這四個字，朝她的腦門扎實地敲了一棍。

蔦蘿

我看到他的自律以及無法壓抑的瞬間。好比龜裂的大地上，兩棵相距甚遠的樹，在地底以一條延長的根交換儲水，沉默、祕密，又不能不掩飾地面上的樹身偶爾藉由微風拍送暗碼——一個眼神或一枚淺笑，誰也不會察覺到，而他立刻能夠解讀對方的需求，立刻取來所需之物。

他是個非常敏銳的人，觀察的速度及行動，異於常人。恐怕是因為這些微細如蠶絲的呵護，使我處於感動的磁場內，不斷藉由反芻，加強了吸引。這種吸引，竟是枯燥生活中，少數的甜美時刻。

夜漸深，離十五只有幾天，月將圓，星光與月色交輝，四野靜而不寂，夏蟲唧唧，蛙鼓處處。除了沒有雨點，幾乎就是辛棄疾〈西江月〉「明月別枝驚鵲，清風半夜鳴蟬。稻花香裡說豐年，聽取蛙聲一片。七八個星天外，兩三點雨山前。舊時茅店社林邊，路轉溪橋忽見」的景致。

她坐在台階上，湊著簷下微弱的燈光正在札記上寫閒字給自己催眠。

他不知從哪裡閃出，過來坐下，第一句傻話：「哎，妳明天要走了。」第二句實話：「我們好像都在晚上見面。喔，除了有一次去故宮……」第三句真心話：「妳在寫什麼？借我看。」

她闔上本子放背後，不給看，騙說：「在記米粉怎麼炒。」

他沒料到這答案，大笑，小聲說：「妳不用學這個，我炒給妳吃。」

他問她，有沒有看到剛剛飛過去停在籬笆上的那隻，是什麼鳥啊？她睜大眼睛認真搜尋，他趁機摸走本子翻開，掉出一朵蔦蘿，夾好，側著身偷看：

情願是砂
只想找一隻眼靜坐
看能否修成一滴水

砂的歸宿
總在海枯石爛之後
才回到地上。

她回過頭說：「太暗了，沒看到。」才發覺他的詭計，一把搶回來，敲他肩頭：「哎呀，小人小人！」

「眼睛借妳，要左眼還是右眼？」他笑得暢快。

稻埕邊有幾個人喊他，戀著此行最後一晚，要他帶路，騎腳踏車去海邊夜遊。群興致頗高，問她要不要一起去，她疲了想睡，不去。群讓他載，三部腳踏車夜遊去了。其他幾個不去的，鋪草蓆聊天，學朱元璋「天為帳幕地為氈，日月星辰伴我眠」，打算睡外面，那體力不支已發出鼾聲的白胖男生，為了防蚊子，竟取來蓋菜餚防蟲蠅的紗蓋，把頭臉蓋住，甚是滑稽。

她進屋，悄悄從行李拿出私下要賀他的禮物進了他房間，放在書桌邊角不起眼的地方。明天一早大夥兒拔營而去，料想他稍晚才會發現。她在卡片上只引兩句杜甫詩：「會當凌絕頂，一覽眾山小。」還調皮地夾了幾支從裙邊拔下來的小鬼針。她一直相信，此人具追風萬里之才，假以時日，必能龍吟雲萃、虎嘯風生，成為一方人物。

既然進了房，不免稍稍打量這狹小空間；一半用木板釘成和室，除了是睡臥之處，牆上設一橫竿即可掛衣當衣櫥用，冬夏衣皆有，倒也省事。她好奇地打量他的衣服，看哪幾件是與她見面時穿過的。正因為仔細，看到一條墨綠色毛線圍巾，說不出地熟悉，忍不住上去細瞧，恍然大悟，這條圍巾必然是群織的，因為她把織剩的毛線勾入送給她的那條圍巾的花邊裡，難怪看來眼熟。

天地無言，但她明白一切。

斜陽

蒹葭蒼蒼，白露為霜。所謂伊人，在水一方。

她想起他問過，「伊人」是什麼意思？

她不動聲色，進房躺下。黑暗中，想著：「溯洄從之，道阻且長；溯游從之，宛在水中央。」不禁心情墜入淵谷。

無論如何追求，那人宛如在茫茫渺渺的水中央。才發覺自己是多餘之人，闖入他人正在演出的舞台，那劇力萬鈞、高潮迭起的故事都跟自己無關，是被自作多情的猜想誘引了，一步步上了階梯，扮不成角色，說不出台詞，只認取了一份羞。

她的意念沉沉浮浮，原本就是心思龐雜多愁的人，此時更放縱自己跌入陰鬱的淵藪，任憑憂思如亂藤纏繞。

她靜靜想著杜光庭〈虬髯客傳〉，有志逐鹿天下的虬髯客，初見李世民，不衫不履，裼裘而來，神氣揚揚，貌與常異，竟會「見之心死」；當時讀不懂，把這四個字圈起來，不明白什麼話都沒講、什麼事都未發生，何以虬髯客只憑一眼即遽下結論？現在懂了，這人不衫不履、裼裘而來，見出霸氣，而神氣揚揚，展現出能開格局、定時勢的力量。局勢已定，所以才見之心死。道士友人對虬髯客說：「此世界非公世界，他方可也。勉之，勿以為念。」走吧，別留念，這裡不是你的世界。她心中反覆唸著：「走吧，別留念，這裡不是你的世界……」竟至淚濕鬢髮。

第二天一早，眾人整裝話別。她刻意避開相關人等，但他還是擠出神不知鬼不覺的空隙問她：「睡得好嗎？眼睛怎麼腫腫的？」她也刻意擠出輕快的聲音回答一夜好眠以至於遭到蚊咬也沒醒。

他似乎不信，眼睛望進她的眼眸深處，似有無盡的話不知從何說起，又似此時無聲勝有聲，多看一眼比多說一句話珍貴。

她避開他的眼光之前，生出一念：「怕我這一生，忘不了你曾這樣望我。」

行程正式結束，各人返家的路徑不同，北上南下都有。他像個大哥，一定要送他們到火車站，查看班次，確定每個人都上對車了，才放心。

小鎮車站，離別的氣氛濃了起來。

票買定，候車時，有人想起：哎呀，致謝的歌還沒唱呢。當然要唱，有始有終，劃下完美句點。

興致一來，有人提議換首歌，這幾日大家同行同宿，才剛打成一片，一眨眼竟要分開了，有點難分難捨呢。唱什麼呢？有人說，這一趟什麼泥巴都摸過了，說不定連雞屎也摸了，唱有泥巴的啦。那不就是〈你儂我儂〉嘛，整首歌一直在玩泥巴；白胖男生說，原作者元朝管道昇寫〈我儂詞〉，她老公讀後打消納妾念頭，用佛洛伊德理論來看，她其實想用泥巴砸死她老公，唱這個適合嗎？有人說，適合適合，我現在好想用泥巴砸你喔。原來你暗戀我，早說嘛，你重新捏的時候，把我捏瘦一點，我的肉全部給你。你們兩個別鬧了，車快來了，大家都會唱，就唱這首吧，認真點兒，要把感情放進來！

她心想，這時候怎能唱歌，這是要我潰堤嗎？

「你儂我儂，忒煞情多，情多處熱如火。」她極力掩飾，把頭別過去，望向月台上等候的旅客，幾個旅客被歌聲吸引，往這兒瞧。「滄海可枯，堅石可爛，此愛此情永遠不變。」更望向鐵道之外，遠方那綻放火紅愛苗般的鳳凰樹，仔細收好情絲啊，不要掉進歌詞的懸崖。「把一塊泥，捻一個你，留下笑容，使我長憶。再用一塊，捻一個我，長陪君旁，永伴君側。」再望向，樹之上的，天真無邪的晴空，悠悠的白雲。「將咱倆個，一起打破，再將你我，用水調和。」唉，這歌怎麼這麼長，這男女合唱的聲音怎會有波浪般的情懷？

終於唱完了。大家握手互道珍重再見，她不握，趕緊提起行李去排隊剪票。

往南的人先上車走了，不久北上的火車進站，他還不走，幫女生提行李上車，轉過身來，也幫她把行李放到架上，放得穩穩地，低聲說：「寫信給我。」

鈴響了，他下車去，站在月台上揮動雙手。

她這才發現群沒進站，站在剪票口圍欄旁，行李在腳邊，也朝他們揮手。有個女生說，群臨時決定不搭火車，退了票，說是改搭客運較方便。什麼時候去退票？

也許，正當她望向比遠方更遙遠的地方之時，正當他們唱到「從今以後我可以說，我泥中有你，你泥中有我」的時候。

車離站，這田園恢復陌生，不是她的腳能扎根的土地，這剎那，覺得自己像被什麼力量趕了出來。

翻開本子，看著他看過的、還要問左眼或右眼的那一頁。此時此刻，千言萬語不知從何下筆，只寫一句納蘭性德的詞句：「莫回首，斜陽下。」

闔上本子，任憑奔馳的火車把她的心與風景，都攪成一江春水。

向東流。

【卷五】

短暫雨

愛情世界，無非是：
撒了多少鹽，就得從眼裡流出
等量的鹹。

初秋

初秋，藉一場感冒、一串咳嗽就滑進來了。

陶瓶裡的燕子花綻放了，那麼紫，像含冤莫白，燈光將花影投射於桌布上。從他家村路上撿來的小灰石養在靛藍陶碗裡，一圈鴨嘴草紛紛抽新葉，鴨噪嘎嘎了。寫了一整日論文，悶悶地寫，撕了三次，體力心力都快耗盡，腦子掉入泥塘。吃了感冒藥，頭沉口乾，時間變得非常緩慢。心分裂了，正面匍匐於理性論述，背面像被野貓利爪耙過正在滲血，且耽溺於一件件往事，無計可施，將稿紙翻面，描摹燕子花；自然恆常令我歡喜，更甚於浮世裡的愛。對人生參得未透，無法以身作則，怎麼也學不會花開的無悔、花謝的斂目，花是有修行的人，人是未悟道的花。今早醒來，花落在稿紙上。擲筆長嘆，近來嘆息多了，話少。不想怪罪什麼，孤絕如果是一生的主旋律，所有繁花似錦的夢最終都要隨水飄零。

我是病了，不想求醫的那種病。從不曾像此際這麼病重，咳嗽使我不能入睡。每當凌晨尤其厲害，聲音像破銅撞到爛鐵，怕擾人睡眠，摀著嘴咳，越咳越生氣，咳到吐，咳死一了百了。

室友M，去藥房為我買另一款藥，又把她的黑糊糊枇杷膏給我，灌下，仍不見起色。去看醫生，他問：「多久了？」我說：「半個多月。」他竟然說：「有膽不要來看。」怎有醫生這樣講話？抬頭把他看仔細，瞬間覺得跟那個人有點神似。本想回：「有膽不要幫我看。」但實在不舒服沒有力氣拌嘴。他說氣管不妙，可能併發為過敏了。「過敏」這兩個字打中我的心，這醫生的醫術太厲害了，當下覺得若他多問幾句，我定會哭出來跟他交心。拿了藥，感覺好多了。晚上正在吃橘子時，M過來，一把搶去，說咳嗽不能吃橘子。豈有此理？屈原詠橘之作〈橘頌〉：「蘇世獨立，橫而不流兮。」沒說感冒咳嗽，禁而不食兮。

歸來接近兩個月，看了五次醫生，算是穩住大局。

她沒寄信。

父親要她儘早搬到山上，房子沒人住容易壞，權宜之下，先將不常用的書籍箱籠搬上山，考量交通稍遠，上學不便，平日進出仍窩在小套房，假期才去住。為了搬家著實忙亂一陣，但這不是真正理由，文字等於是她的早晚課，寫一封信能有什麼困難？對她而言逼自己不寫比逼自己寫，難一些。

信，其實寫了。一封封，最後餵給飢餓的垃圾桶，幾乎把它當成乖乖蹲在桌旁的小狗。無法解釋為什麼寄不出去？為什麼連將它裝入信封寫上住址的力氣都沒有？有藤蔓纏住我的手腳了。我設想你與她不知已到何種境地，一想便覺得寫給你的字都成了笑柄。

難就難在，斷了信並不能斷念，野火燒不盡雜草，人的懸念比雜草更具韌性，不必等春風吹又生，往往他名字中的一個字，觸目驚心，就能像刺客般殺了獄吏，打開大牢，讓被套了手銬腳鐐的思念的重刑犯重獲自由。

能不受壓抑，自由自在地想念一個人，是一件微不足道卻能點石成金的事。

她寫著：

該壓抑自己不要再對你寫字，但著了魔似地，塞到衣櫥裡，還是忍不住把本子拿出來，攤開就寫。有時在外與人談事，巴不得快快結束回來寫字，有時該寫別的文稿該讀書，思緒收不齊，總要先寫祕笈才甘心。文字變成我最親密的證人，從來沒有像現在這樣不知節制，就算棄筆、斷念，內心有一口湧動的噴泉根本不受控制，逼著我把字吐出來。我欠你文字債嗎？你有借據可查嗎？

所以，每天早上，翻開祕笈本，情思氾濫，對他傾訴，把石子點成金，可是到了傍晚，翻開另一冊札記本，理性現身，對自己訓斥，把金子變回石頭。

愛情世界，無非是，撒了多少鹽就得從眼裡流出等量的鹹。我不只欠下鹽，必定還欠了墨水。

除此之外，一件意外之事也讓她捲入驚恐之中。這層樓的出租套房房客來來去去，隔壁那位年齡較大的上班族M住得最久，與她也較熟。有一天來找她。她記著：

現在已是凌晨，不能眠。自外晚餐歸來，M敲我門，要我到她房裡。她形容憔悴，聲音沙啞，已向公司請假幾天，問我明天有沒有空，陪她去動小手術。我說可以，問她生什麼病，怎需要動手術？男友怎沒來陪她？她突然眼淚撲簌而落，說不出話來。她說自己已歇斯底里哭了一天一夜，要我保守祕密，我答應。她才說，她懷孕了，明天要去診所「拿掉」。男友與她已於上個月分手，她不想看到這個人，連名字都不想聽到，也不想讓周圍任何人知道，走投無路，只想到向我求助，她說她面前有很高的門檻，跨不過去就是死路一條……（中斷）。

往下的札記，似乎為了信守承諾不記日期也不描述關於M的任何事，只跳躍式地記下片段：

候診室的女人用不友善的眼光打量我們，好像我們是應該拖出去斬首的淫穢之人。

・

牆上有櫃子，置數個高大玻璃瓶，裡面泡著各個階段的胚胎，最大的那個已具人形。生命是這樣開始的嗎？誰決定哪幾個胚胎能活哪幾個該萎落？能活的，又是誰決定他們的去處？

・

她臉色蒼白，不言語不吃食，枕上一片淚漬，虛弱地叫我去買安眠藥，她說不想活了。我非常害怕，若她死去怎麼辦？想問媽媽，才想到沒有媽媽可問，問姐姐，天涯海角怎麼問？問阿姨，更不妥，她會無端猜測告訴父親……。我問她，要不要讓她媽媽知道，她搖頭，說：這是羞恥的事……。

・

至市場問魚販，謊稱要幫姐姐做月子，如何進補才好？賣魚歐巴桑問：她婆婆呢？只好撒謊。見我手上提著西瓜，驚呼：不可以給產婦吃這麼生冷的東西！好似我是謀財害命的嫌疑犯，令我發窘。她說不可吃瓜類，怎有這麼多複雜瑣碎的事？真糟糕，已經吃兩天西瓜了！寫下在市場看到的所有瓜類告訴她要忌口，她苦笑說，命都不想要了還在乎瓜？

・

好轉中，鬆了一口氣。忽然想到，英文的母親與月亮都是M開頭，男人也是，女人卻是顛倒過來的W。

・

令我不耐的抓娃娃機，鎖在玻璃櫃內的填充娃娃，像掘墓人搜集的嬰屍。（啊，我不應該這樣形容，我不應該！）

・

她辭職了，回鄉一趟，打算北上之後再搬家覓職重新開始。她說，每年母親節，心情會跟以前不同。

・

為何情愛世界有這麼多殘酷的打擊，為何罪愆都由女性承擔？

・

昨晚她來辭行，送我一條細繩似的金手鍊，我推辭，她說她是大姐姐有一些儲蓄，謝謝我幫忙，留個紀念罷，看到鍊子想到她跟那個小生命，就幫她唸一句阿彌陀佛吧。

她說回鄉走到水壩邊，水嘩嘩衝下來，好大聲，很想跳下去，那裡曾跳過好幾個人。但一個念頭想到父母，忍不住放聲痛哭，哭完，清醒過來。她想通了，女人的感情路只有兩條，一條死路一條活路；死了沒辦法把未活完的時間帶過去，活著卻能把遭破壞的部分慢慢修補起來。人的痛苦一定有辦法用人的方法解決，雖說還未找到，但是尋短絕對不是解決之道。她說，已經死了一個無辜的生命，如果她死了，父母會傷痛欲絕，一輩子承受痛苦，她若讓他們過這種日子，就是恩將仇報的劊子手，等於砍殺自己父母；她一想到父母被砍殺就發抖，絕不能做這種事，被天打雷劈一百次，也不能讓善良無辜的父母接到警察通知要他們去認女兒的屍。況且，傷害她的人讓她厭惡至極，若是為不值得的人去死，等於把自己丟進糞坑長蛆，向對方證明自己確實是個沒出息的人。

聽她這番話，心疼不已。兩人相視垂淚。

·

今日幫她把行李搬上小貨車，擁抱道再見，我對她說：希望有一天，妳抱妳的小孩來見我。她點點頭。目送貨車開走，竟湧生淚意，對女性而言，人生實難！人生實難！

她把金手鍊戴在手上，心情為之動盪，設想她一個人背負這麼大的傷害與苦澀，去新的公司從頭開始，其鬱悶之沉重難以想像。她去了香火鼎盛的寺廟祈求平安符，附上一段話寄給M：

我為妳與小小的「他」誦唸一千遍佛號，祈求你們平安。被雷劈過的奇木，依然能造舟出航；遭難的肉身，仍然可以承載幸福。願菩薩護佑妳一路順利，終有一日，遇見珍惜妳、寶愛妳的人，一切委屈，都獲得補償。

經此事件，她不知不覺進入生命中的黑暗湍流，猜忌、多疑、自憐又湧生莫名的怒意；前一刻覺得情思綿延禁得起天長地久，下一刻又覺得世間情愛無非是墳場遊樂會，紅男綠女情慾橫流，豈有高潔之人？而婚姻恐怕是等著坑殺女子的魔域。有時，能理智地控管思維路徑，有時不免進入自體分裂狀態，像迷路的綿羊誤以為自己是被雲朵絆倒的犬，對著虛空吠叫幾聲。

旁觀者

當我看到一個人或生活中偶然浮現的片段景致，常有閱讀的興味，至少，我確定在形諸文字之前，一直以純粹客觀者的眼睛尋找事物與我之間的美感交集。這種不知不覺養成的搜索者習慣，使我在平淡且枯燥的現實生活脈絡中另闢蹊徑，祕密地享受多重變化之妙，而致命之處也在其中，有時會失去主體參與的強烈情感；事不關己，像觀看別人家院子裡兩隻鵝打架，忽略自己是傷痕累累的那隻敗鵝。

這可能不是好現象。

越來越像一個旁觀者，在日與夜、有與無、生與死邊緣遊蕩。當我寫下自己名字，不可思議這三個字所指涉的具體內容與「我」有關，將綑綁「我」一輩子。

幾日前，安裝姐託人帶回的答錄機，出門後，不確定它的功能是否正常，撥公共電話回家，聽到一段錄音：「您好！我是×××，很抱歉現在不方便接聽，麻煩您在聽到訊號聲後，留下大名及電話號碼，我會儘快跟您聯繫，謝謝！」

我聽到「的」一聲，頓時慌了，張口結舌，不知道誰是誰？好像我終於離開「維之」這兩個字的綑綁，現在要跟她講話……。那麼我應該是誰？什麼名字？跟她講什麼話？我跟她又是什麼關係？朋友嗎？情人嗎？姐妹嗎？鄰居嗎？還是撥錯電話的陌生人？……基於電話答錄的禮貌約束（很奇怪，我在當下竟然服膺這條制約！）我說話了：「是我……沒事……晚上再說……！」掛斷。

晚上回家，聽電話錄音，在三、兩通可辨識的熟人俗事之後，冒出來：「是我……沒事……晚上再說……！」

我被自己嚇出一身冷汗。

雖然尚未仆倒，然而我知道往下是單行道，走到底就是懸崖。

停頓的感覺

坐在客廳，停頓的感覺很好，一部關於醫生與昏睡症病人的電影——應該再加上昏睡的觀眾；好萊塢煽情手法，分三段看，不記得哪一晚開始放，然後中斷，前晚再續，又中斷，今晚再續。我好像在盡可笑的責任，因為結局老早在開頭時即能預料。

六盞珠光寶氣的小嵌燈照亮橡木地板，風從花梨木大門底縫溜進來，吹動織花方毯，順便送一、兩朵紫紅色的九重葛花進來。我被吸引，讓影片暫停，看著被風吹進來的花，多麼像小賊，完全不懂得隱身技巧。紡織娘在趕夜工，唧唧唧唧，唧唧唧唧唧，不知藏在哪棵樹？四六式斷句，勉強翻譯是：「今晚沒空，今晚實在沒空。」外面安靜，冷清的雨夜，沒有人會來敲門，亦沒有人會出門，我鍾愛只有自己的雨夜，完完整整且自私地擁有自己，不必談話。

不想恢復，關掉影片，泡茶，在六盞小燈的注視下寫字，水煙上升，消散。客廳對面的櫃子以鏡子作背，所以我看到好幾個自己在鏡內寫字。這樣無目的寫著而不想停止幾乎是病態的，過於耽溺、沈湎，接近了自殺。我無法解釋在我體內騷動的寫字慾望為什麼這麼強烈？我可能有自毀傾向，在文字裡啟動，可是奇怪地，也在文字裡踩了煞車。有點像乩童。

所以，現在我在書寫，沒有主題及傾訴對象，通常這是最快樂的時光，讓積存體內的文字流出來，像本能的流淚動作或呼吸。一個人的世界，完完整整隸屬於自己的美好感覺，這些，竟無法與人分享。

這樣的時刻越來越密集，竟讓我覺得自己漸漸無法過正常人的現實生活——當然，所謂正常的對面不見得叫不正常，只是大部分的人喜歡這麼稱呼與他們相異的人罷了。

過正常人的現實生活——服膺人類社會意志，準時畢業、準時上下班、準時領薪水、準時買房子付分期貸款、準時結婚生小孩、準時成功或失敗後準時爬起來、準時冬令進補、健康檢查，準時死掉……。接著，準時在清明節早上梳洗打扮走出墓門與頻頻看錶的家人午餐……。

無趣。

我發現自己營造出來的像正常人的生活樣態，其實是為了掩飾非正常。山鬼脫下薜荔（若有人兮山之阿，被薜荔兮帶女羅）改戴羽翼，混在天使隊伍中，早春森林陽光亮麗的草地上，圍坐，朗誦聖詩，好像從來沒當過山鬼。

每一個消逝的子夜永遠不再，每一個消逝的生命永遠不再，每一個消逝的時代永遠不再。

所以，我不斷無目的地寫著字，說不定是基於一種提早產生的眷戀。當今夜消逝，明夜或不知哪一夜，我又衍生飄浮的念頭、不確定自己活著或不活著時，看到這些字，我會確定，這一夜我是活著的。

秋陽隱約

昨日下午遇到S，自旅行歸來似有不少煩惱之事，她問我有沒有空一談，我不知如何拒絕——那當下，直覺到她的事情比洗衣服、寫札記或讀書重要，遂回房相談，至晚間九點半才走，甚累。

面對內在創傷，願意談的人是「樹型」人物；據說沉香樹受傷後為了自我保護會分泌油脂，形成樹瘤。昂貴的沉香就是樹的創傷結晶（忽想，這麼說來，張愛玲的沉香屑，隱喻了創傷）；還有一種是「珍珠型」，一粒砂進入體內讓貝類生出珍珠，樹瘤易見，哪一顆貝含著珠，卻是難覓的。最隱密的該是「蟬型」的人，在地底藏了十七年，出土後爬到樹梢叫幾聲，就死了，誰也不知叫的是什麼。

我是個還不錯的傾聽者，她在我面前攤陳困惑，期望我幫她理出頭緒。敘述過程中，我因此看到自己也有理性與冷靜的一面，能夠把倒塌的樓閣磚一堆、木一堆、鐵一堆地分類，從中找到倒塌原因與重建之道。

什麼時候開始，我一步步走到奇怪的疏離境地；他人為之痛哭流涕的事，在我看來都是小恩小怨。這些故事與那些故事，這群人與那群人，沒有什麼不同，無非是映著七彩的水泡，在光的管轄裡。彷彿自己不是紅塵中人，只是來世間旅遊，看風景、採集故事，尋覓人的心美麗到何種程度、醜陋到何種程度。我自身的經歷像一座橋梁幫我找到距離，從此岸看彼岸，我開始用從容的態度觀看沉浮恩怨；無非是怪誕荒謬、人獸雜陳，僅有少數，我看到天人共舞。

理性與冷靜來自對這世間了然，這偶然聚合之一瞬被我們所信任著，極力於其中大聲吶喊：「給我一樁幸福、給我一個公平、給我一個交代！」這世間既不能給人這些，誰又能給誰這些？我逐漸退下，不在喧囂的聲浪中偷偷流淚了，隱入對岸，如蟬隱入地底。

所以，做個聽故事的人，我不是要等著聽悲慘離奇的故事——不就是那些情節嗎？我等著聽有人如何走出自身故事，告訴我對世間與生命的覺悟，我等著的是無比勇毅又晶瑩剔透的心。

啊！這可憫又可愛的人世。

S走之前，無意中提及她跟群兩日之後有約，群幫她帶回遺落在他家的一頂帽子；那日我們上車之後，群到他家多留一晚，因此發現S的帽子忘在那裡。

我應該有發出「喔」一聲，但應該沒有露出驚訝的表情。
如果要流露，什麼表情適合日行一善的泥菩薩呢？
秋陽隱約照在剛抹淨的桌面上，忽然來，忽然消隱。我在這兒，也不在這兒。

她

才不久之前的事，怎現在覺得已相隔數年。重新敘述夏日午后林蔭水池邊的談話需要一點勇氣，我只好本能地保持漠然，讓「敘述者我」，找到客觀的口吻來回想這一切。

怎麼說呢？應該從「某日午后，陽光靜好，與友偕行，信步至園中小坐，閒話衷曲。」開始說起，還是「柳條枯槁，如糟糠棄婦，湖水乾涸，污泥沼澤，鴨群嘈嘈，昔日蓮花，皆已亡佚。」說起——其實那一天雨後春綠無邊。奇怪，為何我此時認為是殘枝敗柳時節？

罷了。我情願祥和地再次浮現她的梨渦笑臉，與我一樣將逐漸被歲月風蝕的臉龐，將時間撥回去，重返往日——她與我共同砌築的記憶軌道上，微笑，說話，交換祕密，沉默，又忽然微笑。

如果沒有這一趟岔出來的旅行，如果她與他、我與他、她與我是三條互不交集的線，各朝天南地北而去，續者自續、斷者自斷，彼此不知情，則我們三人之間會走成什麼情景？

世間事，知道的，多吞一把刀，不知道的，多吞一個謊。我情願吞刀還是吞謊？

我應該可以輕易找到譏諷的語言、邪佞的文字來描述這一切，其實剛剛我真的想這麼寫，但下不了筆——這真是可笑，難道連無人窺看無人知曉的這白紙一角也由不得我放肆嗎？沒有人控管我的筆端，是我自己不願意有半句傷人的話，劃過她臉上。

她是美的，好品質的美。

我相信以何種品質論交，同類者亦以等量品質回應。我相信若情節互換，此刻她思及我，亦應當是好話居多。

明知道如她所說，受傷是很奢侈的感覺，但我就是無法如她一般堅韌。她是可以上戰場打勝仗的人，固守根據地，擴展疆土；而我，我只是我自己，是讓漁船沉沒的暗流，讓藻類繁殖的鬼礁。

宿命

那個專研星座的室友告訴我未來的命運。我當然知道自己的命運，無所謂好或不好，「好」、「壞」、「是」、「非」……諸如此類的概念，通常用來統治人——第一目的；然後改造人——第二目的。我們越習以為常地廣泛運用這些概念，離它們純粹且甘美的原義越遠。

我似乎提不起勁去知道未來命運。母親罹病後亦曾求神問卜，數度算命，都說只是虛驚，怎知竟是奪命。當我迴觀從某個年月日開始人間多了一個我，情節開展、人物穿插、事件演化，又情節延伸、人物更替、事件轉換……我像一個偶然路過的陌生客冷靜看別人桌上未寫完的長篇小說，事不關己，所以能推測結局。

她與奮陳述的未知，其實是我已知的。什麼樣的宿命交給什麼樣的人，什麼樣的人落實什麼樣的宿命。我花了很長的時間接受這一點，並且保持沉默。

放任時光在我身上嬉戲，意外的情節隨時插入——意識流手法，又忽然退潮，最妙的是，不必對自己解釋了。

短暫的歡愉令人著迷，但幸福不是本分。那些意外情節撒了蠱粉，讓人瞬間錯覺是幸福派來的使徒，手舞足蹈整理行李打算跟了，一出門，才發現使徒露出骷髏面目，咯咯地奸笑著。

不接受又如何？必須對自己解釋。若不肯老老實實坐下來對自己解釋，只好要求別人給他一個解釋，像孩童涎著涕淚問：為什麼又不帶我去玩了？

船取消靠岸的企圖，所以不必解釋何以漂流。雨取消回程，不必解釋墜落。我取消追求幸福，當然，不必解釋宿命了。

在一個人的國度，我更歡喜叫它：一個人的墓域，因為是墓域，贗品與不歡喜之物便不存在，這比置身熱鬧人潮更能保有生命本身的童貞。前者，萬物皆亡佚，我獨生；後者，萬物奔騰，我獨亡。再也沒有比孤獨更能護衛生命本身的童貞了。

我在寫字，諦聽鐘面時間移動的聲音，筆尖刻著白紙，像夜歸者的腳步。

我沒有聽到心跳的聲音。

格格不入

「有空回去看看我們那個返老還童的爸。」姐信上有這一句。

颱風之後中秋前夕，沉悶的家庭聚會。他們喜歡我帶去的蛋黃酥，假裝我也喜歡他們準備的廣式月餅。話題大約在第七分鐘就結束了，但安靜吃飯顯得太生疏，因此努力找話題——還好，咿呀小兒的一顰一笑製造很多話題。我餵他柚子，害他們緊張，說他現在還不宜吃。像贖罪一般，我一人吃掉一個大柚子。當嘴巴一直咀嚼的時候，話變得不重要。我頓時有悟，為什麼人們在餐桌上不停地勸進食物，因為無話可說。

孩子哭了，她去泡奶，他又抱又搖哄著，輕聲細語，無比呵護。我在這兒顯得格格不入，不知道該過去幫忙，還是事不關己繼續吃柚子……。「但見新人笑，哪聞舊人哭？」腦子裡出現這兩句詩。

每一樁運轉純熟的關係其最明顯的特色就是具有「排他性」，豎著一道隱形圍牆，讓他人立刻感受自己是侵入者，是個客人。譬如，他需服藥，我倒來一杯水，她端起，走回廚房，換成他專屬的杯子、添成溫水。這時候，我就是個外人了。

我無法掌控這突然湧生的萬般不是滋味，五味都打翻了；明明是自小成長所在的家，現在卻不是，明明是自己的父親，現在卻不是，明明他從來就是不苟言笑一張撲克臉，現在卻是課本所描繪的有說有笑、「俯首甘為孺子牛」幾近完美的男人。

他找到他的幸福。那過往算什麼？我們一起生活過的那些日子算什麼？媽媽算什麼？他說不定想過，如果當年娶的是擅長柴米油鹽的她，而非埋在琴棋書畫之中的我母親，是否人生早就臻於完美？他會怎麼對她談起「前妻」？他會不會為了取悅而以受害者的姿態描述過往日子？

我意識到自己渴望離開這裡，像個闖入者的感覺讓我極度屈辱，一分鐘都不想再待，彷彿突然生出另一個心臟，不能命令它停止跳動。

夜晚是髒的，在城市的每個角落。

然後，我坐在一家新開的庭院咖啡店靠角落位子，昏暗微光，恰好把我與其他客人區隔開來。他們正在熱烈交談，標準的都市型經濟動物。女侍長得很豐滿，而且以自己的豐滿為榮的表情端來一杯咖啡——端灑了，我請她給我一張餐紙，她當然不耐煩。我本來想提醒她注意潔癖，終究沒講。

潔癖是一種藝術，不是技術。

從我坐的地方往前看，穿過武竹蓬鬆的垂枝，是一根白柱、一桿園燈，然後冒出兩朵軟枝黃蟬，像一對窺伺的精靈。

客人不算少，語聲喧嘩。聯想海浪，在冬季的陰霾裡，濤聲說著荒島軼事。這樣想的時候，漸漸覺得自己正漫步於沙灘上，被濤聲充滿。之前那突發的酸楚滋味，倒也消失了。

回山上的車裡，月餅、柚子與咖啡在胃裡廝殺。司機可能練過武功，能夠把車開得像在風浪中行船。只好看窗外，把街景看成朱自清筆下槳聲燈影的秦淮河。

有時要感謝眼睛所帶來的特殊視覺美感，整個世界漂浮起來，光影流動，在虛幻與真實之間擺蕩，尤其有風的時候，或像此時遙望暗夜燈火，總覺得半空中隨時掠過三、五個趕路的鬼，疾奔或踱蹀，偕行或伶仃。因而，那竟也變成生命的隱性基調，日常於市街行走，與人談讌，或梳理事件、情愫，總會覺得我與我見到的世界皆浸在無邊的泡影裡，在我們之上，有一處堤岸、偶爾停棲幾隻水鳥，岸邊草莽叢生，然而我與我所見到的一切，永遠上不了岸，熱熱鬧鬧地一起在水裡醉生夢死。

這樣浮升的感覺持續到進了家門仍未消失，輕微地頭暈，彷彿整個身體從沙發上慢慢往天花板浮動，我突梯地想，吞石頭能否增加重量？

或著，吞字；當成金子銀塊，看看吞多了是更沉還是更浮？

抄了〈山鬼〉，跟隨古語，如轉乘多種交通工具，才能抵達勝境，墜入那綺辭幽情、麗鬼苦戀的夢幻世界。抄到「采三秀兮於山間，石磊磊兮葛蔓蔓。」為之低迴不已，壘壘亂石堆中，怎可能尋到靈芝草？也象徵痴情愛慕終究要失落。情境悽迷，忍不住陷於其中，推敲山鬼應訓男或女，是否有缺漏之文，人戀鬼或是鬼戀人較宜？才短短一百九十多字，竟能寫入風、雨、雲、雷，十二種香草、植物，四種動物，營造出深山幽谷暗無天日的祕境，正賞玩得起了迷醉之感，忽然插入嬰兒啼哭之聲。

樓下鄰居的初生嬰兒是夜貓，習慣在凌晨一點肚子餓，那手忙腳亂的新手媽媽尚未學會機械式地在一分鐘內沖好牛奶滿足他。哭聲比防空警報更令人緊張，嬰兒簡直像叛亂集體的首腦，他母親的黑眼圈即可證明。

我的鬼魅時刻被毀了。鬼與嬰，分屬兩個不相容的世界。去了這邊，大概就進不去那邊吧！

鱗片

不經意，又看到您的書畫，緹花提袋，跟著我遷徙，曾忘記提袋放在哪裡？最近搬開紙箱，才又看到。

袋子裡裝您的遺物，筆記本、文章剪報，您的書與畫。

藝術是接近死亡的，或者說，創作是為了向掌管死亡的神祇協商，奪回對生命的解釋權。您一定懂，但很小心地保留矜持，避免談論生與死，總要留一點人模人樣，一些殘存的幻象，可以跟隨人潮活下去。然後，有一天「壽終正寢」，讓他人在哭泣之後也就心安，至少，這個人規規矩矩活過一趟。

我常想，如果我們易位，換我罹患絕症必須死於青春年紀，我會不會眷戀生命，想盡辦法求活？您會為我傷痛到什麼程度？到底，我失去您與您失去我，哪一個較痛？

我，會活到什麼時候？一方面熟練地擺出社會化模樣，一方面，從未停止這樣的提問。漫長的旅行，那些以各式各樣關係集結在周圍的人與事，很難找到一項可以克服自己對死亡的嚮往。像幽冥之中，微熱的風吹拂無邊無際的砂丘。我仍得走下去，不能跌倒。遂發出單調的聲音，陪伴自己走下去，並且強迫自己相信，蒼茫的砂丘裡，一定可以找到上輩子掉落的，一枚靈魂的鱗片。找到了，當下完整，不必再歷劫遇難，找不著，還有下輩子、下下輩子，永無止境地淪落。

我寧願相信您找到了，已然完整，無須再透過流轉去尋覓您的鱗片。

您無須為我掛念，心情好些時，我也會出現難得的耐性；猶如獨坐澤畔，觀水中游魚，順道整飭容顏，願意相信自己假以時日可以被調教成宜室宜家的女子，把羽衣霓裳收起來換一身粗布衣褲，學會好好地跟錯肩的人寒暄，道早說晚，好好地去經驗已經開始或正要結束的故事。

雖無人留戀我，何妨？我留戀這乍冷忽晴的春光，花開天氣。

藍鯨

去聽一位期待已久的大師演講。見聽眾昏然而睡，或竊竊私語，或中途離席，忽有感觸。

用比喻來形容吧。

深海裡的藍鯨，在自己的海域潛思，不答理海上風暴或魚族的無聊政治。有一天，一尾鯽魚從養殖場溜出來，打聽到海域某處有一條碩大無朋的藍鯨，看起來是個智者呢，鯽魚沿著魚族們的小嘴終於找到藍鯨住處，誠懇地說：「啊！智者，我找您找得好苦！您一定要把生命的意義講給我們聽！」鯽魚甚至流下一滴眼淚。鯨魚原本如如不動，但那滴居然帶有鹹味的眼淚震動了他，只有渴慕海洋的魚才會流出這種淚吧！藍鯨答應了，給養殖場的鯽魚們一場演講。

藍鯨懊惱了，他站上講台，才發覺一顆顆魚目渴望的不是海洋訊息與生命意義，他們想知道的是，如何努力才能獲得餐館大廚的青睞，把他們變成櫥窗裡可口的小菜。

藍鯨返回海域，彷彿不曾來過。

安身立命

抉擇是困難的（啊，必須小心，莫再往前一步，會掉入情緒漩渦，毀了這陣子以來的克制……）。

一個禮拜完全沒做正事，只是過日子而已。手指一旦少動，寫出來的字比醉鬼步伐還難看，練字猶如紙上太極拳，偷懶不得。今日抄〈柏舟〉：「汎彼柏舟，亦汎其流。耿耿不寐，如有隱憂。微我無酒，以敖以遊……」越抄越抑鬱，怎麼好詩皆苦！

我也得為自己做點兒什麼才行。

那間研究室有一扇長窗，舊玻璃起了霧斑，但無礙於窗外那棵大樹幾乎要探枝進來；葉片寬厚，若逢雨夜，暗室小燈，真的像一隻水淋淋的手掌在窗邊搖晃，頗有聊齋趣味。

桌上攤放好幾疊書、資料、摘要卡片，堆得像危樓，撰寫中的稿子快被埋沒了，連放杯子的地方都沒有，那直筒型瓷杯積了一圈茶垢，放在背後書架上，老師找了一會兒。趁他轉身倒水，我偷偷深呼吸，嗅聞這字紙油墨味，好熟悉的味道，彷彿定魂香，讓我安靜。想起那人說過，能睡在研究室，吃簡單食物，全神貫注地工作，是一件非常浪漫的事。思之歡喜，頗有同感。

老師問我笑什麼？我說，鄉下菜園若噴農藥會掛紅布條示警，老師的桌子太危險了，也應該掛布條。

我沒敢說的是，老師您的研究室亂得像遭小偷（若有小偷進來一定轉頭就走，不知從何下手也！）您應該把桌子搬到沙灘上，空間夠，每本書都能攤得平平地，還能叫小蟹們幫忙翻書。每天獨對無盡的濤聲做學問，正是前無古人後無來者的境界。

也許，鑽研學問與創作，都是前無古人後無來者的孤獨事業。

談及學術與應世之路，其實心中已有初步藍圖，聽他剖析，更印證我的想像。對有些人而言，生命何去何從不構成問題，船到橋頭自然直，對我卻是終極難關，此關卡不破，舉步維艱。

他提及「安身立命」，這四字竟如暮鼓晨鐘，令我聞之欲泣。

他說：「妳去想想，何謂『身』？何謂『命』？想通了，道路就在那裡。這『命』，除了指『生命』也應包括『慧力』——實踐『法』的智慧力量。人各有命，人也各有其天賦之力。拿陶淵明來說吧，他自知他的『命』不在小衙門裡，則何必折腰屈從？」

那麼，一生貧困落魄，又該如何？

他說：「要問，是無所謂、無所為而貧困落魄？是不可作為而貧困落魄？或是有所抉擇而貧困落魄？『短褐穿結，簞瓢屢空。』概括了淵明窘況，可是，陶淵明在這八個字裡嗎？不，他根本不在這裡。貧困是表象事實，落魄則未必，陶淵明也沒有從頭到尾哭窮喊餓給我們後代聽呀，所以，要看『魄』在哪裡？對他這樣的人來說，扛不住貧困，那才叫落魄。讀聖賢書，所為何來，不就是追求一生『仰不愧於天，俯不怍於地』嗎？我們讀淵明詩為什麼會感動？簡言之，不就是因為他不變節，他能超越時代，其高潔的精神人格充盈於作品中，『託身已得所，千載不相違。』妳聽聽這首……」

他翻到〈時運〉，為我朗讀：「邁邁時運，穆穆良朝，襲我春服，薄言東郊。山滌餘靄，宇曖微霄，有風自南，翼彼新苗。」

他說，我們是一代代的新苗，陶淵明的形象是棲在山崖孤松上的那隻失群獨鳥，他的詩，就是那陣永遠吹拂的南風，妳想想，已經吹了一千五百五十多年。

最後，他問我：「妳還覺得他貧困落魄嗎？」

老師留給我他在研究室的時間，有任何問題隨時來談。末了，問我：「與父母談過嗎？」我答：「沒有，我全權作主。」

至書店買《靖節先生集》，讀其詩，確實有好風吹來之感，這是以前沒發覺的。其詩句非美辭麗句，也無情思千折百迴纏綿悱惻之處，但有一種讓人解脫的感覺，就像躺臥草茵、走入森林、漫步河畔、徜徉海濱時覺得身心舒放，框框架架都丟開、恢復自由自在的那種感受，想了想，或許這就是「歸返自然」之感。他竟能以短短幾行文字，不費吹灰之力，好像捏小蟲子一樣，把人從樊籠裡拎出來帶回自然界，確實神奇。

讀「形影神」三首及〈桃花源詩并記〉，得心靈一大啟迪；天不生仲尼，萬古如長夜，天不生淵明，人間似鬼域。鎮日捧讀欲罷不能，竟也流覽大半冊，浮光掠影地覺得，其詩中有幾個常出現的關鍵字：菊、松、鳥、南山（或南畝）、酒。尤其是酒。忽生一感，欲讀得淵明詩之神髓，最好能飲酒，微醺之際讀其〈飲酒詩〉二十首，想必體會更深。可惜我不善飲，也欠缺人生閱歷，讀來未能通透。

說來頗奇，有些作品，讀者無須歷世豐富即能讀出滋味，有些則不然，那些泡過滄桑的詩句像鉤子一樣，必須鉤出讀者的人生苦樂，才能產生變化生出獨特滋味，若鉤不出讀者的家底，就嚐不到詩的骨髓。想起課堂上，老師曾提及王國維《人間詞話》：「客觀之詩人，不可不多閱世。閱世愈深，則材料愈豐富，愈變化，《水滸傳》、《紅樓夢》之作者是也。主觀之詩人，不必多閱世，閱世愈淺，則性情愈真，李後主是也。」或可借用其義延伸：閱讀客觀詩人作品的讀者，不可不多閱世，閱世愈深，則感應愈強；閱讀主觀詩人作品的讀者，不必多閱世，閱世愈淺，性情愈真，愈能觸發情思，飛天遨遊。

辛棄疾〈水龍吟〉：「老來曾識淵明，夢中一見參差是……」意謂老來對淵明有更深切的認識。不獨辛棄疾，在他之前的蘇東坡也是陶淵明的崇拜者，他讀〈飲酒詩〉有感，疑惑淵明：「正飲酒中，不知何緣記得此許多事。」竟是酒友的口吻，言下之意，喝酒就喝酒，淵明啊你幹麼記得這麼多事情？有人酒後暢言，有人喝酒寡言，也許淵明屬前者。文學史也是一部師徒史，每個讀書人都會碰到陶淵明這門必修課，他是思想中的思想，老師中的老師了。也許，中年以後再來讀陶詩，那時應能懂「誤落塵網中，一去三十年」的心境，也比較能判定，人生走到四十一歲時揮袖辭官、誦「歸去來兮，田園將蕪胡不歸」到底是簡單還是困難之舉？

又，讀辛棄疾亦有閱世深淺影響閱讀之感；他的感情絕不拖泥帶水，詞藻精準得像直接可以送上展覽座的藝術品，極特別。不過，他太愛用「老」字了；老去怕尋年少伴、老去惜花心已懶、老子平生、老子當年、老去渾身無著處……。不近我心。

但他有一股能與天地平起平坐的帝王氣——與李後主正好相反，此二人若互換，江山棋局當另議。所以，多讀其詞，說不定能調教出一點將帥性格，稍稍修葺多愁善感的體質。

粗略印象，詩詞中亦有適合男性讀或女性讀之分；凡酒味特濃的，女性讀來恐不易入味（除非她亦善飲）。辛棄疾詞中有兩首與酒相關的，寫得活龍活現；〈西江月〉寫醉態：「昨夜松邊醉倒，問松我醉如何？只疑松動要來扶，以手推松曰去。」光這幾句，所有酒鬼都要俯首稱臣了。又〈沁園春〉寫將戒酒，把酒杯擬人化，「杯汝來前」，口氣似：酒杯，你給我過來。把這可惡的酒杯訓斥一番，結語：「杯再拜，道麾之即去，招則須來。」令人笑倒。

同樣寫醉酒，但我偏愛蘇東坡，「光陰須得酒消磨」深得酒人之心。〈臨江仙〉：「夜飲東坡醒復醉，歸來髣髴三更，家童鼻息已雷鳴，敲門都不應，倚杖聽江聲……」其高妙處在於由酒醉轉入生命感悟，如行雲流水；既是倚杖聽江聲，自然要接「長恨此身非我有」。我無法解釋，為何讀此詞竟有泫然欲泣之感，以我這般涉世不深且不飲的人，照說不應該有這種強烈感應。勉強解釋，或許所謂閱世深淺之見，可再延伸而論；另有一種天縱英明的作家，其作品獨具魔力，能令稚者於字裡行間一夜成熟。

料想蘇東坡與辛棄疾一定都是風度翩翩饒富情味的雅士，能慷慨能婉轉，能在飲讌桌上開闢太平盛世的。能與他們吃一頓飯，應該不錯。

（瘋了瘋了……）

與時間對答

無人記得的，生日。

每年數算歲數的時候，彷彿在與時間對答；隔著連綿山頭，看見樹林搖動、驚鳥振翼，但只有這山與那山峯頂上的對答者知道散落在空中的密語。人生漫長得令我不耐，可是，人生又如此虛幻易逝令我感傷。奇異的是，這兩股情愫同等明確且劇烈，每一年如此開始，也同樣在這種感受中滑落。

長期恐懼時間流逝，幾乎變成生命氣候的一部分，也是生活的一部分，就像飲食或盥洗一樣。害怕手中的時間快速流失，在生命終止之前沒有做出令自己滿意的成績，年老的時候回想一生，驚覺只是一根用過即棄的牙籤。（如果我能活到年老的話。）

人的一生，理應是一趟修行旅程，償債還願，提煉清淨靈氣，做為這一世的結晶。人皆有不能作主之處，隱形的宿命架構，從誕生之日便開始支配，但更應於後天自行闢建新的架構，吸納宿命架構且將之逆轉、拓展至更高遠的境界。我期許自今而後，自己生命所藉以運轉的架構，不是宿命架構，而是通過險境、沉思生命意義之後慢慢建立起來的新架構。若它能運轉得順暢，我將無須再迷惘生命要在何處停頓，亦不須探問這一生所為何來、要往何處。我要做的是繼續豐實這個架構，使之產生能量，源源不絕地喜捨給有情世間。

如果，一個人的宿命架構是他的靈魂品質的紀錄，我猜想，在漫長無盡的過往，我的靈魂或許摻有不少雜質或是關鍵性的污點。我這樣臆想，才能解釋何以交給我的宿命架構會從陰鬱的起點開始，先從死亡與破滅學習起，囚我於苦牢之中。這些，無非是要我從執著與傲慢、貪婪與痴狂的鞭笞中，學習寬容與謙恭，提煉新的靈魂品質，去嚮往高貴的內在美德，試一試，是否有能力去體驗莊嚴與聖美。

從這個角度看，這一生，即是靈魂品質改變的關鍵。我知道路仍漫長艱險，但我對這嚮往深信不疑。

一個小沙彌每天掃寺院四周的落葉，仍然保有讚美山風的心，因為他安住在信仰裡；想像前來禮佛尋幽的訪客站在潔淨的庭院沉思，忽然因一陣山風拂動樹林、仰首觀看落葉紛然搖墜而肅然有悟。小沙彌因這種想像而歡喜，他的歡喜來自於別人的歡喜的迴射。凡事亦如此。

我是幸運的，守護的神祇引領我走誠懇的路。唯仍需在德性上繼續提煉，我既已嚮往月光，就不宜在野花之間糾纏吧！

我不會讓妳從我眼前消失

就在寫了生日感言的第二天，掛在門上的布袋內躺了一只飽滿的牛皮紙信封。信封內，有一條絲巾，另有一小包用面紙包好的東西，打開看，是種籽。信上第一句話：「生日快樂。」

不知這封信能不能安全送到妳手上，是否來得及在妳生日前送達？請原諒我探聽妳的生日，去年沒趕上，今年為了等蔦蘿結籽，延了幾天，連同小禮物一起寄出，希望趕得上。禮輕不成敬意，請笑納。

很高興妳來。謝謝妳送的既特別又貴重的禮物，希望有機會能在特殊日子用它。你們走後，我發現長花的那塊地變乾淨，猜是妳整理的。我對花藝一竅不通，鄉下地方喜歡種菜勝於栽花，這棵蔦蘿還能活多久也不知道，說不定來一次颱風就毀了，看它結籽，立即想到寄給妳，像妳這麼愛花的人，若能在台北種活它，也是一樁美事。

一直沒收到妳的信，大概在忙很重要的事吧。很羨慕妳能躲在「象牙塔」裡專心鑽研學問、寫作，如果有新作品，記得寄給我拜讀，挽救一下我快麻痺的文學細胞。這一個多月以來，被很多意想不到的事情纏住，苦不堪言，渾渾噩噩度日，不知身在何處。讀書進度嚴重落後，原本希望入伍前能寫完一篇論文北上與老師討論，看來做不到。想到古人說的「恨無十年功夫熟讀奇書」，深有同感。一旦人在軍中，更是身不由己，非常非常焦急，快變成自己不認識的人了。

幸有神的愛深深抓住我，除了神以外，我是一無所有了。

兵期已定，說不定幸運的話，剃光頭之前能收到妳的回信。若蒙賜覆，仍請寄至寒舍，家人會轉寄給我。

我不會讓妳從我眼前消失。

她用鉛筆在最後一句話底下劃線，又把「被很多意想不到的事情纏住」圈起來，絲巾與黑色種籽也是物證，她像鑑識人員看了又看、想了又想，拼出「犯罪現場」——意圖犯下感情之罪的現場。

他的書桌面窗，寫信的時候應該有風吹來吧！也許還有月光，猜想這封信是晚上寫的，「我不會讓妳從我眼前消失」，這種話晚上才說得出口。如果是白天，應該會寫：靜候佳音或是期待收到妳的信，諸如此類。

她笑了，自問：我希望他晚上寫信還是白天……。輕快的小溪流淌之聲從心底響起，漸次豐沛，形成樹林間兀自喧嘩的祕密。王維詩：「明月松間照，清泉石上流。」一明月太亮太露了，必須用樹葉幫她遮一遮，可是不能用蒲葵這麼大的葉子把她遮死，要用松針，似遮不遮，也像輕輕地針灸那月光，叫她別太放肆了。水量豐沛的清泉，若不派幾顆石頭去擋一擋，叫它迂迴些，說不定變成瀑布要氾濫到民家了。

她把信放口袋，恨不得心臟部位有個口袋可以放，讓自己的心跳別那麼劇烈。她終究擋不住衝動，也不管桌上有篇文章才寫一半、外面是晴是雨，三、兩下收拾東西去搭車，回山上的家。前陽台仍有前任屋主留下的盆景與蒔花器材，她一刻都不能等，把所有東西搬出來，大加整頓，天黑前種好兩盆蔦蘿，陽台上那幾棵小樹小花也整理得像樣了。

都種妥，才想到：現在是秋天，種籽能在秋天發芽嗎？

又多想：他送我種籽，是不是也送別人？若我不是唯一，這種籽我也不想要了。

她自問：

為什麼在感情世界裡，「唯一」的感覺這麼重要？不能分享嗎？不能等量分配嗎？不能共有嗎？是我氣量太狹隘，還是對某類人而言，這是最根本的要求。

接著，忽然想到那條煙波藍底白花絲巾，莫名的感覺繞著絲巾打轉。無關乎美醜，是一股不祥。

她暫且擱置感受，回了一封長信，致謝並說明栽種情形，要他別抱太大希望，於深秋栽種，可能是個錯誤。除此之外，她原要說個跟絲巾有關的神話故事，但考量他收到這信時，剛進入軍隊，身心必然處於特殊狀況，不宜旁生枝節，遂按下不表。轉而描述秋天校園的景致變化，及謁見老師談及生涯抉擇、「安身立命」之事。

她刻意針對他所說的「象牙塔」延伸其義，取象牙之色轉喻鑽研學問與創作皆應守住白璧無瑕之節操：

王國維言：「天才者，或數十年而一出，或數百年而一出，而又須濟之以學問、帥之以德性，始能產真正之大文學。」講得有道理，若糅雜世俗欲望或市儈算計，其品不高、其德不純、其志不專，即使眼前有過人「成績」，恐無法達到登峰造極的「成就」。在所選擇的道路上前進，前半段要看的，可能不是從這條路獲得多少，而是我們願意為它放棄多少。當然，這些僅是一個未受試煉的初生之犢自我惕厲之辭，等真正的考驗來了，能不能把持住，才能證明自己的品質。不過，我相信以你過人的才智加上信仰力量引導，一定能護守夢想與原則，將來必能成就宏富功業。既然放眼未來，則眼下的「拘束」可視作體能磨練之大好機會，為來日奠基。反倒是我，生性駑鈍又懶散，本就不是登山陟嶺的料，若不思

「朝朝勤拂拭，莫使惹塵埃」之理，恐怕連一步也跨不出去。渾渾噩噩度日的，應該是我才對。

她完全知道，他喜歡所有跟知識與學術夢想相關的事情，為他描述書店裡的新書、課堂上所得，絕對比描述報紙新聞更能在「禁錮狀況」中砥礪心志、鼓舞心情。不久，寄自軍中的回信充滿感激口吻。他說：

妳的信我一讀再讀，足以忘憂。若非親身經歷，很難想像這裡的生活有這麼多挑戰；對我最大的挑戰是離開原來思考的東西，我會不由自主地想回到「腦中的實驗室」工作。烈日下悶得發慌，忙來忙去不知意義何在，常感到心神不寧，像失水的魚。真希望有什麼藥丸吞下就能交換時空，讓我每天至少能回到書桌工作幾小時，保持進度，接著要我做牛做馬都行——不禁反省這半年來自己太混太膚淺了，默許許多不重要的事把自己纏住，如果之前夠用功，稍得成果，或許今天我可以當作是給大腦放假，調適起來會容易一些。說來或許讓妳笑話，我甚至羨慕女生不用當兵，可見「寧為女人」其來有自。唯二的快樂是讀經與收到信——在這裡，有一種類似動物界的潛在競賽，收信多的人似乎「地位較高」，覺得自己還沒有被忘懷，所有操練的痠痛好像都減輕了。

他對她寫的護守夢想與原則不墜入世俗欲望或市儈算計頗有感發，引〈雅各書〉第一章27節：

「在神我們的父面前，那清潔沒有玷污的虔誠，就是看顧在患難中的孤兒寡婦，並且保守自己不沾染世俗。」我想，不沾染世俗並非自傲或自喻清高，而是一種自我的無上自由，能超越世俗價值觀，不受物役的意思。紙短情長，就此打住，盼再來信。

她被信件多寡影響「地位」的說法逗得起了玩樂之心，一口氣寫了十封信給他，設想他在那裡收到這些玩笑信一定哭笑不得。她一面寫一面暗笑，要比賽寫信，惹到我就錯了。

冬寒之後，他的信漸漸變短，引用讀經心得、闡述信仰漸多：

若問我為何學這行，為了神。我為什麼而生活？為了神。對於一個基督徒，神是他的一切，離開神，他就破產了。

紀錄個我的部分較少。她直覺有什麼事情發生，但又不算明顯。有一點確定的是，談信仰感發變多，討論文學的筆觸減弱。

信件往返有時間落差，少則一週多則半月一月，前信所言事件與心情，待對方回覆，可能已事過境遷、心情也轉變。是以，通信之難就在於這是一門高超的切割時空、編輯事件、寄託感受的藝術。文字又比言說深刻，語言無法承載的形上層次的感悟，反倒適合用文字表達，而書信獨具的、極私密性的傾訴特質，更使得透過文字而點燃彼此形上思維、進而情思印合的兩個人，期盼收到對方的信近乎如飢似渴。

她想，信漸少，大概是軍中生活能著墨的不多，更重要是，他也不想在他認為無意義之事上浪費筆墨罷。

在第一冊祕笈的最後一頁，她寫著：

> 好像不得不到最後一頁。有了起頭，就無法蓄意留白。墨盡之後呢，會不會是另一種起首？而且掩卷似乎越來越難，難在於怎麼收場？這問題非得要你來解。或是，你根本不存在，只是我臨水照鏡照到前一個怨女的心酸影象，被附了身。其實，愛也不難，難在於無力為繼。就算生出凡人所無的力氣，築成海市蜃樓，難就難在樓閣塌了，衣冠古丘之後，怎麼收拾自己？或者，不收也是一法，任你要來就來，要去就去，都不留。把自己綑成一件包裹寄給你，拆不拆由你決定，退或不退也無所謂，我設法變成「查無此人」。如是，所有的疑問都交給季節去閱讀，或掩埋。

短暫雨

她漸漸在學業與創作上齊頭並進，建立了信心，當獲得肯定時，更鼓動凌雲壯志，期望自己終有一天建立事功，自樹一幟。他曾說像他這樣出身的人沒有第二志願只有第一，對她這種常懷一無所有之嘆、浮生若寄之感的人而言，何嘗不是如此。生命如果沒有去處，不能發出光熱，真不如消逝。她在信中所分享的學思進境，大約對他也有激勵作用。她以前從未察覺自己與他之間存有隱藏的競爭氛圍，沒想到這段期間通信竟有此感。曾有一信，他提及已找到因應之道，將研究中的大題切割成若干小題，拆解書頁放口袋，利用片段時間閱讀或做深度思考，雖然進度龜速，但總算覺得自己不是「作廢中」的人，也較能輕鬆地體會軍旅生活中有趣的一面。

然而，表面上的風順浪穩並不能除去她心底不時湧現的猜疑與不祥之感，在第二本題為《短暫雨》的手縫祕笈，她寫下感觸：

你送的藍色絲巾原封不動，放在衣櫥裡；怕一拆開，就得接收一個咒。

跟你說個故事。

遠古有個傳說，統領五姓部族、建立巴國的廩君，是個豐美偉岸的君主，在征戰途中遇見鹽水部落的女神。女神對他一見鍾情，傾慕不已，邀他駐留在魚鹽皆富庶之地，恩愛共治。廩君無意於此，他胸懷雄圖大略，志在天下，固然與女神情投意合，但怎能拋卻江山？女神前來與他廝守纏綿，更施了幻術讓蝗蟲遮蔽天空，暗無天日，廩君率領的軍隊完全無法前行，如此七天七夜。

這困境，用一條絲巾破解。

廩君派人送一條青色絲巾給女神，做為定情信物，希望她繫在頸上以示恩愛，並相約次日於某處會合，一起出遊，女神欣然答應。次日，廩君等著，見灰暗天色之中出現一條青影，一箭射去，鹽水女神倒地氣絕，天地豁然開朗。

我，是阻礙你開疆闢土的鹽水女神嗎？

你的潛意識裡，是否視我為牽絆你的人？

若我告訴你這神話，你或許會認為我迷信。你是學科學的人，我很難讓你明白有一種人具有奇特的直觀感受，能在尋常事物中讀到跡象或徵兆，這些無法用科學方法驗證，可是卻鮮活地在某些人的生活中顯現。如果，我們初相識那時，你送我絲巾，我不會有這種不祥的感受；如果，再過幾年以後你送我絲巾，或許我也無此感受，但是，恰好就是這時候，你在我心中已是一個特殊的存在，這條絲巾就顯得不尋常了。情願是我多疑，也不願讓我想像中埋伏暗處的弓箭手，有機會在我繫上絲巾時，賜給我一箭。

時序入冬，下著薄雨的黃昏，他忽然出現在文學院門口。

戴著一頂帽子，框著眼鏡，笑容滿面，讓人認不出。

她第一句話說：「你變瘦了、黑了，好像還變高。」都說當兵會變胖，他倒沒有，原本高瘦的他似乎更像一根電線杆。已到晚餐時分，兩人往大學口找了家餐廳坐下，他送她兩本書，一本文學理論、一本《巴黎的憂鬱》，可見一回台北先去書店。

他指著《巴黎的憂鬱》說：「看完告訴我妳的感覺。」

她說：「你給過我波特萊爾的《惡之華》。」

「哎呀，不記得了。」

「你最好做個筆記，免得什麼東西送給誰不記得了，張冠李戴，惹人不高興就糟了。」她的小心眼突然發作，意有所指，語帶諷刺，但他才剛從鋼鐵軍營返回人間，無法從槍枝彈砲之間滲入女孩子過於敏感的猜疑縫隙，完全沒反應。她討了沒趣，也不往下提了。

「你還在《惡之華》扉頁上引他的詩句：『我的青春只不過是場陰鬱的風暴』，你現在不陰鬱了，神采飛揚。看來當兵對你有好處，我要寫信請國防部讓你多當幾年。」

「不要不要不要……」明知是一句玩笑話，他竟露出既驚恐又無奈的表情。兩人都笑開了。

她讓他點菜，自己翻書流覽，那些奇特的句子自動跳入眼底，「人們會說曲線和螺形線在向直線求愛」，她笑出來，唸給他聽，跨進書裡去了，頗驚豔於這樣的句子：「一片在地平線上戰慄的小帆，它的細小與孤絕像我不可救藥之生存。」「美之研究是一場比武，在那場比武中，藝術家在被打敗之前就因恐懼而嘶喊。」「對世事的追憶只是淡淡地來到我心裡，像來自很遠的另一座山的山腰上不可察覺的牲畜頸上的鈴聲。」

她唸完，立即被這本薄薄的小冊擄到十九世紀巴黎波特萊爾的書房，翻到「我覺得我和自己以及和宇宙全然和好了」，正要吸吮這話裡的鮮美滋味，他看她這樣沉迷，竟說：「如果我們在家吃飯，一定各看各的書、各吃各的飯。」

她聽懂，發覺菜都上桌了，趕緊道歉、闔上書，「好，專心吃飯。」才拾起筷子，心思轉動：「他剛剛說的是『在家吃飯』嗎？這算是……挑逗嗎？這……太放肆了！」竟渾身燒出一股熱來。

他有十天假期，臉上有掩不住的雀躍與欣喜，像一隻被禁錮在黑牢裡的鳥，牢門打開時奮力鼓動羽翼，陽光把羽毛照得發亮。他說，回到台北，借住在朋友家，恍如隔世，捨不得睡覺。她暗笑他變傻了，卻也暗惜：「唉，好漂亮的一棵大樹，當兵當得奄奄一息。」

他談及感興趣的研究範圍，眼睛放光，滔滔不絕，吃飯算慢的她已經吃完一碗飯，連湯都喝完，他才只吃幾口，繼續滔滔不絕解釋目前的研究成果，如果把場景換成會議廳，幾乎就是一篇主講者的發言。其實，她完全聽不懂他的專業，本想回敬：「如果我們『在家吃飯』，一定是你負責講話、我負責吃飯。」為剛剛他說的話復仇，但這話露骨得簡直是操行不及格的人才說得出口，且念及這人還要回去槍砲彈藥之間窩一年半載，又憐憫得不得了，不捨得挖苦他。

分別之際，她想回送他書，問他想看什麼？他指名要蘇東坡與辛棄疾。他走後，她忽然想到，從來不知道他喜歡吃什麼、不喜歡吃什麼？也忘了問他，為什麼像你這樣看起來正直敦厚、自律嚴苛的人，會喜歡杜斯妥也夫斯基，以及放蕩頹廢、把女人視為「強烈毒物」的波特萊爾？

當晚，她把書看完，開始寫信：

恆常在昇華的性靈之愛與墮落的肉慾逸樂中矛盾，波特萊爾展現了耽樂主義者的極致。他的天才在不共戴天的叛逆行動中揚顯光芒，卻也在其中自我銷毀。他是一支冷箭，刺穿偽善……。

寫完，自己覺得好笑，明明才剛分開，就急著寫信給他，而且這封信會比他先回營呢。

她在札記上寫著：

疑惑你是誰？你是鄉下挑重擔的長子長兄，還是樂於在實驗室自囚的學者？你是嚮往放蕩不羈的浪子，是聖潔的教徒，還是抑鬱自縛的流浪漢？你是已統一的你，還是像我一樣仍在分裂？

不要讓任何人阻礙妳成就自己

歲暮隆冬之際，父親倒下。阿姨在電話中哭：「妳快來呀，妳爸快沒了！」待她趕到醫院，阿姨已哭腫了眼。還好中風發現得早，緊急處理後穩住局面，努力復健的話應該不會留下明顯的後遺症。

但父親呼風喚雨慣了，不能接受自己也有倒地的時候，脾氣暴躁、情緒極度低落，是個超級難搞、有本事把別人搞成病人的病人。姐二話不說，飛回來。

接下來都是她姐的劇本。一進病房，行李一丟，往前一撲，眼眶含淚語帶哽咽，摟著叫：「爸，你怎麼把自己『累』成這樣？」

病人一聽是貼心語，多少委屈吞忍都包含在「累」字裡，好像國仇家恨、國計民生都靠他一個人扛，心一軟，嗚嗚嗚老淚就滴下了。

父女倆第一天是溫情得不得了，她是舉世無雙的乖女兒、他是三個模範獎章都不足以表彰的好爸爸。可是到了第二天，姐得知這病根本是自找的；好吃懶動，無肉不歡、無酒不快，我行我素，現在叫他復健也不聽，法官臉就端出來了，話越說越大聲越臭：「東坡肉是給你這種人吃的嗎？多唸點蘇東坡文章才是道理，吃什麼東坡肉！」「你不配合，你巴不得阿姨帶你兒子去改嫁啊？」

父親怒回：「氣死我，妳這什麼話、妳這什麼話？」

「唐伯虎的名畫。」

她在旁邊暗笑。自小，父親與姐這兩個相生相剋的人的鬧劇，她太熟了。小時候，姐才不管父親正在批公文還是看報紙，騎上他肚子喊：「拉耳朵拉耳朵！」父親拿她沒轍——都說姐姐可能是奶奶投胎轉世來管他的，此時乍聽，竟有回味之感，好像一個家若沒幾齣鬧劇，就不夠入味。

第三天，姐暗中打電話給爸的老友、同事，「家父這時候特別需要鼓勵，您什麼時候有空，我坐計程車去接您……」

她不贊成這樣求人，沒尊嚴，姐一針見血：「尊嚴個頭！癱在那裡就有尊嚴啊？眼前最要緊的，讓老爸趕快爬起來。」

果然，病房立刻變成花攤、水果行，早午晚各有訪客。姐見病人的信心元氣恢復了，錦上再添一枝喇叭花，按捏父親的手：「爸，沒想到你在辦公室還是個『大號人物』。」

「是『一號人物』，啐，什麼『大號人物』！」

「哎呀，你也知道我古文不好嘛。」
「一號、大號也能叫古文啊？」
「奇怪咧，大號要到廁所，一號也要到廁所，有不同嗎？」
父親就是喜歡被女兒逗老狗一樣逗著玩，笑得仰頭咧嘴，要有什麼嘴歪臉斜的後遺症，這一笑，大概都正位了。
父親出院，姐寫一張「服藥復健時刻表」與一張「飲食禁忌表」貼在牆上，兩張之間故意貼上老蔣總統在廬山發表抗日宣言那張有名的戎裝握拳照，要父親聽「蔣委員長的話」，誓師討伐「中風」，按表操課，否則要受軍法審判。
「蔣委員長」對他父親這一輩還是有作用的，看到蔣公銅像，會立正敬禮。
姐哄他：「你乖乖聽阿姨的話，下回我幫你帶個女婿回來，別忘嘍，你要穿帥帥的牽我走紅毯呢。」
不知是病中特別脆弱捨不得女兒走，還是聽到走紅毯提前想太多，父親竟哭了。
「哎喲，怎哭呢？這麼捨不得，以後當我的陪嫁老長工，一起嫁過去和番好不好、好不好？」
這一逗，破涕為笑了。
姐要跟她到小套房住一晚，次日返美。
臨出大門，姐對阿姨說：「這次匆忙回來，沒給妳跟弟弟帶東西。爸跟妳結婚的時候，我是反對的，這幾年在外面，懂事了，知道我爸是有福氣的人才能碰到妳，阿姨，妳辛苦了。弟弟這邊，我們都不會忘記有個弟弟，也希望將來他知道還有兩個大姐姐才好。」

阿姨聽了，淚水在眼眶裡打轉，一把跟姐相擁，也跟她抱了一下。

她看在眼裡。姐才回來幾天，人前人後把局面都穩住，是個能幹大事業的人。如果媽在，看到她這麼幹練，不知有多高興。

如果她有姐一半的能力就好了。真難想像，若是姐進了鄉下他家的門，做了長媳長嫂，會怎麼理家？

晚上，姐妹時間。姐問她錢夠不夠，將來有何打算，身體怎樣，生活上有什麼困難沒有？教她，碰到事情，原則先把握住，大方向抓對了，其他都是小節。完全是媽媽口吻。

姐說：「妳長得越來越像媽，我看到妳，覺得媽還在世上，真是好哇。」

到此時，兩人才有空說一說母親與舊日子。

她問姐：「還跟那個人在一起嗎？」

「早分了，換新的。」

「怎麼會？」

「我分析給他聽，他也同意，我們真的不適合。」

「就……就這樣？」

「喔，一起去吃個飯，吃完正式分手。滿好的，現在還是朋友。我們四個人還有聯絡。」

她笑到嗆到，什麼困難事到姐手上都變成卡通影片似地簡單。

「什麼意思，四個人？」

「我跟我男友，他跟他女友。」

「你們不介意彼此的過去嗎？」

「妳會根據昨天的天氣穿衣服嗎？除了嬰兒，誰沒有過去？」

「……無法想像。」

姐敲了她腦袋：「妳就是死腦筋。」

她忽想，如果跟一個像姐這樣風是風、雨是雨，個性乾脆的人交往，應該會被改造得沒有苦惱。可惜與她相處時間不多，沒能討教她的應世大法。

問她要不要帶保險箱裡的首飾去，以備結婚之用。

姐說：「拜託！我不闖出點兒名堂，絕不考慮。我們這一代跟媽那一代不一樣，不必把婚姻看得那麼重，為了婚姻把自己都犧牲掉了。媽是個多玲瓏剔透的人，我到了外面常想，如果她能走自己的路沒被家庭綁住，說不定成了大教授，不會那麼不快樂。妳看阿姨，也是個受過好教育的人，嫁給我們那個打遍天下無敵手的大男人主義老爸，吃的苦頭恐怕比甜頭多。她跟我講，懷第二胎了。」

「真的？」

「蒸的，還煮的咧？老爸要是不聽話，身體垮下來，她可慘嘍！妳有空去走動走動，關心一下。」

她現在懂，姐對阿姨說那番話不是沒原因，她真是個外表明白、內心清楚的人，絕頂聰明，而且能把聰明用在刀口上。

姐語重心長說：「妹，妳是個人才，不要讓任何人阻礙妳成就自己。到了國外才知道誰都不可靠，自己最牢靠。女人要有本事不靠男人生活，如果等著人家給妳生活費，妳怎麼說來著，沒尊嚴，是吧！」

她點點頭。

「妳呢？追求者排到哪個路口了？」姐問。

她第一次對人說起他，講得遮遮掩掩，沒提可能還有個「情敵」——她把群當朋友，不是敵人。姐只聽個大概，沉著臉說：「本省家庭，務農，妳要考慮考慮……」

她不懂，姐單刀直入：「語言不通、生活習慣不同，他們的根在這裡，我們的根不知道在哪裡，是兩類人，有得磨咧。再說，妳這樣子像能下田的嗎？」

她反駁說，這些應該不是問題，有心學就會了。姐反問，那什麼是問題？她回得吞吞吐吐，可能是宗教信仰，他信上曾說，不能接受家裡一個敲木魚一個在禱告。

「妳吃素敲木魚啊？」姐瞪大眼睛。

「才沒有，我只是喜歡讀點兒佛理，聖經也讀的。」

「混帳，那怎麼可以這樣說我妹！」

「咳，他又沒指名道姓說我，妳幹麼罵他！妳都亂說話，愛說什麼就說什麼，也不管別人感受。」她臉色變了，口氣急了。

姐深深地看她一眼，把兩百零六塊骨頭都看透：「糟了，妹，妳中這個人的毒很深嘍，八字沒一撇就這麼護他，值得嗎？」

「一百個值得，一千個值得。」

「好好好，一萬個值得也行。其實他說的也沒錯啦……不過，在我這個自由派的人看來，即使宗教信仰不同，也沒什麼不可以！」

「反正妳什麼都可以，妳根本不懂別人的難處。」

「話不是這麼講，」姐說，「妳認為難，那就比登天還難，妳認為不難，那就像手牽手一點兒都不難。我問妳，你們信上都寫什麼？投資理財、唱歌跳舞、郊遊烤肉？」

「不是。」

「都談宗教？」

「也沒有。」

「那就是了，不談宗教不談投資理財、唱歌跳舞、郊遊烤肉還談得下去，表示你們在這些事情之外有相通的地方，那幹麼讓信仰問題變成阻礙？人跟人之間，應該把相通的地方攤出來，慢慢讓不通的也通了，而不是把不通的擺第一位，讓原本通的地方通通變不通。喲，這話怎麼這麼饒舌啊！」

「我沒問題，他有。」

「交給我，我來跟他分析分析。」

「在當兵。」

「好，妳寫信跟他講，就說一個『智者』講的，凡事不抱持非怎樣不可的態度，不設柵欄，慢慢挪、慢慢挪，位置就出來了。」姐扭了扭臀部。

「什麼位置？」

「相容之道、立錐之地呀！」

「妳古文變好了。妳逗完老爸，換逗我。」

「沒辦法，余豈好逗哉，余不得已也。你們倆欠逗，一個太壞，一個太傻。」

她被「慢慢挪、慢慢挪」的歪理逗笑了。

「妳怎麼交一個腦袋瓜比妳還硬的人？你們腦容量太大，閒著也是閒著裝點兒煩惱也好。」姐說，「總而言之、言而總之，怎麼談戀愛都行，就是別把自己談碎了。說到這兒，」姐聳了聳眉毛，賊賊地湊過來問：「帥不帥？相片拿來瞧瞧，看他哪裡特別把妳迷得要死。」

「我哪有迷？妳很討厭，沒照片。」

「算了，妳看上的一定不帥。」

「帥，又不能當飯吃。」

「帥，才吃得下飯啊。」

才想到，他與她未曾合照過，也沒有彼此的相片。

姐問那條金手鍊是定情物嗎？她把M的遭遇說了，一再提醒：「太可怕了。妳一個人在國外，千萬別懷孕了。」

姐笑她：「咳，反了反了，妳這個處女幫我上健康教育課！」

「妳討厭死了！」羞得使盡力氣把姐推到牆角，搥她。

「饒我饒我，原來中文系有教相撲呢！」

當晚，兩人擠在小床上，同蓋一條棉被，手擱肚子、腳疊腳，肌膚互親，聞著秀髮的香息，自然且舒坦。

她想到「慢慢挪、慢慢挪」歪理，不禁莞爾，心想：是不是相愛的情人相擁而眠也像血緣親情一樣無拘無束、天生自然？想得甜甜的，竟有了綺思遐想，翻身鑽入姐的肩窩，一夜好眠。

次日到松山機場，分別前，姐對她說：「妹，不管發生什麼事，別把自己苦壞了。」

說這話時，姐的眉宇間竟有未卜先知的神情。

【卷六】

彷彿這一生只是倒影

四周是海，海是真實的，我也是真實的，

我天的海更是真實的。

我曾把希望寫在我天的海面上。

信與不信，不要同負一軛

農曆七月，所有的靈魂都被釋放，尋找他們的親人。

山居獨處，更需靜觀應世。夜，有風吹來，不拉窗帘的時候，月嵌在窗戶上。非常寂靜，只有在孤獨時才可能得此平安。心裡大量留白，沒有是非雜念或塵埃感受，或白日裡對遙不可及之夢的嗟哦，只有案前的觀音竹在抽心，長春藤在匍匐，一隻不眠的小螞蟻悠閒地踩過好幾個字，沒有發表評論，又從紙上踱出去了。

這麼安靜，沒有煩憂，沒有想望，在星球運轉的腳程裡偷偷地享有夜的平安。如果不制止，可能就這麼寫完每一頁紙，像花分泌著蜜。那自然而然流淌的美好文字，像精靈一般，要透過我的筆尖出來呼吸這夜的芬芳。我帶它們在紙上夜遊，也許遊著遊著，會忍不住託它們走私幾條對你的想念。想你現在是眠著還是魚雁往返沉寂了一陣。

她對未來已有學術藍圖，為了準備研究所，花在讀書的時間增多，也在外面學舍跟著老師上四書、孫子兵法等，詩與散文漸漸少寫，若有傾吐慾念，仍舊回到祕笈本寫幾段文字深呼吸。行走的路徑也越見單純，學校、小套房、山上房子、書店、花店、餐廳、故宮，每週六固定去東南亞戲院看電影，偶爾回去探望父親一家；小弟活潑好動，與她頗投緣。除此之外，她身邊漸漸沒有人氣，有時一整天講不到三句話。

跟小套房室友的互動還算正常；那陣子正是校園民歌風吹火燎之際，有一位室友是民歌迷，只要她在房間，錄放音機的歌聲不斷。她能在悅耳的音樂聲中工作，不以為意。同學間有不知從哪裡弄來的禁書禁樂在祕密流傳，如〈黃河鋼琴協奏曲〉、〈梁祝小提琴協奏曲〉等錄音帶，她也聽，一面做讀書筆記一面聽，理性自去埋首耕耘、感性自去柔腸寸斷。有一次，聽到室友放一首歌，打動了她，執筆跑去問，是黃大城唱的〈漁唱〉：「茫茫滄海中，有我一扁舟，碧海藍天為伴。啊，我隨輕舟航，航向海天會，海鷗輕風為伍……」她聽著，腦中立即浮出王勃〈滕王閣序〉：「落霞與孤鶩齊飛，秋水共長天一色。漁舟唱晚，響窮彭蠡之濱，雁陣驚寒，聲斷衡陽之浦。」景致，與這歌互伴互盪。

歌者那高亢寬厚又珠潤的嗓音，詮釋有海濤及航行意象的歌，特別具有與天地同遊、曠放自得的韻味。還有一首〈浮雲遊子〉，頗有青春浪遊的情味，也能讓她在瞬間興起縱浪大化的想像。她跟著室友幾乎聽遍了民歌，非常陶醉。若要她分析民歌裡有什麼特質讓他們這一代迷戀，應該是「純真的青春」吧；青春是朝雲，易逝，純真似清露，易碎。兩者皆如夢幻短暫，所以隱含這兩種特質的歌就有醉人的吸引力了。她想，在這之前、在這之後，這社會不可能再有一段時期像此時一般，那麼自由自在地讓純真的青春去吶喊、去抒懷、去高歌了。

柚子已經出現在水果攤，才驚覺中秋節將至，她寫了信：

從總圖書館書桌抬頭，有時瞬間不知身在何處，必須想一下今夕是何夕（可惜無人共此燈燭光）。生活一直允許各自的動態與美感，宛如翻不完的書頁……。

順便告訴他傅園外羅斯福路上的違章建築拆了：

天色乍開，像烏雲被一掃而空，亮得有點不知所措！有種終於攤牌的感覺。中秋又至，蘇東坡的詞句又被搬出來：「但願人長久，千里共嬋娟。」近來讀書還算起勁，稍稍有成果，渾然不知時間過得這麼快。祝福來晚了，想必收到信時已過了節。

上回寄給你的辛棄疾詞還在身邊嗎？有一闋〈木蘭花慢〉，乃他與友人在中秋節飲酒達旦，客曰：「前人有詩詞待月，沒有送月的。」辛棄疾因此寫了這闋送月詞。在眾多詠月作品中，別出心裁。可知學術與創作有共通之處，必須能見他人所未見，另闢蹊徑，舊材料才有新生命。這詞充滿想像，王國維還說他的想像與科學密合，很神奇。抄錄如下，與你共賞。

「可憐今夕月，向何處、去悠悠。是別有人間，那邊才見，光影東頭。是天外空汗漫，但長風浩浩送中秋。飛鏡無根誰繫，嫦娥不嫁誰留？　謂經海底問無由，恍惚使人愁。怕萬里長鯨，縱橫觸破，玉殿瓊樓。蝦蟆故堪浴水，問云何玉兔解沉浮？若道都齊無恙，云何漸漸如鉤？」

中秋節一早，她答應父親回去祭祖吃飯，把信帶著，打算路上找郵筒投遞。經上回姐姐提點，她也找到跟父親一家相處之道。阿姨又添一個小弟，家裡有個南部上來的本省歐巴桑幫傭，他們的家航在平穩的軌道上。等著孩子長大，等著人變老。

正在等公車，有人從後面一把抓住她的馬尾，回頭，正是群。好久不見也沒消息，第一個表情最真實，彼此欣然相遇，笑靨如花。群說，要去「家聚」，教會活動，他們這一家有五、六個人無法回鄉，今天要在一位姐妹家吃月餅過節。

她愣了幾秒才聽懂群所用的「教徒語言」，就像以前聽媽媽與朋友用「信徒語言」說話一樣，這套語言表面上聽起來與家常習用語差別不大，但是對語言文字高度敏銳的人，能從這套言說系統判定，自己是不是門外人。

她驚訝於群的轉變，群說「靠主恩典」，慕道半年後在去年受洗。她臉上洋溢喜樂——不是歡喜不是快樂，是喜樂。原就樂觀正向的她此時更有一種光亮的精神。聖靈充滿。她想到他。

心裡有一匹小野馬，跑了高原、淵谷一大圈回來了，已有輪廓，但還要親耳聽一聽，證實她的直覺判斷是正確的。

「受『那位仁兄』影響對不對？」

群笑得燦爛，沒否認。

「『那位仁兄』的姐姐還好嗎？」

群沒察覺這是提問的陷阱，表情一轉，嘆了口氣，說起憨姐的麻煩事，「他」在軍中也很傷腦筋。

第二個陷阱，「妳去看過他們幾次？」

「三、四次，現在沒事了。他妹妹今年聯考，我去幫她總複習。他調到外島了。」

他到外島。不必刑求，因為愛的蜜汁滿溢，自動吐實。他到外島，她竟先知道了。這是家人層級了。

群的車先到，揮手說：「好高興碰到妳，再聯絡。」

她也揮手，沒說「好」，她知道兩人到此為止。今天丟了一個朋友，而對方竟不知道。

信沒寄出。

回到小套房，藏了一天的真實的心，才從深谷洞穴爬出來。她寫著：

春花爛漫不是我的，我是什麼呢？我是讓別人開花的肥。

被欺瞞的感覺如虎爪，抓得人痛，竟不能再下筆。

次日，意外地，他的信來了，一紙短箋，匆忙告知外調，給了新址，祝她中秋愉快，一併預祝生日快樂。

信雖短，語氣情意不變；他們的信沒有輕佻稱呼，「親愛的」這種流里流氣的洋派麻醉語不是他們這一代慣用的。一般而言，平輩間以某某兄、妹（或學長、學妹）相稱，有一天若把兄、妹去掉直呼名字，表示關係進了一步。若進到只稱名字之一字，則關係又深一層。若冠上小字，或疊字而稱——如小之，之之，則是耳畔邊的暱稱了。

匆忙間一紙短箋，他首句寫：「如在身邊的之：」五個字，扭轉局面。她滿意了，把信寄出。

不久，寄自國之北疆、軍事祕境的信交到她手上。首段抄錄她信中的話：「生活一直允許各自的動態與美感，宛如翻不完的書頁。」好似越過台灣海峽的浪濤要與她握手。次段呼應傅園拆除違章建築一事，那種亂法確實應該「攤牌」。

接著描述離島所見：

四周是海，海是真實的，秋也是真實的，秋天的海更是真實的，我曾把希望寫在秋的海面上……。離島的秋一天天深了，小丘上一片水仙花在冬寒之前竟然都開了，給我一些安慰，路過那裡時會多看幾眼。但不幸的是昨天颱風吹來，剛開放的花朵在風中一一折斷凋萎，不久就被人踩成一片泥濘，令我傷心。

開始怕海了，怕她的沉默，怕她的愁霧茫茫，怕她的泣聲在深夜裡無依，怕她皎白的面容在月光下凝視，怕她的脆弱在風中搖蕩……。

她讀到這裡，竟湧生酸楚。在祕笈本隨手寫下一詩：

如此迷戀你眼底的神祕樂園，
收留每一趟季節雨　沙丘上
鷗鳥朗誦最新的航海日誌。
月亮悄然登陸，
照亮你的眼中我的痴迷。

又略顯苦惱地寫著：

你為何對我描述秋天的海面？你怎會不知道，這些會讓我異常軟弱，都這時候了，有一個她這麼積極地向你靠近，你應是默許甚至是展臂歡迎的，我怎會是她的對手？你應該鼓勵我武裝，怎麼可以用文字卸下我的防衛……。

兩天後，他又捎來一封厚信，這樣密集有點不尋常，似乎前一封信有隱而未言的事情，不得不再追一封說明白。她日前巧遇群而引起的嫉妒之感尚未消融，又被飄洋而來的水仙花意象與海面月光，弄得情思縈紆，收到這信竟有說不出的期待，希望他能將烏雲都吹開，明明白白地救她一命。

信上，引〈哥林多前書〉第十三章：

我若能說萬人的方言，並天使的話語，卻沒有愛，我就成了鳴的鑼、響的鈸一般。

我若有先知講道之能，也明白各樣的奧祕，各樣的知識；而且有全備的信，叫我能移山，卻沒有愛，我就不算甚麼。

……

他用理性論述的語氣闡釋這章經文的意義，強調基督徒的生命就是追求「愛」的生命，進而導引到個人情感範圍，擘析宗教與婚姻的關係：

若夫妻沒有共同信仰，將無法攜手經營婚姻，不能身體力行「愛是恆久忍耐，又有恩慈」，無從實踐「不喜歡不義，只喜歡真理」。

回顧數年來的信仰心路，也曾徘徊猶疑，但主從未放棄我，反而以不可思議的大能拯救我，拿掉我肩頭的擔子、頭上的烏雲，使我在患難中得到依靠。做為一個基督徒，我活在主裡面，福杯滿溢。也希望將來攜手共度婚姻的人，是同信同行的佳偶。我嚮往屬靈的婚姻，祈禱能夠尋得共負一軛的伴侶。然而，信與不信者是不能共同成就家庭的，我曾告訴妳我無法接受家中一個敲木魚一個禱告，現在仍然如此。不同信仰，是分道揚鑣的馬車，怎能同行？

〈哥林多後書〉第六章14節說：「你們和不信的原不相配，不要同負一軛；義與不義有甚麼相交呢？光明和黑暗有甚麼相通呢？」希望妳諒解也請妳明白，這是我心裡最大的困難……。

他的信讀起來不是熱烈邀請，而是冷冷地拒絕，一拳揮來，把她推到門外。每一個字都是發燙的礫石丟中她的眼，以致覺得刺痛，痛得幾乎要尖叫。

這是他寫的嗎？是他的筆跡，確實出自他手。

她想：原來在你心中，我與你是「分道揚鑣的馬車」、「原不相配」，我是「不義」，我是阻礙你前進的「黑暗」，我是你心裡「最大的困難」。

你視我為「魔」嗎？

不義、黑暗，你在定我的罪嗎？我何罪之有？就算有罪，你那裡有拯救的解方，我也不要，寧願去地獄邊緣找，我以後怎樣糟蹋自己都跟你無關。

有生以來第一把怒火燒起來，她把信撕成兩半，又從抽屜拿出撰寫中的第二本祕笈《短暫雨》，也攔腰撕了，原要丟入垃圾筒，卻在半秒間遲疑，一起裝入紙袋擲進衣櫥底層抽屜。

她怒氣未消，坐下來，撕下一張信紙。

這信要回，這信非回不可。

拿起筆，既不稱呼也不署名，只寫十個字，她知道，這十字，會重傷他。

永結無情遊，相期邈雲漢。

愛裡怎可能有傷害？

你竟是不愛我的，愛裡怎可能有傷害呢？我竟也是不愛你的，愛裡怎可以有傷害呢？信一落入郵筒就後悔了，覆水已難收。你看了定會沉落谷底，這不是我的原意，我做了不該做的事，確實有罪過，自知有能力傷人，最後竟用這能力傷你。

我以為我的回信會將你推落谷底，怎料到先掉落谷底的是我自己。心，帶傷了，第一刀是你劃的，更多刀是自裁。

我想否認我思念你，否認渴望擁有一個家，不敢承認每天等你的信，想見你，不願承認你已經影響每天的生活與心情。我不敢說出，金碧輝煌的愛情已在我心中降臨，更不敢承認，想成為你終生的夥伴；茫茫人海，要遇到同樣對生命感到困惑、能互相傾訴夢想與聆聽心聲的知音並不容易。

幾度想在信上告訴你，心裡卻有個聲音一直抗拒：不可以、不可以、不可以！我無法解釋，為何對心所繫的「伊人」承認這些會讓我覺得自己變薄變弱變枯萎了，好像愛情會將我吞噬殆盡，剩一副枯骨丟入溝渠，這念頭讓我發狂。我有兩個自己；一個向你靠近，另一個只願全力打造自己——去追風萬里，去攀峯攻頂，證明自己這一生並非輕如鴻毛。

我不明白為何老是擔心你，怕你遭遇苦厄。我希望你被祝福、得護祐，更勝於我自己。如果我不是你的主為你挑選的良伴，我也希望你找到屬於你的佳偶，獲得你該得的幸福。你豈是不配擁有幸福？不配擁有的，該是我。

那一趟到你家，對我是一次不輕的打擊。不敢設想，你是如何自困頓中突圍？又如何挑起身為長子長兄的家庭重擔而無怨無悔？你必然擁有異於常人的鋼鐵意志與責任感，因為我不曾從你身上感受到任何一絲抱怨。德厚如此，你理應獲得幸福。

不曾告訴你，高中時在牯嶺街舊書攤買得一本袖珍本《聖經》。怎有人把這樣珍貴的靈魂之書賣給論斤計價的舊書店？出於好奇，我買下那本被讀過、劃了紅線的《聖經》。斷斷續續讀了一些，以歷史與文學的眼，深感引人入勝。

你知道，我母親喜愛佛理，我相信她在悲海緣聲的觀世音身上獲得安頓的力量，護持她度過這一生可說與不可說的恩怨、可解與不可解的情愁。但她未曾強迫我們接受她的信仰，她給我們自由，她相信「自由」比把我們變成「像她一樣」更重要。

此刻回想這一條路徑多歧的信仰追尋，真有不知從何說起之感。

高中時在公園參加音樂會，一位老太太對我講述信教的好處，她要我隨她禱告，我便隨她禱告，完了之後，她對我說：「現在，妳已經是基督徒了。」我嚇壞了，覺得荒謬。

升高三，為母親的病擔憂不已。同學見我情緒低落，邀我去她們教會；她們以歌相迎，我既感動又高興，之後去了數次。但後來對那位同學的某些作為起了反感，便不再去了。

第一次禱告，是在母親的床榻前。我自外返家，進房間，病重的她昏睡著，臉龐消瘦、臉色慘白，像剛被殘暴的魔鬼凌虐過。我看著她，奇異地，不是用她的信仰祈求佛菩薩慈悲消災解厄，而是全心全意呼求那位陌生的主，告訴祂我只是一個高中生，我母親在受苦，不明白這件事怎會降臨我身上？我求祂以萬能的手救救我母親。不久，母親過世。我便懷疑，祂不是萬能。

然而，愉悅的經驗也是有的，在南部求學的高中同學受洗後給我一信：「……在我是個驚奇，在亙古永恆之主那裡，恐怕早已等候此刻多時了。」多美的話語，全心託付，無有懷疑。我獨自誦讀〈詩篇〉、〈雅歌〉時，也會有讚嘆、喜悅的呼應。但我知道，這些還不是信仰，是被信仰國度吹來的香風吸引了，朝那方向探看而已。

生命裡藏了好多艱深難題，那永恆的真理是什麼？想靠自己的方式追尋、思索，尋求解答與安頓，我找到文學，但似乎還不夠。最迫切的一次，我感到累了，有太多疑惑，我害怕一個人走暗路，我想把自己交給那位「真實的上帝」。那是父親倒下那一天，他生死未卜，未渡過險境。晚上，回到小套房，想找你說話，才想到你人在遠方。想讀《聖經》，才想起放在山上房子。想到校園書房找任何一本可以聽到上帝訊息的書，書店卻打烊了，明明一伸手可以拿到櫥窗內的書，一道鐵柵門一片玻璃明明白白拒絕我。最後，獨自走進校園，躺在振興草坪上，獨對天空一輪明月。沒有禱告，也不祈求；沒有眼淚，也不瞋怨。感覺在無邊遼闊的黑夜裡，如一葉浮萍，也沒什麼不好。

不曾告訴你，自認識你以來，我重新讀經，雖不夠勤勉，但小舟已進了溪流。我想了解你，了解你的主，我想向你靠近。但我遇到困局，無法把握讀經的心態，有些故事與觀念，我無法心悅誠服地理解、接受——尤其貶抑女性的部分，這種情形，在讀某些佛典時亦有相同感受，令我異常沮喪；不只歷史是男性的歷史，宗教竟也是男性的宗教。是以，讀來經是經、我是我，甚至起了辯駁之心。

我為了靠近你，陷入多刺的草叢正在單打獨鬥，此時，你竟說出：「信與不信，不要同負一軛。」你點了火，我人還在草叢裡啊！

原以為你我能心心相印，現在才發現你離我何等遙遠。

這幾日不服氣，又翻出來讀，讀到三次大分別；第一次在〈創世紀〉首日，上帝分開了光與暗，以光為晝，以暗為夜；再一次是〈出埃及記〉，耶和華命摩西領出以色列人，分選了祂的子民，至應許的流奶與蜜之地；另一次是〈馬太福音〉，耶穌論審判之日，將萬民分別，猶如牧者分別山羊與綿羊一樣，義人將往永生之地，不義的將墮永刑之地。

讀到這些，我說服自己，不要再不服氣地想翻遍經書去找尋任何一句允許非基督徒與基督徒結成佳偶、永被祝福的隻字片語了。你熟讀《聖經》勝我十倍百倍，你既然認定我們是不相容的，我焉能反駁？而如果，我們的感情必須靠義理論辯才走得下去，那就不是愛，是學院裡知識之考掘了。

如果，這世界開出條件，人必須遵從，依此被劃分為受恩寵的一邊、遭懲罰的一邊，暖流一邊、冷鋒一邊，獲救的一邊、殞滅的一邊，賭氣不遵從的我，去遭懲罰的、冷鋒的、殞滅的一邊，也沒有什麼不好。做一匹不可羈絆的野馬，無法膏救的孤女，自生自滅的精靈。不住教堂、不住佛寺，沒有歸宿，來此世間只為絕美而悸動，也沒有什麼不好。

「路到山窮水盡處，行與自消；火到灰飛煙滅時，餘燼自冷。」

確實，信與不信，不能同負一軛。

自此後，她彷彿住在黑暗地窖裡，笑容也枯了。不久，一張陌生的臉孔來到她面前；是他的室友，就讀醫學院，想找她談話。她心裡有數，也許跟那封十字信有關。第一個念頭是拒絕，慢著，也好，聽一聽他能怎麼說。

他們到冰果店，好像兩個準備談判的人。

他，刻意以輕鬆的口吻談到生活與快樂之道，在於「不失時」。

「什麼？」店內嘈雜，把冰塊磨成細雪的機器聲震耳欲聾，她聽成「要守時」，不明白守時跟快樂有何關連？

原來他說的是要把握時機。她心裡有個小鈴鐺響著：「好，把『時機』兩個字框起來，劃上星號。今天，我要把握時機聽你怎麼說。」

接著，談判開始。他說「他」是很特別的朋友，今天就是為「他」來的。忽然，劈頭問她：

「妳是不是很喜歡他？」

她嚇住了，好像被拖進警局，瞥見地上放了刑求器具，強作鎮定，第一個本能反應就是否認：

「只是，」強調只是，「覺得，他是個很親切的朋友。」

把很親的人說成很親切的朋友。

第二個問題直截了當：

「有沒有男女之情的可能？」

（口氣類似：人是不是妳殺的？）

她不算否認也不算承認：「我們之間，有一些阻礙……」

他進一步提醒：「他是一個在各方面都非常優秀的人，將來很有前途。妳要知道，以他現在的表現，可以說條件相當不錯，自然有一些女孩子主動對他好一些。妳要好好把握，miss掉了，可能再也遇不到了……」

她無言以對。礙於初識，不好反駁，只安靜地用沒有表情的表情聽他發表「條件說」。

談完後，依照習慣回總圖書館窗邊老位置讀書，望著窗玻璃上的燈影，感覺剛剛被逼吞下三隻活生生的青蛙，現在在她胃裡鼓噪。

人間乏味。

「紅影濕幽窗，瘦盡春光。」她在紙上寫下納蘭性德的詞句，暗自有淚卻需掩飾，不能讓旁坐的人察覺亦不能抬頭以免對面看到淚痕。罷，此時不能叫多情善愁男子納蘭性德來陪，「春蠶到死絲方盡，蠟炬成灰淚始乾。」也不能想蝕骨銷魂的李商隱，「往事已成空，還如一夢中。」一生皆錯的李後主更要叫人斷腸，「欲上高樓去避愁，愁還隨我上高樓。」「倩何人、喚取紅巾翠袖，搵英雄淚。」辛棄疾也不能碰，太多英雄淚。罷罷罷，李後主說得對，「剪不斷，理還亂」，此時不宜讀詩詞，便拿出《楚辭》翻開〈天問〉抄一段。這是最近用來讓腦子安靜下來、猶似在文字裡靜坐的土方法；詩詞的含情量太深太重足以擾亂心情，艱澀文字不帶一滴感情，正好用來鎮壓一顆心。怎知此時根本不該抄〈天問〉，這一篇堪稱十大危險文章之一，若心情鬱悶時讀此文，如瀕狂之人立於懸崖邊向天吶喊，不一躍而下求死也要痛哭失聲，焉能靜定？她闔上《楚辭》，拿出《尚書》，隨便翻一頁，手不聽腦子指揮，硬是先寫下「不如都毀了才好」，才開始抄：

王曰：「格爾眾庶，悉聽朕言。非台小子，敢行稱亂；有夏多罪，天命殛之。」

〈湯誓〉首段，義正辭嚴，商湯誓師討伐夏桀。她停下筆：我這陣子被「討伐」得還不夠嗎？換一篇。

換〈康誥〉，抄著，抄到：

不率大戛，矧惟外庶子訓人、惟厥正人、越小臣、諸節，乃別播敷，造民大譽，弗念弗庸，瘝厥君；時乃引惡，惟朕憝。已，汝乃其速由茲義率殺。

越抄越沮喪，除了最後一句約可判斷為速殺之義，其他的完全不知在講什麼？她傻住了，強烈地對自己做起批判：妳有什麼資格驕傲？妳只不過用驕傲掩飾無能。讀書，欠缺長程規劃，用功不夠，只摸到皮毛；生活，毫無治理能力，像個呆子；愛情，只會寫不知所云的信，落得兩敗俱傷。妳真真是個劣等生！

「天命殛之。」

她被自己打敗了。趴在《尚書》上，淚滴給〈康誥〉。

老工友搖起銅鈴，圖書館關門。走下總圖那三十石階，竟需扶著石欄慢慢來，大門口一邊茄冬一邊杜英樹，原是熟悉的，今晚卻遲疑了，不知該往左還是右？原要回住處卻往校園裡走，這一走倒是恢復幾分理智了；覺知「兩個世界」之間隔著不可跨越的鴻溝，即使具文字基本功的她，不經訓練踏不進三千年前的世界。同理，他與她雖處同一時空刻度，然而藉以養成的土壤與根柢畢竟不同，意識形態與信仰各異，確實是「兩個世界的人」。

必須尊重「兩個世界」的事實。這可能是今晚一場內在風暴、自行討伐定罪之後，在思想上自我啟蒙的重大成果。

兩個世界能結合嗎？必須經過一字一句解釋、翻譯方能掌握義理。問題是，有願意翻譯的人嗎？有願意接受解釋的人嗎？

不論結局如何，她告訴自己：「妳都必須吞下去。」

歧路之所以生成，乃因兩個同等聰穎、認真且同樣驕傲的人，同時做錯了選擇。

她應該把李白〈月下獨酌〉那兩句詩留給自己細嚼慢嚥，把寫在札記的兩千多字告白書寄給他看，讓他知道她的心繫在他身上，小舟已進了溪流，岸上的人要耐心等著，花若含苞，花遲早會為他而開。

而他，遠在天涯孤島上的他，應該用最擅長的文字去收復失土，不應該託最熱心的朋友卻可能是最不稱職的說客，去對一個高傲到看不見腳底土地的女子說：「條件相當不錯，將來很有前途，好好把握，錯失了，可能再也遇不到……」

這些話挾有功利誘因，只適合用在投資理財說明會，以至於被說出口當下，她心中的小鈴鐺立即反擊：「你的意思是我的條件很差將來沒有前途，為何不是他來把握我卻要我好好把握他？他錯失我，滿街都是像我一樣的人很容易遇到的，是嗎？」

這人的論點符合擇偶的現實原則，也務實地傳達將來「他」的職業別在社會的地位，但忽略了，有一種人會因「崇高」而感動卻無法被「利祿」馴服，因此，這番出於善意、父家長式的話語，只將她激怒得更高傲，傲到直接沖上雲宵。

遠在離島的他應該等待，等有一天，帶一朵含苞待放的玫瑰，到她面前，牽起她的手說：「請允許妳謙卑的僕人帶妳去神的國度，那兒有沙崙的玫瑰，山谷裡有野百合。瀑布發聲，深淵便與深淵響應，波浪洪濤漫過我身。」

如果她是他愛慕之人，他應該用神的話語向她求愛，不是用神的話語將她推開。

在愛神精心設計的迷宮遊戲裡，心性相契的兩個人，不約而同選擇離對方最遠的路徑，以至於一個往天之涯，另一個注定去了地之角。

山鬼

引導我，請引導我，我墜入愛情地獄，伸手不見五指。

內在的黑暗潮浪持續翻騰，第三本手縫小冊題為《山鬼》，第一頁寫著：「余處幽篁兮終不見天，路險難兮獨後來。」我身在幽深的竹篁啊，不見天日，道路艱險難行啊，所以來遲。

活著
如一枝折腰的芒
向深潭吮水
花的倒影　撩亂

紅色誘惑，紫色悵惘
日行一善的蜻蜓　勸我
將腰桿挺直
豢養眼耳鼻舌，種植塵垢
過去心　現在心　未來心
交給蜻蜓，點水。

消沉的情緒瀰漫著，影響了課業，做什麼事都百般乏味。札記上引了泰戈爾的作品：

是誰鑄的這條堅牢的鎖鏈？
「是我，」囚人說，「是我自己用心鑄造的……」

旋即，酷寒之冬，出乎意料的「中美斷交」消息使社會沸騰，悲憤氛圍籠罩全島，電視上播放慷慨激昂的愛國歌曲，每天不唱〈梅花〉好像活不下去。校園內尤其不平靜，處處懸掛白布黑字的抗議標語。她兀自低頭走路，自外於這些論戰與示威活動。

姐在越洋電話中建議她畢業後赴美深造，改唸其他科系，設法居留，「我們這種人到哪兒都可以扎根，當美國人也沒什麼不好。」她說人在外面，特別看清台灣已是被棄的孤島，前途堪憂，有辦法的各自打算，不必再留。

她沒答腔。她跟姐不同，她有死心眼，被銘印了不容易改。況且是美國，她憤憤地想：你跟我絕交了，我還去你那裡求你收容我，我有沒有骨氣啊！

「被棄」兩個字立即讓她眼澀鼻酸，因感同身受而激起鬥志；她性格裡有倔強部分，越想以功利說服她，越得到反效果。她想，孤島就孤島，被棄就被棄，我這輩子到哪裡都是被棄之人，沒什麼好損失的。她從剛經歷的個我情傷而覺悟悲憤無濟於事，唯有自立自強才能找到出路。遂一頭埋入典籍，為即將到來的研究所考試備戰。

「天要垮，去垮吧！無須徵求我同意。」她寫著。

她更沉默。小套房退租，不留住址讓室友轉信，狠下心讓一個階段結束。必修課少，待在山上小屋讀書的時間更長。山中日月不長不短，一整天連一句話都不必講。姐留下的錄音帶有一首電影《畢業生》主題曲〈沉默之聲〉，賽門與葛芬柯唱，第一句就是：「Hello, darkness, my old friend,」嗨，黑暗，我的老友。深獲她的心，遂反覆播放，管束了情緒。後來想聽唱中文的男人聲音，施孝榮〈歸人沙城〉成為首選，「歸去我要，歸去我要，回到我的沙城……」聽來有絃外之音。除了父親與姐，沒人知道怎麼聯絡她，確實像個鬼。唸書唸得沉醉或是專心寫摘要時，乾脆把電話線拔掉，一時忘了插回，幾日後復位，答錄機裡都是姐姐的留話：「妹，打電話給我。」「妹，怎麼又是答錄機，妳野到哪裡去了？」「妹，妳是不是死了？死了也要託個夢呀？」

這是唯一能惹她笑的了。

她不禁想，如果那封信讓姐姐看——她後來把它黏好收妥——她會反應強烈嗎？如果來當說客的是像姐姐這樣足智多謀的人，事情會怎麼演變？他朋友說的話頗符合醫生切中要害的問診訓練，應無惡意。如果此時與姐商量，她會怎麼建議？

但她光想沒動，一來姐曾對「本省家庭」有疑慮，想必已有定見，不易公允論事；二來，姐忙畢業論文她忙考試，應以大局為重，兒女私情只會擾亂軍心。

這是她的標準處理法，沙盤推演過甚，自問自答俱足，最後以不變應萬變，每條路都親手封住了。

書讀累了，散步、種花亦可自娛；蔦蘿種活了，也開過幾次花。陸續又添上薔薇、梔子、桂花，陽台上像一枚春天的碎片。對鬼來說，這樣也夠了。

除此之外，陪伴她的只剩文字。

昨日深夜，倦讀而臥，不鋪枕不覆被，半夜風急，窗口陶鈴響得淒厲，似乎覺得冷，但人已在眠息之中，不能起來安撫天氣。不斷有遙遠的召喚在耳畔流動，竟只能不安地聽。

這情境類似現在的處境——個我內在也有兩個世界，一個是活生生的現實，一個是由故紙堆成的形上世界；日漸願意在古典泥土裡埋藏關於生活與宿命的思索，文字是我唯一的暴力，唯一可以自泅自溺不准他人來救的湖泊。然而又害怕靈思過於跳動，離現實煙火越來越遠，也畏懼記憶太貪婪，砍斷現實腳筋，飄遊而去。要入世，要入世，卻不知從何而入。

這幾日寒流，想必遙遠的孤島更是風浪滔天。這種天氣，不獨水仙凋萎，恐怕連你在前一處駐紮地描述的「發現許多小雛菊及山芙蓉，整整開遍了滿山谷。看到花，心裡好樂」，那些花，大概也化泥了。

花開花謝，何必有花？有生有死，何必有人？

很想寫信給你，終究忍住。只在紙上寫你的名字，心會痛，把紙揉了。沮喪襲來，萬般無趣。苦了自己的身體，總是刻意弄得很累，接近自虐。是不是你也會如此，把自己逼到死角，干戈相見，有一種快意恩仇之感。

「抽刀斷水水更流，舉杯消愁愁更愁。」又是李白。恐怕要把他貶到書架邊疆地帶，我盛怒時居然想到他的〈月下獨酌〉，如果不是詩寫得這麼好，我也不會記得，既不記得，就不會引用。這算他的錯。

昨晚睡前，為了抒懷解悶，又讀《楚辭・九歌》，自然特別用心於〈湘君〉〈湘夫人〉，此二篇已極盡繁富淒美，看到自己初習時寫的滿紙荒唐註言，更添了悱惻。

韓愈認為湘君為娥皇、湘夫人為女英，乃是堯之二女，舜之二妃。王夫之以為二人是夫婦。甚是。我視湘君、湘夫人為湘水漲水期、枯水期之神，夫婦各有所司，故互不相見。此非歷來註家所解，然我恣意誤讀，又有何妨。

〈湘君〉篇是湘夫人之追求，〈湘夫人〉篇則是湘君的呼喚。

看到自己在〈湘君〉篇書頁上寫著：

湘夫人對湘君展開兩次追求都失敗了。她始終未尋到湘君，且一度對他起了怨意（交不忠兮怨長，期不信兮告余以不閒），雖如此，卻又展開第二次追尋行動，馳騁於江皋、北渚。可見她對湘君之深情。最後，「捐余玦兮江中，遺余佩兮醴浦。」吾以為將玦佩信物投擲於江水之中，乃是湘夫人向湘君表達其赤誠與深情的舉動，在失望之餘另起期待。使這一段曲折的尋求，似無望而實可待。則所謂深情，乃是在上山下海地尋覓失敗之後，猶然不悔且依然不棄之謂也。

此刻能安慰我的，竟是自己的註解！

她言下之意，頗有幾分瞋怪他這麼容易就斷了音訊，可見交心不忠、用情不深。是以，次頁又引《詩經・鄭風・子衿》：「青青子衿，悠悠我心。縱我不往，子寧不嗣音。」一穿藍衣領的那個人，你讓我想得悠長，縱使我不去找你，難道你不會捎個音信來嗎？

光引一首猶不足，把曹操〈短歌行〉其中四句也引來：「青青子衿，悠悠我心。但為君故，沉吟至今。」

不知是百無聊賴還是思念真會讓人神魂渙散，又漫遊似地寫白居易〈琵琶行〉末句：「江州司馬青衫濕。」

接著自問自答：

為何叫「青春」，藍色的春天嗎？指髮色、指衣色、還是指尚未被污染的眼白顏色？藍色最易有霚䨴意象，若淺，則晴朗淨亮，若靛藍，則抑鬱無歡。我的青春不只是深藍色，還圍了一條等著挨冷箭的青巾。

由此更想到他引述波特萊爾的詩：「我的青春只不過是場陰鬱的風暴。」自己接著叫起來：「受不了受不了！喝什麼能讓人腦子空白？」

她在桌角貼一張紙片，寫兩行數字，一行是距離研究所考試倒數，一是斷信天數；前一件事沉悶，後一件澀苦，似被迫勒戒文字之毒癮的犯人，味如嚼蠟。還好古典世界裡遇到的都是大師，處處是心靈饗宴，時時有醍醐灌頂，思念之苦雖如不安分的野貓偶爾跳上桌抓她一下，喝斥一番，也能稍稍安靜。她遠眺雲天讓眼睛休息時，也會想孤島上的他抑鬱時如何排解？大約也是讀書、思考，鑽入他的研究領域提前佈局吧。「不，他一定不及我十分之一苦，他有上帝。」她想。

應該怎樣描繪刀，
從一條柳葉開始說起，
還是乾脆以破繭作結。
橫亙在盟誓與淡忘之間，

我們的旅程走出一把刀形。
薄倖的語句當作枯草，
餵給　荒谷流螢。

獨遊

春已降臨，昏天黑地的案頭苦讀約略可以告個段落，如果沒意外，應試可以過關。父親與阿姨問她要什麼畢業禮物，她說：「什麼都缺，可也什麼都不缺，眼前正缺散心，讓快爆炸的腦子放掉一些電流，否則會當掉。」

父親問她想去哪裡？

她問：「能坐船去一個叫東引的小島嗎？」

父親睜大眼：「妳知道東引在哪裡？小妹唸書唸傻了，開什麼玩笑，那是軍事重地。妳去那裡做什麼？」語氣含著做父親才有的本能懷疑。

趕在父親疑心病發作之前，把話抹圓：「沒有啦沒有啦，聽說沙灘很乾淨，海鮮很好吃，那裡的阿兵哥是不是天天去捕龍蝦？」

好險，騙過老狐狸。

第二個想去的地方也說不出口，靠海邊的東部鄉下，他會問：一個女孩子家，去那麼遠的鄉下做什麼？

只好說：「隨便哪裡都可以，不要太遠就好。」

父親神通廣大弄來近郊山上一家山莊的招待券，可住幾夜。她啼笑皆非，這也太近了吧。

唉，真希望我可以什麼都不管，大吵大鬧：「我就是要去東引！我要去找那個人！我要私奔！」不知哪裡有教一哭二鬧三上吊之技巧？

也好，療傷最佳方法就是看清楚傷口，才知道該擦什麼藥。她帶《柏拉圖全集》，要好好讀一讀〈斐德羅篇〉與〈會飲篇〉，還買了佛洛姆《愛的藝術》、薄伽丘《愛情十三問》、唐君毅《愛情之福音》。除此之外，就是《山鬼》祕笈本、一疊稿紙及那本袖珍本《聖經》。

天初亮，帶柏拉圖去散步。

投宿山莊。昨晚的濃霧漸漸散了，鳥啼清脆嘹喨。今晨散步，才發現對面是神學院。花木扶梳，杜鵑與櫻花懸著清露，分不清花期已過還是未開。小教堂鎖得緊緊的，我隔著玻璃窗看，一屋漆黑，長條木椅在晨曦中像沉船古物。想聽經的時候，偏偏無人佈道。今早出門前，隨意翻開《聖經》，看到：「他又領我到寬闊之處，他救拔我，因他喜悅我。」甚歡喜，也算已經佈過道了。

所以，坐在石階上嘆息。看到花園內有兩棵含笑樹，花苞纍纍，沒有一朵是開的，我不甘心，摘了幾朵，摘完才想到，這是偷花賊行為，應受懲罰。因而想到伊甸園，夏娃本性善良，非蓄意犯錯，怎麼不給她第二次機會？

才發現石階縫隙長滿了青苔，又鋪著落葉，這才傷心起來；想到自己一直反抗，甚至否認存在，遂落得一無所有；畢竟活著是事實，再驕傲的人也否定不了做為人的事實，我為何不能效法他人增強現實的存在感，到人的世界老老實實肯定自己的存在？眼見生命一天比一天短，青春轉眼要凋萎，除了自暴自棄，竟無路可行。寫再多的字，安慰不了自己，愛得再深，也肯定不了自己。那就賭氣把寫字與愛人都當作捨身割肉，天下人儘可負我、忘我，當作不曾有我。

所以獨處的時候才克服不了沮喪與悲傷吧，悲傷過後，浸在安安靜靜的時光中，青春減了半寸，青苔深了一分。

次日她再度流連院內花園，聽聞第一聲春雷，雨中思索自然律之美，感受物我合一而微喜，無有掙扎，遙念遠方，寫下：「如果你也在多好。」

這部分就是剛開始整頓時，我心煩意亂，隨手抽一本去對面小丘翻讀到的內容。證諸之後文字，她自己並不知，這兩日清晨在小教堂花園中所見所思，是一次重要的啟蒙；在永恆且靜美的自然律中，她謙遜地聆聽著。因謙遜，所有的和解才有可能產生。

這趟獨遊所記，不僅只是紓悶解愁，更是積極地要在理智範疇釐清對情愛的困惑與思索、整頓靈與慾、探究追尋。她察覺必須從本質上理解愛情，才能慢慢像拉一頭笨牛一樣，把自己從泥塘裡拉出來。她堅信愛情不應該叫人走到自毀與毀人之路，因為，先有生命才有愛情；愛情要用來豐富生命，不是拿生命給愛情殉葬。

就這一點而言，若她與對她抱持敵意的愛神對弈，她起手第一子，下對了地方。

愛的思索

1愛情內含對真善美神的追求

「宇宙間只有一種愛，一切的愛都是一種愛的分化。宇宙間只有一『精神實在生命本體』，一切的愛，都是那『精神實在生命本體』在人心中投射的影子。男女之愛與人類追求真、善、美、神之愛同源而生，愛情裡亦包含對這四種愛的追求。」

——唐君毅《愛情之福音》

人怎麼可能去愛一個虛偽、邪惡、猥褻、敗德的人？所以，愛情的實現，是道德的實現、人道主義的實現、美學的實現、哲學的實現，而不止是經濟學、法學與動物學的課堂。

愛情必然指向德性，而且，你所讚賞的有德之人必然也以美德期許你，這才是比翼雙飛的佳偶。

一個人的愛情觀內容，應當來自更大的內容：生命觀內的愛情態度，脫離這個底基，愛情觀不堪一擊。

讓我想想，從愛情到同盟（不管是否以法律上的「婚姻制」呈現）的路途，是兩個人性靈上不斷追求更大共鳴度的歷程。一個性靈綜合了生命觀、道德律、性格屬性、情感傾向、宗教（信仰）、文化薰染、稟賦學習、生活慣性等主要項目內容，形塑成單一體制的基礎架構，社會化過程中，個我小體制與社會大體制夜以繼日互流，吸納或抵觸，皆無形中影響個我體制的樣貌。如果把一個人的性靈當作小星球並不為過，從這個角度看，兩個原本不相識、各有軌道的小星球要產生交集並不是容易或沒有條件的，也許，最接近無條件的愛只存在於宗教與親倫血緣之中，然而辯證地看，若非基於信仰與血緣，無條件之愛也可能不存在，則愛還是有條件的。如是說來，愛情之愛，是通過層層條件篩選後才有可能產生的。而最重要的篩選，應該就是志同道合者的共鳴之聲了。

一個聲音發出，滾滾人潮無人聽到，忽然另一個聲音響應。愛，生成。

2愛情像一座燈塔

「愛情，它像一座燈塔，指明人生的航程。」

——柏拉圖〈會飲篇〉

阿里斯托芬提及因人類蠻橫無禮不崇拜諸神，宙斯一怒之下，將人劈成兩半，從此，那些挨劈的人都非常想念失落的自己，開始尋找另一半。這神話隱喻人必須尋得伴侶方能完整。

沙特亦有一言：「如果不正是另一個人使我成為我，我為何要將另一人據為己有呢？」

難道，沒有伴侶就應視作殘缺嗎？

人，不應依恃另一人才達到完整，應自身俱足完整。若需依恃他者，則愛情裡便有強權與弱勢之分，有供養與寄生關係，有領導與服從之訓誡，有索求與犧牲的爭執。

我絕不能活在這樣的情感環境裡；不能以做為他人附屬而存在，亦不願他人成為我的附屬。若不能在愛情裡持續成長、保有自我實現且激勵所愛之人亦實現自己，則無法比翼雙飛，這樣的愛情將會迅速枯萎。

如果愛情像一座燈塔，它應照亮的是兩個人的人生航程，不應只是那優越一方的人生。

愛情不可以讓有一方活在黑暗中。如果有，那必定不是愛情，因為愛情永遠嚮往光亮。

3迷狂

「愛情的迷狂是諸神的餽贈，是上蒼給人的最高恩賜。……愛美之人一旦沾上迷狂，人們就把他稱作有愛情的人。這樣的人一見到塵世的美，就回憶上界真正的美，他的羽翼就開始生長，急於高飛遠舉；可是這時候他還是心有餘而力不足，無法展翅高飛，於是他只能像鳥兒一樣，昂首向高處凝望，把下界一切置之度外，因此被人指為瘋狂。」

——柏拉圖〈斐德羅篇〉

情感的滋長是非理性、痴迷顛狂的，徹頭徹尾浪漫，其可貴也在於它是野蠻的，敢與天下人為敵的那種野蠻。

然而它不僅是如此，蘇格拉底視迷狂為一種可貴的衝動，充滿對善與美之追求，其終極目地乃是提升靈魂使之朝向真理之路奮進。佛洛姆：「愛是一種喚起愛的能力。」亦同義。因此，迷狂是埋設在愛情裡的創造力，而非破壞力，是提升與運轉的力量，不是箝制與囚禁，是求生的衝動，不是盲目地赴死。如果有人以愛為名，狂妄地欲宰制另一個理應享有自主與自由的靈魂，那必定不是愛。因為，愛情裡的迷狂是在冬雪裡兩個靈魂磨擦生熱因此修改了季節順序的傳奇故事，不是用一把怒火焚了他人村落。

4 如果愛情沒有自己的殼

可不可以把愛情借放在他人的殼裡，做一個沒有責任不受束縛卻需等待施捨的遊民？

如果有人要的是逐水草而居的愛情，樂於在他人的殼裡借宿，慾起則有慾，寂寞則有伴，這能叫愛情嗎？這跟逛夜市吃路邊攤、吃完叼一根牙籤就走有何不同？

如果有人排斥婚姻體制，且傾向多元的情感發展；或許他也期待單一且完整的伴侶關係，但事實不斷證明，他尋覓新人選的傾向比深耕意願更明顯。也許，他的理想性靈、完美伴侶的實質內容，是分散在多位女性身上的，他不得不多元汲求，以拼貼出完整的情感生活。代價是：短暫的華麗。

他的一生，在追逐中忙手忙腳，繁花似錦，又轉眼凋零。像他這樣的人，恐怕無法與任何人成就長期的伴侶關係吧。

愛能與他人分享嗎？若有兩人，在錯誤的時間相遇，一個終歸要回去自己一手建立的屋舍，一個必須等待。這樣的愛公平嗎？

愛情需要希望，猶如人需要清新的空氣。沒有希望的愛情，是一條鋪設碎玻璃的路；流一點血，次日結痂，再流一點血，再結痂……。能長久嗎？甜美嗎？完整的愛，意謂著在愛的過程裡免除與他人分享的恐懼與困局，它不見得需要經過法律認定，但必須非常確定不必與另一個人分享——在別人的屋簷下躲雨永遠是門外訪客，人怎能讓自己一再活在狼狽的感受裡？

然而，是否可能，人能夠超越體制與人性制約，做到不執迷名相，以無為來經營情感？不要求對方給與任何現實體制內的名分，不必像鬧鐘在固定時間響起，每隔一段時間為「交代」、「未來規劃」、「成家」、「親友壓力」等固定名詞吵鬧。什麼都沒有，只有忠貞的愛情，唯一的殼。

相較之下，另一邊是，給了法律與體制內的所有東西，唯一不能給的是忠貞之愛。

哪一邊的殼較迷人？

我會選那一邊？

5愛的能力

「愛神總是使真心的施愛者心懷懼怕。愛情最深者，懼怕也最多。所以懼怕總是和羞怯的愛情相伴。」

——薄伽丘《愛情十三問》

應該怎麼檢查愛的能力呢？該怎麼定義「能力」？如果我希望對方與我一起跑步，而他卻不良於行，我當然清楚他沒有「能力」陪我奔跑。可是，愛情裡的「能力」該怎麼要求呢？能列出一張表，像登山前檢查裝備，一一打勾，再決定是否往下走，這像話嗎？若用這種方式要求對方，基於公平，是否也應該另列一張表，從對方角度檢查自己是否具備他所需的能力？若如此，跟應徵工作又有何不同？

愛情有翱翔、屬靈的部分，也有世俗、現實層面的部分；琴棋書畫不能代替柴米油鹽，反之亦然。因而，所謂「能力」，勉強體會，應該包含屬靈與現實兩部分。

如果，愛情僅僅是兩人之事，偌大豐饒的花園僅有這兩隻雲雀，自由自在高歌，則是否具備承擔現實部分的能力，似乎不太重要。但是，若不巧愛情發生的所在地是一處乾旱荒野，而且有一方意欲將愛情導向婚姻，那麼是否具備開墾與承擔現實的能力，變得關鍵了。

如果我的強項是案頭前的琴棋書畫，而對方的人生重大任務是帶領家族墾荒，我便是欠缺他所需的「能力」；如果我的夢想是自我實現，對方期盼的是以他為中心而旋轉的伴侶，那他也算欠缺我所需的「能力」。現實層面的愛情，不在山高水遠、鳥鳴花香的樂園裡，比較像在戰場。如果欠缺共同作戰能力，有可能還未發現敵人之前，先把戰友打死。
如果有一方因「能力」（不管是屬靈的或是現實的）考量而提議分手，則另一方無須有被辜負與拋棄之感；因為，發現不適合就像發現彼此相合一樣，都是愛情的開始。
然而，有沒有可能誤判呢？
難道那擅長琴棋書畫的人不可能因愛的驅動而鍛鍊出墾拓能耐？難道那砌築現實的好手沒有屬靈的底蘊？
若有兩個愛的對象，一屬靈一屬現實，我們應該選擇屬靈的那一個再期待他練出扛起現實的武功，或是，選擇擅長應世的那個，再慢慢期待他提升心靈境界？
弔詭的是，如果屬靈的那個終究無法習得治理現實的能力，使愛情（或婚姻）走入泥漿地，或是擅長應世的那個依然內在粗糙，使愛情（或婚姻）成為吃飯睡覺而已，我們該怪誰？
恐怕應該怪自己無法引導他們改變，那麼，真正欠缺「愛的能力」的，應該是自己。
所謂「愛的能力」，最確切的表述，指的是改變現況使愛情臻於盡善盡美的能力啊！

6 愛的困局

「哦不！愛神使人徹夜不眠，
整日用憂愁將我們磨難，
但他甜了，甜了我們的苦。」

——摘自英詩人德萊頓（John Dryden, 1631-1700）

薄伽丘《愛情十三問》書中，假設了一個困局。

一名年輕男子與一位美女相愛，苦於門戶森嚴無法相會，便託一位滿臉皺紋的醜陋乞婦到這戶人家乞討，趁機祕密地傳送愛意。在老婦協助下，男子進到女子房裡，不料竟被其兄長們發現，開出條件要男子抉擇：喪命或活命；若要活命，必須履行要求：

「你得先後與這老婦和我們的妹妹同住一年，並且誠心發誓：倘若你先與這年輕女子同住一年，這期間你親吻她多少次，第二年與老婦同住時也要吻她多少次。倘若你先與老婦同住，這期間你親吻觸摸她多少次，第二年與這年輕女子同住也要親吻觸摸她多少次，既不能多，也不能少。」

該怎麼選擇？先與心所愛的女子同住，還是先與老婦同居？

負責解答的貴族女子菲雅美達認為應先與愛人同住，因為「眼前的好事絕不應留到將來再去享受，而為了將來的好事也絕不該去忍受眼前的痛苦。」

但是，提問的青年卻持相反意見，他認為應先與老婦同住，「心懷美好安逸的希望，先去忍受眼前的一切煩惱，要比先享受歡樂再去忍受日後的煩惱好受得多。」

菲雅美達反駁；誰能預知忍受了眼前苦惱，隨後到來的是更大的痛苦還是好運呢？時間與現實變化無常，若先與老婦同住，那女子有可能在這一年中死去或另嫁他人。不如先與愛人同歡，滿足心願，留存美好回憶，更能承受日後的苦惱了。

如果，這「老婦」隱喻現實、夢想與自我實現的綜合體，與愛情擺在一起，應當先選哪一個？

7愛的條件

「在原則上，任何男子與任何女子都可以有愛情；猶如男子的身體在原則上是可以與任何的女子結合的。……男女間沒有創造不出的愛情。」

——唐君毅《愛情之福音》

我不同意這段話。愛情的發生與維繫是有條件的。如果論定「男女間沒有創造不出的愛情」，等於把這個罪證預先發給那個想脫離或中止關係的人，不見得公平。而所謂創造，不單是一方之事，也關乎是否具備創造的條件。

如果把每個人當作一獨立運行的小星球，從這個角度看，兩個原本不相識、各有軌道的小星球要產生交集並不是沒有條件的。

一個受過高等教育、沉迷文學藝術的單身年輕女性，有多大的可能性會把她的愛情放在一個同年齡卻不幸自小身心承受障礙的男性身上？一對宛如金童玉女的年輕戀侶，當女友不幸罹患重症，變成被醫生判定無法過正常生活的「殘疾之人」時，有多大的可能性她的男友願意留下來，繼續毫無怨尤地流淌他的愛，直到海枯石爛？當條件不符或劇烈變動時，愛就像找不到土壤的種籽，快速枯乾了。

於是，百千萬億人中，有可能相互共振的性靈，也許只有數十至百人而已。而受限於個人活動的場域，有機會擦肩而過的理想性靈，少之又少。「滿堂兮美人，忽獨與余兮目成」的愛情，必然是乘著大願而來的啊！

8 回憶的能力

浮現，總是浮現一些瞬間。

人如果沒有回憶的能力，說不定比較容易擁有單純的生活；然而，若無法回顧時光、反芻情事，也就無法詮釋當時所經歷事件的意義，那事件只是它自身，單純地僅是不具內容的符號，甚至可以被取消。

是以，所謂豐富精彩的一生，換個角度看，即是必須累積夠多的痛苦才能肥沃起來，以至於一隻飛鳥隨便抖落幾顆種籽，不必理會也能長得發狂。

9危險的平衡

人，難在於從自身的美德架構發動意志去管束野蠻——當人這麼做，是把別人（尤其是可能受到傷害的人）擺在浪漫情懷之上。聽起來是壓抑，如果壓抑自己可以預防亂局，別無他法，必須鎮壓。

必須練習危險的平衡，覺察顛盪且即將失足的時候，繼續尋找新的平衡點。所以，不能成為情人的，至少有機會成為知己。不能成為知己，有機會成為歡喜的朋友。如果連朋友也不宜，彼此應該沉默地歸零。不要回想，不要偶遇，不要有任何聲息。

已經整治的河川，別再傾注落花流水，那些置身河中撿拾飄零落英的歲月，應該永遠結束，上了岸，就該把身體髮膚都曬乾，等乾了，那條河別要，過河的人不僅捨舟，也要捨河。

10破滅是本分

妳眷戀桃花繽紛之絕美與清曠，便必須在春深時分偕那人走一趟桃花溪。妳從流水落花中看到自己的倒影，明白宿命又開始另一次輪迴。妳仍然要至情至性地把愛贈與出去，呼應那滿天紛飛的桃花雪，妳與他的愛將隨著花雨落在妳的髮上、他的襟上，當你們走到盡頭，互道珍重，揮別，髮上襟上的落花或許一路抖落了，而愛的碎芒會慢慢滲透內心，在季節中兀自閃著微光，有一天，在妳的生命裡結出桃實。

山中多霧，終日微雨，她除了沿路散步仍是讀書伏案，看似單調不變，內在卻有冰層裂解的聲音。對她這種必須先改變腦子才能改變行止的人而言，這幾日像跨過一道門檻。

她回想與他論交以來魚雁往返，固然在心靈上相印合、情感特質相似、志趣與生活類同，但在以信仰為唯一燈塔以及依隨這信仰而開展的生活層面，她確實沒有能力通過教會認證，與他相偕同行。她可以是知己是盟友，但在眼前以及可預期的未來，她不易成為符合他想望、可以同負一軛的世間伴侶。

她明白自己嚮往形上世界之自由，讚嘆人類精神文明之偉大，可以對佛小坐、可以向上帝默禱，但無意成為任何宗教裡守戒律的虔誠信徒。泰戈爾《吉檀迦利》，向眾神獻詩，其中一首：

塵世上那些愛我的人，用盡方法拉住我。你的愛就不是那樣，你的愛比他們的偉大得多，你讓我自由……。

無論對神或對人，這段話是她的心聲。她是慕道的浪子，靈界的旅人。她要自由。

如果他對主的信仰之愛遠遠深過於對她的愛情之愛，若基於一時情迷而勉強相合，最終仍會因失望而跌入痛苦深淵；如果她對心靈自由之嚮往遠深於對他的愛情之愛，若因眷戀情愛而勉強相合，亦最終會因絕望而陷入怨憎，視他為阻礙自己成就夢想的寇讎。如果這道阻礙不是輕易可以移除的路上落石，而是道路是根柢是彼此的終極生命，那麼，即使他倆能詩文唱和永不疲倦，能同遊藝術共賞文學，能言談有味終宵不寐，能體察各有志業而彼此支持，這愛情仍是走不下去的。因為，娶一個不信主的女子，對他而言是背叛了主，為了婚嫁去受洗成為教徒，對她而言是背叛了自己。愛情可能在橫逆中茁壯，但從未聽聞可以在背叛中更加甘甜。

她終於明白，他與她都不是將「愛情」當作人生最高指導原則的人；在「信仰」面前，他們同樣具有無法妥協的特質。這種特質，極容易啟動痛苦。

他的理智勝於她，提前阻止兩人走向痛苦深淵，不得不用力將她推開。

「我的佳偶，妳甚美麗，妳甚美麗。」他要在聖堂裡讚嘆的那個女子，不會是她。

應該是「她」。此時，她已能管束感受，把群正式搬到理智檯面上；這麼一個載欣載奔修煉自己與之同信同行、具備能力也願意幫他扛起現實重擔、對他有敬有愛的信女人，才是他應該把握的佳偶。

進而言之，愛情是空谷裡悠揚的百靈鳥，婚姻是耕地與放牧的事業。她自知自己的一管快筆，耕不了地也無法馴服任何一頭牛羊。

她的觀念裡，愛情是兩人世界，婚姻是家族結合；她不可能允許自己在婚姻中成為自私的個我存在，然而她對自己是否有能力肩負重擔，毫無信心。

訓練一個只適合愛情的人去肩起婚姻重擔，跟教導一個婚姻能手培養愛情，哪一個較難？

分開是對的。首先提出的人比較勇敢，應該感謝才對。

數日匆匆已過，下山後，她寫下：

今晚，從春雨中歸來的路上，分外平靜。無酒卻微有醉意的感覺，摻著雨水，沒有淚。我甚至想唱歌，想祝福每一個與我擦肩而過的人，祝福愛我及我愛的人。不是為了春花爛漫，是為了在這偶然聚合之一瞬的人間世，我們還活著。我還活著。

該放生了，放你去築你的莊園，編織你的幸福。我自去漫遊，練習遺忘。

一個人不可能在一夜之間成熟，但船隻卻有可能在一夜間更改航行方向。山中冥思壯大了心靈，對她這一生起了影響：她願意鍛鍊理智力量以約束過度澎湃的感情，因此能控管傷害；願意從對方角度設想，因此能卸下被拋棄的怨懟感；願意修復，因此並未喪失善良與希望。

愛情若一帆風順，得到伴侶；若破滅，得到遠走高飛的羽翼。

「分手，應該泱泱大度如君子，雍容高貴如淑女。」她寫著，「不要回頭，不要回頭。泥上偶然留指爪，鴻飛那復計東西。」

斷腸人在天涯

鳳凰樹開出火焰，驪歌季節。

畢業典禮那天，天氣已接近仲夏，陽光普照固然有利於大型典禮，卻不利於穿戴黑色大禮服，乍看像烏鴉一般的畢業生。

她原不想參加，心裡遺憾母親不能看到她完成大學學業，料想看到別人與父母相擁合影會湧生酸楚，不如不參加。怎料父親與阿姨倒是很來勁，要帶兩個小弟弟給二姐獻花。她只好來，穿上烏鴉裝，輪流抱兩個皮蛋一樣不聽指揮的弟弟照相；明明是不快樂的烏鴉，可是必須打起精神陪他們老的小的普天同慶，烏鴉扮喜鵲，扮得四不像。

這種場合，除了檢驗家庭關係，也驗收人際成果。有人捧著好幾把豪華大花束照相，狀似大明星；有的只有直屬學弟妹基於規定送來的一束小花。她是後者，更慘的是，她的學妹不知是比她更鄙視這種應酬場合還是睡過頭了或是人海茫茫找不到她，居然連一束小花都沒送來。多虧阿姨在校門口買了三束應個景，否則她真是一隻寒酸透了的烏鴉。

真的是三束，弟弟們各一束；有一幕，她在父親的要求下，做出穿旗袍蹲著的高難度動作，左擁右抱兩顆皮蛋弟弟，三人三束花，讓得意的父親取景照相——這張照片用來證明一個男人長達二十多年的生育期。父親笑得很開心，她因這「不孝的想法」也在腦中自己拍拍手，很幼稚地開心了一下。

一大群紅男綠女與黑烏鴉散佈在醉月湖畔拍照，叫喊聲鼎沸。她聽從同學指揮到處照相，笑到臉快僵、耐性也快用光了。忽然眼睛一尖，看到不遠處，群與幾個轉系出去的同學回來合影，趕緊轉身往別處去，避著。

她摘下帽子，倚著欄杆，躲在柳蔭深處擦汗扇風。心想：歡樂人生實在很耗體力，真佩服有些人能像花蝴蝶傻蜜蜂在人群中嗡嗡嗡。待會兒還要陪天真老爸活潑阿姨可愛弟弟去銀翼餐廳吃飯、信義路國際學舍對面的小美冰淇淋吃冰，咳，真受不了天真活潑又可愛，到底是我畢業還是他們畢業？此時若能脫下可笑旗袍、可恨高跟鞋，把腳泡入清溪水，給我送來涼風一陣、冰鎮蜂蜜檸檬茶一杯、玉枕一只，做我的〈枕中記〉大夢，死而無憾矣。

涼風沒送來，倒是送來一個人。

有人站在她面前，竟是他。

大太陽底下相見，很不真實；猜疑著，是腦海裡的影象沒收好，飄出來嚇自己的嗎？定睛再看，這身影嶄新，不是腦海裡那些舊的，這麼說，是本人了……。

他笑著：「恭喜。」

說的話也不真實，喜從何來？繼之一想，說的是畢業嗎？可能不是，應該指考上研究所。

「謝謝。」

接著呢？沒話了，太糟糕，我好像變傻了。她想。

「恭喜。」她沒頭沒腦擠出這一句。

他睜大眼睛問：「恭喜我什麼？」

「不知道，等你告訴我，你看起來像有喜的人。咳，不是啦，有喜事的人。」

兩人都笑出來。

有這樣問話的嗎？連舌頭也不靈光。糟糕，之前設想過，若在路上偶遇，要面無表情，冷冷地裝作不認識，怎麼現在笑出來呢？而且還笑得這麼大聲！

他告訴她，提早退伍，秋天前會出國。她沒問為什麼能提早退伍，他也沒提；她不問去哪個學校，他也不提。

「果然是喜事，新的開始，祝福你。」

「謝謝。」

不遠處，父親喊她過去照相。她指了指，說：「哎呀好累，我得去盡孝道了。」

他伸出手與她握，緊緊握住。她明白這一握裡藏有千言萬語，有留戀、有迷惘，可她不解讀，嚴禁自己回應那力量，握手只是握住了手，不能再讓他握住了心。

互道再見。

「你欠我一次正正式式道再見，今天還來了。」她心裡對他說，「走到這一步很不容易，我們都不要回頭。」

可是情緒浮出來了，心思自轉：一定是來陪「她」，不是專程來見我……。眼睛快酸出淚，偏偏多疑的父親問她：「剛剛跟妳拉手的是誰？」

「握手。學長。」

「做什麼的？」

「不知道，你自己去問他。」

「為什麼跟妳拉手？」

「握手。不知道，你自己去問他。」

「本省人？」

「本省人怎樣？外省人怎樣？又不當你女婿。」小聲嘀咕。

「看起來滿單薄的。」

「你自己胖得要命，就說人家單薄。」小小聲嘀咕。

到現在還護著他。她想：還好只是一場鏡花水月、夢幻泡影，要是真的往下走，光父親這關，不知要鬧出什麼情節來？「就是要無藥可救地護著他！」她不知在氣惱什麼，腦海裡顛三倒四亂了套，完全是曬傻的樣子。

「漫長的一天。」她寫著：「感情像孤藤，心境像老樹，外表是昏鴉。從此後，夕陽西下，斷腸人在天涯。」

【卷七】

我為你灑下月光

若還有一陣清風靈雨等在未來，
若還能遇到梔子花淡淡地開，
若還有一繾欲語還休的月牙掛在天空，
還有一首詩一篇美文在眼眸間流動，
若還有一個純真的你浪漫的我，
恰好走在同一條青春的路上……

春絮與秋蓬

我在札記裡出場了，她給我的代號是瘦瘦小小的J。

她形容我：「內在世界井然有序地複雜著。」有幾分性格像她姐姐，但欠缺她姐姐的精準，具反體制傾向，不服管教處，讓人擔憂會做出危險的事。她記下我在她家歡聚的趣事，最重要的，她說我是一個「可以託付的人」。

這已經是萬馬奔騰的一九八〇年代了。我與她論交過程不必再述，她以年輕學者之姿崛起文壇也無須贅言。祕笈本自《山鬼》之後又寫了幾本，掩飾在理性之下的感情仍然流露濃烈與悲鬱，有時沉入情緒谷底不可自拔，不知此生有何意義，滿紙都是荒蕪。

「料定你不可能看到這些文字，我當作寫給鬼讀，無法無天。」她寫著。

他寫給她的近百封信，第一封與最後那封「信與不信，不能同負一軛」顯然重閱最多次，信封都有裂痕。依序收好，綑緊。私密的懺情獨白漸漸也停了。推測那時，他已出國，她也在研究所就定位，學業與閱歷都翻了新頁，幻滅的戀情讓人心老，隔著天涯海角，往事也該如煙了。

最後一冊最後一頁，寫著：

你會落籍，
或，回來？
你會留一些餘光給我，或淡淡地說：
讓主去安排。
你會思念，或奉勸年輕人：思念是懦弱的表現。
你會勇敢，或告訴自己：生命裡難免有不斷地、不斷地落花流水。
我會等候，
或，遠走？
我會收藏所有記憶，或冷冷地說：
當作從未相遇。
我會思念，或勸告苦戀的人：
思念是討不回來的。
我會勇敢，或者留下這樣的話：

生命裡難免有不速的、不速的過客。

這應該是結束之語了。

然而，出乎我意料之外，在她往後的札記裡，夾藏在讀書、研究、寫作、會議及似有還無的幾樁感情事件中，仍然出現他的訊息——

昨晚臨睡前，越洋來電，祝我生日快樂。問一切安好否，無恙，學業順利否，均安。提及在海外版讀到我文章，如見故人。匆匆幾句即掛斷。竟未及問他生日何時？

顯然，她沒有他的住址電話，從不連繫也不探聽，被動地存在著。人家要當她是浮雲，就是浮雲，當她是山巒，就是山巒。這似乎也成為她的人際往來模式，不再死心塌地經營人與人之間的連結，可是也不拒絕互動，以至於留給人難以歸類的人際印象。

即使如此，有些消息盪來盪去也會盪到她耳邊。群，畢業後工作一年多，也赴美深造去了。群天生具備韌性與積極，勇於追求愛情，她判斷仍是跟他相關的。告訴她這消息的是社團老朋友，當年暑假出遊，提醒她「愛的意願與愛的能力」的那位女生，走的也是學術路；此人喜歡收集各路消息，料想是做艱深學問之餘的消遣，如同有些女生花時間搽指甲油的道理一樣。在路上碰到，只要站在她面前幾分鐘，大約等於翻了小道報紙與八卦雜誌。

有這樣的朋友做簡報乃一大實惠，省錢省時間，即使躲到桃花源去，只要有她，絕不會「不知有漢，遑論魏晉」。沒想到，她忽然拋來一句：「我以為妳跟學長是一對。」立刻矢口否認，此話是試探還是她的觀察所得？若是後者，此人太厲害了，乃諜報人才。可見做學問之理也是如此，材料見多了，自然會有新發現。

每年秋深之際，打電話祝她生日快樂，成了慣例。有一年，她總算記得，問他：「你生日什麼時候？我也應該禮尚往來祝你生日快樂呀！」重音放在「呀」。他回答：「不用不用不用……」語氣很像有一年，她說要寫信給國防部讓他多當幾年兵，他的回答是一疊：「不要不要不要……」

總是短短三分鐘以內的對話，也總是毫無阻礙地接續了一份不可思議也無法解釋的親近。好似隔著的千山萬水、歲月流逝，只是一道屏風。有一條隱密的河流，每年固定時間出現，把他們沖上沖積扇，停留的時間只夠聽一聽彼此聲音，又沖回既定的老死不相往來的河道。

濃情的流速變慢變淡而且變得奇特；好像當年心碎之處，被女媧情急之下扯了路邊花草補了，怎料是奇花異卉，沒事就沒事，若被蛛絲馬跡觸動而回想起來，心肉上的藤花蔓草就會悠悠綻放，覺得這人這信這時光真是良辰美景。碎心與美感糅在一塊兒，想完了，揪著痛一下，也就過去了。

這樣的情態延續到博士班仍如此，她不知該說這段尚未正式開始即宣告結束的感情是已了，還是未了。

說是已了，這名字還是放在心裡願意為他禱告為他祈福的，札記上有一句：

> 我不能成為他的妻子，也要眼見更好的女孩來照顧他才放心。所有的好男人都應該得這種祝福，所有的好女人也應該有人為她這麼禱告。

若要說未了，也不符合實況，這人的一切早就一刀兩斷跟她完全無關。或許，兩情相悅結成的善果有二，一是雙雙進了家門，共修婚姻課；一是如他們一般，在愛神統治的國度迷了路，流連於邊界地帶，最後，於夢幻泡影裡採得一朵純潔芬芳的梔子花——知子莫若我。

有一件事想不通。有一天，她必須在單據上寫戶籍住址，一長串寫下來，赫然發現他的名字嵌在裡面。她不能判斷世間男女遇到這樣的機會大不大，只覺得彷彿有人開了不好玩的玩笑。當年魚雁時光，她習慣在信封上先寫自己住址再寫他的住址，最後，衡量空間美感，決定字跡大小，寫上他的名字。住址那串符號沒有文字味，寫名字則如見其人，三個字就像活生生一個人站在面前看你，能引起情愫的。如今斷了信，寫戶籍住址這種無血無眼淚的符號，竟然也要她抽動一下情絲，好像他埋伏了一雙眼睛看著

她，真是豈有此理。

除了一年一通生日電話，彼此間沒有信件、沒有歲末卡片、沒有贈書。但她有時會收到一頁影印文件；無稱呼無署名無任何一個字，只用黃色螢光筆在他的名字上畫線，用不落痕跡的方式與她分享在重要期刊發表論文、拿到學位的喜悅。

她看過即收妥，從不回音。也不打聽這人仍在異國還是已歸返，是訂了婚約還是像她一樣「舉杯邀明月，對影成三人」。這是她自定的規矩，斷就是斷了。

然而再細想，懸疑的電話也是有的。

有一通，他提及旅遊所見，在一處教堂看見所繪神的形象，竟覺得似寺院佛教神像，為之駭異。她答，或許受繪畫風格影響，並引印度吠陀經之語：「真理只有一個，哲人用不同的名稱來描述它。」

這是那封斷交信之後，他們最接近宗教的一次談話。掛斷電話後她想，「信與不信，不要同負一軛」，此信指「信仰」，應該也可以指「信件」吧，竟為自己的耍賴式誤讀笑了出來。果然是個異教徒。

還有一年，她正被一本論文集弄得焦頭爛額、脾氣暴躁。忽然他越洋來電，兩三句話之後問：「呃，妳是不是因為我不結婚？」

顯然，他知道她仍是單身。她一下子從南極冰原被拋到赤道，分不清是冷是熱，回過神來，心想這個大天才是不是在實驗室吸了有毒藥劑還是研究遇到瓶頸，尋我開心，愛問什麼就問什麼，也不想想這種問題叫女生怎麼答？

她心想：我說是，你是什麼感受？我說不是，你又是什麼感受？

她想：是你自己送上門來的，遂回答：「我在等一個比你好的人出現，才要結婚。」說完，暗笑不已。

換他被堵住了。怎麼答呢？若答：「比我好的人很多。」表示他不夠好，證明她的眼光甚差；若答：「比我好的人不多。」又有往臉上貼金之嫌。

只聽得他尷尬地笑起來，「那就好那就好。再見。」

她掛了電話自語：「那就好，當然好，能不好嗎？搥你！」

她既不問家庭也不問事業更不問身心健康否，他也不問家人不問事業不問臉上多幾條皺紋否，不談天氣變化不說政治翻騰不提朋友同事，他是單獨的他，她也是單獨的她。野風吹起，春天的飛絮遇到秋天的飄蓬，頷首致意，錯身，又各自轉逐天涯。

她事後推測，這通電話應該是他打算步入人生新階段之前的回顧吧。

她寫著：

> 過了而立之年，生命主題仍是回歸自我，沿著既有的軌道運轉，學術與文學生命已經取代一切項目建構此生，情感上的空盪並未引起生活風暴，我付出的代價是，文學秩序法則控制了現實生活的多面性發展——一般人，擁有完整的生活項目，而我的生活保持單向化，工作與創作，不斷循環運作。然而，我否認單向化即是沒有生活，它只是重心比例的分配而已，一個人再怎麼閉關自守仍有生活，

活著就是生活，廣度與縱深各有差異罷了。

某些時刻，我也不免嚮往白首偕老的情感安頓，期許與一個美好的人經營一份唯一且完整的伴侶關係，這份情感，不會讓我承受罪愆感與缺憾，這個人，願意與我建立屬於我們的一套生態，保留各自的生命實現進程，且以鼓舞、支援的態度強化彼此的實踐之路。我認為，這就是神仙眷屬了。

有一年中秋節前夕，一位當年社團老幹部打電話給她，提到他的名字，父親過世了，他回國奔喪。社團有幾個相熟的擬去參加告別式，問她意向。

「我現在不能確定。」她首次問了他家電話，萬一不能參加，她會另外想辦法。該去嗎？還是像現在，無色聲香味觸法，無垢亦無淨。

她問自己：「可以見面了嗎？」

可以見了。

打電話到他家，希望他接又希望他不在家。

是他接的。

她問：「如果我在火車站出現，你，願意來見我嗎？」

他笑了，問：「幾點？」

「你不問哪一天嗎？」

「每天都可以。」

「會不會造成困擾？」

「不會，我一個人回來。」

我為你灑下月光

火車向東部奔馳。

那溫柔祕密深藏在我的心底，
永遠孤寂，永遠見不到光明；
你的心呼喚，我心潮才會湧起，
一陣戰慄，復歸於原先的寂靜。

她看著窗外風景，想著拜倫的詩。秋天的光芒灑在群山與平原之上，深綠樹林間已有早發的楓紅。歲月驚心？不，是心讓歲月吃驚，怎麼繞了一大圈路，還是覺得這個人值得天地好好把他珍惜。

他一身黑衣等在驗票出口，黃昏彩霞烘托著他，鬢髮皆亂，神情慘然。她第一眼就想哭，幾年不見，腦海裡留的是以前的模樣，見不得眼前的他這麼憔悴。

他問車行順利否，幫她提袋子——中秋節已近，她買了各色月餅及幾本稍可紓悶的書送他。

他說：「找個地方坐吧。」

「我是不是應該先到府上向伯父上香。」

「不用，妳給我上香就好。」

「你亂說什麼話呀！」她掉淚了，怎麼可以說這種話？若不是在人潮中，她真的要大喊，因為這話讓她連結到失去母親的那種錐心之痛。

「唉！」

兩人停住腳步，你看我，我看你，人群從他們中間穿梭。他自知失言，苦笑，不想多說家中事，這些都不重要。此刻像墜落深淵底，都明白不能共死還要活下去，只能鼓起力氣，你救我，我救你。

「妳陪我吃點東西，我今天還沒吃。」

「昨天呢？」

他沒講話，想必飲食都亂了。

一碗清淡熱麵，正好安撫心事重重的這兩人。都不講話，也不抬頭看吵鬧的電視，不看對方，專心吃麵，彷彿萍水相逢的陌生人共用一桌，各自把可恨的、可惡的、可笑的、可憫的世間事都吃光了，再來重新認識。

「身體還好嗎？」她問，又自行替他答：「當然不太好。」

這讓他笑起來，怎有人這樣自問自答的？剛才臉上綳緊的線條鬆了，彷彿返回熟悉的往日，與歡喜的人置身校園。

他說眼睛過度負荷，常感到吃重，反覆發炎。

「來，我看看。」

他摘下眼鏡讓她看。

「你太拚了，一定是睡眠不足。」又說：「這麼近看你的眼睛好怪，裡面一點靈魂都沒有。」

他自嘲：「靈魂早用光了，現在有眼無珠，變成行屍走肉。」

她想說：又亂講話，你的主不會讓你變成行屍走肉的。話到嘴邊，煞住，今晚實在不想提「主」。改問平日吃什麼過活？

原來跟她一樣，都窩在研究室亂吃，都有胃疾。他說這樣拚命很功利不知道意義在哪裡，覺得自己會短命，她說她才會短命而且本來就不想活太久。

「我們連這個也要爭嗎？」他說。

「對，爭到底，不是你死我活就是我死你活。」

他笑得開懷，因為看到她在胡鬧。他未曾看過她耍賴胡鬧的樣子，覺得輕鬆起來。

「妳學會炒米粉了沒？」

她說：「唉，怎麼可能，我哪有『你的她』那麼能幹！」忽想及往事，說：「有個人說話不算話，說要炒給我吃，也沒有。你都在騙我！」

他忽地沉了臉，表情肅然：「我沒有騙妳……」情緒湧上，竟沉重得說不下去。

她察覺了，說：「我不是……這個意思，我不是說你騙我，我知道一切都是……真的。」

一切都是真的。只是掉進迷宮。

「那溫柔祕密深藏在我的心底」，雖然內心深處有個情結散成絲絲縷縷浮出來，但此時不是軟弱的時候，她不想讓這個哀慟的人再次掉落谷底，問：「這裡吵得耳朵痛，除了你家稻田，哪裡可以安安靜靜說話？最好一個人都沒有，有鬼沒關係，反正我們兩個差不多也是鬼樣子。」

算是把他逗開了，「有個地方沒人也沒鬼，不過，更吵。」

他開車帶她去海邊。

夜還年輕，靛藍薄紗一般，遠處仍有一抹灰藍，早月已升空，遼闊的沙岸連綿得無窮無盡，潮漲浪高，嘯聲驚人。

「大江東去，浪濤盡、千古風流人物。」她默想，知我者蘇東坡也！驚濤裂岸，亂石崩雲；高妙處在裂字、崩字，唉，人哪有力氣去阻擋那裂字、崩字！

走一段沙灘，聽海浪呼喚、拍岸。他說好久沒到海邊，在離島當兵留下後遺症，看到海會怕。當時在小島上，讀狄蘭托馬斯的詩，最喜歡〈山蕨〉其中兩句：「歲月伴我青青和死亡，雖我吟哦如海洋。」

她抱怨：「從我們見面到現在，你提了三次死亡。你再講，我回去了。我才不要跟你死在一起，被『教官』發現會記大過？」

「好，不講不講，改說活得好開心、好快樂。」

兩人都笑開。他不記得有多少年沒聽過「教官」這兩字，沒說過「好開心、好快樂」這樣幼稚的話，瞬間像躲過教官偷偷去約會的高中生，跌入奇妙的夢遊之境。她用幾句話，替他卸下身上鐵枷。

這是秋天的海了，想起他在國之北疆為她描述過秋天的海面；那麼漂亮的字跡，那麼豐沛多情的文采，那麼動人的心靈。

如今，寫信的人就在身邊，一切卻已成追憶……。

「啊，我懂李商隱的〈錦瑟〉詩了：『錦瑟無端五十絃，一絃一柱思華年。莊生曉夢迷蝴蝶，望帝春心託杜鵑。滄海月明珠有淚，藍田日暖玉生煙。此情可待成追憶，只是當時已惘然。』這是商隱的『隱傷』之作，一生情愛的惆悵，不必單指一人一情，指的是自己的生命基調與情愛體質，終究逃脫不了惘然的結局。」

他一字一字清楚地問：「我們怎麼會走到這一步？」

她心裡一驚，暗想：你怎麼問我？難道走到這一步不是你要的嗎？難道你忘了信上怎麼寫的嗎？把我趕出來的不是你嗎？

不能回首，俱往矣；絲絲縷縷的情結都散去吧，想問的都不需問了，輕聲一嘆，有所領悟：

「我們常說沒碰到對的人，會不會是，沒碰到對的自己；你還沒碰到對的你，我還沒碰到對的我。所以，即使碰到對的人，也不能成就。」

他靜靜聽她講。

「如果你勇敢一點、野蠻一點，如果我別那麼驕傲，沒那麼害怕……」

「妳害怕什麼？」

「怕無法調教，沒有能力給你及你的家人幸福，沒有機會實現自己的夢想，最後像我媽一樣一輩子憂鬱，怕沒有上主的恩澤能跟你共負一軛……」

「我的現實擔子很沉重，妳的才華應該被看見，不忍心把妳拉進來，怕拖累妳。」

「她很好，對你『全心全意』。」

「我很『感激』她。」

他正面且肯定地說起群，感激二字是一百兩黃金的價值，她確信他們將會有穩固的婚姻，穩固婚姻裡該有的小風小雨，恆久忍耐又有恩慈。

這個想法讓她流淚，但沒有酸澀了。

找一處視野寬闊的平坦沙地，坐下。月將圓，光芒柔美，一顆顆星子閃亮。這是生命中難得的有良人陪伴的良夜。

他說：「快中秋節了，妳的生日也快到，先祝妳生日快樂。」

她忽然起了算總帳的念頭：「你從來沒有送我花。」

「沒有嗎？有送妳種籽。」

「不一樣。種籽是種籽，花是花。種籽是未知，花是眼前當下，是已知。」

他大笑：「原來妳在意這個！」

「在意又怎樣，不在意又怎樣？」

換她豁出去了，口若懸河，清算他：

「你從來沒有一個清二個楚、三個明四個白、五個肯六個定，告訴我你心裡怎麼想。你只會每年記得我的生日，祝我生日快樂。我生來這世界，毫無快樂可言。再說一遍，毫無快樂可言。你每年記得，反倒像你在快樂，你又不是我媽，也不知在樂什麼！」

說完一大串，自己掩嘴笑了，怎像個潑婦在罵街呢！又補一句：

「唉，這樣說你不公平，我也從來沒有一個清二個楚、三個明四個白、五個肯六個定，告訴你我心裡怎麼想。」

兩人都笑起來，笑著的人無法生氣，笑完只有輕輕一嘆。嘆息中仍有不捨的況味，好似：坐在身邊的這個人這麼好，卻是別人家的，天亮前必須還回去。啊，良夜，別太匆忙。

他問：「如果有個人天天送妳花，妳就跟他跑了嗎？」

「不會。」

「那不就結了，送花沒用。」
「那得看什麼人送我什麼花！有沒有用要我來決定不是你決定。」
「嘿，有人好像在生氣……」他笑著，「如果我現在送花給妳，有用嗎？」
「沒用。而且海邊哪來的花？請你睜大眼睛看清楚，只有浪花，這是空話，你也學會說空話啦！」
他貌似被罵得很高興，「那不就結了，我送花也沒用。」
「我們的『送花時機』，過了。」
她想起，那蔦蘿確實開了花，但這是她呵護得來的，能算嗎？他在外島時，曾經為她描述過水仙花，也寫過小雛菊與山芙蓉，這算不算送過花？
「我們那時候怎麼沒像現在吵架？」他笑著問。
「我們好笨，連怎麼吵架都不會。」
「是啊，我看到妳高興都來不及，有講不完的話，怎麼會吵架？」
「所以呀，缺少練習，第一次吵就裂了。也許冥冥之中知道時間寶貴，捨不得拿來吵架。分手以後，天不怕地不怕，反而可以吵架。」
「妳說『分手』，聽起來讓我很難受……」
「……」
她沉默，心想：「執子之手，與子偕老」是中國古典裡最美的牽手詩；而〈上邪〉：「上邪！我欲與君相知，長命無絕衰。山無陵，江水為竭。冬雷震震，夏雨雪，天地合，乃敢與君絕。」是最驚心動魄的山盟海誓。我與你，有的只是一場紙上的心醉情迷，畢竟人間無緣。

「好奇怪，我們好像都在晚上見面。」她說。

「妳是我的黑夜。」

「那麼，我只好當月亮，為你灑下月光。」她輕聲說。

他看著她，猶似當年，眼睛望進她的眼眸深處：「希望我這一生，至少有一天要完完整整屬於妳。」

這是僅存的最後一小片波特萊爾成分的私語，她完全清楚，這個善男子現在對她沒有任何防衛，把心交出來，她此刻要風有風，要雨有雨。

但她說：「幫我留著吧，哪一天我開口，你再給我。」

「妳不會開口。」他說。

「我愛惜你，也同樣愛惜我自己。有些事情，『不去得』比『得到』更珍貴。活在世上，難免有遺憾，留一點惆悵給老的時候回味，也很好。如果我們無視於阻礙走入家庭，說不定一切的一切，破的破、碎的碎，最後變成仇人；我不要把你變成仇人，也不要你想到我只有恨，我不要你一小時、一天，我要你一生……平平安安。」

這就是結論了。

我要你一生。

平平安安。

秋蓬書簡

聽說他已歸國。不久，聽說他在南部某大學覓得教職，另購一屋把家人都遷至當地，就近照顧。此外，有了家庭。

約略就在這當口，一包包裹來到她面前；他把她寫的信全部還給她，沒有任何說明。

雖說這是必然的，理智上需接受，然而情感上難免再被牽動——奇怪，這個人遇到越重要的事情越不懂得體貼與細膩。

看到厚厚一大疊自己的筆跡被遣返——那刻意挑選的信封與郵票上蓋著郵戳，信封被急著讀信的人撕下封口的撕痕，數張信紙原有的摺痕仍在又添了新的摺法，信裡吐露對存在的質疑、青春的苦悶、讀書與寫作的喜悅……。往事襲來，影影綽綽，也需要暫時遠望天上浮雲，輕聲嘆息，才能恢復案頭前的定靜。

「從此傷春傷別，黃昏只對梨花。」文字，可以是療癒心靈的溫泉鄉，有時候，也是無語問蒼天的傷心地。

她不想計數到底寫了多少封信給他，也沒有力氣再閱——尤其最後那封十字信——連看信封都覺得有撕裂之感。青春，重如泰山，如今山崩地裂。

她把他寫的信也拿出來放在桌上，與自己的那疊並置，明顯的，自己的高了近兩倍。

如果是一段修成正果的感情，這些信該是多麼華麗的見證與佳話；每封信都被愛神撒了金粉，都藏了一個小精靈，隨信潛入對方夢裡，編織著任何情敵都撕不破的情網。料想他們的婚姻不至於太凶險，因為心靈早已密合。料想老的時候，兩個人用老花眼重閱，有共同經歷的人生甘苦做地基，眼鏡戴上摘下之間，說起青春歲月，合唱〈白髮吟〉，一定別有滋味吧。則這些信，便是家族史裡動人的一章了。

如果，如果是一段注定破滅的感情，如她眼前所見；每封信都中了愛神的薄情咒，都藏著利爪小鬼，最後，情字化成灰燼。建立婚姻新生活的人，得著上帝的恩澤、愛神的祝福去開墾屬於他們的江山，把全部落花與枯葉留給落單的那個人，沒有交代，也不在意了。如她眼前所見。

如她眼前所見，什麼樣的心靈，才拿得起放得下？

第一個本能反應是把他的信寄還給他，這是最自然不過的處理方式。但是，可預料的，對一個已有家室的男子而言，厚厚一疊的過往情書無疑是土製炸彈，除了速速毀去，不可能還有其他方法。

毀，這個字是什麼意思？她得想想。

就這樣，讓兩疊信擱淺在窗邊放瓶花的小桌上，用一條青花染布蓋著，像蓋著挑戰愛神卻戰死的兩個愛人，瓶花謝了，花瓣落在布上，也像有人來掃墓。

她想起自己的體悟：「遇到對的自己」；他不願花時間等待對的她出現，一切都移了方向，現在，她要謹記教訓，等待對的自己出現再來處理這兩疊信。

有一天，對的自己出現了。

圓滿與破滅該怎麼衡量呢？兩情相悦，修成正果就是圓滿嗎？是耶非耶，應該說僅是標記有緣繼續結伴，到婚姻荒地鋪橋造路，是否圓滿須等到最後才驗收。而破滅，固然是終止，卻不應絕望。當能夠超越破碎與絕滅，於反顧之中披沙揀金，則破滅最大的意義在於發現自己可以更豐饒。如是，破滅也可以是一種成就。

理性筆調之後，感性出現，她繼續寫著：

半夜一陣急雨，今晨遠望山色，半邊水光瀲灩，半邊朝陽和煦，好似，若此時從前世飄來一件衣影，撈起晾乾，還能穿。

忽憶起蘇東坡〈定風波〉句：「回首向來蕭瑟處，也無風雨也無晴。」此情此景，彷彿曾經經歷。

窗邊風鈴，拖一把小蒲扇，叮咚響著，跟風道日安。溫柔的陽光照著我，照著窗邊小几上的青花布。

「可憐身是眼中人」，如今跳脫而觀之，宛如坐在山峯上，看狂風掠過秋林，枯葉似雨。有一種不能言說的惘然，有一種蕭瑟之美。

愛的終極目的，成就了美。

她用客觀之眼，從頭讀一遍他的信，依然被那憂鬱多感的心靈、優美的文采打動，想著李商隱的詩：「留得枯荷聽雨聲」，該怎麼留才好？

她找到方法。依照時間順序，將他信中自述成長心路、讀書心得、寫景抒情、叩問生命意義、讀經感悟等優美段落，巧妙地節錄下來，每則立一小標，謄抄在稿紙上。為了摘錄，自然讀得慢且入味，才重新發現他在信中不止一次暗示，用第三人稱「她」旁敲側擊她的意願，她當時竟然忽略了。這是個謎，如果不是有看不見的力量摀住她的眼睛不給看，就是時間的節奏亂了，時候未到，沒遇到對的自己，以至於一個真實男子站在面前竟看成天上飄搖的別人的風箏。現在，對的自己出現了，而一切已消隱。

花了一個多月，在教學寫作之餘謄了近百張稿紙，約兩萬字。任何人看了，絕對看不出是從私密信件採摘的文字，倒像一個才華洋溢青年，在數年之間寫下的一本苦悶青春的獨白。

第一封信，他寫著：「至於我，是『吊影分為千里雁，辭根散作九秋蓬』的秋蓬……」

她據此題封面為《秋蓬書簡》，附上短箋寄給他：

這是你走過的生命痕跡，你的青春好美，不可能重返，我替你保存下來。

我們會一年比一年蒼老，一年比一年世故寡情，不管人生怎麼走，絕不可能再寫出這種文字，留著，才記得曾經擁有年輕歲月，曾經那麼真摯、純潔。

我們很幸運，看過彼此年輕的模樣（雖然現在還不算老，但已非赤子），我記得你的英姿煥發也記得你的抑鬱虛無，這麼珍貴的生命紀錄應該還給它的主人，不該獨留在我這裡。保重。信閱畢即毀，無須回音。

他收到後，打電話來，毫不掩飾地嘆息：

「很感動、很感動、很感動……不相信是自己寫的。」

「那是因為你不知道自己有多好。」

她眼睛微濕，札記上寫著：「你的情懷、我的筆跡，結一段難分難捨的墨緣。我當時用十字傷你，現在用萬字醫你。」

自此後，音信杳然。

偶爾會再收到薄薄一張影印紙，他依舊只在名字處畫上黃色螢光筆，讓她知道升等、獲獎殊榮。

她依然收妥，不回信。

可以想見，他必定卯上全力拚搏，過著學術界所謂「幹活像牛、睡得像狗、吃得像豬」毫無情趣可言的研究型動物生活。他曾說自己對工作只有四個字要求：「無懈可擊」。他曾在信上表露強烈的企圖心，「我甚至怕自己突然因某種原因而死亡，使我內心企求的成就無法實現而不甘願。」他之所以寫下這些，乃因為她在前一封信告訴他：「不能忍受自己一生毫無作為，變成一個冠夫姓的某某太太。」她出道甚早，這些年下來亦得了不算少的榮譽，他寄給她成績單，或許潛意識的偏僻角落，仍然當她是可敬的競爭對手及樂於分享事業成就的朋友吧。

沉寂數年之後，有一年聖誕節，他忽然前不著村後不著店地寄來卡片，短短一行：

感謝老友的關心，讓我存活至今。

她反覆讀這六個字，「讓我存活至今」。

沒有回信。

當四野吹起夜風

隨著我在出版界越陷越深，越深越浮躁，越浮躁越鬱悶，我與她的交往也漸漸疏遠。雖然每隔一段時間仍會相約吃飯或看一場國際影展，然而各自都忙——她已在她的領域卓爾成為一家，我也算在文壇與出版界站穩腳步，都無暇再像以往悠閒地聊天。後來，我的人生連續起了轉折，與她之間幾乎像斷線風箏。因此，有些事情我當年並不知道，直到閱讀札記才拼湊出蛛絲馬跡。

從札記上判斷，大約就在二十世紀末那段期間，她的身體出現警訊。透過社團醫生朋友安排，做了檢查，消化系統有可疑之處，需做更進一步檢查，約定某日早診看報告，預掛第一號。

她坐在候診室打開書正要看，竟看到他，猜測這巧遇是有人通風報信。

她問：「你怎麼知道？」

他不說，只說今天有個國際研討會本來就需北上，等一下得趕去。他送她一套介紹兩岸故宮館藏影片，一直記得當年到了故宮大門沒進去參觀，欠她一回，恐怕還不了，以影片代替。另外一片《英倫情人》錄影帶，他沒說什麼，她也不問。

他繫著當年她放在他家書桌上的那條靛藍細紋領帶。好一個「青青子衿，悠悠我心」。

她笑說：「很好看，看起來像很重要的人物。這些年你夠拚，也證明了，可以喘口氣，多保養身體。」

他笑稱：「還差得遠。」但臉上神情靦覥中有一絲得意。頭髮早白，已有中年滄桑之感，可知過的日子絕不輕鬆。

「來的火車上，為妳禱告，求主賜妳健康。」

她說：「謝謝。讓你擔心不好意思，你那麼忙還特地來……」

這麼見外的話讓他不知如何接口。

她見他袖口的釦子沒扣住，幫他扣好。打量了襯衫，也是好看的。

她說：「謝謝精神食糧，我都喜歡。沒想到會見到你，我沒東西可以送你。」

「你給我的，夠我一生用了。」

暖語，是知己才說得出的。

醫生進診間，燈號亮起。

他說：「我陪妳進去。」

「不行，這是我自己的事，你有你的事，快走吧。」

她堅持。被擋在門外讓他顯出黯然，拍拍她的肩頭，走了。

不多久，她拿著單據到批價櫃檯繳費，才發現他還沒走，等著問她結果。她說，還好沒事，虛驚一場。在拉下臉趕他走之前，她語重心長地說了一句：「我們都犯了錯，照顧心靈太多，照顧身體太少。」

回來後，她在最後一本祕笈末頁多夾了一張紙。

情願就這樣藏在你的袖口，
一種耽溺的姿勢
悄然無聲
烙印你的一生

關於來生　我一無所知
只知　你欠我一座栽種菊花的莊園
一盞可以相看無言的燈火
半紙偕老諾言

是時候了，我準備老去

開始寬恕季節　洗滌過鹹的故事
當四野吹起夜風
我把影子仔細收好，任憑月光為我安排歸宿。

看完那套內容豐富的館藏影片，彷彿與他從殷、周玉器青銅器開始賞起，乘著光陰羽翼，賞至清朝乾隆文物。數千年化成一瞬，留下絕美。沉醉於美之中，化解罹病的恐慌，她不禁想：「這個人怎麼都知道我要什麼呢？」至於那部應該稱作英倫病人而非情人的愛情電影，頗有感觸，但她已無力解讀箇中訊息了。

她沒有對他說實話。身體的變化促使她寫信：

謝謝豐富的禮物，陪我度過漫漫長日，非常非常喜歡。

回贈一本裝幀別致的詩集，老詩人的，詩仍有新意。

以前我們常喜歡討論一些只有年輕時才會談的主題，關於生命、存在、永恆與真理。如今，都有歲數了，你往事業、家庭的路走，我往學術、文學的路攀爬，路雖殊途，風光景致與地底荒涼應該類似。

有時我想，留在我們手上的日子不會多了。執是之故，眾人所追求的情節與成就，對我而言，也無太多差別。吃每天的糧食，做每日的工，日子自在且樸實。

我仍然珍惜年輕時候那麼勇於發問與難馴，猶如現在珍惜中歲以後的沉默與謙遜。

問候你的妻及你們共有的一切。

深深祝福，一生平安。

她寄的是卞之琳《十年詩草》，在〈斷章〉那首詩書頁摺了淡淡的一痕，也許會在寄送路程中消失、永遠不會被發現的一痕：

你站在橋上看風景，
看風景人在樓上看你。
明月裝飾了你的窗子，
你裝飾了別人的夢。

這是最後一封信了。

．

她讓姐姐知道實情，不想讓爸知道。

姐姐連珠砲似地說：「妳別嚇我好不好，妳不要什麼事都跟媽一樣好不好。別教了別教了，掙不了幾個錢，把身體搞得歪七扭八。妳來美國，我養妳。把身體調一調，我在社區還有房子出租，妳來住，順便教一教妳那兩個懶得要死的甥兒中文，名字都不會寫光知道吃，氣死我。」

她笑了，什麼叫把身體搞得歪七扭八？也好，可以寫書。決定休假一年赴美調養。

做了決定，她找我吃飯，只說去休假一年，把欠下的兩本書稿寫完。提到之前我向她邀書時曾說：「我有一雙編輯巧手，不管什麼拉里拉雜材料，我都有辦法編得有頭有臉。」所以把所有札記、信件及拉里拉雜之物交給我，要我衡量，能用則用，不能用丟棄也行。

「只不過是一場已逝的夢，都交給妳了。」她對我說。

她也沒告訴我身體出問題。札記上寫：「昔日上天送我一個打擊，讓我發現愛與美的真諦，現在送我一個逗號，不知要我解什麼謎語？」她用「，」暗示腫瘤，就算當年我翻讀札記，也不可能有耐心去破解她設下的、彷彿連自己都要隱瞞的訊息。

來遲了

年輕時候，時間像黃金，又重又實，過得慢，歡喜與憂愁都沉甸甸地。中歲以後，時間像雜草，抓一把就是十年二十年，歡喜與憂愁變得如過眼浮雲。

我與她那次碰面之後不久，人生轉了大彎，自此與她音訊漸斷，如石沉大海。只在報紙或書店看到作品，知道她仍是單身也仍在學校。其餘的，完全不知。我是低度人際關係的人，昔年往來的朋友幾乎都留在前一階段青年期旅館，沒帶到中年旅店來。我待他人疏懶如此，他人待我亦淡寡如是。

三年前春末，我剛出版一本寫作期甚長的凋零之書，也尚未從失去我的大地之母阿嬤的哀傷中恢復。被徹底掏空的感覺讓我感到異常疲憊，蟄伏一段時日才恢復元氣，願意出門與十幾年未見的老同學餐敘。

餐後，沿著紅磚路散步，在呼嘯的車聲中，老同學感慨光陰荏苒，我們忽然也走到中年離老境不遠了，多少物換星移、人事已非，周遭有人病了甚至走了，接著提到她的名字，輕描淡寫地說：「她也走了。」

「你說什麼？你剛剛說什麼？」我記得我是這麼問的，竟需在路邊花台坐下，以防暈眩。

「她走了。」肯定句。大約三年前過世，五十多歲。

「有沒有受苦？」我又問。

同學一概不知。

然而受苦二字已將我徹底粉碎，即使此刻有醫生對我解釋她無一絲半毫受苦，我也無法相信了。

她必然受苦，她必然受了大苦……。

返家之前，竟需獨自去堤岸散步，排解猜測她受苦這個念頭帶給我的折磨感。一個純良美善的人忽然不見了，竟讓人這麼難受。

天色黃昏，星夜降臨，可否告訴我，遠逝的靈魂在何處安息？

人生最後，她過得好嗎？是否得到足夠的安慰？有誰能告訴我發生什麼事？

消息如散入汪洋的九秋蓬，無從打撈。我竟然在她走後三年才聽聞，然而尋思一想，如果人的意念能自主安排，她必定不希望我見到她最後模樣（設想如果倒下的是我，我也不想讓她看見），如果靈魂有知，要在斷絕往來的兩個世界傳遞訊息，必定會挑選她認為最恰當的時間；從她辭世那年算起，整整三年間我處在喪親與寫作的黑暗之中不見天日，她大約也不想給我多添一樁傷心吧。待我萬事底定，心有空了，才在車水馬龍的路邊，輕描淡寫地，讓我知道她已遠離。

這是她向我告別的方式，想來，也頗符合她一貫的手法。

我想去看她，但無人能告訴我她葬在哪裡？

或許是白日憂懷滲透到了暗夜，有一晚，我竟夢見她。

仍是清瘦略顯蒼白的臉，她正在醫治自己的傷，告訴我只是個小手術。然而夢中的我卻知道是大手術，她的胸口有嚴重創傷。如此清晰，不知何意？難道，她入夢而來是為了讓我不要掛心，一切病痛都已痊癒了。

打聽無消息，尋問無著落，在強調保護個人資料的現代社會，打聽與詢問都是讓人起戒心的事。

但我並未淡忘這事，我與她未了。

到了秋天，奇特的事情發生了。

在一個全是陌生人的場合，辦完正事之後大家閒聊，坐我旁邊一位長者忽然提起其家人任職某機構，不知怎地，我隨口提到她的名字，問認不認識？這長者竟然是她的師母。不久，我收到告別式小冊影印本，而寄給我相關訊息的她的指導教授，在信上押的日期，竟是我的生日。

是我多心了，還是冥冥之中，她知道我已無處探詢，遂透過幽微曲折的方式，給老朋友捎來消息。

我由小冊找到關鍵人，進而得知她的「住址」。

如同她曾經問：「有多大的機會，一個人的名字會嵌在思念他的人的戶籍住址裡？」我也想問：「有多大的機會，坐你旁邊初次見面的人，給了你所有的解答。」

我去了靈樓，當看到她的名字確確實實鐫刻在塔位面板上時，眼睜睜地，不敢相認。

摸著她的名字，其音容在腦海浮現宛如昔日，生年、卒年卻清清楚楚，不禁悲從中來。

「我來遲了。妳這一生……這一生……」

竟無法說出「太短」二字。

那溫柔祕密深藏在我的心底

一轉眼，這些都是三年前的事了。

去靈樓那一趟，我本想把札記信件燒還給她；一來金亭都是燒化金箔紙錢的地方，燒字紙太明目張膽也甚不敬，二來確實下不了手。我感到妥善處理這一大疊札記與信件是我的責任了，也是身為好友的我應該要給的交代。

三年以來，案頭前劇烈糾纏，陷於複雜的內心風暴，稿紙上前進後退兩股力量相互拉鋸，幾度無法忍受自己快變成飄飄而去的旅夜一沙鷗，欲罷手毀去，卻被詭異的夢境如水草般纏住，被不可解釋的神祕力量一再拉回桌前；終究捨不得那麼純情浪漫的青春，捨不得曾有那樣的文字那樣的心。

如她曾說：「等待對的自己出現。」我也等待著，直到恢復對文字的親情與信任，內心叢林裡的野獸都馴服了，才能下筆。

我進入他們的感情世界，感受世間種種溯洄求之、道阻且長的追求終成無奈，給自己這疲憊的心添了滄桑；夢幻泡影之中，連一生平安都是難求的。

有一次，我去南部演講，回程時臨時起意，請接待者載我去他任教的學校。那天的我非常衝動，我想見他，明明白白問他：

「你了解她的人生嗎？你知道她曾經為你痛過嗎？你想看她為你寫的祕笈嗎？你夠不夠勇敢可以承受那些文字？她為你保存青春，你為她保存什麼？

如果時光重返，你仍會主動寫信給她，結下文字情緣嗎？你仍會以『信與不信，不能同負一軛』這麼無情的話撞痛她的心嗎？你仍會是她寫的：『這個人應該歸類為愛情宿敵，他汲取我全部的文字靈液，一滴不剩，我不可能對第二個人如此。』或是，如果時光重返，一切不同，你與她拋卻文字，做一對陽光下嬉笑怒罵的戀人，去追求去相愛去吵架去分手，就是不要有任何一個『字』。

如果你知道她的心會苦，你仍要做她的愛情宿敵嗎？你明白我此時此刻的感慨嗎？」

我沿著高大的菩提老樹圍牆走了一會兒，連校園都沒進去就走了；我沉浸在他們的文字情局之中，怎能控管見到他，該用哪一個角色發問？

實言之，知或不知、問或不問、答或不答有何差別呢？當故事走到終局，作主的是天，當事的或不當事的，都是局外人了。

初稿完成之際，我竟夢見她。是個黑夜，她一身白衣，站在山崖處，年輕的臉上未染滄桑，神情愉悅含笑，面對我，純真地笑著。我因此看得到她身後景致，下面是萬家燈火，其上是流動的藍色銀河，夜空中繁星閃亮，絕美。

這是個美夢。

接著，我回老厝一趟，讓伏案過久幾乎油盡燈枯的精神稍作休息，有些事物也必須做最後處理。

就在數月之前，仲介積極媒合相連的三戶老厝出售之事，價格也提高了；兩邊鄰人都接受條件，只有我方仍不點頭。急著脫手的鄰人頗有怨氣，將我家老宅正前方那幾棵結實頗豐的香蕉樹砍掉，也尋了不相干理由，將阿姑開闢的菜園悉數毀去。為這事，頗有一番爭執。

看來，擋不住了。

我生於此，長於此，扎根於此，這是我文學之夢的發源地，但斯土非我所有；即使在我名下，也無力擋住時勢，我終究要帶著泛黃的記憶，在天色將晚的年紀像被逐出家門的人，辭根散作風中秋蓬。

既然如此，這裡正是告別的好所在。

初夏午后，荒廢老厝四處蔓草，七分蓬勃的綠意三分杳無人煙的荒涼，正好。

我找來半朽鐵桶，收一收枯枝乾葉，生了火，將一大袋札記、祕笈、信件一一扯開，或一頁或數頁，放入桶內，燒。

火，舞了起來。

先燒他的信。

「當接觸到死亡時，生命的悸動叫人泣血，多少次欲哭無淚，多少次無言吶喊，回應的仍是默默……」

「整本《聖經》只講一件事，人與神之間的關係……」

「妳是誰？妳到底是誰？」

「很久沒讀文學書了，目前全心投入研究，我渴望兩年內將它分析出來，公諸於世，以成一己暫時的快感……。我不知道我是誰？」

「我渴望婚姻，但也非常害怕婚姻帶來的角色改變。我是痛苦的空城，隨風飄散。」

「壓傷的蘆葦，將熄的燈火……我的存在，本來就沒有意義……。存在，是個錯誤。」

最後一封，我讓火舌等一會兒，待我重閱：

「……不同信仰，是分道揚鑣的馬車，怎能同行？〈哥林多後書〉第六章14節說：『你們和不信的原不相配，不要同負一軛；義與不義有甚麼相交呢？光明和黑暗有甚麼相通呢？』希望妳諒解也請妳明白，這是我心裡最大的困難……」

接著，燒她的祕笈。

我慢慢餵，隨手還能看幾行：

「如果，你勇敢一點，等我久一點；如果，你可以寬闊一點，不劃線不設柵欄，讓我追尋夠了，歇夠了，我會乖乖站好，喊你的名字，一切的一切，會不會不同……」

「信仰了幻滅，感悟短暫的人生裡值得去追求的只有愛與美，當我以愛與美與對方交往，我會感受到對方也以同等品質的愛與美相待，則，我們的愛與美更豐富、更擴大。我既然信仰幻滅，每一寸時間就是一次完整實踐，每一次相會就是最後一會……」

「啊！恨不能插翅飛去你的窗口，打破一屋的玻璃，不是為了擄你，是想叫你把我也關進去。」

「我仍然希望有一天找到可以相依為命的人，一生太短暫了，做對的事情太少，犯錯過多。」

含情量過重的文字，似乎更助長火勢：

「更喜歡在深夜書齋疲憊之後，淡淡地想你，不帶任何慾，想這世上有你這個人，風波都可以平定。一杯白水喝盡時，擁被而眠。彷彿已經過了好幾程驚濤駭浪，輕舟你我。」

一陣白煙竄出，瀰漫於廢墟般的稻埕，遮掩了遠處山影。

「帶著瘀傷，不願人知。心情不像李清照，倒像納蘭性德：『暮雨絲絲吹濕，倦柳愁荷風急。瘦骨不禁秋，總成愁。』大一時，天天讀李清照，入口即化，後來讀李後主，宮幃深幔，難掩飄零意，至讀納蘭，才知非慧男子不能善愁。」

「我不要唱悲傷的歌了，也不要等不能等的人。」

「夜歸遇雨，離人天氣，我和我的孤獨漫遊著。有些倦了，厭倦這動盪。今晚，我不存在。」

「珍惜這最後一頁，好像漫長的一生來到盡頭。你我的現實已水落石出，苦的甜的都接受，我飲下這一瓢就是。」

再來燒她的信與札記。

「隱然有一股暗潮迴旋，心情不算好。這些年做到不因特定事件使自己癱瘓在軌道上，然而，還是不夠雲淡風輕。

人的一生，無非用來追尋幾項高貴事件，活出自己的風骨。而這些，最後也趨於虛幻。

去設想不可得之事，只不過以幻象治療幻象而已。過去放錯刻度，現在，也不應再換到錯誤的刻度。

到底，是一趟空空蕩蕩的行旅，遺忘比記憶精緻。」

最後一張丟入火堆的，寫著：

「在我尚未經過的人生旅途，會不會有人等在路旁，等著喊我的名字，等著認識我，問我：願不願一起走完人生？

不知道，也無從猜想，寧可認為路人都在身後了，現在，只有我一人往前走……。

寧可在心裡最溫柔的角落，蓋一幢屋，與我想像中的完美伴侶一起度過。

只是，我想像不出他的臉。

想像不出他的臉。」

火焰只旺了一會兒，漸漸止熄，留下黑色灰燼。

灰燼，轉為悲涼。

我的童年、大地之母與根柢逝去；他的青春、追尋與愛情逝去；她的古典風華、哀豔鬱麗文字，她的不悔浪漫與短暫生命，也一起逝去。

這就是終點。

然而，我怎能分得出這是誰的終點？分不清，又何妨；這原鄉、這純情、這愛慕、這繾綣，這一場紙上夢幻、文字泡影，如今一起還給天地。

•

我又去一趟靈樓。

想起拜倫詩〈那溫柔祕密深藏在我的心底〉，其中幾句：

記住我！想想墓穴裡是誰的遺骸；

若不曾想起，就別走過我墓旁！
世間只有一種痛楚我萬難忍耐，
就是發現你竟然把舊情淡忘。

淡忘談何容易。詩末：

我全部要求只是：給我一滴眼淚——
對愛情的首次、末次、唯一的酬答。

今天不流淚。站在塔位面前，已能靜定。三年來我在文字草叢裡編理故事、放牧情愫，已經沒有一滴淚可送故人了。只帶來一朵梔子花，以花為香，與老朋友說話。梔子花香襲來，告訴老友，初稿已成，這樣的書一生只能寫一本，囿於才情勉力為之，聊供在天之靈讀之一哂，札記與信件都已塵歸塵、土歸土，天上人間無牽無掛。

臨走前，撫觸面板上的名字：

「我要說的話，不想在這裡說，若老友有靈，請依隨我的思維，到文字裡相見。」

雨中回來，坐回桌前，往事皆已安靜，時候到了，要給這書結尾。

最後的話，只想說給你聽。

然而今生已結案，夫復何言？你與我各自流轉，春絮能對秋蓬說的，不就是「一路平安」而已。

這不是你想聽的。

這也不是我想說的。

茫茫渺渺，思前想後，不如就這麼商量：

若還有一陣清風靈雨等在未來，

若還能遇到梔子花淡淡地開，

若還有一彎欲語還休的月牙掛在天空，還有一首詩一篇美文在眼眸間流動，

若還有一個純真的你浪漫的我，恰好走在同一條青春路上，

則不妨用我們熟悉的納蘭性德詞句，與你相約：

老友啊老友——

「待結個，他生知己。」

（全書完）

書後絮語

向中國古典文學，致上最高禮敬。
向賜予文字幻術之神祕力量，致上永恆地感謝。
向促使寫下信件、手札之因緣，致意。
向世間種種追求卻無緣契合之事，致憾。
向逝去的，美麗且尊貴之人與事物，致哀。
向最後一支即將踏入愛情國度的浪漫少數民族，致福：
在愛情總是引動日蝕的世界，願你們
成雙成對，於七彩夢幻、五色泡影之中，
證成，不朽金身。

簡媜
二〇一六・八・二〇

簡媜作品

（附錄）

1《水問》 一九八五／散文／洪範
2《只緣身在此山中》 一九八六／散文／洪範
3《月娘照眠牀》 一九八七／散文／洪範
4《私房書》 一九八八／札記／洪範
5《下午茶》 一九八九／散文／大雁／一九九四由洪範重出
6《夢遊書》 一九九一／散文／大雁／一九九四由洪範重出
7《空靈》 一九九一／散文／漢藝色研
8《胭脂盆地》 一九九四／散文／洪範
9《女兒紅》 一九九六／散文／洪範
10《頑童小番茄》 一九九七／散文／九歌
11《紅嬰仔》 一九九九／散文／聯合文學

12《天涯海角》　二〇〇二／散文／聯合文學
13《跟阿嬤去賣掃帚》　二〇〇三／童書繪本／遠流
14《好一座浮島》　二〇〇四／散文／洪範
15《舊情復燃》　二〇〇四／散文／洪範
16《微暈的樹林》　二〇〇六／散文／洪範
17《密密語》　二〇〇六／散文／洪範
18《老師的十二樣見面禮》　二〇〇七／散文／印刻
19《吃朋友》（策劃、編撰）　二〇〇九／散文／印刻
20《誰在銀閃閃的地方，等你》　二〇一三／散文／印刻
21《我為你灑下月光》　二〇一六／散文／印刻

文學叢書 512

INK PUBLISHING

我為你灑下月光——獻給被愛神附身的人

作　者　簡　媜
封面攝影　彭西澤
內頁插圖　簡　熙
總 編 輯　初安民
責任編輯　陳健瑜
美術編輯　黃昶憲
校　對　簡　媜　簡敏麗　陳健瑜

發 行 人　張書銘
出　版　INK印刻文學生活雜誌出版有限公司
新北市中和區建一路249號8樓
電話：02-22281626
傳眞：02-22281598
e-mail : ink.book@msa.hinet.net
網　址　舒讀網http : //www.sudu.cc

法律顧問　巨鼎博達法律事務所
施竣中律師
總 代 理　成陽出版股份有限公司
電話：03-3589000（代表號）
傳眞：03-3556521
郵政劃撥　19785090 印刻文學生活雜誌出版有限公司
印　刷　海王印刷事業股份有限公司

出版日期　2016年 11 月　初版
2017年 11 月 10 日 初版八刷
ISBN　978-986-387-130-9（平裝）
定價　460元

國家圖書館出版品預行編目資料

我爲你灑下月光
—獻給被愛神附身的人 / 簡媜 著；
- 初版. -- 新北市：INK印刻文學, 2016.11
面；　公分. -- (文學叢書；512)
ISBN 978-986-387-130-9(平裝)
855　105018763